季小暖 著

中国文联出版社

图书在版编目（ＣＩＰ）数据

美人华裳 ／ 季小暖著． -- 北京 ：中国文联出版社，
2023.3
ISBN 978-7-5190-5023-8

Ⅰ．①美… Ⅱ．①季… Ⅲ．①长篇小说－中国－当代
Ⅳ．① I247.5

中国版本图书馆 CIP 数据核字（2022）第 222183 号

著　　者　季小暖
责任编辑　刘　旭
责任校对　秀点校对
装帧设计　中尚图

出版发行　中国文联出版社有限公司
社　　址　北京市朝阳区农展馆南里 10 号　　　邮编　100125
电　　话　010-85923025（发行部）　　010-85923091（总编室）
经　　销　全国新华书店等
印　　刷　廊坊佰利得印刷有限公司

开　　本　710 毫米 × 1000 毫米　　1/16
印　　张　20.25
字　　数　330 千字
版　　次　2023 年 3 月第 1 版第 1 次印刷
定　　价　49.00 元

目　录

第1章　绒花

初夏，芦苇荡足有一人多高，比鹅毛还要笔挺，一阵小风吹过，就是一片的绿波荡漾。

人躺在里面，就能够闻到一股淡淡的清香，它夹杂着泥土的味道，让人倍感舒适。

村头的王二狗穿着夹背心跑了出来，小小的人比芦苇荡还要矮得多，只听得见他用蹩脚的普通话喊着："宁姐！北京来的电话！"

宁华裳穿着一身古朴的象牙白长裙，一双编织的草鞋，上面点缀着的是两颗不起眼的珍珠，只有懂行的人才能看得出来，这两颗珍珠价值不菲，并非人工养殖。

正常人怕是也不会用珍珠来点缀草鞋，可在宁华裳的身上，这样的搭配，却显得异常的和谐。

"哦，好。"

宁华裳站了起来，她的手指比兰花还要好看一些，柔软而又泛着点点红晕，她长发披肩，戴着一顶草帽，手里的是一枚刚刚用芦苇荡的绿叶缠好的小兔子，似乎还活灵活现地在她的手上蹦跶。

一台老旧的红色座机电话摆在了办公室里。

这是给宁华裳一个人准备出来的办公室，在这个乡下显得别具一格。

"喂？陈教授。"

电话那边陈教授的声音一贯沙哑，那是年轻的时候熏坏了嗓子，有独特的辨识度。

"小宁，最近北京有个大公司，问我们这里要人手，我们修复东西还好，不过故宫那边也的确腾不开手，所以还要麻烦你回一趟北京，你看看你那边有时间吗？"

宁华裳看了看手上戴着的草绳编织的复古手表，上面用着的还是罗马数字，故意做旧，看上去很有年代感。

实际上这个手表是仿照乾隆时期的大型钟表的缩小版，市面上没有卖的，是她自己做的。

"教授，你还不知道我吗？我有的是时间，只不过如果是商业用途的

话，我可不去。"

宁华裳的声音好听，像是黄莺一样婉转柔和。

"你放心，叔叔知道你的性格，绝对不是商业用途，这个公司是准备打造一场大秀，总监是我的熟人，国家投钱赞助，也是弘扬咱们文化的好机会。"

陈教授带着商量的口气，说："不过小宁，这一场大秀的时间可能要拖得久一点，贵州那边可能要你多想办法。"

"放心，我和这里的村长很熟，大约要多长时间？"

"半年。"

宁华裳的黛眉微蹙："半年？"

"是啊，怎么？时间是太长了吗？"

陈教授也为难地说："就是因为时间太长，所以我们这边才腾不出好的人手来，这其实是一个很好的历练机会，也可去国外好好地交流一下。"

"不，我是觉得半年的时间……"

宁华裳沉默了片刻，没有继续说下去："陈叔叔，你看这样好不好？我回北京一趟，到时候见一见这位总策划。"

"好啊！这样更好了。"

陈教授说："我这就把地址还有电话都发给你，到时候你们自行协调时间。"

"好。"

对方挂断了电话，宁华裳这才拿出了手机，点开了简讯。

上面写得清楚。

"华冠企业……荀修。"

荀这个姓氏还真是少见，

宁华裳想到了《山海经》里面所描述的荀草，据说这个荀草服用之后可以美容，是百年难得一遇的灵草，但《山海经》里面所描述的奇花异草众多，也不是谁都能找到的。

这个荀草，也只有有缘人才能见到，但到底是不是真的有这个东西，就连她也不知道。

"叮叮——"

电话响了起来，宁华裳接通了对方的电话。

宁华裳礼貌地说："喂，您好。"

"你好。"

电话那边的声音沉稳冷静，一听就是三十岁上下的男性。

"我是陈教授介绍的宁华裳，听说了贵公司举办大秀的事情，我打算起身回北京，可以和您见上一面。"

对方淡淡地说："好，我两天之后有时间，最近会很忙，我把具体的时间发到宁小姐您的手机上，到时候我们可以再联系。"

"没问题。"

宁华裳等到对方挂了电话，微信上的好友验证很快就发了过来。

对方的头像只是一个平平无奇的黑色，什么都不愿意表露出来，昵称也只是简简单单的"荀修"两个字。

荀修……读着读着，这个名字还挺好听的。

宁华裳同意了对方的好友请求，并且发过去了友好的表情。

门外的小豆子吵得厉害："姐姐！你要走了吗？"

他刚才都在门外听见了，这位城市来的，像是仙女一样的姐姐要走。

"是啊，回北京。"

有一阵子没回到北京了，还真想要回去看看。

小豆子还有王二狗，一众的孩子都在外面听墙角。

宁华裳走了出去，贵州的空气弥漫着一股淡淡的清香味儿，混杂着泥土的气息，让人觉得好像回归了大自然。

连绵不绝的大山映入眼帘，是一片的青山绿水，青雾缭绕。

真是个好地方。

只有两天的时间，宁华裳第二天很快收拾好了自己的包裹，其实也没有什么重要的东西，但是做手艺活的工具一个都不能少。

拜别了村长还有村子里的小孩子，宁华裳坐着一辆有些老旧的车下山。

这里不算是与世隔绝，但是也算是一方清净乐土。

她也想过生活在城市，只是城市喧嚣，她总是觉得不够清静，不够静下心来，就会浮躁，浮躁就会影响手艺。

人也只有在夜深人静的时候，才会静下心来思考自己应该做什么。

飞机晚点了，宁华裳时不时地看向手表，不过她也知道急躁是没有用的，无论什么时候，她的心境都像是一碗持平到毫无波澜的水。

她望向窗外，飞机透过云层，玻璃挡板后是厚厚的，似薄雾一样的东西，似乎触手可及。

"云想衣裳花想容，春风拂槛露华浓。"

宁华裳好像找到了灵感，从画板上抽出了一张纸，用云彩做的衣裳，那像是虚无缥缈的留仙裙，娇弱的赵飞燕扬袖起舞，似乎随风一刮就会随风而去。

城市里面喧闹，马路上汽车鸣笛的声音让人觉得耳朵嗡嗡作响。

宁华裳好久都没有回来了，一时间有点不习惯。

距离上一次和荀修商定的时间就只有不到半个小时，宁华裳感觉到自己要迟到了。

"姑娘，打车吗？"

"我想去华冠公司，麻烦了。"

宁华裳上了车，司机看宁华裳的穿着打扮不像是城里的人，朴素但是又不显得乡土，手里提着的是一个编织的行李箱，是竹子做的，这年头大约也不会有人提着这样的箱子满世界跑。

但是不得不说，装饰得实在是脱俗，市面上不常见。

"姑娘，你这个行李箱哪儿买的？"

"这个啊……"

宁华裳低头看了一眼自己年前用竹皮编织的行李箱，古朴而又精巧，现在这种手法大多都已经失传了："应该买不到的。"

司机以为宁华裳这是在小瞧人："这网上应该有不少卖的吧？二十？"

"市价的话……差不多吧，不过二十万也可能拿不下来。"

司机傻眼，差点以为自己听错了："二十万？"

什么行李箱要二十万？

司机认定了是这个小姑娘在开玩笑。

这个小姑娘看上去也不过二十多岁的年纪，这箱子上面也没有一个logo，怎么就能卖到二十万？

"姑娘，你开玩笑呢吧？"

"不是，这个行李箱，是我自己做的。"

的确曾经有人花几十万来定制一个这样的箱子，她也卖给过几个熟人，如果是外面的人要来买，她也未必卖。

司机顿时不说话了。

在北京当司机，每天都能够遇见形形色色的人，保不齐一个其貌不扬的小伙子就是一个身家过千万的暴发户，蒙着脸的有可能是出来体验生活的明星，也有可能坐上车的一个小姑娘，是一个身份不一般的手艺人。

仔细去看的话，她的手指上有一层薄薄的茧，但是并不厚，太厚的茧子会磨破丝绸的面料，但是没有茧子，也摸不出丝绸面料的可贵。

车停靠在了华冠公司的门口。

能够来这个金殿堂的人都不是什么普通人，要么就是一流的设计名师，要么就是明星大腕，刚一下车就能够看见百层大厦，大门门口都站着身着黑西服的门卫，一个个虽然面露和蔼，却严肃而又端正。

"你好，我来找你们的荀先生。"

宁华裳走进了前台，前台的小姐穿着一身干净利落的旗袍，不像是一贯的大红色，而是少见的鎏金色，这种颜色搭配着前台小姐清淡的妆容显得更像是古典美人，而且她们的眉毛是柳叶眉，并非如今时兴的一字眉，显得更加地富有风韵。

看来这家的老总还是很有品位的。

"您好，请问您有预约吗？"

"我姓宁，荀先生应该有和你们打招呼。"

"原来是宁小姐。"

前台小姐做了一个"请"的动作，对着宁华裳说道："宁小姐这边请。"

走到电梯前，需要坐到第二十四层。

前台小姐在前面引路，宁华裳低头看了一眼自己的手表，因为飞机晚点的缘故，自己已经迟到了半个小时。

"宁小姐，荀先生一直都在等着您。"

是一个别致的会议室，里面的装修风格古朴干净，而且视野很好。

一个身材笔挺修长的男人坐在沙发椅上，眉目似剑，瞳孔比常人要浅淡一些，眼窝深邃，不难看出是一个混血，不仅仅具有东方美，就连西方美也完美地融入到他一个人的身上。

如果是宁华裳的话，她还真的希望能够做这个人的造型师，为他准备一场大秀。

"荀先生。"

宁华裳站在了荀修的身侧，荀修坐的位置是主位，宁华裳坐的位置则是客位，客位可以有很多，但是主位就只有一个。

荀修的声音平淡，他气定神闲地说："宁小姐，我已经在这里等了你整整三十五分钟，我希望您能给我一个合理的解释。"

"抱歉，因为飞机晚点，所以我迟到了，我知道职场见面，迟到是一个很不好的现象，所以如果你们因此拒绝我参加这一次的大秀筹备，我也欣然接受。"

宁华裳的声音不徐不疾，看上去很是端庄稳重，又从骨子里面透露着几分安静，性格恬淡而又沉稳，和当初陈教授在电话里说的一样。

"陈教授介绍的人，一向都不会有什么偏差，不过我这个人追求完美，更是喜欢吹毛求疵，如果宁小姐的手艺没有达到非遗的标准，我不会买账。"

在这个市面上挂着羊皮卖狗肉的人有很多，做商人就是需要有火眼金睛。

"陈教授应该已经给您看过了我的个人简历，这一次过来是弘扬中华文化，发展到国际上面去，所以我没有要酬劳，至于证明我的手艺……"

宁华裳从包里拿出了一个精巧的木盒子，上面雕刻着的纹路是吉祥如意，用红木漆刷上去，显得很有古朴感。

"这个是我送给荀先生的见面礼，毕竟今后还要在一起合作很长的时间，所以算是我的一点心意。"

荀修接过了宁华裳手中的盒子，这个盒子不大，小巧精致，光是在手掌中的重量，大约也不会超过十克。

打开盒子，里面装着的是一朵精美的宝蓝色绒花，在灯光下，就像是蓝宝石一样地让人惊艳。

"宁小姐，这是……"

身边的秘书还从来没见过这么好看的首饰，市面上好像也没有见过这个样子的。

宁华裳淡笑着，说："这叫绒花，主要用蚕丝所做，意在荣华，在盛唐的时候出现，之后也算是广为流传，如今很少见，这是我手工做的，不过因为时间紧凑，我就没有做很大的绒花，这一小朵，是我的心意。"

"谢谢宁小姐，宁小姐的手艺荀某见识了。"

越是小的绒花，制作起来也越是困难，需要更为细腻的心思。

绒花是南京非遗，因为耗时长，又费功夫，人工的绒花早就已经不流传于世面之上。

没想到今天他还能见到。

第 2 章　传承

"赵老师的徒弟，还真是名不虚传。"

苟修将手中的合同放了宁华裳的手中："宁小姐可以不要酬劳，可我们也不会让宁小姐做白工，该给的我们都会给，这也是希望宁小姐可以静下心来，准备这一次的国际秀，这不仅仅是对公司，还是对国家的责任，我不容有失。"

"明白。"

宁华裳坐了下来，静静地看手里的这一份合同。

苟修上下打量着宁华裳。

在城市中很少会有一个女孩子穿得这么特别。

现代的女孩子总是喜欢猎奇，什么样的穿衣风格都有，却很少有像宁华裳身上的这一件，面料看上去是不常用的麻布，目测应该是亚麻。

目前市面上这样的布料很少，走流行路线的公司也不会选择用这种料子。

"苟先生对我的这身衣服有兴趣吗？"

虽然她没有抬头，但是还是感觉到了苟修的视线落在了她的身上。

似乎很想要上前看一看。

宁华裳从自己的焦麻挎包中拿出了一个业麻布料的手帕，递到了苟修的手里："我身上穿着的是这种布料，华冠公司既然是服装品牌类的公司，应该对这些都很有了解。"

"嗯。"

苟修摸了摸，质感很柔顺，但是表面并不光滑，摸起来的时候就像是在摸有些细细的、凹凸不平的线，如果是一条裙子拎在手里，也做不到像是纱一样轻薄。

现在是夏季，苟修触碰到这个布料的时候，感觉到了肌肤触之生凉。

"这是宁小姐买来的？"

宁华裳将合同放在了桌子上，签上了自己的名字，抬头笑着说："是我自己做的。"

苟修看着手里的帕子，说道："宁小姐，亚麻这种布料在市面上并

不便宜，做出来的成衣虽然好，但是只有中老年人喜欢，受众群体也是四十五岁到七十五岁的老年群体，宁小姐穿上这身衣服，倒是很年轻。"

"我就当是你对我的夸奖了。"

宁华裳把合同放在了荀修的面前，说道："荀先生是这一次大秀的总策划？"

"是。"

荀修说道："这一次大秀着手的时间不短，我们内定的时间是半年，具体的时间还有待商榷，大秀的时间定在了明年的二三月。"

"冬季？"

"是。"

宁华裳说道："荀先生，我虽然没有过参与大秀的经验，但是这一次我们所要展示的是中华文化上下五千年华冠的变迁，即便抛去三皇五帝，夏商西周，哪怕是再抛去春秋战国，从秦开始，服化的变迁跨越度也很大，半年的时间要设计成衣，又要开始制作样品，最后定装，这都不简单。"

"我知道。"

荀修淡淡地说："宁小姐的意思是，工作量庞大，无法支撑？"

宁华裳的视线落在了荀修手中的那朵绒花上："荀先生知道这朵小小的绒花，费了多长的时间吗？"

荀修没有说话。

宁华裳缓缓说道："首先是养蚕，好的蚕蛹吐出来的丝光泽和韧度都不一样，用碱水煮出之后，也就变成了熟丝，还要经过染色、勾条、打尖、传花等一系列十几道工序，越小巧的东西就越需要精细对待，不算养蚕的这一道工序，这个绒花，我做了三天。"

荀修低头看了一眼那盒子里面的绒花。

就连一旁的秘书都有点愣了。

只是一个小小的绒花……竟然浪费了这么长的时间吗？

宁华裳微微笑着，说："如果是这样大的大秀，所需要的几十套服饰，再加上几百上千件配饰，大到皇帝的龙冠，下到钗环上镶嵌的宝石，每一环都要复查三遍以上，确认无误之后才能够走上国际大秀，更不要说研究我国历史的各个阶层时期服饰的穿戴问题。"

荀修沉默了片刻，最后说道："宁小姐……说得有道理。"

秘书问："可是这样一来，我们需要多长的时间？"

宁华裳说道："最少一年，我知道寻常的大秀五个月的时间也绰绰有余了，但是这一次我们代表的不是别人，代表的是我们中国长达千年的文化，不是吗？"

宁华裳的那双眼睛就像是晶莹剔透的明珠，即便是在不起眼的地方，也散发着微弱的光亮。

就在宁华裳等待荀修的答案时，荀修却突然扯开了话题，问："听说宁小姐的外婆是南京非遗第三代传承人，而如今的衣钵已经传到了宁小姐的身上。"

宁华裳听得出来这话里颇有一点试探的意思。

如果刚才说这些提议的只是一个初出茅庐的小丫头，不会有什么人愿意采纳。

但如果是一个年纪轻轻就获得殊荣的经验前辈口中，别人就要慎重再三。

宁华裳敛眉，过了一会儿说："其实我一直觉得'非遗传承人'这个称呼无外乎就是一个头衔，真正重要的是这个人的手艺，佛家说一花一世界，说的就是一朵花就是一个世界，荀先生，从我送的绒花里，能看出我的手艺吗？"

"我会考虑宁小姐您的建议，这一次不仅仅是为了公司的发展，也是为了不丢国人的脸。"

荀修站了起来，伸出了一只手。

宁华裳也站了起来，只是微微握住了荀修的指尖。

等到宁华裳走了之后，身边的秘书才问："荀总，我觉得她说的没错。"

"她说的是没错。"

荀修淡淡地说："可我不是老板。"

秘书沉默。

华冠公司是一个高端企业，可再高端的企业也不能不顾利益。

"纽约时装周在明年的二三月，所以我们的计划在五个月到七个月之间，一年的时间太长，这就代表我们这一年都要费时费力费金钱，我不能这么快答应。"

尽管他知道宁华裳说的是对的。

秘书头一次看见荀修这么快就采纳别人的建议，他说道："其实赶赶工，应该也可以赶得上三月，外国人也看不出来。"

"知道她是谁吗？"

"是谁？"

荀修淡淡地说道："南京非遗第四代传承人。"

"她？"

可她的年纪……不大啊。

荀修揉了揉眉心，说："你去拟一套方案，记住要避重就轻，将原计划的纽约时装周二三月改为明年九月，看老板怎么说。"

"是，荀总。"

"等等。"

荀修沉默了片刻："把方案拟好了之后，先放到我的办公室，我亲自去和老板说。"

秘书愣了愣。

亲自说？

"好，那我这就下去准备。"

荀修是一个完美主义者，做事情一直都是一丝不苟，但是也不是所有的事情都必须要亲力亲为。

看来这一次的大秀对于荀修来说，真的很重要。

荀修回到了办公室内。

办公室像是往常一样被保洁收拾得一尘不染，他伸手，打开了办公室的柜子，里面放着的是一张被玻璃相框框住的相片，已经是二十年前的照片，老旧得发黄，日期是一九九五年的一月三十一日，正值年节，背景是数不清的烟花，照得天半边亮。

一个身子单薄，年迈的老人正蹲下身子抱着自己的孙子，身旁两侧站着的，是一个金发碧眼的女人，还有一个三十多岁的男人。

不知不觉都已经过去了这么多年。

荀修将相框擦了擦，然后又不舍地放了回去。

办公室的门被敲了敲，荀修淡淡地说："请进。"

走进来的是一个身上穿着时尚短裙的女人，身高一米七左右，踩着五厘米的高跟鞋，银色的短裙闪闪发光，戴着银饰耳坠，化着的是最近流行的韩妆，一头如波浪一般的卷发，长得优雅高贵，浑身上下都散发着与众不同的自信气质。

"忘了今天你也约了我吗？"

杜云湘说起话来，声音比黄鹂鸟的还要好听，清脆而又让人听过就忘不了了。

"杜设计师。"

"不用叫我杜设计师，叫我云湘啊。"

杜云湘坐在了沙发上，看着这办公室的装潢，她笑着，笑不露齿："还是和从前一样，装修的风格一点也没有变。"

落日的余晖照在了杜云湘的身上，衬托着她的眉目如画，侧脸在阳光下勾勒出了一个完美的轮廓。

荀修坐在了杜云湘的对面。

杜云湘笑着说："其实咱们两个人从小一起长大，就算是不要报酬也没有什么的，只是你也知道，我的经纪人做主，我说的话也不好使。"

"嗯。"

荀修将合同放在了杜云湘的手里："签字之后，你自己准备时间就可以。"

"半年？"

"一年。"

杜云湘愣了愣。

因为之前在电话里，他们所商定的时间是半年。

"这个我要去和我的经纪人商量一下，不介意吧？"

"不介意。"

"那就好。"

杜云湘将合同放在了自己的包包里。

荀修看出来这是一个小众的品牌，像是他们这些业内的人士，爱马仕的限量款当然会买，但是他们追求的是独一无二，不过这么看，这个小众的挎包，也绝对不会便宜到什么地方去。

或许又是意大利定制的也不一定。

他的脑海里不自觉地浮现出了那个叫作宁华裳的女孩儿，她的手里只是一个朴素至极的手工挎包，但是不知道为什么，总是给人一种很纯粹，又干净的感觉。

而杜云湘手中的这个挎包，虽然外表很好看，乍一看会觉得很新鲜，很时尚，可是却少了一种耐看，多了几分脂粉的味道。

"荀修？在看什么呢？"

"你的包包。"

"你说这个？"

杜云湘将手中的包包放在了荀修的手里："没想到你竟然喜欢看这个，我以为你对这些时尚牌子都没有什么兴趣。"

荀修没有说话。

杜云湘托腮："你现在还是一个人？真的不打算再找了？"

"这个和工作无关，以后不要在我的面前提起。"

荀修一脸认真地去检查包上的材质还有配饰。

"是鳄鱼皮？"

"不错啊，眼光越来越好了。"

荀修将包放回了杜云湘的手里："质量还可以。"

"可以吧？这是我亲手设计的。"

杜云湘挑眉，说道："现在我也想要亲手设计这次走向国际纽约的大秀，华冠公司，舍我其谁？"

"还好。"

荀修说道："不过我今天已经看见了一个比你做得还要有趣的包。"

杜云湘托腮："你是在开我玩笑吧？"

她是这两年炙手可热的国际设计师，纽约大秀去过两次，而且手里经手过了不少的大项目，不少的人想要来找她，她都懒得见一见。

这一次要不是看在荀修的情面上，也不可能会过来。

"不，你知道我这个人不怎么喜欢开玩笑。"

荀修面无表情，可越是这个样子，杜云湘的心里越慌，她定了定心神，问："好，你说说看，是哪位国际大师做的包包，能够入你的法眼？"

"宁华裳。"

荀修说出这个名字的时候，总是习惯自己品一品。

"宁华裳……没听说过。"

杜云湘说道："可能是哪个小家的设计师吧，现在小家的设计师设计得也很独特，只是看一看也就算了，真的要用的话，还是差点意思。"

"不，她不一样。"

一连从荀修的口中说出了两个不，杜云湘总算是来了点兴趣，很少能从荀修的口中听起另外一个人。

"怎么不一样？比我还要特别吗？"

杜云湘低头摘掉了手腕上的手链，摘掉了耳环和项链，都放在了桌子上。

"看清楚点，我浑身上下的首饰全都是自己设计的，都是孤版，你猜猜能卖多少钱？"

别人可以说她的设计有缺陷，却不能够拿她的设计去和一个连听都没有听过的设计师相较，尤其这句话还是从荀修的口中说出来的。

"这和卖多少钱没有关系。"

荀修淡淡地说道："她的手艺，你没见过。"

"什么意思？"

荀修将一个四四方方的盒子推到了杜云湘的面前："打开看看。"

杜云湘将盒子打开，里面躺着一朵宝蓝色的花儿。

"这是，绒花？"

杜云湘拿起来摆弄着看了看，说道："看上去，做工……是挺细腻的。"

"不过，细腻是细腻，这个绒花的造型也太过古朴，跟不上时尚的潮流。"

杜云湘将手中的绒花放回了盒子里，说："这个我还挺喜欢的，能送给我吗？"

"不能。"

荀修将绒花收了起来，没有做过多的解释。

从前荀修就是这个样子，喜欢的东西就算是多努力都会想办法拿到手。

杜云湘耸了耸肩，故作不在意的样子："那好吧，既然你喜欢，你就好好地收着，合同我带回去，让经纪人看过了之后，确认无误再送过来。"

杜云湘将手里的包拿了起来，刚刚走到办公室门口的时候，想到了什么："不过刚才听你说的这个设计师，我还挺想见一见的，毕竟今后都是要在这个公司筹备，到时候还希望你替我引荐。"

"嗯。"

荀修没有打算和杜云湘多说。

等到杜云湘走了之后，荀修才将绒花收了起来。

这东西，如今对他来说也可以算是珍贵了。

南京非遗的手艺，就算只是一寸的绒花，也都是有市无价。

城市里的喧闹和田野乡间的清净总是能够形成鲜明的对比。

一个老胡同里面少有人住，很多都是堆积的空房子，即便是住在这里的人也已经都是土生土长的老北京，大爷大妈一如既往地热情，笼子里雀鸟的声音此起彼伏。

"王大妈。"

宁华裳提着大包小包的行李，王大妈是一个五十多岁的妇女，胖乎

乎的，皮肤白得发腻，她定睛看了半天，过了好一会儿才认出来："这是……大华？"

"是啊，是我。"

宁华裳笑着说："我回来住些日子。"

"哎哟！大妈差点都没有认出来，多少年没见了，都成了大姑娘了！"

宁华裳腼腆地笑了笑，王大妈说道："你绣姨住那个房子好多年了，你这一回回来，她肯定高兴，快过去，晚上来大妈家吃饭！"

"哎，好。"

宁华裳应承了下来，随后转身朝着胡同巷子里面去。

这里的巷子窄，从前没有什么豪车，都是骑自行车进来，总共容不下四五个人的路，车开进来也费劲。

宁华裳走了进去，门还是从前的木门，上着的是铜锁。

小偷一般也不愿意光顾这里，胡同院子里，小偷要是第一次来，光是绕就能绕晕了。

宁华裳掏出了那把许久没有用的钥匙，那是一把铜锁，在这个科技发达的时代，这种长长的锁已经很少见了。

宁华裳将铜锁打开，推开门，直接入眼的是一块高高的影壁，上面雕龙画凤，显得很是气派。

只是因为年代实在是久远，上面落着薄薄的尘土，年代感扑面而来。

门外的门锁着，大约是绣姨出去了。

"汪汪——！"

院子里，大黄在四处乱蹦，尾巴摇得一晃一晃的，正开心地在宁华裳的腿上蹭来蹭去。

"大黄，好久不见啊。"

宁华裳摸了摸大黄的头，大黄乐得更欢了。

宁华裳的视线落在了正门，那是一个一人高的木门，这么些年也没有变。

推开门，里面摆放着的是老旧的织机，看上去是十多年前的样式，如今的机器比这些要快得多，也精准得多。

织机是木头刨出来的，木料光滑，是榫卯接的，上面没有什么装饰，可却用了十多年还这么结实，和她当初离开的时候一模一样。

门外拐杖的声音敲着地面，很有节奏，绣姨喊道："王大妈，是你吗？"

"不是王大妈，是我啊。"

宁华裳从正门的房间里走了出来，她穿着一身干净利落的长裙子，整个人柔和得就像是月光一样，温婉恬静，五官的轮廓虽然算不上一等一的美女，但又让人觉得分外的耐看。

"大华？"

绣姨是一个六十多岁的老人了，身上穿着的是缎面绣的对襟夹袄，这个衣现如今已经不常见，绣姨身姿挺拔，一点也没有驼背，那双脚虽然说不上是三寸金莲，但也有四五寸大小，走起路来难免不稳，她身量又小，只有一米五的个子，梳着流油的头发，用两根木筷子插着，嘴唇薄而小，柳叶眉，细细的一双眼睛，细纹遍布，却不显老。

"绣姨，我这一次回来要多住一阵子，多谢你这么多年照看了。"

"哪儿的话，都是一家子。"

这个四合院从前就是两户人家一起住着，宁华裳记得小的时候，这院子里热闹得很，一大家子坐在一起吃着饺子，新年的时候鞭炮声都响彻天际，鞭炮声在这空荡荡的四合院里能足足响到天明。

绣姨祖上也是在故宫做活计，据说曾经是清朝末年的织女，有一手古法手艺，就是用来织锦的，那种手艺在现在看来可以说是鬼斧神工，但是费人费力费时，即便是一年做一件衣服都不是什么稀罕的事情。

宁华裳小的时候学习耐心，做这个东西最需要的就是耐得住性子，沉得住气，直到八岁的时候才开始熟悉织机，十七岁的时候才总算是学成，总共用了十年的时间，才能小有所成，现在想想，还真是有点怀念。

晚上绣姨亲自做饭，下的手擀面，绣姨年纪大了，每顿只吃青菜叶子，以清淡为主，据说这也是从古代皇宫里流传出来的方子，女子年纪大了之后每日食素，食绿，就可以延年益寿，这样的方法她连续用了十多年，果然对延缓衰老有一定的功效，气色也好得多。

夜半，回到了房间，宁华裳收拾着手里的东西，手机上传来了荀修的微信。

"你的提议我们收到了，会尽量安排时间，预计在明年的下旬参与纽约时装周。"

宁华裳只回复了一个"好"。

很意外，这位荀修先生好像比想象中的更好说话一点。

她原本以为像荀修这样的商业总策划，会一切都先以利益为主。

看来这个华冠公司，还真是与众不同。

第3章　天蚕

　　第二天清晨，宁华裳起来的时候天色还蒙蒙初亮。

　　绣姨敲了敲门，门"吱呀"一声打开了，宁华裳整理着自己长长的头发，一边整理一边问："绣姨，怎么了？"

　　"有人来了，说是要给你做专访。"

　　"给我做专访？现在？"

　　宁华裳不是头一次接受采访这个东西，不过专访倒还是头一次。

　　"还有一位先生。"

　　提到先生的时候，宁华裳就猜测到今天来的人是谁了。

　　她才回北京一天的时间，能带着记者过来做专访的应该就只有华冠公司的苟修一个人。

　　宁华裳整理好了身上，披好了一件外衣，至少不让自己看上去太过不伦不类，晨起的风凉，房间里却暖和。

　　苟修和一位年轻的男记者坐在了客厅的沙发上，绣姨准备好了今年的新茶。

　　"苟先生。"

　　宁华裳走到了苟修的面前，说道："苟先生之前可没有说过有专访。"

　　"初次通话的时候，宁小姐也没有说要修改时间。"

　　苟修的脸上带着一贯礼貌的淡笑，他说道："这位是青年记者苏畅，这段时间会给我们华冠公司做专访，针对这一次的纽约时装秀做跟踪报道。"

　　"你好，宁小姐。"

　　苏畅伸出了一只手，看上去是很阳光亲切的男孩子。

　　宁华裳点了点头："你好，苏记者。"

　　苏畅不好意思地说："我也是第一次做这样大型的跟踪报道，苟总说要做一个宁小姐的专访，让我们看看什么才是大国工匠，不知道一会儿能不能参观一下宁小姐工作的地方？"

　　"可以。"

　　宁华裳看向了苟修，笑着问："苟先生，这也算是商业手段之一吗？"

"任何的物品都需要维持热度，才能够吸引人的注意力，宁小姐是南京非遗的传承人，光是这个重量级的专访，就已经足够让荀某回本了。"

宁华裳一点都不介意荀修将这种事情说得这么商业化，对于商人来说，这样的举动才无可厚非。

再好的东西握在自己的手里，也就只有自己才会知道那是一个好东西，但是如果不将这个东西的好处展现出去，别人又怎么可能会知道这个东西的价值呢？

宁华裳对着苏畅说道："苏记者，这边请吧。"

苏畅跟着宁华裳朝着外面去，四合院的院子宽敞，在北京这个寸土寸金的地方，如果有一栋四合院的话，基本就是发了。

宁华裳倒是不觉得什么，只是觉得住在这里更舒服。

推开了仓库的门，里面倒是和其他人家的仓库不太一样，这里是阳光充足又不阴潮的地方，里面有特殊配置的空调，冷热都可以很好地控制，然后就是一盏吊灯，光线很足，白天的时候走进来，里面的东西就都一览无余。

苏畅打开了摄像机，问："这些都可以录下来吗？"

"可以。"

宁华裳走在前面，苏畅就举着摄像机向前推进。

随之走进来的还有荀修，荀修左右看了看，这个房间里面的温度很暖，外面本来就热，里面似乎更热了，但是并不算很闷。

苏畅不由自主地将摄像机对准了宁华裳的侧脸，这是一个只看一眼就会觉得很温婉的女孩子，而且轮廓好看，他还很少看见这么有气质的姑娘。

"带你们来看看蚕宝宝。"

这里面养着蚕，如果不是因为宁华裳说的话，苏畅大约也没有注意到这里面还有"蚕"这个生物，只见一个摞得很高的箩筐，里面铺满了桑叶，养蚕最好的时间就在春季和夏季，这个时候正好就都赶上了。

"原来宁小姐还会养蚕。"

"这些平时都是绣姨在照料，这些蚕最好都是在春季来养，大约四月份的时候是最合适的时节，养出来的蚕也更加的优质。"

宁华裳走到了一旁的货架上，那看上去都像是手工制作的木柜，年代有些久远，风格上看上去像是七八十年代的，用榫卯来接，整个柜子上面一颗钉子也没有镶嵌，这样的手艺竟然还能够用几十年这么久。

"这个柜子是我外婆的一个木匠老朋友做的,我小的时候跟着学了一点手艺,虽然实践得不多,但是受益匪浅,你现在去晃这个柜子,这个柜子也不会有一点的松弛,那个时候的木头成色也很好,不需要刷漆,也可以给人一种很复古的年代感。"

宁华裳从柜子里拿出了一包蚕丝,这是已经缠好了的,不管从小时候还是现在来说,这里都算得上是她的宝库。

每个柜子里面放着的每个东西她都知道,而且能够准确地找到它们的方位。

"这个应该是去年的,绣姨的年纪大了还没有用,但是养蚕的这个手艺,每年也不能落下,我在乡下的时候也要练习养蚕,对待蚕就要像是对待自己的孩子一样,这样才能最终得到它的馈赠。"

荀修看着正在"温床"里面努力吃桑叶的蚕,突然觉得很有趣,这样的生活他还从来没有尝试过,城市里面想要什么都有,一切都是这么方便,所以人们才会开始不珍惜。

就像是,米饭吃不完可以倒掉,因为只需要花一点点的钱,就可以再买到一碗新的。

"谁知盘中餐,粒粒皆辛苦"这句话,城市里的孩子早就体会不到了,对于他们来说,这不过是课本上的一首诗,或许他们连背诵都觉得是一种无聊的无用功。

"荀先生,如果你想要养的话,我可以送你一只。"

宁华裳说:"这个蚕,是天蚕,不是一般的家蚕,所以要养活它,可能要很费精力,荀先生要试一试吗?"

荀修听说过天蚕,这种蚕被称为赛过黄金的绿色软宝石,价格也很昂贵,虽然公司现在也有天蚕丝纺织的衣物,但是那些天蚕只是人工培育,价格自然也就落了下来。

可从宁华裳的这个表情上来看,这大概是野生天蚕,已经不能用值钱来比拟了。

第 4 章　凤冠

天蚕珍贵，宁华裳自己也就只有两个，需要单独培育，否则一不留神就会害死这些蚕宝宝。

苏畅的摄像机继续推进，再往里面可以看见许多的零件，有好几个钗环一类的东西都被束之高阁，看上去精巧又别致。

"这个是我的看家本领，我外婆教给我的手艺，全名叫作金银细工制作技艺。"

宁华裳打开了柜子，里面有一个大大的盒子，里面装着的是一个凤冠，刚打开盖子的时候，苏畅感觉到摄像机都被这样的光亮闪到了，用金光熠熠这四个字来形容这个凤冠　点都不夸张。

苏畅连忙拍下了快门键，将这个照了下来。

荀修问："这个……是凤冠？"

宁华裳摇了摇头，说："其实也不能说是凤冠，在宋朝以前，凤冠没有一个具体的概念，没有说一定要用凤凰作为装饰，每个朝代的凤冠也截然不同。"

宁华裳说道："这个，叫作步摇冠，也叫花树，其实在古代就只有朝廷贵妇才能够佩戴凤冠，花树上花的数量也代表了当时古代女子的阶级，这个是我后来做的，用的是鎏金铜箔做的花，这上面一共是十三株，一株十三朵，看上去当然金光熠熠。"

苏畅不由得连连点头。

宁华裳说的这些，他还从来都没有听说过，他甚至觉得自己这么多年的古装电视剧都白看了。

苏畅想到了什么，问："电视剧里的步摇，不都是和发簪很像的吗？可是这个，好像也没有发簪。"

宁华裳耸了耸肩："所谓步摇冠呢，是因为这个凤冠戴在头上的时候，上面鎏金铜箔所做出来的花瓣会互相碰撞，发出响声，也就是一步一摇，来彰显出女子仪态，到了后来才有的花钗。"

苏畅恍然大悟，这个仓库里面的东西都是一些家常看不见的，看起来似乎是平平无奇，每一个却又贵重无比，苏畅忍不住地说道："宁小姐还

真是学识渊博。"

"不是学识渊博，只不过术业有专攻，既然学的是这个，自然要了解得多一点，要是你知道的我都不知道，我估计自己也没资格说什么非遗传承人。"

"这一次的大秀，有宁小姐，我还真的是要多谢陈教授。"

苟修看上去很是礼貌，如果说刚刚开始见到宁华裳，他的礼貌只是出于涵养，现在的礼貌就是被宁华裳的手艺折服了，即便是刚才宁华裳说那个凤冠是出土文物，他都愿意相信，同为业内人士，他看得出来这个凤冠的手法繁复，光是要做出那鎏金铜箔的花朵，就不是这么容易的事情，更何况还有方才那凤冠的设计，既复古又脱俗。

现代很少用金银来做装饰，是因为金银免不了都是铜臭气息，多少会沾染"俗"这个字，但刚才那个凤冠，他只觉得眼前一亮，奢华而又端庄。

"古代说衣食住行，民以食为天，但是衣却排在第一位，这毕竟是文化的象征。"

宁华裳伸出了一只手："能够去纽约时装秀，也算是我的一次历练，说起来，也应该谢谢苟先生，因为我的提议而多腾出了半年的时间，这应该不是这么简单的事情吧。"

苟修自然而然地握住了宁华裳的那只手："这是双赢，想必今后和宁小姐的合作应该十分有趣，我很期待。"

"我也是。"

现在也很少找到像苟修这样的商人。

"明天上午九点有一个研讨会议，希望宁小姐这一次能够准时到达。"

"一定。"

宁华裳和苟修相视一笑。

"叮叮——"

苟修的电话响了起来，是公司那边来的电话，苟修看了一眼时间，不知不觉就已经在这里待了这么久。

"抱歉宁小姐，公司还有其他的事情，我们明天上午见。"

"好。"

苟修和苏畅一起离开了。

车内，苟修接通了电话，淡淡地说："我不是说过今天上午有事情，不是重要的会议就不要通知我了吗？"

"抱歉苟总，这边是因为杜小姐的事情，所以必须要联系您做一个决策。"

"嗯。"

"是这样的，杜小姐的经纪人 Lisa 不太赞同新的合同，因为期限是一年，这会占据杜小姐大半的商业时间，并且会影响杜小姐后半年的行程问题，再者是酬金上，她们觉得推迟了半年，酬金给得太少，所以想要当面和您谈一谈，因为 Lisa 就只有上午有时间，她现在就在公司，想要问荀总什么时候能够回来。"

杜云湘那边会出问题，荀修一点都不觉得惊讶。

"我知道，我正在回去的路上，给 Lisa 泡一杯清茶，叫她消消火。"

"是，荀总。"

他也并不是第一次和 Lisa 交谈，这位是绝对的商人，说是吸血鬼都不夸张。

说实在话，如果可以的话，他并不想要和杜云湘合作，但是杜云湘这些年在国内外的名气都很大，公司又不得不考虑这一点。

荀修揉了揉眉心，觉得有点疲累。

"荀总，刚才电话里说的 Lisa，是最近设计新秀杜小姐的经纪人？"

"嗯。"

苏畅一直都很喜欢杜云湘的服装设计，没想到这一回竟然能够见到杜小姐本人，心里顿时有些激动。

因为杜云湘本人长得漂亮，家境又好，是书香门第，又出国留学，不少名师做陪衬，所以杜云湘才毕业没有几年的时间名气就已经水涨船高，这么多年来还获得了国内外不少的殊荣，赚钱是盆满钵满，为人的口碑更是不错。

苏畅问："那一会儿可以采访杜小姐吗？"

荀修摇了摇头："暂时还不可以，对方不一定和华冠合作，所以我们也没有这个权限。"

"这可是为国争光的好事，而且对于设计师来说，应该是一个很好的发展机会，杜小姐……不愿意吗？"

"她还缺机会吗？"

荀修的这个反问，让苏畅顿时接不上话了。

是啊，那可是杜云湘啊，业内竞相追捧的女神级别人物。

第 5 章　美人华裳

华冠公司自创业以来一直都是口碑风评最好的国企，会议室走进去的时候都能给人一种蓬勃大气的感觉。

Lisa 是一个三十多岁的女性，体态微胖，五官却显得很高级，干脆利落的短发，指甲涂得鲜红，给人一种干练又精明的感觉。

这些年杜云湘能够在服装界混得风生水起，都不外乎是这位 Lisa 的功劳。

Lisa 的面前摆着一杯连动都没有动的清茶，她低头看了一眼手机上的时间，显然有些不耐烦了："你们荀总还没有回来吗？"

"抱歉，我们荀总有事情，正在回来的路上。"

"再大的事情也大不过我们云湘，我只能够再等你们十五分钟，如果人还没有来，咱们的合作就当作没有谈过吧。"

Lisa 的样子看上去不好惹，也正是因为不好惹，所以别人对她的态度才谦让再三。

门口传来了荀修的声音："怎么，我没有让你们给 Lisa 沏茶吗？"

秘书站在了一旁："荀总。"

"荀总，好久不见啊。"

Lisa 此刻换了一个面容，笑得十分礼貌，一点也没有刚才不耐烦的表情。

荀修坐在了椅子上："久等了，不过我那边的确有点事情耽误了，对方是一个很有身份的人，也是这一次大秀的设计师，多少都要去拜访一下。"

"哦？也是这一次大秀的设计师？总设计？"

"还没有定，不过以她的身份，完全可以担任总设计师的职位，我还在衡量。"

荀修一举一动都颇为优雅，谈吐之间也颇为温和。

Lisa 说道："荀总也应该知道我们家云湘最近的名气，还有什么人比我们家云湘更适合这一次大秀的总设计师？不管对方的身份怎么样，咱们多少也是要做生意的，要想办法把利益最大化才好，我这一次过来，就是为了商量这一次大秀的劳务合同，听说贵公司把原本要敲定的半年，改为了一年，那我们这个合同就要另当别论了。"

Lisa 单刀直入，一点也没有打算拐弯抹角。

一早就知道 Lisa 的为人，荀修也耐着性子和她耗下去："当然，改了时间之后，酬金方面的确没有什么太大的改动，所以那天我才和杜小姐讲明了这一次的利害关系，不过我想杜小姐应该也不缺少纽约时装秀的机会，更不会缺少总设计师这个职位，所以我们这边也不太过强求，酬金方面有限，我们 boss 的意思，是在半年的基础上多加百分之二十的酬金，其余的全凭自愿，请 Lisa 和杜小姐商榷一下吧，我不着急。"

荀修站了起来，脸上依旧带着谦和的笑意："我去一下洗手间，马上回来。"

荀修走到了门口的时候，给了秘书一个眼色，秘书点了点头，很快就知道荀修的意思是什么。

Lisa 显然还在考虑。

纽约时装秀倒也不是什么大的事情，但是总设计师这个位置并不是谁都能拿下来的，一个公司有不少的设计师，总设计师只有一个，位置至关重要，也是鉴定身份的凭证，杜云湘现在的确急需一个这样的历练，来为她的履历锦上添花。

Lisa 问荀修身边的秘书："对了，你们家荀总刚才说的那个很有身份的人，是谁？"

秘书说道："是南京非遗的传承人，手艺十分了得，她的外婆是国家级的手艺人，所以身份不一般，我们家荀总是一定要去亲自拜访一下，否则会显得很失礼。"

Lisa 皱眉。

南京非遗的传承人……

这可不是一般的人能够有的殊荣。

"行吧，我知道了。"

Lisa 想了想，说道："我们家云湘要是参加了这一次的大秀，我希望我们家云湘能够担任总设计师的职位，刚才荀先生不是已经说了吗？总设计师的身份还没有定下，无论如何，总设计师的身份，要给我们家云湘。"

秘书笑了笑："这个我可做不了主，但是以我们家荀总和杜小姐的关系，再加上杜小姐这些年来的名气，这应该不是什么问题。"

"好。"

Lisa用钢笔在合同上面签了字，说道："你们荀总回来之后和他说，字我已经签了，但是总设计师的位置，必须是我们云湘。"

Lisa走的时候看得出来脸色不太好，倒像是吃了一个大亏一样。

不过一会儿工夫，荀修就从转角走了过来，秘书上前，说道："荀总，老板不是说可以增加酬金的吗？"

"处处都让她们吃到甜头，她们只会永不知足，真希望这是最后一次和她们合作。"

荀修低头看了一眼手里的合同，说道："确认无误之后就去法务部盖章吧。"

"是，荀总。"

"对了，通知杜云湘，明天上午九点的时候要来公司开这一次大秀的研讨会议，让她不要迟到。"

"荀总……不亲自通知吗？"

秘书忍不住抬头看了荀修一眼，业内谁都知道杜云湘是荀修的前女友，虽然两个人的关系只维持了几个月的时间，可现在还有不少人传华冠公司的荀总对杜云湘旧情难忘这一类的传闻。

虽然他知道这一类的传闻都是子虚乌有。

荀修淡淡地扫了一眼他："你的意思是，以后这些工作你都不想做了吗？"

"不，我不是这个意思，我这就去通知。"

秘书见荀修不高兴了，这才连忙退了下去。

办公室电脑桌上，显示着"美人华裳"四个字，是昨天才刚刚拟定的大秀主题。

底下一行小字写着——冕服华章曰华，大国曰夏，有美人兮，自九州裳华。

"华裳……宁华裳。"

荀修喃喃地说着这两个字，还真是和这一次的大秀主题碰巧撞上了。

他甚至觉得这或许就是冥冥中注定的。

荀修将明天例会上的信息复制粘贴到了和宁华裳的对话框上，点击了发送，经过明天的例会，这个企划方案，也算是正式敲定了。

第二天一早，天亮得很快，宁华裳打开自家院子的大门，就看见一辆黑色的宾利停靠在自己的房门前，宁华裳以为是自己看错了，这种汽车的标志一般不怎么会出现在她的面前。

"宁小姐，请。"

从车上下来的是上一次跟在荀修身边的秘书，说起来宁华裳还没有问过秘书叫什么名字："你好，您是……"

"我叫周忠，您叫我小周就好。"

"小周？"

宁华裳笑了笑，说："你们公司还管配车吗？"

现在是上午八点，开会的时间是昨天定好的上午九点，一个小时的时间已经足够她预留十五分钟再到达华冠公司的门口了，根本不需要配车。

周忠不好意思地说道："宁小姐，还是麻烦您跟我上车吧，这一次您是我们的主心骨，所以不能怠慢。"

宁华裳可不相信仅仅只是为了华冠公司面上过得去才会专门派一辆几百万的车去接送她，这辆车显然不是荀修的私座，应该是华冠公司的公用车，这种车经常用来迎接贵宾，恐怕华冠公司就算是再有钱，全公司也只配了一辆。

"请。"

周忠已经为宁华裳打开了车门，只等宁华裳上车。

宁华裳点了点头，最后还是上去了。

"这一次参加大会的还有谁？"

"其他的都是公司的领导以及筛选过后的设计师们，各个部门的人，还有最近斩获各项大奖的老人新人都在，这些倒也没什么，主要是杜云湘杜小姐要来。"

"杜云湘？"

宁华裳记得这个名字。

杜云湘这个名字就算是整个时尚界应该也很少有人不认识的，这两年斩获了不少的头角，在时尚圈也已经站稳了脚步。

宁华裳看过杜云湘的一些设计，的确是不错，尤其是在奢侈品这上面下了不少的功夫，现在来找杜云湘的应该都是一些时尚大牌，宁华裳倒是没有想到，杜云湘竟然也会想要参加这一次大秀。

"她……应该是总设计师，对吧？"

以杜云湘的名气，轻易地就能够担任这一次的总设计师，至少她还没有想到华冠公司还会找出第二个最近国内外有这个名气的设计师。

"这可说不准。"

周忠说道："这一次的项目是荀总亲自拟定的，所以话语权都在荀总

的手里，这一次总设计师是谁，还要看荀总的意思。"

"那你们荀总是怎么打算的？"

周忠反问："宁小姐想要当这个总设计师吗？"

"我可能不够这个资格，我没干过这事。"

宁华裳浑身上下都透露着一股与世无争的恬淡气质，这种气质在城市当中已经很少见了。

车开到了华冠公司的门口。周忠走在前面，给宁华裳带路。会议室内，宁华裳是第一个到的，她走进去的时候，几个工作人员对于宁华裳还是很礼貌地伸出手来打招呼。

其中一个工作人员唤了一声荀修，宁华裳回头，正好看见了荀修缓缓朝着她走过来。

"先进会议室吧，一会儿我们要具体地讲一讲我们这一次的主题核心。"荀修正准备带着宁华裳朝着会议室内去，不远处传来了苏畅的声音："宁小姐，荀总。"

宁华裳回头，见苏畅准备了摄像机，这一次的会议内容也是要被记录下来的。

宁华裳看到的全都是业内的精英人士。她看了一眼手表，现在是上午九点整，按照时间上来说，这个时候人应该已经都到齐了，毕竟这样的场合，迟到的话会很尴尬。

二十分钟过后，所有的位置好像都到齐了，就只差一个人。

宁华裳的视线落在了对面位置上的空位，唯独没有见到杜云湘。

荀修已经是第三次看手表了，杜云湘还是没有到。

会议室内的气氛好像一下子就静下来了，大家都算是有咖位，在业内也站得住脚，还从来都没有这么等过人。

荀修看了一眼周忠，周忠顿时明白了荀修的意思，他走到了门口，拨通了 Lisa 的电话，电话那边很长时间才打通。

接听电话的人是 Lisa。

"喂？哪位？"

周忠说道："你好 Lisa，我是周秘书，荀先生的秘书兼助理，我是想要问一问咱们杜小姐大概什么时候能到？"

"周秘书是吧？"

Lisa 漫不经心地说道："可能还要再等等，云湘有一个造型还没有做完，你们可以先开会，我们尽量快点吧。"

第 6 章　云锦

周忠微微皱眉："这个会议耽误不得……"

"我们云湘也有必要注意公众形象，我们互相体谅一下，如果会议有什么要点我们疏漏了的话，我会找你们要详细的大会内容资料，这样可以了吗？"

Lisa 那边似乎很忙，她低头看了一眼时间，不冷不热地说道："我这边已经没有时间了，抱歉。"

说着，Lisa 挂断了电话。

周忠虽然知道杜云湘身边的这个经纪人耍大牌是安习惯了的，但是没想到在这种场合还能够找出这么无厘头的理由。

周忠回到了会议室，看着周忠此刻脸上的表情，不用想太多，荀修就知道事情肯定没有谈拢，周忠被 Lisa 搞得节节落败，Lisa 是个不好惹的女强人，这也难怪。

"杜云湘杜小姐在外面堵车了，所以来得晚，大家见谅，我们先开始吧。"

荀修随便找了一个理由，底下的人虽然明面上不说，但是都从彼此的眼中看出了端倪。

杜云湘是业内炙手可热的新人，这两年来赚了不少的钱，有不少叫得出口的成名作品，而且人长得好看，顺手接了几个珠宝代言就已经足够养活下半辈子了，这种福利就算是业内的老人都没有，杜云湘俨然已经成为国际大腕，国际巨星一类的风云人物。

宁华裳坐在了一个并不算是起眼的位置，乍一眼看去平平无奇，只是这个女孩子长相清秀，眉骨脱俗，是让人看了一眼之后就忘不掉的面孔，是一个很明显的东方脸。

这里的人大多数都互相认识，但是很少有人见过宁华裳，现在的时尚偏向于年轻化，设计师的年纪少有超过四十岁的，这一次因为是一场国际大秀，所以也有上了年纪的手艺人，为了这一次的大秀，一共分为了多个部门，相互协调，但是总策划只有一个，总设计师也只有一个，每个部门的领队分别一个。

荀修说道："除了最基本的，采购、开发、设计、财会、样布、成衣这几个部门之外，我们还需要进行衣冠的设计还有制作，这些需要一系列的手工制作的珠宝首饰以及古人所用的各类配饰钗环等细微的东西，所以这一次我们请来了素有影视服装设计的设计师杜云湘。"

杜云湘不在，周围的人也不知道要说什么。

荀修淡淡地说道："不过我觉得，除了设计的重要性，返璞归真也是一大重要因素，所以我们特地邀请了，南京非遗传承人，宁华裳宁小姐，来参与我们此次的大秀筹备。"

宁华裳站了起来，从刚才宁华裳坐在这里的时候，就已经无形当中吸引了很多人的目光，只是宁华裳自己没有注意到而已。

"大家好，我是宁华裳。"

南京非遗传承人这几个字出来的时候，不少人眼中都已经泛起了光亮。

这可不是谁都能够有的殊荣，能够是南京非遗传承人，那才是一个当之无愧的手艺人，比起靠脸蛋还有家世用流量撑起半边天的人要受尊崇得多。

会议室内传来了不少人的掌声，还有赞许的目光。

宁华裳坐了下去，依旧引起了不少人的侧目。

荀修早就已经想到会有这样的结果，他的脸上带着礼貌的笑意。

会议的进程很快，不得不说，荀修的脑子很好使，跟着荀修的脑子，似乎都觉得自己的脑子不够用了，会议室的门外敲了敲，周忠在门口，说道："不好意思杜小姐，会议开到了一半，就这么进去怕是不太好。"

荀修最不喜欢的就是被人打断思路，而且这一次的会议非同一般，是他们熬夜加班做了很久的策划。

"我们云湘也是这里的一员，你的意思是说我们不能进去了？"

Lisa的目光落在了周忠的身上，那眼神就像是绵密的刺一样扎在了周忠的胸口，弄得人喘不过气来。

"没关系，我在这里等就好。"

杜云湘正准备说找一个休息室，Lisa就说道："把你们荀总叫出来，今天应该是宣布总设计师人选的吧？我想这种场合我们家云湘必须要隆重地出现在大家的面前，也好让人知道这一次的总设计师是谁。"

Lisa看了一眼自己的手表，说道："我没太多的时间，你快去，会议要是开两个小时，你还要让我们云湘在这里等两个小时吗？"

"我……好吧。"

周忠知道这个杜云湘不好招惹，杜云湘的身份不一般，不仅仅是因为业内的名声，而且是因为他们家也是上流社会的书香门第，在服装界是有名的人物，得罪了杜云湘，会损失不少的人脉。

周忠推开了会议室的大门，看了一眼会议室内的荀修，说道："荀总，杜小姐来了。"

周忠站在了一旁，杜云湘穿着的是红色的裙子，披着的是配色的西服外套，一只耳朵上戴着漂亮的银饰耳环，浑身上下都闪闪发亮，就像是一个随时行走在一线的女明星。

也难怪这些年风头正盛，在这个看脸的时代，才华往往都要靠后了。

"大家好，我是杜云湘，很高兴见到大家，不好意思，我路上有点事情耽误了，打扰。"

杜云湘落落大方，说话的时候都带着一丝贵族名媛的气息。

她坐在了一辆黑色的转椅上，一举一动都颇有气质。

荀修淡淡地说道："我们继续。"

杜云湘将自己价值几十万元的定制款包包放在了桌子上，让原本用一线品牌奢侈品包包的女士不由得讪讪地将手中的包收了起来。

看见眼前这一幕，宁华裳仍然将自己手中的云锦包放在了桌子上，那个包看上去并不大，很小巧的斜挎包，上面绣着的是南京的市花，梅花，如在雪中傲立一般的别致坚毅。

杜云湘的视线落在了那款包上，没有所谓的 logo，但却一点都不像是杂牌子，上面的配色还有针脚都非常好，不像是一般寻常人家会有的。

宁华裳注意到了对面的视线，她的脸上带着一抹浅淡的笑容，微微点了点头。

杜云湘也是头一次见到这样的女孩子，浑身上下都有一种钟灵毓秀的感觉，不像是书香门第的小姐显得一板一眼，而是活色生香地坐在自己的面前，一举一动，举手投足都有一种古典韵味。

杜云湘也对着宁华裳点了点头，她掏出手机看了看时间，这个会议应该持续不了多长的时间，她从前最不喜欢的就是在这种没用的事情上浪费时间，她只需要等到最后，荀修宣布她是这一次的总设计师就可以了。

等到最后一张幻灯片出来后，上面写了"谢谢观看"四个字，会议室里面才传来了掌声。

杜云湘已经准备好了接受总设计师的身份，毕竟在这么多的人里，很少有她名气这么大的，当时有不少米兰的时装秀邀请她去参加，她有

的时候都不得不因为排表档期而推掉，要不是看在荀修，和这一次大秀还有华冠公司的名声重量上，她绝对不可能参加这一次为期一年的大秀筹备。

就在杜云湘期待接受总设计师的时候，荀修却鞠了个躬，说道："今天的会议，到此结束，谢谢大家。"

杜云湘皱眉，就连坐在一旁的Lisa也皱起了眉："荀总，我想我们应该知道一下具体要怎么分组，总设计师的身份要怎么来定，这样今后做事情的时候才会协调，对吗？"

"具体还需要内部商榷，很多部门的负责人还没有定下来，所以目前选择不公开，希望谅解。"

"你……"

Lisa还想要说什么，荀修却看了一眼手表，说道："已经是这个时候了，大家请移步员工餐厅就餐，多谢。"

Lisa的话还没有说出来，就像是吃了一半的饭吐了出去却又不得不重新咽下去一样难受。

杜云湘一直都坐在椅子上没有站起来，周围的人就算是觉得奇怪也不会说什么，Lisa在业内是出了名的不好惹，再加上杜云湘多少有一点千金小姐的架子，所以没有人愿意开口搭讪。

宁华裳也跟着站了起来，朝着门外走去。

苏畅本来第一次见到杜云湘，还想要和杜云湘打个招呼，但是他收到了宁华裳摇头的示意，大约也感觉到了气氛不对，等到苏畅还有宁华裳走出去之后，才听到了Lisa的声音："荀总，你这样有点太不厚道了吧？我们之前分明就已经说好了，让云湘做这一次的大秀总设计师，云湘的能力你应该很了解，云湘可以做到，而且不会有人比她做得更好，刚才你为什么不直接公布总设计师的人选？"

Lisa很生气，本来这一年都要耽误在了华冠公司，而且酬金其实并不算特别的多，现在她感觉到自己好像是被眼前的这个人摆了一道，活生生地吃了一个哑巴亏。

"很抱歉，我刚才已经说得很明确，其他部门的负责人还没有选出来，公司这边规定，这一次的大秀非同一般，所以需要谨慎再三，两天之后我们会公布负责人的人选，到时候各部门会相互协调，你们的部门是重中之重，所以我需要考虑更长的时间。"

"考虑更长的时间？当初和你们达成协议，就是为了让云湘多一次总设计师的历练，你荀总怎么……"

"行了。"

杜云湘的脸上没有什么多余的表情，看上去好像不是特别在意："Lisa，你先出去吧，我和荀修单独说几句，把门关上。"

Lisa 沉住了一口气，她转头离开了会议室。

杜云湘这才在转椅上转了转，面无表情地说道："荀修，你这是什么意思啊？"

"字面上的意思，我已经解释得很清楚了。"

"都说好了，分手了依旧做朋友，虽然咱们俩在一起的时间很短，但好歹也有点人情在，你知道这一次总设计师对我的重要性，这对我来说很重要，大家现在认为杜云湘只不过是一个顶级流量设计师，但是你知道我的实力是可以冲上国际的，事实上我已冲上国际了，我的能力很强，我……"

"杜小姐，你的能力很强，那是因为他们的历史只有几百年，而我们的历史延续两千多年，你能胜任？"

"我为什么不可以？"

荀修淡淡地说道："杜小姐，千年文化是积累和传承的产物，不是你走几次国外的秀，站在红毯上面对聚光灯，设计出一个又一个钻戒和婚纱，还有国外的那些奢侈品就能够胜任的，刺绣你知道一共有多少种？你会多少种？你养过蚕，织过布吗？秦朝的人穿什么样的衣服，用什么样的布料，时兴什么样的花色，华冠之上从什么时候开始镶嵌明珠，旗头之上所戴物什都是什么寓意，你明白吗？"

"我……"

杜云湘一时间哑然："我就不相信有人会这些，现在都是什么时代了？科技在进步，我们都在进步，刺绣找工人就可以，养蚕那种事情也落不到我这里，有了机器谁还会织布？清朝人穿什么样的衣服，用什么样的布料我可以去查，时兴什么样的花色我也会去查，至于你说的这些华冠旗头，网络上……"

"网络上。"

荀修重复了一遍杜云湘说的话："网络上只是只言片语，徒有其表，不知其深意，你怎么创造出震撼国外中华的奢侈衣品？难道在走秀的时候介绍的人要说，这是机器织出的布料，网络上复制粘贴出来的资料，复原一张古画里的人物，生拼硬凑出来的东西吗？"

杜云湘无话可说，她站了起来，拿着手里的手提包，冷冷地说道："你总是这样，一点都不为我考虑。"

荀修没有说什么，杜云湘转头就离开了会议室，房门被重重地关上，宁华裳和苏畅两个人就站在会议室门口不远的地方看刚才的录像倒带。

杜云湘的余光瞥了一眼宁华裳，她的脸上波澜不惊，如湖水一样的清澈澄净。

"杜小姐，我……"

Lisa 直接就站在了苏畅的面前，说道："抱歉，杜小姐私人时间不接受采访访问。"

一句话的工夫，杜云湘已经戴着墨镜坐上了电梯。

苏畅专门在这里等着，没想到还是让杜云湘走了，顿时脸上有点失望的神色一闪而过。

宁华裳浅淡地笑了笑："那就下次吧，我们走吧。"

"等等。"

Lisa 突然叫住了宁华裳，她伸出了一只手，说道："您就是南京非遗的传承人，宁小姐吗？"

"是，你好。"

宁华裳也伸出了一只手，和 Lisa 微微握了握手。

Lisa 笑着说道："宁小姐可真是年轻有为啊，看上去超然脱俗，不知道以前都参加过什么大秀啊？好像一直都没怎么看见过宁小姐您的名字，我这个做经纪人的，其实也很想认识一下，像是宁小姐这样的人。"

宁华裳敛眉，微微一笑："抱歉，我没有参加过大秀，我对这一类并不是很感兴趣，这一次过来，是因为受到了陈教授的邀请，不过我想您应该也不认识。"

Lisa 显然不知道陈教授是谁，她知道这个圈子里有多少当红的珠宝代言人，也知道有多少当红的剧组需要设计服化道，还知道米兰纽约这几个地方经常举行什么样的大秀，认识业内不少的服装设计师，其余的就有点跳圈了，Lisa 笑了笑："我们云湘应该多认识认识宁小姐这样的人，才能够在服装上更上一层楼，这样，我还有事，我就先走了。"

"慢走。"

宁华裳的语气不缓不急，等到 Lisa 走了之后，苏畅才说道："这个 Lisa 好像和刚才在会议室里的样子不太一样啊。"

"虚与委蛇，没什么大不了。"

所以她才不愿意出现在这种场合。

刚才 Lisa 明显是在套话，想要知道她主持大秀的经验到底有多少。

荀修从会议室走了出来，正好看见了眼前的宁华裳，宁华裳说道："荀总不太好过啊。"

"的确不太好过，不过还好。"

荀修说道："宁小姐，有些事情我想要和你商谈一下。"

"荀总如果是想要说关于总设计师的事情，我做不来。"

从宁华裳的口中得到这样的答案，荀修还是有些吃惊的："宁小姐的实力我已经见过了，你也知道这一次我们要做的是什么，没有什么做不了。"

"这应该算是中外文化的一次碰撞，也是中外奢侈品的比拼，他们的历史奢侈品有油画，我们的奢侈品则是国画，西方人的画讲究色彩运用，讲究形似，而我们东方人的国画讲究的是写意，讲究的是神似，他们有他们的羽毛工艺品，我们有我们的点翠工艺，西方大胆又张扬，我们则含蓄浑厚，我不能说我代表整个东方艺术，不过我想做奢侈品这一点，我们不会比他们差。"

宁华裳说道："要说总设计师，我没有主持这样大秀的经验，杜小姐的确比我更合适，而我要做的只是设计就好了，如果我做出来的很好，杜小姐自然会采纳我的建议，而有这个部门的关键不就是在于，我们要相互碰撞讨论，才能够研究出更好的制衣方案吗？"

荀修沉默了片刻，宁华裳说道："荀总如果相信我的话，就不应该有这样的顾虑。"

"我不是不相信你，我是不相信她。"

荀修知道杜云湘是一个什么样的人，杜云湘虽然在这方面很有天赋，有绘画功底，上过高等学府，还有一定的艺术欣赏审美，书香门第还有上流社会的熏陶给予了她高超的眼光，对于自小就接触奢侈品牌还有昂贵首饰的杜云湘，几乎什么都见到过，可这也正是一个弊端，她见到过的太多了，时尚界内，她是翘楚，是一个眼光高尚，设计产品很有艺术特点的天才设计师，但是他们这一次要设计的，并不需要杜云湘所拥有的才华，他们要的是一个了解历史，能够承载历史厚重，遵循历史规定，又跳脱出来的设计，服装之上多出一笔是累赘，少了一笔则缺乏美感，他们要展现的是历史文化的变迁，这些都是不属于杜云湘所了解的文化底蕴的。

荀修摇了摇头，说道："其实你和杜云湘一同设计的话，我会很放心，

但是杜云湘不是这么听话的人，她太自傲了，她不会听你的教诲，也不可能从你这里吸取任何的知识。"

宁华裳耸了耸肩，说道："那这就要看我的个人魅力，还有杜小姐想要在我这里得到知识成长，还是她只想要在华冠公司取得名声地位了。"

"明显是第二种。"

"那就是被功名利禄蒙了眼睛，我看得出来，她的那双手很巧，可惜，她做一个设计师可以，却不能做一个完美的设计师。"

宁华裳说道："那我先走了，我会等通知，今天见吧。"

"我送送你。"

"不用了，你不是已经给我准备司机小周了吗？"

宁华裳看了一眼荀修身后的周忠，周忠不好意思地挠了挠头："那荀总，我去送送宁小姐。"

"好。"

荀修低头看了一眼手机，其实其他部门的负责人都已经定下来了，他只是在宁华裳还有杜云湘之间徘徊不定。

"叮叮——"

手机响了起来，荀修接听了电话，电话的那边说了什么，荀修似乎早就料到了，他淡淡地说道："我明白了。"

第 7 章　总设计师人选

杜云湘没有工夫吃什么工作餐，她之后还有一些零零散散的工作和代言需要处理。

Lisa 坐在了后驾驶座上，将手中的咖啡递到了杜云湘的手里，说道："我已经帮你探过底了，你可以放心，这一次总设计师的身份一定是给你的。"

"为什么？"

杜云湘冷笑，说道："荀修刚才连你的面子……连我的面子都没有给，我了解他，他这么犹豫不定，就是不想要让我担任这一次的总设计师，他分明知道这一次的机会对我来说有多重要。"

"放心，今天来这里的所有人，都不及你的咖位大，要说真有一个有点本事的，应该就是那个叫作宁华裳的姑娘，年纪轻轻的，也不算是落落大方，我也问过了，她没有一点参加大秀的经验，说白了就是一个软柿子，好捏，她没资历做这个总设计师。"

Lisa 说道："我刚才已经和华冠的老板通过了电话，表示了这一次必须要让你当总设计师，对方已经答应了，荀修就算是再怎么腰板硬，还是要听 boss 的，你说对不对？"

听到 Lisa 这么说，杜云湘这才有些放心下来。

其他的不说，她就是不愿意放弃这个总设计师的机会。

中外交流的大秀，和以往的纽约时装不一样，华冠公司本来就是一个国际大牌，这一次要拓展开一个历史变迁的服装大秀，和时尚基本不沾边，算是中外奢侈品的一次对抗，看看几百年前甚至几千年前中国的奢侈衣冠，究竟能创造出多大的美感，带给人多大的震撼。这一次也算是展示大国风采的好机会，促进中外交流，也是一件很国际的事情。

这个大秀意义非凡，不仅得到了国家的鼎力支持，华冠公司的上层也高度重视，在服装界也掀起了不小的波澜，如果能够担任这一次大秀的总设计师，那么自己以后的身价也会水涨船高，这个是稳赚不赔的买卖。

听到 Lisa 说这一次自己稳稳当当地要成为总设计师，杜云湘的脸色这才好转了起来，只要是能够成为这一次大秀的总设计师，其他的倒是

没这么重要了。

"嗯。"

Lisa 点了点头，说道："明天打起精神来这里上班，第一天要好好地笼络他们，这也是笼络人脉的一个好机会，只是担任了总设计师之后，总要上任三把火，不要怕得罪人，之后一顿饭，再好好地改善关系，知道了吗？"

"我知道了。"

杜云湘不太喜欢这样的社交方式，典型的给了一巴掌再给一颗糖，就像是驯狗一样。

她靠在了车窗前，她只是想要证明自己可以，可以成为荀修口中说的那个顶级设计师，可以不用顶着流量光环四处被指着靠脸蛋和家底。

可现在看上去，好像并不是这么简单，总是有人会拦着自己的道路，或许这就是她人生最大的阻碍。

宁华裳晚上的时候被邀约一起吃一顿饭，她看得出来荀修有些话想要和她说。

外面夜色正好，这种高档餐厅，宁华裳吃得并不是很习惯，但是她的一举一动一点都没有露怯，坐在精致的椅子上，手里拿着的是泛着金光的刀叉，旁边摆着的是水晶玻璃的酒杯，里面倒着的是好看的红葡萄酒。

古人都说"葡萄美酒夜光杯，欲饮琵琶马上催"，说的就是葡萄酒最配的就是夜光杯，放在夜光杯里的葡萄酒，让人光是看着就垂涎欲滴，光是看着就会露出迷人的醉态，葡萄酒放在夜光杯里面，就像是鲜血一般，饮酒如饮血。

不过现在已经很少会有人用夜光杯喝葡萄酒了。

宁华裳拿起了红酒杯，微微摇晃了一下，说道："荀总这个时候叫我过来，是有什么话想要和我说吗？"

"私底下叫我荀修就可以了。"

荀修的样子看上去颇有涵养，只是在上班的时候，总是不爱说话，脸上也都是冷峻的表情，看上去有一种生人勿近，旁人勿扰的感觉，做事情也很一丝不苟。

宁华裳微微一笑："是已经定下总设计师的人选了吗？"

荀修突然找自己过来，一定是已经定下了总设计师的人选。

她心里多半已经想到了，这其实一点也不难猜。

"是。"

荀修说道:"很遗憾,虽然我很想要宁小姐当这一次大秀的总设计师,但是公司上层已经有了人选,我没办法。"

"你是这一次大秀的总策划,也是总负责人,公司把所有的权力都给了你,能够让你这么快做决定的,应该是老板吧?"

荀修点了点头。

宁华裳说:"你老板的决定是对的,你们华冠公司是商业公司,并不是慈善机构,而且就像是我白天和荀总说的一样,你叫我来做这一次的总设计师,不会有这么高的关注度,从某种角度上来说,你老板的决策是对的,我并不能撑起这一责任。"

"但是我还是觉得很抱歉,就好像是在流量还有实力面前,我选择了流量,这违背了我的本心。"

荀修本来不擅长说这些话,但是该说的他还是要表达自己的看法:"云湘……她的珠宝设计和服装设计,国际奢侈品牌的艺术创作,都来源于她与生俱来的能力,我不否认她是个天才,但我也相信任何一个有艺术细胞,又后天努力的人,在那样的家世之下,都可以得到这样的审美和水准,尽管她的经验充足,可她的心太浮躁了,她急于求成,所以这一次,我是来请宁小姐在旁边多多提点她,希望能够让她明白,这一次的大秀非同一般,和她之前举办的都不一样,她需要耐心细心,将一切的精力都投入到创作和钻研当中来。"

"我会的。"

宁华裳耸了耸肩:"但是她听不听我的,那就是另外一回事了。"

看得出来,这位杜小姐不是一个这么简单就能够虚心求教的人。

宁华裳说道:"所以这一顿饭局,荀总是想要来表达自己的歉意,并且希望我帮助杜小姐的意思吗?"

"是。"

荀修倒是毫不避讳。

宁华裳说道:"其实就算是没有这一顿饭,我也会这么做的,团结一致才能够创造出好的东西来,在 个团队里面,要的从来都不是一枝独秀。"

宁华裳举起了手中的酒杯,轻轻点了一下,将里面的红酒饮了一口。

她不太轻易喝外面的酒,喝酒的杯子向来都是有讲究的,就例如绍兴的状元红,用北宋瓷杯才是最好,又例如高粱酒,要用青铜酒爵,米酒,则要用大斗来饮。

　　或许自己稍稍有一点不一样的地方，这些东西都是从前外婆讲给自己的，老祖宗留下来的旧东西，有的早就已经不可用，被这个世界淘汰了，可千年演变，是一代又一代的人积累下来的经验，最后得出的结果，封建迷信不可要，但是喝酒的讲究还是很有道理的。

　　就如同红酒放在夜光杯中，就是给人极致的美感，又例如高粱酒放在青铜酒爵内，就显得更有古意，又或者那米酒，用大斗来饮，就更显得大气。

　　荀修敬了宁华裳一杯，宁华裳也没有拒绝，她碰了碰荀修的杯子，微微矮了一点点，按照年纪来说，荀修比自己的年纪要大，碰杯的时候自然要矮一等，以表示自己的尊重。

　　夜色深沉，荀修打车送宁华裳到了胡同口，宁华裳才从车上下来。

　　"多谢荀总，路上小心。"

　　"嗯，明天见。"

　　见宁华裳走进了胡同，荀修才请司机开了车。

　　荀修掏出了手机，收到了宁华裳已经到家，并且谢谢款待的感谢，这才安心下来。

　　希望这一次的大秀如约而至，不要出什么岔子才好。

　　第二天，华冠公司即将准备记者会，这些一直都是公关部门去做，杜云湘这一次早来了一会儿，宁华裳还没到，十三楼是设计部的办公地点，在高楼处办公，会有一种在云端创作的错觉。

　　宁华裳从电梯口走了出来，苏畅作为这一次大秀筹备全记录的记者，需要实地考察，来做之后的剪辑报道素材，也算是经手第一人。

　　"宁小姐。"

　　"苏记者，今天来得真早。"

　　"不早了，杜小姐一早就来了。"

　　苏畅小声地凑在了宁华裳的耳边说道："只是看上去不大好相处，我不太敢上前。"

　　宁华裳笑了笑。

　　杜云湘看上去客客气气，实际上还是不太喜欢生人接触，除非对方是一个自己很需要的人脉。

　　设计部就是在十三楼，中间都有格挡的工位，在这里设计，不出三天的时间就会乱作一团，因为马上这里就会图纸遍布，全都是设计出来的草稿和废纸，有的时候都快分不清楚自己是不是一个制造垃圾的无情工具人。

宁华裳随便找了一个位置坐下，电脑都是崭新的，还有一摞速写纸，生怕不够，所以加了量，削刀还有铅笔应有尽有，就连画板都整整齐齐地摆在自己的面前。

这一套设备下来就要好几万元，看来华冠是真的很在乎这一次的大秀。

"你好，你是宁小姐吗？"

杜云湘不知道什么时候站在了她的面前。

不否认，杜云湘是一个很有气质的女孩子，光是站在自己的面前，宁华裳就已经觉得杜云湘高贵的气质让人不敢直视。

杜云湘和宁华裳握了握手，说道："你好，我是杜云湘，之前就听苟修说起过你，我看过你做的绒花，真好看。"

"那个是我做给苟总的小小见面礼。"

宁华裳从包包里拿出了一个小的长盒子，放在了杜云湘的手里："这个是送给你的，杜小姐。"

"我的？"

杜云湘打开的时候，里面躺着的是一个点翠工艺品。

"这个是……"

杜云湘有点吃惊，这是一个蝴蝶点翠的发钗。

"翠鸟是国家保护动物，所以我只能用了别的手法，来仿制点翠了。"

宁华裳说道："希望你能喜欢。"

"多谢，我很喜欢。"

杜云湘也想到这是仿制的点翠，但尽管是仿制的点翠，却也足以以假乱真了。

在之前看到宁华裳所制作的绒花时，杜云湘就已经想到了她一定是一个值得敬佩的对手，现在看来也的确如此。

如果她们两个人能够相处得融洽的话，或许还会成为好朋友，但愿不会有一天对立起来。

电梯的门打开，苟修一身西装革履，走出来的时候分外的有气场，周围的人都已经差不多到齐了，设计部门一共有九个人，每个人都是分工合作，各有各的创作领域。

苟修走了过来，说道："今天我是来宣布一下我们的总设计师人选。"

苟修看了一眼杜云湘，说道："总设计师兼设计总监由杜云湘，杜小姐来担任，大家鼓掌。"

周围的人都鼓起掌来，杜云湘做这一次的总设计师基本是板上钉钉的

事情，也没有人会觉得不妥，毕竟杜云湘在这个领域已经斩获了不少的荣誉。

杜云湘笑了笑，说道："我一定会胜任这个职位，带领大家设计出更好东西。"

"不过。"

荀修看向了宁华裳，说道："我们也决定，让宁小姐做这一次的第二位总设计师，两个人分工合作，互相帮助扶持。"

宁华裳不记得昨天晚上荀修有这么对自己说过。

她没打算做这一次的总设计师，而之前荀修也已经说过了，设计部只有一个总设计师。

杜云湘脸上的不开心也只是一瞬，她笑了笑，说："荀总说得很对啊，这一次的大秀不同以往，有两个总设计师，也好设计出更好的东西来，我也很期待，你说对吗？宁小姐？"

第 8 章　秦 朝 冠 发

宁华裳看得出来杜云湘眼中的不高兴，方才的友好气氛瞬间就变得火药味儿十足。

尽管宁华裳觉得没有这个必要，但是显然荀修不是这么觉得的。

"我也觉得，我们应该能够互帮互助。"

宁华裳没怎么经历过职场上的钩心斗角，她不太喜欢自己创作的时候被打扰，但是事后要修改，要讨论的话，都来者不拒。

荀修说道："我们初步拟定了一个计划，已经发到了各位的手机上，这样你们先慢慢探讨，我去其他的部门看看。"

周围的人都没有什么异议。

宁华裳说道："荀总，其他部门的负责人都已经定下来了吗？"

"嗯，一会儿我发给你们，你们私底下联系。"

"好。"

宁华裳点了点头。

其实昨天大会上已经讲得很清楚了，秦朝的嬴政是统一华夏的千古一帝，秦朝也算是华夏的开始，既然这一次的主题叫作"美人华裳"，要从美和华两个方面出发。

她昨天晚上的时候就已经想好了所有的构思，今天都可以完成齐备，只不过需要具体开一个小会来商讨和收集建议。

"其实对于昨天大会上的事情，我已经有了一个初步的想法。"

这句话是杜云湘说出来的，杜云湘拍了拍手，看上去对这样的事情轻车熟路，杜云湘说道："既然是从秦朝开始，我查阅了一些基本资料，有一些出土的文献，主要延续秦朝服饰的花纹，以华丽为主，这一次大秀展示，第一个主题就是秦，秦朝的商人、贵族还有皇室所穿服饰，所用华冠，一一展示清楚，我已经查清楚，秦朝的服饰只着玄衣纁裳，也就是黑中扬赤的玄色，应该是最好展示的服饰之一了。"

杜云湘昨天晚上听 Lisa 的话，快速地扫了一遍秦朝人的服饰，从中找到了一些色彩的搭配，那个时候的人们穿着的都是布料，甚至连棉服都没有，生活穷苦可见一斑。

杜云湘的视线落在了宁华裳的身上，见宁华裳的样子倒像是有话要说一样，她问："宁小姐，有什么想要指教的吗？"

她分明看出来宁华裳有些话想要说。

宁华裳垂眸，她说道："可能，杜小姐的确是调查了一些关于秦朝的资料，不过实际上，秦朝沿用了战国时期的衣样元素，可以说是进化演变来的，秦始皇对于着装有一定的严格要求，秦朝的服饰，并不只是玄衣纁裳，那个时候黑色为最上品，寻常人家不可穿黑，三品以上官员则要穿绿袍，庶人则要穿白袍，他们的服装特点是以袍服为贵，能穿上袍服的人，自然不是一般人。"

宁华裳说到这里就没有继续说话了，其实还有很多，但是在杜云湘的面前，自己还是不应该说得太多。

这些资料是必须要刻在脑子里的，否则一旦出错，就要重新设计。

杜云湘点了点头，看上去好像是吸取了这个建议："宁小姐，说得不错，还有什么高见吗？"

"高见谈不上，只是……兵马俑是秦朝的特色之一，如果能够做一身将军服饰，应该更能够展现我国魅力。"

"秦朝的服饰多有特点，也算是文化瑰宝了，那个时候秦始皇着重信奉五行之说，所以在穿衣方面，也借鉴了五行之说。也正是因为这样，后人才能够对于秦朝的服饰有迹可循。"

"宁小姐不愧是这一方面的专家，看来之后我要是有不懂的，还应该来找宁小姐请教。"

杜云湘说这些话的时候，宁华裳只当作是客气的场面话，因为她没有从那双眼睛里看出想要学习的心态。

其实时间并不算是紧迫，她们也不需要太过着急，有的时候太过着急了，反而创造不出来好的作品，至少宁华裳是这么觉得的，她觉得自己现在就应该在自己的那个小院子里面，然后安心地创作。

"这样，大家还是先互相熟悉一下吧，其实今天也不着急，大家熟悉了之后，都设计自己最拿手的，我记得孟小姐应该特别地擅长设计鞋子吧？"

杜云湘的话突然甩到了一个叫作孟小姐的女孩子身上，这位孟小姐的年纪也已经有二十八了，在业内也不算是一个新人，设计出了不少的好作品，算是一个杰出的业内设计师了。

孟曲雯不好意思地说道："杜小姐，你记错了，我其实擅长的是发型，和鞋子一点都不沾边。"

杜云湘也有点不好意思："对不起，我记错了。"

"叮叮——"

杜云湘的手机响了起来，她低头看了一眼，随后说道："抱歉，我有点私事，你们先谈。"

杜云湘转身离开，宁华裳低头看了一眼桌子上空白的素描纸，突然有了想法，其实对于秦朝自己算是比较了解，设计服装她是第一次，但是她做衣服并不是第一次，她了解历史，对历史有所研究，她更擅长的是做那些细微的东西，就例如镶嵌花冠上的明珠，又或者是一个看上去其貌不扬，不会被人在意的鎏金镯子，又或者是隐在长袍下的鞋履，抑或在衣服上的精巧花纹。

这些或许不会被人注意到，但在设计里面却是缺一不可。

"宁小姐，早就已经听闻你的大名了，我叫孟曲雯。"

宁华裳说道："我其实在电视上见到过你的设计，你设计的是一个春秋战国时期的发型，登上过杂志的，对吗？"

孟曲雯的眼睛中泛着光："没想到宁小姐还记得这个，那个是我半年前的作品，我其实很喜欢设计这样的发型，当时也查阅了很多的资料。"

"当然记得了，因为当时你设计的发型贴切，整个人物就好像是从战国时期走过来的一样，你一定遇到了一个特别好的团队。"

孟曲雯点了点头。

团队合作尤为重要，在一个好的团队里面，自己所做的一切都是有价值的，但是在一个并不认真，只是想要赚钱了事的敷衍团队里面，每天都度日如年。并不是每个人都能够在设计的行业里面大放异彩，有的人早就已经在这种麻木的生活之下失去了原本对这个行业的热情。

宁华裳说道："不如，我们一起设计一下秦朝男子和女子的发型？我对设计发型并不是很了解，但是秦朝女子所用的发簪，男子所用的发冠，我倒是可以设计出来一些。"

事实上，秦朝的时候女子的头饰还不是特别的明确，那个时候女子多梳发髻，只有贵族或者是有钱人家才会在自己的头上戴饰品，平常的人家并不会在自己的头上点缀什么，而且秦朝的时候，发展得并不是很好，所以穿着也并非十分华丽。

"好啊。"

孟曲雯早就已经想要和这样的人物一起设计一次了，只是从前一直都没有这个机会，她说道："其实陈教授经常在我们的面前提起宁小姐，说

宁小姐是他的一个小辈，但是会得很多，知道得也多，设计东西很有天赋，今天我可算是见到了。"

"原来你也认识陈教授。"宁华裳笑了笑，看来陈教授的门徒还真是到处都在。

办公区域足够的广阔，宁华裳和孟曲雯两个人都准备好了素描纸，但实际上拿起笔来之后就不知道要从何处落笔，要先定位好自己要设计的是什么样的人群，贵族家的小姐，还是已经嫁人的妇人，秦始皇并没有娶妻，但是有纳妾，帝后这个设计怕是设计不出来了，因为没有任何的参考。

孟曲雯说："不如，就兵马俑吧，我刚才觉得你说的兵马俑，其实很贴切，即便是在国外，兵马俑对他们来说也蒙上了一层神秘的面纱，我有几个国外的朋友，非常迷恋兵马俑，甚至还买了网上的兵马俑模型。"

"是吗？"

宁华裳说道："那就兵马俑吧，一个手握青铜剑，统领万军的将军，你看怎么样？"

"好！"

孟曲雯对着周围的人说道："张姐王姐，我和宁小姐两个人已经决定做兵马俑了，要么咱们就一起做兵马俑，设计出来试一试？"

"Ok，没有问题。"

张姐和王姐都已经是业内的老人了，已经三十多岁的年纪，其实设计这些并不是什么困难的事情，秦朝兵马俑太多了，有迹可循是最好的，只是之后要做出来才是最耗费时间的，他们设计部不能懈怠。

孟曲雯拿起了铅笔，削好铅笔之后就放在了桌子上，在电脑上搜查关于兵马俑的资料。

秦朝的将军头饰其实并不难，只是要拆分下来细细地画上去，并且要定性一个人的身份，也便于服装的创作。

寻常大家的印象当中，兵马俑的形象多是偏髻，但实际在发型上也分为三六九等，在阶级分明的秦朝，大多数的士兵是偏髻，目前在兵马俑的土堆里挖掘出来的最高级别将军，是头戴鹖冠，身披彩色鱼鳞甲的高级军吏。所谓"鹖冠"，也就是用鹖羽做装饰的冠，鹖羽也是一种叫雉鸡的鸟的羽毛。

因为对这段历史自己还算是有把握，宁华裳并不想要浪费过多的时间，很快就设计出来了一个鹖冠。这个鹖冠的外形与兵马俑上的一模一样，有原型的话，基本就不会浪费什么时间，因为这并非是随意捏造的，只是这个鹖冠，需要色彩的复原，就要暂时运用一下现代科技的力量了。

宁华裳打开了电脑，电脑里面，关于色彩的调节都很方便，轻易地就能够找到合适的颜色，并且这个颜色应该之前就已经被导入了电脑里面，可以方便创作。

杜云湘走回来的时候，宁华裳已经在和孟曲雯一起创作了，周围的人也已经在宁华裳的鼓动下准备做兵马俑了，大家都不想要轻易地浪费时间，因为之后打磨制作还需要耗费不少的工夫。

Lisa 坐着电梯过来，今天需要召开新闻发布会，作为这个部门的总设计师，杜云湘必须要到场。

"走吧。"

杜云湘也没有去打扰正在设计的几个人，她戴上了墨镜，坐上了电梯。

新闻发布会在二楼如约举行，这一次叫来了不少的媒体人，就是为了加大宣传力度，这对」华冠公司的形象还是很有必要的。

杜云湘坐在了荀修的身边，还有几位是公司的领导以及部门的负责人。

记者基本都已经到齐了，荀修给了一个眼神，表示已经可以开始了。

"大家好，我是华冠公司的策划总监，我叫荀修。"

荀修在业内也是很有名的人士，摄像机在他的面前，闪光灯不断，这一次"美人华裳"的主题出来之后，已经吸引了大部分人的关注，谁都想要知道这一次的大秀究竟能够掀起多大的轰动。

其中一个记者问道："荀总，您好，大家都知道之前贵公司所举办的各类大秀均获得了不小的成绩，这一次贵公司是要与杜小姐进行合作吗？"

"是。"

荀修点了点头，说道："杜小姐也是业内优秀的设计师，这一次，她会担任大秀的总设计师，让我们的国秀大放异彩。"

记者们的闪光灯和话筒都对准了杜云湘，杜云湘在这样的场面下早就已经轻车熟路。

"人家好，我是你们的老朋友杜云湘。"

杜云湘长得好看，一张精致的脸上都带着礼貌的笑意："我担任华冠公司的总设计师来完成这一次的国秀，在荀总的带领下，我们相信这一次的大秀一定会呈现出最好的状态，大家敬请期待。"

其中一个记者说道："杜小姐，听说杜小姐和荀总曾经是情侣，请问这一次的合作两个人还会擦出爱的火花吗？"

Lisa皱眉，杜云湘笑着说道："和这一次大秀无关的问题我们不做回答，私人感情的事情上希望大家不要过问，谢谢。"

杜云湘的举止得体，荀修的脸上也没有什么多余的表情。

记者们早就已经习惯了这样的场面，但是依旧会不依不饶地追问，说到最后，荀修就开口打断道："这一次我们的制作周期有一年的时间，期待明年我们在纽约的大秀上与大家见面，谢谢。"

记者会接近了尾声，荀修突然有点想要去看看宁华裳的制作，他走出了开记者会的会场，问："宁小姐他们现在还在设计吗？"

"对，还在，要去看看吗？"

周忠还是第一次看见荀总这么在意过一次大秀的筹备，虽然从前荀总对这些事情就都是亲力亲为，但是也不至于每隔一会儿就要问一次。

荀修说道："走，去看看。"

"荀修！"

身后传来了杜云湘的声音，荀修回头，看见杜云湘提着裙子朝着自己走了过来，说道："你走这么快干什么？"

"我还有我的事情要做，记者会那边已经结束了，你还是配合记者回答一些问题吧。"

"这么着急？难得同框，时间久一点，明天或许还能上个热搜。"

"不用了，我没兴趣。"

做这种噱头对他来说没有必要，他说道："我还要去监工，就先走了。"

"我跟你一起去啊。"

杜云湘挽住了荀修的手臂，然后很自然地按了电梯。

周忠看了一眼，然后默默地移开了视线。

荀修不动声色地抽出了手："在公司，请你的举止得体，杜小姐。"

"好，没关系。"

杜云湘说道："过两天就是我生日了，你别忘了来我家给我过生日，我爸妈好久都没见到你了。"

"我不去了，公司还有事情。"

"每年你都会给我过生日的。"

杜云湘有点不高兴地说道："就只是因为分手了，所以你就……"

荀修淡淡地说道："在公司，不谈八卦。"

杜云湘沉默。

荀修不管是在生活当中还是在工作当中总是保持着一种工作的状态，

看来就算是分开了，他的态度也一样不会改变。

"好吧，我知道了，荀总。"

杜云湘和荀修站在一个电梯里面，周忠觉得自己多少都有点多余。

电梯的门打开，设计部的团队都已经初步设计出来了一个轮廓，比刚才杜云湘夫开记者会的时候还要团结合作在了一起，几个人干脆坐在了一个圆桌子上开始设计彼此手中的图样。

宁华裳已经用电脑制作出了一个鹖冠，鹖冠上用了并不鲜亮的赤色，设计巧妙，和兵马俑上的鹖冠一般无二，在秦朝的时候，穿着打扮虽然也很讲究，但是所用花纹不多，更何况是兵马俑，最主要的地方是兵马俑的甲胄，这位目前挖掘出来兵马俑级别最高的军吏，是身着彩色鱼鳞甲，在秦朝的时候，也不是谁都能够戴上这样的甲胄。

"华裳，你看我这个还可以吗？"

"可以。"

宁华裳点了点头，兵马俑有原型，只是细节上怕是要再抠一抠，除了兵马俑之外，秦朝女子的服饰更加的繁缛，男子的都有原型可考，但是女子的就相对少多了。

"荀总。"

孟曲雯看见荀修和杜云湘两个人一起过来了，这才打了一声招呼。

宁华裳回头，对着荀修微微颔首："荀总，杜小姐。"

杜云湘说道："看来宁小姐的组织能力比我要强很多，其实刚才新闻发布会的时候，宁小姐也应该一起去的。"

宁华裳笑了笑："我对这些对付媒体的事情并不擅长。"

孟曲雯说道："华裳还真是厉害，我们刚才就已经初步定下了一个草稿，华裳所设计的兵马俑的鹖冠已经画好了，兵马俑最困难的地方还是甲胄鞋履，我们打算再设计出一个青铜剑来，这样才显得更生动。"

荀修问："我可以看看吗？"

"当然可以了。"

兵马俑的初步设计稿已经出来了，兵马俑的设计并不烦琐，反而十分简单，越简单，越有两千多年前人们的感觉，原始而又富有文化水准。

"这个是宁小姐的提议？"

"对，华裳在这方面了解得比较多，兵马俑的发型配上鹖冠，最后出来的效果是这样。"

说着，孟曲雯将平板上的模拟图展示了出来。

　　孟曲雯说道："这一次华裳提议，设计出一种从兵马俑土堆里面走出来的感觉，这样也富有设计感，就像是兵马俑上的彩色鱼鳞甲，我们可以在上面刻意做旧，用陶土在鱼鳞甲上烘干，模特妆容上也已经考虑到了，张姐在妆容上面特别的有见解。"

　　这一次的大秀既要符合当时朝代人们的穿衣风俗，在尊重历史的同时，也要做出一些设计的变动，孟曲雯问："苟总，您觉得这个怎么样？"

　　"很好。"

　　苟修看向了宁华裳，笑着说："看来让宁小姐参与这一次的筹备，还真是一次再好不过的决策。"

　　"苟总夸奖了。"

　　宁华裳本来不想要再继续说什么，她明显感觉到了杜云湘的不高兴，虽然不是特别明显。

　　杜云湘对着苟修说道："苟修，我还有点事情要问你，你跟我去办公室商谈一下接下来的策划吧。"

　　"嗯。"

　　苟修放下了手中的设计稿，说道："麻烦宁小姐，还有各位多加辛苦了。"

第9章 秦朝甲胄

等到杜云湘还有苟修走了之后，宁华裳才对孟曲雯说道："你刚才在杜小姐面前是故意那么说的？"

"是啊。"

孟曲雯也不避讳，说道："杜云湘在业内的名声其实一点都不好，同行对她的口碑都很差的，你还是少和她接触，咱们做好咱们的就可以了。"

"她……口碑差？"

"嗯。"

孟曲雯对宁华裳说道："其实她设计出来的那些东西也不是说不好，只是她的团队是她爸妈找来的，高价聘请的团队，很会制造噱头，就说那个 Lisa 吧，看上去八面玲珑，这些年杜云湘的那些商业代言全都是她拉的资源，大家也不是眼红病，只是分明没有那个水准，一定要夸耀成那个地步，大家都有点不高兴而已。"

张姐已经三十四岁了，在这个行业里不算是一个新人，她说道："杜云湘耍大牌也不是一天两天了，其实也不用这么大惊小怪，咱们做好自己的，别管她。"

"对，其实这一次的总设计师，根本不应该是她。"

王姐说道："我是听见那个 Lisa 给华冠老板打的电话，说了一大堆的话，最后才敲定的杜云湘，其实大家心里都清楚，这一次大秀，估计杜云湘又能出不小的风头。"

宁华裳之前没有入过职场，这和她心里想的差距还真不是一星半点。

"我本来只是想这种为国争光的好事，大家都能在一起钻研。"

孟曲雯一边设计着秦朝妇人的发型，一边说道："咱们钻研咱们的，就像是上一次和杜云湘合作，我明明更擅长发型的设计，她却让我去设计鞋子，当时我的名气也没有杜云湘大，我也不是总设计师，总设计师发话，我就只能照做。"

王姐说道："反正啊，在这个行业里面，除了那些大老板还有品牌商之外，没有什么人愿意搭理杜云湘。"

宁华裳笑了笑，没有说话。

她其实倒不觉得杜云湘像是大家口中说的这么差，她也看了一些杜云湘的设计，并不是不好，也有很多让人眼前一亮的设计，只是这些设计都是奢侈品设计，在大众的眼中并不能够有太大的曝光量。

兵马俑的初稿暂时定下来，兵马俑手持青铜剑，身披战袍，穿着鱼鳞甲，脚上踩着的是略微向上翘的战靴，鱼鳞甲上用朱红色的连甲带连接，铠甲的边缘应该是有花纹的，只是一时间不知道用什么样的图案，回去之后还需要细细地查看才好。

倒是发型这边，孟曲雯已经设计得很好了，孟曲雯要设计的还有秦朝妇人的发髻，以及商人的发髻等等。

宁华裳查阅着青铜剑的照片，当时秦朝出土的青铜剑倒是不少，特点是柳叶状的剑身，剑身比较长，这些青铜剑锻造得十分坚硬，甚至可以穿透敌军的铠甲，这个作为秦军的一大特色，自然要出现在设计里面，只是要做出一把真的青铜剑倒是不容易。

张姐问："华裳，这个鱼鳞甲应该是铁甲吧？"

宁华裳点了点头："是，秦朝普通的士兵用的是皮甲，有的用铜甲，不过我想用铁甲应该展现出来的效果更好一点。"

"好，明白。"

在设计出初稿之后，就要立刻联系其他的部门了，比如衣服的材料还需要进一步的采购，才能够做出初步的样衣，最后才能够做成品。

兵马俑的设计更简单，更通俗易懂一些，毕竟兵马俑早就已经走向了国家化，在大家的眼里早就已经有了统一的认知。

宁华裳揉了揉眼睛，经常去看屏幕的话，眼睛果然还是会疼。

这些资料收集到了一个文档里面，最后能够用于精修兵马俑的设计图稿。

而服装的搭配最主要的还是色彩上的运用，好在秦朝对于服装的颜色有很好的把控。都有迹可循，这样设计出来才协调。

办公室里，苟修走了出来，杜云湘却没有出来，看得出来苟修的脸色并不怎么好。

"吵架了吧。"

孟曲雯说道："要是我是苟总，这样的女朋友我也不要。"

宁华裳倒是听说这两个人曾经在一起过，孟曲雯偷偷说："我倒是觉得杜云湘对苟总旧情难忘，当初两个人在一起的消息传出来的时候，我还觉得这两个人是佳偶天成呢。"

宁华裳倒是也觉得这两个人很般配，只是看上去苟修不这么想。

宁华裳站了起来，伸了个懒腰，张了张手臂："我出去透透气，要一起吗？"

孟曲雯摇了摇头："不了，我刚有一点灵感。"

"那我出去一下。"

"好。"

宁华裳不太适合在这种地方工作，总是不能够适时地彻底放松下来。

城市喧闹，出去之后就是一条商业街，马路上全都是车辆往来，总觉得少了一点人情味。

苏畅刚刚从记者会上回来，看自己摄像机里的记录，见到宁华裳站在走廊的窗前考虑着什么，他上前打了个招呼："宁小姐。"

宁华裳回过神来，正看见苏畅走过来："苏记者，刚从记者会回来？"

"是啊。"

苏畅说："正准备进去记录一点咱们的日常，苟总说好了是要做纪录片的。"

像是想到了什么一样，苏畅说道："对了，我这里倒是还有不少兵马俑的照片，全都是我记者朋友给我的，他前几天去了一趟骊山，你看。"

说着，苏畅从摄像机里面倒出来了几张照片，那几张照片上面全都是兵马俑的高清照片，记者总是能够第一时间得到第一手的资源，那上面是一个陪葬坑，所有的兵马俑都整整齐齐地站在原地，目光坚定地看着前方，有的人面容带笑，有的人神色严肃，每个兵马俑都排列整齐，只是有些的头掉了，看上去有些骇人。

可以看得出来，他们当中有的人手中一定是握着剑的。

"你的这个朋友，是专门研究兵马俑的吗？"

"是。"

苏畅说道："他是做古物研究的，有不少的资料，宁小姐是想要看什么吗？"

"青铜剑，我可能需要看一下青铜剑。"

"这个我倒是不清楚，不过我可以帮宁小姐问一问。"

"好，多谢。"

宁华裳的样子倒像是帮了大忙一样。

张姐正在设计调整鱼鳞甲的位置，这张图片放大了可以清楚地看见鱼

鳞甲的排序，她皱了皱眉头，秦朝将军的鱼鳞甲是方形的，在兵马俑开放的照片当中，大多数的士兵用的都是"扎甲"也就是用皮革和皮条相互串联起来的，但是将军俑用的是鱼鳞甲，要设计出这种感觉还真是不容易。

"华裳，要不，我们也用皮质的鱼鳞甲？可能看上去没有铁甲好看，但是可能符合度更高一些。"

宁华裳看了一眼模拟器生成的模型，的确，皮质的鱼鳞甲看上去更顺眼一些，士兵大多数用扎甲，但是将军俑的将军却并不是这样。

"好，那就用皮质的鱼鳞甲，我想应该色彩上更加地鲜明有对比。"

用皮条还有绛红色的布所穿插出来的鱼鳞甲，能够展现出和普通兵马俑不一样的地方。

总体需要考虑到衣服的材质，色彩上的搭配，还有最后的设计感观。

宁华裳说道："苏记者，能不能帮我把刚才那张将军俑的照片传过来？"

"可以。"

苏畅打开了手机，很快地将将军俑的照片传到了宁华裳的手机里，宁华裳低头看了一眼上面的照片，应该属于超清的人像照片了，这样她们也可以看到更多的细节。

宁华裳将手里的照片发到了一个群里，在原定基础上重新复原设计，这是她要做的工作，看上去虽然烦琐了一些，但是并不是不能做好。

"你看这个将军的手里，是不是缺少了一把剑？"

将军俑的右手搭在了左手上，也就是说，将军俑的手里原本应该拿着一把剑，这把剑就是秦军专用的青铜剑，将军俑配青铜剑，堪称完美。

"不过，我有点好奇。"

苏畅不好意思地问："我问得可能有点多余，但是我还是很想要问一下，秦军皮革来做甲胄，真的……能抵御刀枪吗？"

皮革虽然不容易被刺破，但是怎么也没有铁片来得坚硬。

宁华裳笑了笑，说道："你知道在秦朝之前的战国时期，皮革被称作什么吗？"

"什么？"

宁华裳说道："皮革所做出来的甲胄，坚如磐石，有足够的抵抗能力，至少能够抵御敌方一半的伤害。"

"这么厉害？"

苏畅之前倒是没有做过这方面的功课，宁华裳说道："这都是书上记载着的，古代的匠心智慧，有的时候就是叫我们这些人捉摸不透，他们那个时候就已经有了卡尺，而且刻度十分的精准，他们甚至创造了日晷，来计算时间。"

"日……日晷？"

苏畅还是第一次知道这个东西："这个要怎么计算时间？"

"影子，太阳的影子。"

宁华裳将其中的一个照片放在了苏畅的面前，这就是日晷的样子，她解释道，"日晷是根据阳光投射物体影子的长短来计算时间，上面也有刻度，其实原理很简单，就和人站在阳光底下是一样的，日晷的中间有一根铁针一样的东西，阳光照射在一个物体上，白天的时候影子最长，中午的时候最短，过了中午又再变长，同样改变的还有方向，太阳的方向改变了，影子的方向也随之改变，早上的影子在西方，中午的在北方，晚上的就在东方，所以日晷能够计算时间。"

"只是这种方法在阴雨天和没有太阳的日子里是没有办法计算的。"

"精彩。"

杜云湘拍着手，有意思地说："宁小姐的解说真是精彩，看来宁小姐懂得的确是多，我刚才已经看过了初稿，有些事情想要和宁小姐讨教一下。"

"什么？"

杜云湘问："我们这一次的国秀，宁小姐打算用什么样的方式来呈现？"

宁华裳沉默了片刻，问："杜小姐怎么想？"

杜云湘说道："现在是现代，我们也需要跟上时代的脚步，所以我在考虑，要不要夹杂一些现代时尚的元素进去？"

宁华裳看着眼前的杜云湘，问："杜小姐觉得，怎么才算加入了现代的时尚元素？"

第10章　将军俑面料

　　宁华裳的这句话语气已经有些略微不对了，她听得出来杜云湘想要什么，杜云湘是经常在时尚圈子里面摸爬滚打的人，知道大众想要什么，又不想要什么。

　　宁华裳看过几次非常糟糕的大秀，那些所谓的高端设计师正在以夸张的手法设计出来令人难以直视的服装，她并不认为这就是所谓的艺术，所谓的美感，因为她看在眼里的时候就只是觉得低俗，或许只是为了好玩，或许也只是为了觉得吸引眼球，但不妨碍这是很丢脸的设计。

　　"宁小姐，你放心，我所说的融合现代因素，和你想的不一样。"

　　杜云湘说道："我只是想到应该用一种更适合西方人接受的感官体验。"

　　"更适合西方人接受的？"

　　宁华裳不厚道地笑了一下，她说道："杜小姐，你知道你自己在说什么吗？"

　　"怎么了吗？"

　　杜云湘不知道自己说错了什么，但是在场的几个人明显很不高兴，脸色也很不好看。

　　宁华裳说道："东西方文化的差异，我知道一向很明显，西方人崇尚自由，东方人含蓄浑厚，我其实并不觉得咱们几千年的文化，就会比西方要低端很多，或许做服装要迎合西方人的胃口，要以他们的尺码来制定衣服，要以他们喜欢的颜色和风格来制作品牌，这些我都可以理解，但是我不明白的是，为什么连文化，都要去适应西方人？我们这一次的大秀，旨在让西方人也感受东方文化的魅力，还是纯粹是为了取悦他们？"

　　一时间，杜云湘哑然。

　　她经常混迹时尚圈子，所以知道，就连模特，各个品牌都愿意去找国外的人来代替，因为身高比例很合适，会体现出不一样的国际范，她也知道，国外的奢侈品牌明显卖得更高，所以理所当然地就觉得国外的市场要更好，她接触过太多国外的奢侈品牌，服装代言有不少都是西方的，一时间有点忘记了根本。

是啊，东方有东方的文化，这种国秀如果还去迎合西方，那就成了一个笑话。

杜云湘知道自己错了，但是她并不打算就这么承认自己错了，她是第一次被人这么当面直接戳着脊梁骨，顿时有些拉不下脸。

宁华裳知道自己不应该说这种话，但是对于杜云湘来说，好听谄媚的话应该已经听得太多了，她也不擅长虚与委蛇，所以才会一个人跑到大山里面寻求大自然带给自己的五感。

宁华裳说道："以上就是我的态度，很抱歉打扰了大家的兴致。"

孟曲雯并不觉得宁华裳说得有什么不对，刚才当杜云湘说出那种话来的时候，自己就已经想要把宁华裳说出来的话脱口而出了，但是因为人情世故上不允许，没想到宁华裳竟然直言不讳，孟曲雯多少有点佩服宁华裳。

张姐和王姐也已经是圈里的老人了，周围的人都不由得暗暗佩服宁华裳，该让步的让步，不该让步的还真是　点脸面都不给。

宁华裳对杜云湘说道："杜小姐，以后这种事情，我们还是私底下说吧，不过设计时尚感这种事情，我想我们合作不来。"

时尚还有历史背道而驰，相互冲撞，得此失彼，这一次既然是国秀，她就不会设计出这种会过时的时尚。

时尚和经典，多少还是有所差距的。

"我只不过是随口一提，宁小姐说得也很对，抱歉，是我这个想法太不成熟了，我还有事，你们忙。"

杜云湘转头的时候，孟曲雯觉得杜云湘的脸都黑了。

还是头一次见到杜云湘这个样子，想来宁华裳这一次真的是让杜云湘感觉到下不来台了。

"华裳，你可以啊，我看你年纪不比我大，怎么胆子这么大！"

"大概是因为，我就只是一个场外援助，经过这一次之后我和杜云湘两个人不会有任何交集了吧。"宁华裳说道，"所以我也不怕在这个时候多得罪她一下。"

因为如果这个时候让步的话，杜云湘之后提出的任何要求，自己就都会跟着让步了。那么荀修拜托给自己的重任，自己怕是就不能担任了。

"来，干活吧。"

宁华裳伸了个懒腰，坐在了椅子上，设计着一些简单的花纹，联系采购部门，找一些合适的布料，秦朝人的衣料并不是这么简单，那个时候

一般都穿布和麻，面料较为粗糙，领兵打仗的将军当然不可能穿着绫罗绸缎，那个时候就只有富贵人家还能穿上丝绸，但是将军去打仗，那是万万不可能的。

在几经商讨之后，将军的衣料选用了质地坚硬的织棉，甲衣的形状自胸前垂下是尖角的形状，用的也都是几何形的花纹，这个时候电脑就派上了大用场，电脑上绘制图案较为方便，也更整齐，甲衣上面还有铆钉来固定，披膊还有彩带结头全都是按照将军俑上面的位置设计的，在原图上精修过后，再上色，根据资料上的记载，这个甲衣的前长为九十七厘米，后长为五十五厘米，经过修复过后，差不多就是他们所画出来的这个样子，为了能够让人更清楚地知道这个是兵马俑，几个人就按照之前设计出来的建议，在这件衣服上设计出陶土覆盖的感觉，在模特的妆容上也可以做一下改动。

兵马俑的设计出来之后，要立刻联系采购部门，准备皮革、织锦等一系列的面料，随后就是自己做样衣，做样衣这件事情，就要看大家伙的手艺了。

宁华裳最拿手的也是这里，鹖冠、鞋履、鱼鳞甲，最难的还是鱼鳞甲，要一片一片按照上面的方式穿插，全身甲片一共一百六十片，多一片都不可以。

今天的工作忙到这里也已经快到了中午，宁华裳转动了一下手臂，觉得手有些僵硬，在采购部门采购完之前，她们还要做出下一个设计稿，最后再放到杜云湘的办公桌前。

第 11 章　中西碰撞

　　中午，一切都准备就绪，秦朝兵马俑的设计方案就摆在了杜云湘的办公室，另外他们还做了设计样稿，以及之前针对秦朝方案上做的一些改变，大抵体现的就是秦朝比较有名的朝服和祭祀服饰，以及女子的服饰。以兵马俑为首的设计，秦朝服饰一共制定六套，并且已经完整设计好了一套将军俑的服饰，只差青铜剑的设计，不过等到苏畅送来照片之后就已经基本设计妥当了。

　　宁华裳伸了一个懒腰，中午的时候大家都一起在员工就餐区域聊聊天，这一次的设计方案应该没有什么问题，大家都想要做进一步的设计稿，毕竟制订好了设计计划之后就必须要付诸行动。

　　宁华裳和孟曲雯两个人说话比较投机，大概是因为年纪相差也没有几岁，而且喜欢的东西都有很多，从春秋战国谈到清朝末年，好像有说不完的话题。

　　等到几个人回到设计间的时候，Lisa 正好在里面冲泡咖啡，见到几个人都回来了，于是礼貌地打了声招呼："几位好，我是杜小姐的经纪人，我叫 Lisa，很高兴认识你们。"

　　"杜小姐呢？"

　　孟曲雯看了半天都没有见杜云湘，这个时候杜云湘难道不应该在办公室看她们递交上去的设计稿？

　　但是显然，对方并没有这样的闲情逸致。

　　Lisa 说道："真不好意思，杜小姐因为有一个推不掉的剪彩活动，所以下午可能暂时不在。"

　　"不在？那我们的设计稿已经提交了，杜小姐已经看了吗？"

　　孟曲雯皱着眉头，他们忙活了一个上午的时间才磨合出来的方案，杜云湘连看都没有看，让经纪人来打一声招呼就走了？

　　孟曲雯还是头一次碰见这么无厘头的事情。

　　"抱歉，这个是对方公司之前就和我们签订的合同，杜小姐一定要去，给你们造成了不便十分抱歉，但是我们这边也没有办法推托，希望互相谅解吧。"

Lisa话都已经这么说了，就相当于是在给他们一个合理的解释，态度也还算是良好，给了正当的理由，当然也找不到什么反驳的话来。

孟曲雯虽然觉得心里憋屈，但是在工作当中这也是经常有的事情，既然是自己的上级领导，当然不能够有什么抱怨的话，尽管她们之间的合作时间就只有短短一年，不过这一年的时间也可以说很长了。

宁华裳是一个做什么事情都很认真的人，她知道这个行业中或许会有并不是很在意岗位，准备浑水摸鱼的人，但是没有想到杜云湘这个名人也会做出这种事情来。

宁华裳问道："Lisa，剪彩的活动大概什么时候结束？"

"大概是……下午五六点吧。"Lisa还是仔细思考了一下才给宁华裳答案。

宁华裳说道："可是杜小姐不回来的话，我们接下来的工作都没有办法做，这样，我们就提前下班，明天杜小姐看了我们设计的方案之后，我们再做商讨，好吗？"

"这个……我想应该和你们的荀总说一下。"Lisa说道，"毕竟我也就只是传话，云湘下午的时候的确没有什么时间。"

"好，那我们就问问荀总的意思，毕竟要是没有总设计师在的话，那就是我一个人说了算了，我今天把方案定下来的话，杜小姐明天回来要找我争执，我也会觉得很麻烦，所以干脆大家今天就都休息吧，我去和荀总说。"

宁华裳看上去文文静静的，好像一点攻击力都没有，但是说出来的话却并不是这么的柔弱。

至少Lisa听在耳朵里的时候已经听出了宁华裳此刻的不满。

这个宁华裳，还真不是什么简单的人物。

"好，既然宁小姐这么说，那我也没有什么办法了。"Lisa的脸色看上去并不怎么好。

实际上下午的时候并没有什么剪彩的活动，只是杜云湘上午的时候受了点气，单纯地不想要在这个办公室待下去了而已。

这件事情荀修虽然不知道，但是知道了也拿她们没有办法，想要为他们华冠公司做一个很好的宣传，杜云湘是必须要的。

宁华裳觉得这一次Lisa应该是打错了什么算盘，她看得出来Lisa这么有恃无恐是因为华冠公司是商业公司，需要一定的宣传，但是并不代表一定要杜云湘，这一次的国秀，和商业并不挂钩，或许能够再一次打响华冠公司的名气，但是这一次并不是为了推品牌而举办，是国家出资来弘扬文化的一次公益。

等到 Lisa 走了之后，孟曲雯才看向了宁华裳，说道："华裳，你该不会真的要闹到荀总那里去吧？"

"该说还是要说，不然还有下次怎么办？"

"但是荀总和杜云湘他们俩……"

孟曲雯说道："都知道他们两个人曾经的关系，就算是说了也未必有用，到时候让人觉得你喜欢打小报告就不好了。"

"我不怕这个。"

她今后也不会来华冠公司上班，就算是让人觉得自己喜欢打小报告也无所谓，一年之后，自己还是要回到自己喜欢的地方去，如果不是因为这一次陈教授叫自己回来，自己还真的不会就这么回来。

"今天大家也累了一上午了，秦朝的初步方案我们都做好了，等总设计师审核之后我们才好开工，最好是完成一个朝代的方案之后再做下一个，毕竟是我们的时间充裕，把每个朝代钻研透了做出来的成品设计才会好，对吗？"

宁华裳说话温柔，孟曲雯倒是希望宁华裳才是这个总设计师，只可惜中途有一个杜云湘拦路。

宁华裳上楼去找荀修的时候，荀修正在打电话，见宁华裳在门口，对电话那边嘱咐了什么，然后才挂断了电话。

"请进。"

宁华裳走了进来，也不拐弯抹角："荀总，杜小姐不在，我们的方案没有人审核，下午的时候我们打算放假，我特地来找你批准。"

荀修听到宁华裳这么说的时候，忍不住笑了笑。

这在常理上看来是绝对不可能的事情，只是因为总设计师不在了就整个部门都休假，敢提出这个要求的可能就只有宁华裳一个人了。

"宁小姐，请坐。"

荀修示意宁华裳坐下去，宁华裳自己都知道自己提出来的是一个滑稽的笑话。当然，让整个部门都休假，简直就是一个再无理不过的要求，这她也知道。

她从很小的时候就接受过了一个训练，这个训练没有什么独特的名字，大概内容就是，自己那个时候总是迟到，听外婆教学的时候又总是打瞌睡，为此，和自己一起上课的几个师兄弟就经常受罚，但是偏偏不

罚自己，她就在旁边看着，自此之后自己就再也没有迟到和打瞌睡过了。

因为自己的一个行为，让其他的人付出代价，这是不对的，会引起一个人的负罪感。同理，因为杜云湘一个人的任性，导致整个工作停滞，这也是一个巨大的压力和负罪感。

"宁小姐，杜云湘的事情我已经知道了。"荀修说道，"我已经核实了，这个剪彩活动不存在，是她单方面闹小脾气。"

宁华裳说道："所以荀总，我这个方案你给通过吗？"

第一次见到荀修的时候，荀修把自己打理得一丝不苟，浑身上下都带着一股冷淡的气息，他笑起来的时候也可以很斯文，让人看起来就觉得是一个温文尔雅的男子。但是在处理工作的时候，却很刻板，某种程度上和自己很相似，她承认自己是一个在某种事情上有原则，甚至是钻牛角尖的人，荀修也是这样，这一点宁华裳在第一次见到他的时候就已经感觉到了。

荀修说道："就按照你说的，你们部门休息一天。"

"你老板那里怎么办？"

"老板那里，我有我的说辞。"荀修似乎已将这些事情都考虑好了。

宁华裳站了起来，说道："那我就不打扰荀总了，只是杜小姐可能之前从来都没有接触过古装的设计，总是想要融入现代的元素，我知道她主打的是西方奢侈品的品牌，但是作为一个中国人，发现东方美，也是一个中国设计师必须要有的审美观，对吧？"

荀修点了点头，脸上带着一抹浅显的笑意，果然和自己想的一样，这个宁华裳很对自己的胃口，至少在某些方面，对待某些事情，他们的态度都是一样的。

虽然说宁华裳现在的年纪还不大，但是有这样的想法，可以说是后起之秀，再加上这一门手艺，如果真的肯加入服装设计的这门职业里，应该不出两年就会成为业内炙手可热的新人设计师了吧。

"对了，宁小姐。"

"怎么了？"

荀修说道："签合同的时候我们应该都已经签到了保密条款，也就是对于这一次的设计图样和方案不能够流传在外面，公司为了防止这一类事情发生，也是为了让设计师们能够有更多交流的时间，所以在公司旁边租了长期的酒店，也便于你们居住。"

"租了酒店？"

"是。"

荀修看了一眼手表，说道："这段时间我也住在酒店里面，基本上是两个人一间，地方也很宽裕，和自己家里一样，所以也不用觉得不舒服，宁小姐可能要回去整理一下行李，这件事情我也是刚刚得到的消息，还希望你替我及时通知一下，一会儿就发在群里。"

"好。"

住在什么地方宁华裳倒是并不在意，只要是能够让她们创作出更好的东西，住得安心舒适就好了。

等到宁华裳走了之后，荀修才拨通了杜云湘的手机号，他一直都觉得杜云湘不是一个小孩子了，应该要懂得轻重缓急，也要知道事态的严重性。

"喂，是我。"荀修淡淡地说道，"你现在在哪里？"

电话那头的杜云湘似乎早就料到荀修会来这一通电话："Lisa 没有跟你说吗？是剪彩活动。"

"我已经看过你最近的档期，没有剪彩活动，因为你的任性，设计部门已经停工一天，你要知道你现在是华冠的总设计师，不要在我这里要大牌，如果因为你的缺席，导致工作无法正常运行，我会申请撤销你总设计师的职位，并且今后拒绝和你的一切合作，另外，你的失职也会承担巨额的违约金，请你考虑清楚。"

"荀修！你！"

"嘟嘟——"

电话被挂断，杜云湘气得脸都黑了。

她知道荀修其实并不喜欢自己，两个人的关系一直以来也并没有多么亲昵，但是好歹也是从小一起长大，彼此的父母也都认识，荀修对自己这样无情，杜云湘的心里还是很不是滋味儿。

如果没有这一场大秀的话，或许两个人的关系还没有这么僵硬，她看得出来，连荀修也不相信自己能够胜任这一次总设计师的职位，部门的其他人也不喜欢自己。

但是她就是想要让所有的人看看，自己可以，能够战胜这个职位。

"杜小姐，您还要逛街吗？"

司机看杜云湘的脸色不太好，杜云湘心情不好的时候，对逛街一点兴趣都没有。

杜云湘冷冷地说道："开车，回家。"

"是，小姐。"

杜云湘掏出了手机，找了一些秦朝的照片，其实只是设计的话，自己根本不会输给宁华裳，自己的这个国际设计师的称号可不是白拿来好看的，她可以设计出很好的衣服，这些成绩也都是有目共睹的，品牌销量决定一切，她的实力在国际上也拿得出手。

想到这里，杜云湘这才顺了一口气，她也应该设计出一个图稿，来证明出自己的实力才对，而不是让宁华裳这个所谓的非遗传承人来抢走自己的风头，霸占着第二总设计师的位置，既然是总设计师，她就坚信只有一个决策人就够了，还有第二个，那就是对自己能力的不信任。

第 12 章　青铜剑

推着行李来到了华冠公司旁边的酒店，最高层的那一层楼已经被华冠公司给包了，能够包下一年的酒店，看来华冠公司还真是很有钱。

宁华裳的身量并不高，看上去甚至是有些清瘦，她搬着手里的行李箱走出了电梯，手里的门牌号是 1010，推开门的时候，才看见了房间里面的孟曲雯。

她早就有预感会和孟曲雯两个人一起，和一个熟悉了的人住在一起也算是舒心。

"来啦，看看，这里怎么样？"

有客厅，有沙发，有电视，有电脑桌，还有两张单人床，甚至还有厨房，这样的环境就算是一个一室一厅独卫加厨房也不足为过。

孟曲雯一早就知道自己要和宁华裳一间房，所以兴奋了好一会儿，她觉得自己和宁华裳可以谈论很多的东西，两个人可以把古往今来所有的服装设计都讨论一遍。

遇到了和自己有共同爱好的人，很难会让人不高兴。

宁华裳周围看了看："这里……是华冠公司订下来的？"

"是啊。"

孟曲雯说道："也不算是订下来的，这个是商业套房，是华冠公司旗下的酒店，所以咱们住着的全都是员工房，我倒是觉得这个待遇不错，以后早上起来的时候就不用早起了，三餐也有人送。"

孟曲雯移开了自己的步子，对着不远处的电脑桌说道："而且……还有专业的画板，电脑配置都特别的好。"

宁华裳看着这上面的设施，还有什么理由不铆足了力气干活儿？

"我现在就感觉浑身上下有使不完的力气，等到明天咱们的策划案被采纳，就开始按照之前定的计划来，我觉得肯定没有问题。"

宁华裳忍不住笑了，说道："没问题！"

她对这一次的策划也很有信心，这是他们整个部门都凑在一起想出来的无可挑剔的策划，秦朝也算是华夏统一的第一朝代，这个朝代几乎是整个华夏的开始，这个开端很重要。

"叮叮——"

手机上传来了一个号码，宁华裳接听了电话，电话那边是苏畅的声音："宁小姐，我是苏畅。"

宁华裳这才看了一眼手机上的电话号码，上面显示的是北京的电话号，宁华裳不好意思地说道："苏记者，怎么了吗？"

"是这样的，今天宁小姐你不是说要青铜剑的照片吗？我的朋友那里还真的有几张照片，只不过不是真的，是博物馆摆着的青铜剑模型，你看看，不知道行不行。"

"行，只要是青铜剑的就好，谢谢你啊苏记者！"

宁华裳原本就是在等这个青铜剑的模型，有了这个青铜剑的模型照片，就能够仔细地观察这个青铜剑上面的纹路还有特征，网络上的那些照片真假莫辨，且看不清楚，宁华裳后悔自己当初没有多去这样的博物馆，这样自己就能够了解得更透彻了。

孟曲雯说道："华裳，你是要设计青铜剑吗？"

"青铜剑其实也不需要太多设计，只能算是将军俑的标配。"

宁华裳的手机上很快地收到了苏畅的照片，宁华裳伸了个懒腰，然后坐在椅子上，将画板拿了出来，在纸上画着青铜器的草稿，这个照片是原图，能够看得更真切。

孟曲雯说道："我要是有你的那一双巧手就好了，我听说你还能织锦，这是真的还是假的？"

"真的，织机还在我家仓库里摆着呢。"

孟曲雯还从来都没有亲眼看一看那种复古的织机，几十年前这种东西就都没了，想要再按照古法做出来一个可费了老劲了，光是这么一个织机，应该就已经价值不菲。

"真的，下次你要是想要见的话我可以带你去我家看看。"

"好啊！"

孟曲雯兴奋了起来，作为一个设计师，其实最想要见到的就是那些老物件，自己曾经在不少的古装剧服化道里面担任设计，但是从来都没有自己织过布，是因为现在会这种手艺的人已经很少了，织布浪费时间不说，还浪费人力物力。

宁华裳会织锦，也不愧是南京非遗的传承人。

宁华裳和孟曲雯像是有说不完的话，两个人一边琢磨着怎么来设计这个青铜剑。

"你有没有听说过荆轲刺秦的故事？"

"听说过啊。"

孟曲雯说道："秦国当时占据了赵国的疆土，并且还掳走了赵王，甚至已经到了燕国的边界，当时燕国的太子就很害怕，请求荆轲想办法杀了秦王，荆轲就想到将大将军樊於期的头颅进献给秦王，让秦王信任自己，在秦王去看头颅的时候，用匕首刺进秦王的胸口，于是荆轲劝樊於期自尽，樊於期果然自尽，燕国太子还特地找到了一把徐夫人的青铜匕首，上面涂抹了剧毒，这把匕首锋利无比，荆轲于是假意归降秦王，准备刺杀行动。"

"对。"

宁华裳说道："但是荆轲最后却失败了，因为一把剑。"

"剑？"

"叫作秦王剑，也叫作背手剑，据说有四尺多长，是秦王的佩剑，秦始皇嬴政当时发现荆轲要刺杀自己，就一边跑一边想要拔剑杀了荆轲，奈何剑太长，拔不出来，百官大臣不得不挡在嬴政的面前，给嬴政拔剑争取时间，就在千钧一发之际，当时的太监赵高喊道：背而拔之，也就是说要秦王背剑拔出，于是秦王砍断了荆轲的大腿。"

宁华裳说道："这把剑四尺多长，能称得上是秦王剑的，一定是旷世宝剑，因此青铜剑坚硬无比又削铁如泥是一个特性，另外一个特性，就是长。"

"四尺……应该差不多有一点四米了吧？"

这么长的剑，几乎可以到一个人的胸口了。

宁华裳点了点头，说道："另外还有一点，你还记不记得之前考古队挖出来的青铜剑，发现了一个奇特的事情？"

"我记得，这个青铜剑分明已经在土里被压弯了，但是之后竟然又反弹回去了。"

"因为这个青铜剑很有弹性，秦军能够将青铜剑锤炼到一种完美融合，登峰造极的状态，之前我看过，一般青铜剑的长度在六十五厘米左右，这个高度在剑的长度上已经算是很长了，但是在秦皇陵当中，青铜剑所出土的九把剑中，最短的也有八十一厘米。"

宁华裳说道："所以我想要设计出一个六十厘米左右长的青铜剑，根据它们的特点做一个模型出来，如果效果不错的话，可以仿真做一个。"

真正的青铜剑是不可能了，但是要说仿真的话，她还是有办法能够让

这个青铜剑看上去和真的一样。

"好，那咱们一起来！"

孟曲雯从来都没有设计过配饰，倒是很想要体验一下。

秦朝的青铜剑在设计上，不仅仅长，而且形似柳叶，但是剑身并不完全是直着的，在距离剑头六厘米的地方有"束腰"，也就是那种弧形内收，增加了穿刺的力度还有速度。这也算是秦朝青铜剑的一大特点，而且光滑程度很高。

各种资料上都表明青铜剑的优点是在于穿刺，而并非劈砍，青铜剑最大的好处就是能够穿透敌人的铠甲，这种穿刺能力可见一斑。在两千多年前那样的环境当中，能够将兵器做到这样精准，的确是少见，可见当时秦朝的文明发展已经很强大了。

折腾了一个晚上，孟曲雯和宁华裳两个人都没有吃东西，最后设计出来的成品才总算是满意，宁华裳将照片保存了起来。

座机上传来了前台的电话，说是晚饭早就已经准备好了。

这是他们第一天合作，荀修让人准备好了一次聚餐，不过想来也知道这一次的聚餐杜云湘不会来。

部门的人都已经到齐了，谁都希望这一次的筹备能够圆满成功，宁华裳并不太善于交际，她算是这里面年轻的，荀修举止得体，显然经常混迹于这种场合当中。

晚餐丰盛，宁华裳吃过了之后就去外面吹吹风，这个酒店的门口有一个很大的喷泉，坐在旁边，感觉脑子都可以变得清醒，大概是因为下午做设计的时候有点脑缺氧了，到了晚上，来这里吹吹风才总算是冷静了下来。

"宁小姐，看你这个样子好像压力很大。"

荀修手里拿着的是一杯香槟，原本应该等到事情成了之后才会开的，但是他有预感，这一次一定能够获得很大的胜利。

"压力是很大，因为总设计师不在啊。"

宁华裳之前都是自己一个人创作，一个人创作的时候是孤独的，但是同时也有无限的灵感，她想要做出好的东西来，不管是在什么时候都不想敷衍了事。不过企业上的事情，好像并不是自己这个小丫头就能够理解的。

说到底，自己的年纪也算不上特别的大，在这个圈子里的话语权也并不是很多，宁华裳说道："我们已经设计好了初稿，我想将军俑的设计已经完成了，只需要最后细微的调节。"

"不错，比我想象中的要快。"

只是设计出来了初稿，之后需要采购，需要制作样衣，还需要最后的敲定，这个流程并不是这么短的时间内就可以完成的。

荀修坐在了喷泉旁边的一个凉凳上，宁华裳就坐在了对面。

"听到宁小姐这么说，我觉得你好像不会因为云湘的事情停止脚步。"

"嗯。"

宁华裳说道："我知道签了合同就需要按照公司的规章制度来办，荀总应该是一个商人，我一直都觉得商人应该唯利是图，应该是以挣钱作为第一要务才对，不过我看现在荀总好像并不是这样，荀总为什么叫我来？为什么想要我做这个总设计师？"

种种迹象都可以表明荀修并不是为了商业的原因叫自己过来的，两个人可以手里拿着香槟酒，然后坐在彼此的对面畅谈着心事，这原本就不是上下级的关系。

她和荀修两个人更像是一见如故的朋友，有的人就是见到了第一面就知道是不是应该继续相处下去，有的人，第一眼见面就知道不合自己的胃口。

"我小的时候，曾经也在中国生活过，那个时候基本都是过年的时候回来，很热闹，你知道我是美籍华人，我的国籍并不是中国，但是这并不妨碍我的血液里面流淌着的是中国人的血统，所以我来到了华冠。"

荀修像是第一次在另外一个人的面前来说这些事情，他以前一直都觉得这些事情自己知道就好了，不过现在他知道，自己是没有找到可以分享的人。

"这样啊……"

宁华裳说道："你小时候回来过年，都是什么样子的？"

"到了晚上的时候，我们会一家人下楼去放炮，所有的亲人都在，感觉很热闹，不过那都是很早之前的事情了，现在……禁止燃放烟花爆竹。"

荀修摇晃了一下手里的酒杯，对于这件事情也并不感觉到意外，毕竟时代在发展、在进步，过去的那些形式上的东西，也都已经没有了。

就像是大年三十的晚上要守岁，过了十二点要吃饺子，腊八节要喝腊八粥，冬至的时候要吃饺子，现在很少有人会记得这些了，饺子只要是想吃，随时都可以吃，腊八粥也并不是那么好喝，很少有人会守到大天

亮再睡，因为那是难得的假期，也都想要睡个好觉。

所以生活的味道好像变了，大家开始过圣诞节，过愚人节，外国的节日好像是个新奇的东西，但实际上并不是这样。

他一直都在寻找小时候那样的年味，他说道："其实我的爷爷是一个木匠，我的奶奶也是一个手工艺者，她剪窗花剪得很漂亮。"

第 13 章　秦朝服饰

"剪窗花？"

宁华裳没想到荀修的爷爷奶奶一个是木匠，一个是手工艺者，那个时候的人，几乎每个人都会剪窗花，只是这么多年过去了，真正会剪窗花的人不是那么多了。

宁华裳记得自己小的时候很喜欢剪窗花，剪出来的样子千奇百怪，但是特别的好看，那还是外婆亲手教给自己的。

"嗯。"

荀修说道："宁小姐是南京非遗的传承人，对于剪窗花，应该很了解。"

"是啊。"

宁华裳说道："我小的时候很喜欢剪窗花，这门手艺一直都没有落下，荀总呢？荀总会吗？"

"会一点。"

这个时候大约也找不到一张纸来剪，但是过年的时候，他们都会这么做，父母还有爷爷奶奶会每个人剪一个，然后贴在窗户上，基本都是过年的时候，现在长大了，突然就有点回想起小时候的事情来，现在想想，他们怀念的不是小时候的自己，而是小时候的生活，再也找不到那样纯真的心境了。

"荀总！华裳！"

孟曲雯因为太高兴，已经有点喝多了，她是那种典型的碰了酒就容易喝醉的女孩儿。

宁华裳不由得笑着摇了摇头，最后回头对着身边的荀修说道："那荀总，我就先回去了。"

荀修点了点头："今天晚上玩得开心，明天好好工作。"

"放心，我会的。"

她对工作一直抱有认真的态度，从来都没有懈怠过。

宁华裳回到了大厅里面，和孟曲雯两个人一起回到了房间里，孟曲雯对于杜云湘的不满已经要嚷嚷得所有人都知道了，宁华裳只能捂住了孟曲雯的嘴巴，让孟曲雯不要这么乱说话。

孟曲雯之前还劝导自己不要得罪杜云湘，但是现在自己反而得罪得一干二净。

宁华裳无奈，只能够将孟曲雯安放在了床上，孟曲雯上了床之后才总算是安静了。

宁华裳掸了掸手，然后给孟曲雯盖好了被子，桌案上还有关于青铜剑的设计，宁华裳又仔细地看了看，改善了一下。

等到第二天一早两个人起来的时候，还差半个小时就要迟到了。

两个人飞快地洗漱过后，来不及吃早饭就跑到了办公室，几个人都有点起晚了，部门的人经过昨天晚上的交流，关系已经变得拉近了一些。

张姐还有王姐是这里的老人，还有华冠策划部门的副经理温丽娜，以及一个年纪轻轻就已经辗转各大剧组的年轻设计师，也是这里唯一的男性，马丁。

温丽娜是一个温柔知性的女孩子，策划案做得非常的漂亮，对于设计这方面已经算是一个老手，而马丁也是一个小有名气的服装设计师了，基本古装电视剧里的服装有大半都是马丁执手。

宁华裳算是一个另类，孟曲雯也是业内成熟的设计师，再加上有杜云湘，可以说华冠公司这一次是要打实力战了。

"大家好。"

杜云湘今天穿的是一条白色的裙子，从上到下都感觉到了干净利落，干练精明，不得不说，是一个业内屈指可数的时尚界女王，光是站在这里就很有气场。

只不过这里的人大部分都不喜欢她，大概是因为跟错了一个经纪人吧。

Lisa这一次没有跟过来，杜云湘的经纪人是业内知名的不好惹，大概对方自己的心里也清楚，来这里并不讨喜，所以才没有来这里，不过也有可能是单纯地觉得在华冠盯着这些事情是浪费时间。

"杜总。"

杜云湘现在是部门的总设计师，多多少少都要称呼一声杜总。

杜云湘的脸上带着笑意，说道："杜总就不必了，我这一次是想要和大家说一下，这一次我做的秦朝服装项目规划。"

话一出口，几个人就都面面相觑地对视了彼此一眼。

杜云湘说道："我昨天晚上受到了一点启发，所以就连夜准备出了一个设计方案，结合了秦朝的服装特点，做出了一系列的设计稿，希望大家看一看。"

说着，杜云湘将手中的设计图纸一个一个地放到了设计部门设计师的手里，人手一份，不多不少。

宁华裳其实觉得这并不是一个坏事，至少杜云湘想着要为工作做一些事情了，但是图纸上面设计出来的秦朝服装，上面画着的是一个女子的衣服，看上去应该是做了一点功课的，但是并不全面，而且有不少的地方甚至是错误的。

杜云湘说道："这个就是我设计出来的秦朝贵妇装扮，我也看了许多的秦朝资料，最后设计出来了这个服装。"

孟曲雯说道："杜小姐的设计很好，只是这个可能需要改一改吧。"

"有什么地方需要改？"

杜云湘似乎也很好奇自己设计得到底有什么不好的地方。

孟曲雯也毫不留情地说道："因为昨天晚上的时候我和华裳还有几位设计师都已经商讨过了关于秦朝服饰的要点，秦朝那个时候其实并不发达，但是对于服装的要求，还是很明确的，杜小姐的设计很华丽，女子的服饰虽然没有特别的固定，但是受五行思想的调配，也就是金木水火土这种设计理念，就例如，秦朝以黑为上，黑色就是水的属性，秦始皇崇尚水德，所以秦朝都崇尚黑色，古代的颜色更是分为正色还有间色，正色就是五行当中的青赤黄白黑，间色，就是绀、红、缥、紫、流黄这几种颜色的混合。"

说出这些之后，杜云湘才说道："你是觉得我设计出来的衣服并没有按照秦朝五行的思想来设计？"

"就是这个意思。"

孟曲雯说道："杜小姐设计出来的女子服饰，虽然衣着华丽，形似秦朝的罗裙，但是从颜色的搭配上来看并不容乐观，再加上……"

孟曲雯还想要说什么的时候，身后的张姐不由得戳了一下孟曲雯，孟曲雯的声音一下子就停顿了下来，周围的气氛变得不太对。

孟曲雯本来是想要很认真地说这些，但看大家都屏息凝神，就知道自己说得太多了。

杜云湘和宁华裳不一样，一个可以和你探讨中国历史发展史，另外一个则我行我素，听不得别人说一句不好。

孟曲雯果然不说话了，大概是昨天晚上的时候和大家玩得太嗨，今天一早上就忘记自己就是一个打工人的缘故。

杜云湘笑着，说道："怎么不说了？我觉得孟小姐说得很好，是我没有了解清楚秦朝女子的服饰特点，大家别看我这个样子，在设计古装上也是头一次，所以大家只需要将我当成一个新人就好了，我也希望能够和你们一起仔细地讨论服装上的设计。"

杜云湘话是这么说，但是没有一个人敢开口了。

气氛瞬间就变得尴尬了起来。

上司对自己客气那是上司的大度，但是下属对上司直言不讳，我行我素，那就是下属的冒失。

孟曲雯不说话了，杜云湘说道："没关系，设计稿还有很多，要是大家觉得这个不错，就用这个，要是大家觉得这个不好，那就另说吧。"

杜云湘说到这里，大家也就不说什么，宁华裳说道："其实我觉得刚才雯雯说得很好，只是杜小姐从来都没有设计过古装类的衣服，在这方面可能有点纰漏，整体上设计是没有问题的，剩下的我们改一改就好了。"

"嗯，好。"

杜云湘走到了办公室，孟曲雯拍了拍自己的小胸脯。

刚才那一瞬间，她还以为自己的小命都要没有了。

"疯了啊你竟然直接开口说这么多。"

张姐算是感觉到了这些小年轻的勇往直前。

孟曲雯从前在其他团队的时候也从来都没有觉得过日子这么难熬，或许是因为上司是杜云湘的缘故，自己现在都有点后悔参与了这个项目，要不是为了多点历练，自己肯定不会放弃手底下的工作过来。

孟曲雯觉得自己得罪了杜云湘，怕是离死不远了。

张姐都不知道要说孟曲雯什么好，孟曲雯这个丫头哪儿哪儿都不错，就是脑子有的时候不太好使。

孟曲雯本来就是一个大大咧咧的姑娘，一向不喜欢职场上钩心斗角，昨天大概是因为和宁华裳两个人聊天聊得太投机的缘故，所以自己今天早上才会"直言不讳"。

"好了，没什么大不了的，她不喜欢听是她的事情，她总不能把我们都开除了吧？"

杜云湘还没有这么大的本事。

想到了这里，宁华裳就说道："大家都工作吧。"

"好。"

孟曲雯还是惊魂未定，宁华裳坐在孟曲雯的旁边，孟曲雯大气都不敢喘一下。

孟曲雯小声地凑在了宁华裳的耳边问："华裳，你说我是不是死定了？"

"不会，她没有这么小气。"

"没有这么小气？我怎么看她的眼神像是要杀了我？"孟曲雯希望是自己看错了。

宁华裳无奈地摇了摇头，她的手里拿着的是杜云湘的设计稿，杜云湘的设计没有什么太大的毛病，一看就是一个经验老到的设计师，设计出来的衣服都和她过去的设计风格很相似，看得出来她已经很努力地想要增加自己的知识，设计出这样的衣服已经算是不错了，只是因为杜云湘从小生长在国外，不了解什么才是中国的五行之说。自古以来，五行以及风水都被帝王所崇尚，五行相生相克，就像秦朝崇尚的是水德，而汉朝崇尚的则是火德，唐朝则是土德。

这个五行，木破土、火融金、土挡水、金断木、水灭火，也就是所谓的相克。

杜云湘常年在国外，分明是一个中国人，但是对于中国的有些文化却并不是很了解。就算是现在在大街上随便找一个人，问五行当中所对应出来的颜色都代表什么，大约也没有什么人能够答得出青、赤、黄、白、黑这五种颜色。所以说，也不能够怪杜云湘，这种事情本来就是要一点一点学习，一点一点积累的。

"不过这个杜云湘也真是，昨天一声不吭地就走了，也不知道给咱们道个歉。"

"你指望领导给咱们道歉？别傻了，真是一个傻丫头。"

张姐都不知道要说孟曲雯什么好了，进入职场也不是一天两天，净做这些美梦。

"说的也是。"

孟曲雯点了点头，大约就是自己想得太多了，只希望这个杜云湘不要是一个太斤斤计较的女人就好了。

宁华裳拿出了一张设计纸，准备在杜云湘设计的稿子当中改变色彩的搭配，并且稍稍地改变服装上的花纹还有用料，再加上这个实在是太华丽了，对于色彩的搭配有很高的要求，杜云湘想要那种让人眼前一亮的设计，就像是炫彩大呲花一样的肯定不行。

宁华裳有点头疼，这样一来，还不如自己重新设计一下，在这方面设

计师马丁很有研究。

马丁在剧组的时间很长，曾经参与过一次大制作，设计的就是秦朝的衣服，那个时候连秦始皇身上的用料还是丝绸。

秦朝那个时候衣服的质地，大多都是皮毛，麻，布，只有贵族才能够穿得上丝绸，而且那个时候印染技术已经达到了一定的程度，什么颜色的都有，只是那个时候规定，平民只能够着白色，三品以上官员是绿袍，皇帝是黑袍，能够穿黑的人都是有一定地位的人。

"马大设计师，你有什么高见啊？"

孟曲雯和马丁已经是老相识了，这两个人合作过好几次，彼此都了解，马丁对这方面应该是最敏感了。

"高见不敢当，我只能说杜小姐第一次设计古装的衣服已经设计得不错了，只是设计的这个服装底子不太好，不好改。"

马丁做了一个噤声的手势，他随后又说："杜小姐在业内可是天才，我觉得只要是给她时间的话，她能够设计出不错的衣服。"

孟曲雯垮着脸："你话说得轻巧，你和我哪个不是从十五六岁就开始学习服装设计？她就算是天才，大秀筹备等得起吗？"

第14章　色彩禁忌

马丁是最不敢招惹孟曲雯这个姑奶奶的了，孟曲雯是得理不饶人。孟曲雯看向了宁华裳，问："华裳，你说我说得对不对？"

"对。"

宁华裳笑着，她和孟曲雯就是有那种心灵相通的时候，她将手中的设计图稿放在了马丁的面前，说道："你看这个色彩搭配，你看得出问题吗？"

马丁算是这个业内有名气的人了，对于古代的色彩搭配来说也是非常得心应手，只是看到了宁华裳敲着画纸上的那个地方，就知道问题到底出在了哪里："宁小姐这是要考我啊？"

"算是吧。"

宁华裳想了想："就像是随堂测试？"

孟曲雯对于古代的发型设计倒是很了解，但是要说古代的色彩搭配上知道的就不是特别的多了。

杜云湘这个设计华丽奢靡，色彩运用得也非常的多，这个要是绣出来怕是要好几十万元的衣服了，马丁见孟曲雯不知道这个色彩搭配哪里不对，他直接就指着宁华裳指着的袖口说道："你看见这个色彩了没有？"

"看见了啊。"

"青间紫，不如死，这句话听说过没有？"

孟曲雯摇了摇头，自己从来都没有听说过这句话。

这个话是老话了，马丁换了一个说法："三原色是什么？"

"品红、黄、青。"

孟曲雯脱口而出了这三个颜色，马丁说道："这三个颜色混合起来就是黑，青和紫两个颜色搭配起来，和黑无限接近，这个是民间口诀，意思就是青间紫，这是禁忌，色彩是不允许这么被搭配的。"

孟曲雯这才恍然大悟。

秦朝对女人的服饰虽然没有太大的限制，可是女人要穿的衣服也必须要符合五行。

而杜云湘这个设计，只是用秦朝的罗裙在上面肆意填色和创作罢了。

宁华裳没想到马丁懂的还是很多的，刚才这一番说辞，孟曲雯就明白了，杜云湘的这个色彩也有问题，所以就像是宁华裳说的一样，这个设计稿根本不能够用。而他们之间早就已经设计出了将军俑，还有对秦朝妇女的概述，虽然一样以秦朝贵妇来设计，但是设计出来的东西一定不是这个样子，因为秦朝的妇人所穿的裙子不只是罗裙这么简单，她们的衣服大多都是深衣、曲裾、直裾、袍、禅衣等等。

先秦的时候，妇人的衣服和战国时候的几乎差不多，没有什么太大的差别，这大概也是一个服饰文化的过渡。杜云湘设计出来的这个罗裙较为简单，看起来中规中矩，做出来华丽异常，但是有的时候华丽，不能够只看设计出来的色彩搭配还有上面绣着的花样纹路，主要还是要看整体的搭配，还有衣料上的奢华。

宁华裳看了半天的设计稿，孟曲雯在旁边说道："反正咱们都已经设计好将军俑的造型还有服装了，咱们先考虑这个也是一样的。"

"哪儿有这么简单啊。"

马丁直接说道："咱们都是做设计的，设计师最不喜欢的就是别人在自己的作品上进行改动，创造出来的东西就像是自己的孩子一样，你舍得别人把你的儿子改了？"

孟曲雯顿时不知道要说什么了。

要真是这样的话，事情就麻烦了。

这个设计稿就只能这么僵持着。

宁华裳觉得头疼，在马丁和孟曲雯的几番争论之下，宁华裳最后还是决定道："重新设计吧，我之前看温小姐在策划案中写着的是用广泛了解的曲裾绕膝式的裙子，也好设计一点。"

温丽娜也是这样想的，自己好不容易费心思做出来的策划案，到最后上司连看都没有看一眼，这要是从前的自己也就算了，实际上她已经入职好几年了，入职了好几年还有这样的待遇，还是近几年第一次感受到，这样的感觉十分不爽。

"我也同意按照宁小姐说的，曲裾绕膝式的裙子的确更加的典型。"

"既然是秦朝贵妇，我倒是认为单绕三重广袖比较好一点。"

广袖看上去更加的大气，在美感上面可以增加很多。

孟曲雯对于秦朝贵妇方面的资料的确是需要恶补了，马丁和温丽娜之前都已经看过相关的图片，所以多多少少都有些了解，马丁觉得宁华裳的这个想法很好。

用曲裾绕膝式的单绕三重广袖上设计具体的花纹图样还有色彩搭配，其实并不很困难，但是最困难的就是孟曲雯了，孟曲雯要设计出一个秦朝妇人的发髻，来搭配宁华裳设计出来的裙子。

宁华裳说道："我尽量快一点，这样我们也好敲定造型。"

"不，你还是慢一点吧。"

孟曲雯刚才听到了宁华裳还有马丁的交谈之后，觉得自己的确是应该好好地补一补自己的历史知识了，但关键是这些东西就算是想要学习，都要去找考古学家还有专门研究色彩花纹的老师傅去学习，孟曲雯现在只能够依靠靠谱儿的百度百科，这才能够为自己恶补出秦朝的知识。

她想，她应该还有好长的一段路要去学习。

宁华裳忍不住笑了出来，本来设计这个就是要遵循古迹，只是秦朝对于他们来说实在是太过久远了，只能够设计自己有把握的事情，就连她也不好说自己真的十足了解秦朝的服饰，但是这点皮毛也已经足够自己受用，可以说秦朝时候人的智慧就已经很深了，从兵马俑到青铜剑，每一个都十分的精细，很难想象这些竟然是两千多年前人的智慧。

"好，那宁小姐你来设计衣服，我来设计妆饰。"

马丁最独特的地方就是能够发觉女人的美，也就是妆饰的美，宁华裳早就已经看过马丁曾经设计出的妆饰，妆容和饰品丝毫不会让人觉得累赘，甚至可以说是将女人的美丽提升到了极致。

这一次华冠公司能够请到马丁，应该也是荀修看中了马丁的这个特质。

不得不说，荀修还真是一个很有眼光的人，他看人一针见血。

曲裾单绕三重广袖，大概形容起来就是，下摆两层绕一圈，衣裙一体，内穿有下裙，三重广袖。

一重也就是一层，长长的衣襟在身上缠绕，用宽宽的腰带系扎，曲裾的特点是长，曾经出土的一位先秦楚国女子，一米六的身高，衣服却有两米长，曲裾长，原本的原因就是为了遮羞，不让自己的肌肤裸露在外面，而曲裾能够缠绕住下体，虽然是单绕，但是也可以防止肌肤暴露，另外这种曲裾用很宽的腰带扎系，能够让身量看上去更加的纤细。

宁华裳在设计的时候都必须要参考很多出土的衣服原型，不能够直接就设计，为了避免错误，一般都是找出三种同类型的服装，然后做不同的对比，细微处也不能够放过。

宁华裳这里紧张地进展着，马丁那边也没有闲着，他要设计出来的是秦朝女子的妆容，饰品还要另外再细细琢磨，秦朝女子的妆容倒是很好

设计出来。秦朝女子的妆容偏好橘色系的妆，重点是妆容眉心浓，眉头和眉尾淡，只要掌握好了这一特点，就能够很好地掌握住了。

一个上午，整个部门都在进行激烈的讨论，但是大家都只是阐述自己的意见，宁华裳庆幸没有打起来，马丁的脾气比较温和，但是孟曲雯的性格就比较暴躁了，宁华裳甚至觉得这两个人是天造地设的一对。

中午的时候，杜云湘才从办公室出来，大家都觉得杜云湘应该是已经看了策划案了，因为杜云湘的脸色并不是太好，这个设计和杜云湘递给他们的设计稿并不一样，现在就看杜云湘是想要按照她的想法走，还是要按照他们的策划案走了。

"我已经看过策划案了，说实话我没想到策划案做得这么快。"

杜云湘笑着，说道："内容不错，我会考虑，不过这件事情我还是需要和荀总交流一下，荀修如果说没有问题的话，到时候还可以再商量，我觉得可以更精进一点。"

杜云湘的精进说得笼统，每个人对于精进的定位都不一样，宁华裳看得出来杜云湘有自己的想法，她大概是想要设计一出自己的专人秀，毕竟是总设计师，每个朝代里都必须要有一个属于她的作品，在座的各位设计师都是一样的。

"那就看看荀总怎么说吧。"

宁华裳只能够将事情说到这个份上，如果说最初自己觉得杜云湘应该是一个很好的合作伙伴，但是现在自己不这么认为了，继续这么下去，她们之间的理念矛盾就会更深。

等到杜云湘走了之后，气氛瞬间就都降下去了，毕竟如果总设计师不开口的话，他们根本不能够继续下去。

宁华裳揉了揉眉心，自己就算是觉得荀修应该可以坚持自己的理念，但是杜云湘对于华冠公司来说也是至关重要的设计师。

她现在才知道什么叫作道阻且长。

中午，宁华裳坐在员工餐厅的窗前吃着午饭，她没什么胃口，一个上午的设计已经让自己的大脑细胞坏死了不少，只有喝一杯暖暖的奶茶才能够回过神来。

荀修走到了宁华裳的面前，将自己的盒饭放到了桌子上，说道："听说遇到难题了。"

"嗯。"

宁华裳和荀修有一种惺惺相惜的感觉，这感觉莫名其妙就出现了，好像彼此都很了解一样，但实际上他们两个人迄今为止连认识一个星期都没有。

宁华裳说道："遇到了一个棘手的问题。"

"说来听听。"

"如果我的理念和总设计师的理念背道而驰怎么办？"

这是一个犀利的问题，她不怎么喜欢拐弯抹角，事实如此。

杜云湘想要设计出来的是一个能够展现出她才华的设计稿，而她的才华，仅限于时尚圈。而时尚圈的设计想要在古旧的衣冠中体现，显然是一种不明智的决定。

"那就要看你们的理念，谁更贴近主题。"

苟修喝了一口咖啡，对于这个问题回答得云淡风轻，但是却表明了他的态度，从始至终自己都没有打算让杜云湘参与到这一次的策划大秀当中，是杜云湘的团队主动找上了公司，可以说是 Lisa 的手笔，当时是碍于杜云湘的人气不错，所以才决定让杜云湘吸引一部分的流量，为品牌进一步地打响，另外一方面，杜云湘在国际上也算是一个耀眼新星，也会吸引一些国外的媒体，对于宣传来说更有力度。

但是他不希望杜云湘成为这一次大秀的总设计师，就是因为他太了解杜云湘，他知道杜云湘想要的是什么。

宁华裳说道："今天杜小姐应该会给你看我们的策划案，到时候你可以自行考虑到底是哪个策划更贴近主题，杜云湘的设计不适合这一次的大秀，我也只是实事求是，你知道在做文物修复的时候，最大的禁忌是什么吗？"

"是什么？"

"是没有根据的想法。"

宁华裳说道："作为一个文物修复者，要修复的是一个文物，是一个古物，要贴近历史，但绝不能够凭空想象，这就限制了一个文物修复者的设计能力，他不可以想当然地设计出一个自认为恰当的东西，因为没有根据，没有根据的时候就只能够空缺着，所以有的时候，残缺也是一种美。"

她是一个手工艺者，从某种意义上来说是一个设计师，但是设计并不是她的能耐，她的能耐是制作，但是如果设计都不过关的话，她又如何进行下一步呢？

苟修说道："你说得对，只是我想以云湘的性格，说这些是没有用的，

她接受的理念并不是传统东方的理念，她是国际名媛，而不是中国的大家闺秀。"

宁华裳耸了耸肩，了解荀修说的。

两个人坐在窗前，相对无言，这一场大秀开局不利，而这一场大秀不适合杜云湘一展拳脚，这一点两个人都看得清楚。

第 15 章　织机

　　孟曲雯下午的时候设计出来一个发髻，和衣服看上去十分搭配，马丁和孟曲雯一起设计的发髻，包括发髻上面的头饰。秦朝女子的发髻上面很少会有很多的珠饰，所以设计出来也十分的简约，简约庄重而又不失大气。

　　至少孟曲雯和马丁两个人觉得十分的满意，宁华裳的曲裾深衣也已经设计出来了，两者十分的切合。

　　"终于好了！"

　　忙活到了晚上七点，三个人才总算满意。

　　马丁对于秦朝的服装很有自信，孟曲雯将设计稿放在了杜云湘的办公室桌子上。

　　等到出来的时候，两个人都觉得一身轻快。

　　设计服装这一方面全都落在了张姐和王姐身上，她们两个人设计出来的东西十分成熟稳重，宁华裳看了看时间，她倒是需要一台半自动的织机来织锦，或者是自己来做麻布，这样才能做得更好一点。

　　晚上，宁华裳还有孟曲雯回到了自己的房间里面，孟曲雯说道："今天我本来是想和张姐、王姐还有马丁，咱们几个人和杜云湘一起讨论的，谁知道我去了办公室之后，杜云湘人都已经下班了，看来人家是真的不喜欢加班啊。"

　　宁华裳笑了一下，说道："有谁喜欢加班？我也不喜欢加班好不好？而且大家现在不是都住在这一层吗？你完全可以串串门，她应该不会拒绝的吧？"

　　杜云湘看上去虽然不太好亲近，但是如果和自己专业有关的事情，又是为了大秀考虑，应该不至于拒之门外。

　　"你还说呢。"

　　孟曲雯说道："人家杜云湘可是杜大小姐，怎么可能会住酒店？应该早就已经由专人送回家去了。"

　　"也对。"

　　宁华裳伸了个懒腰，然后躺在了床上，手里织着毛衣。

这年头已经很少会有人自己织毛衣了，孟曲雯说道："还没到冬天呢，你要自己织毛衣？"

"是啊。"

宁华裳说道："自己织的比较好，这个是羊绒的，你要不要？要的话我也给你织一个，到时候穿着可暖和了。"

"别别，不能让你费心了，你来教我，我跟你也学一学？"

"好。"

宁华裳直接将一篮子的毛球放在了孟曲雯的面前，说道："随便挑一个颜色，我来教你。"

织毛衣算不上什么困难的手艺活儿，孟曲雯倒是也会一点，但是会的不多，毕竟织毛衣的手法有很多种，她只会最简单的一种。

就在孟曲雯找了一个绒线球的时候，她的视线落在了宁华裳袖口的一个图样上："这个衣服，该不会是你亲自做的吧！"

孟曲雯刚刚发现这个衣服是宁华裳自己亲手手工做的，那个图样看上去就是一个华裳的"裳"字，这个设计是古文，看上去异常的好看，富有古感。

宁华裳点了点头，这个衣服用的料子是棉麻，即便是在夏天的时候都会让人觉得肌肤生凉，穿在身上更是非常的凉快。

"天呐，你身上有什么不是你自己亲手做的吗？"

从宁华裳来到公司之后，孟曲雯就发现了，宁华裳身上的包包是自己做的，身上穿着的裙子是自己做的，还有头发上戴着的发圈也是自己做的。

他们服装设计师必备的就是会做衣服的技能，但也不是谁都有勇气把自己做的衣服往身上穿，首先，这件衣服看上去的料子就不是一般的面料，这种面料，只要是熟悉衣服的人一摸就摸得出来一定是手工制作的，这年头手工织出来的东西很少见，毕竟古法费时费力，所以市面上见到的手工制品很少，这些东西也正是因为少而精。

宁华裳说道："穿着自己做的衣服，踏实，我也不是每天都做，只是偶尔有了想法就做，你要是跟我去了大山里面，你会发现每天都过着恬静的生活，陶渊明的世外桃源，大概就是这个样子。"

日出而作，日落而息，男耕女织这样的生活颇为让人向往。

宁华裳喜欢这些，是烙印在骨子里的，就好像是苦中作乐，比起物质上的享受，她更喜欢精神上的粮食，例如城市当中只要是有钱，什么都是唾手可得，而唾手可得的东西往往也不会让人觉得珍贵。

为什么手工艺品的价格高？因为这些东西珍贵，是手工艺者付出心血做的，一个艺术品的价值不仅仅是艺术上的造诣，买的更是别人的心血，这些东西都是弥足珍贵的，至少宁华裳是这么觉得。

宁华裳和孟曲雯两个人设计出来的几个好看的衣样，打算入秋了之后一起穿，宁华裳联系了荀修，公司里也的确有一台租赁来的织机，只是因为不常有人用，所以一直都放在了仓库里，第二天拿出来的时候，织机上都已经落灰了。

"咳咳……"

孟曲雯被呛到了，不知道这个半自动的织机还能不能用。

孟曲雯扫了扫鼻尖上的灰尘，说道："这个，大概就只有华裳你会用了吧。"

"那倒不是，这东西操作起来应该挺简单的，比我家那台好用多了。"

这种织机应该还有人会用，只是这东西是木头做的，就算是想要在网上买都不一定买得到，这东西必须要设计图纸，然后去工厂那边找人订做，他们家也就只有那么一台，不用的时候都要把织机当成祖宗一样地供着。

杜云湘上班踏入办公室的时候，就看见这一层腾出来一个大的空地，里面摆着的就是一个半自动的织机，有黑板，还可以绘制图样。

宁华裳人虽然在设计部，但是要做样衣还是要看她的。

"这是什么？谁搬过来的？"

杜云湘事先并不知道这个是用来做什么的，按理说，她才是这个部门的总设计师，但是这台织机搬过来的时候并没有第一时间通知她。

秘书周忠对着杜云湘说道："杜总，这台织机是荀总派人送过来的，说是在仓库里扔着也是扔着，你们正好用得上。"

"荀修？"

荀修把这台织机送过来的时候并没有提前和她打招呼，杜云湘实在是不知道荀修到底是怎么想的，周围这么多的人，她的脸面一点都挂不上去："周秘书，麻烦你和荀总说一声，以后这种事情最好提前跟我说明，我不太希望看到自己第二天一早上来上班的时候面对这种情况茫然无措，还需要询问这是在做什么。"

"不好意思杜小姐，因为昨天晚上的时候荀总一直都有给你打电话，只是你没有接听，荀总这才让我将织机一早送过来，荀总应该还让人给

您发了消息，只是一直都是未读的状态，或许是昨天杜小姐你下班太早了的缘故吧。"

周忠说出这句话的时候不卑不亢，他跟在荀修身边好多年了，知道荀修是一个什么样的脾气，也知道杜云湘是一个什么样的脾气，他只需要给杜云湘一个台阶下就好了。

听到周忠说完这句话，杜云湘的脸色才总算是缓和下来。

"以后这种事情，让荀总直接告诉我就好了，我平常不太看工作软件上的消息。"

她不是第一次做总设计师，只是那个时候总设计师的周期都很短，跟在身边的人设计出来的东西也比较符合自己的胃口，但是这一次多少都让她觉得有点拿不准。

杜云湘回到了办公室，宁华裳这才看着办公室里面的织机，看上去应该很好操作。

周围的人都在因杜云湘生气而捏了把汗，而宁华裳好像一点都不觉得这件事情有什么可以影响到自己的。

孟曲雯小声地说道："真可怕，你刚才没看见杜云湘的脸色都黑了？"

"看见了。"

织机上还没有放经线和纬线，只是一个空空的架子，想要完成第一步就要耗费很长的时间，要自己织布，估计以后就没有多少的工夫去设计图样了。

"不过这个织机，看上去有点老了，我的老师好像有一台和这个差不多的，本来是要教我的，但是我是真的耐不下心思来学这个。"

说到这里的时候，孟曲雯也有点惭愧，做他们这一行的最忌浮躁，但是在这个时代奔流的社会当中，谁会不浮躁呢？

或许这也是对自己的一场历练吧。

办公室里面。

杜云湘看着桌子上的设计稿，那是秦朝人穿的曲裾深衣，自己不是没有查过资料，只是好像没有看到过这个造型的，另外再加上头发上的珠饰很少，整体的华丽感下降了很多，庄重严肃的感觉倒是多了一些，在颜色上的搭配，选用了绿色，这种颜色倒是很奇怪，明明感觉上绿色很低级，但是这种绿色配上鎏金色，高级感一下子就上去了。

从现代的审美观上来看，现在很少有衣服是这种颜色，花花绿绿早就已经不是时尚界的潮流，但却是那时候人们的潮流。

杜云湘将设计稿放在了桌子上，半天都没有说出话来，她拨打了内线，门外很快就有人接听了："让宁华裳宁小姐进来一下。"

杜云湘的态度看上去有些冷冰冰的。

她很在意自己总设计师的位置，并不想要被夺走，但是也很显然，自己的设计理念和他们的完全不一样。

门外是马丁接的电话，马丁听到电话那边的消息之后，很快就通知了宁华裳。

"华裳，杜总叫你进去。"

马丁听杜云湘的语气，大概是事情不太好，毕竟他们并没有沿用杜云湘的设计，而是直接地设计出来了自己的东西，但是他并不觉得他们设计得不好，相反，杜云湘并没有遵循秦朝应有的服饰风格，时尚气息太重，这也是没有办法的事情。

"我知道了，我去吧。"

宁华裳站了起来，孟曲雯觉得这一次杜云湘一定会找宁华裳的麻烦："华裳，要不我跟你一起去吧，咱们大家一起说。"

"不用，到时候她会觉得咱们万众一心要反她。"

宁华裳看得出来杜云湘是一个非常自傲的女人，也是一个很有野心的女人，从某些设计的品牌就可以看得出来，她想要的不仅仅是一个流量女王设计师的头衔，而是所有的人都承认她的能力。

宁华裳走到了办公室，杜云湘就坐在转椅上，看着眼前的宁华裳，说道："宁小姐，我们还是谈谈吧。"

宁华裳站在了杜云湘的对面，杜云湘说道："我知道宁小姐对于服装设计并没有什么经验，我也知道，宁小姐你的长处是手工艺制品，也就是说，设计是我的主要领域，宁小姐可是把我昨天设计的全都给改了，这对于我来说，不是一件很好的事情，这会让我认为我设计的东西不好。"

"杜小姐，是那种一定要听赞美话的人吗？"

宁华裳并不觉得杜云湘是一个喜欢听赞美话的人，她说道："杜小姐，这一次的设计本来就是要贴合'美人华裳'的主题，大会那天您可能没有在，所以了解得不是特别的全面，这一次就是一个古人走秀，如果连我们中国人设计出来的东西都不符合史实，难道要外国人来设计出我们的中国服饰吗？"

宁华裳不喜欢说那种虚与委蛇的话，在专业上，她尊重杜云湘的设

计，但是杜云湘并没有尊重他们的劳动成果，这种东西本来就是择优来选，并不是因为谁是总设计师，就一定要以总设计师的图稿马首是瞻。

杜云湘从来没有被人这么批评过，她直接说道："宁小姐要是觉得不服气的话，我们干脆来比一比，如果我输了，这个总设计师，就让给你来当，这样决策权就在你的手里，我肯定不会多说一句话。"

"好，我同意。"

宁华裳直接同意了，杜云湘的脸上出现了难以置信的表情，尽管只是一闪而过。

她本来就不是那种喜欢摆弄职场上人情世故的人，一切都只是为了能展示好这一次的大秀，不给国人丢脸，也让外国人了解什么才是中国的"华裳"。

第 16 章　云想衣裳花想容

　　等到宁华裳从办公室里面走出来的时候，大家的视线就都落在了宁华裳的身上，他们刚才有意无意地想要听墙角，不过最主要的是两个人在办公室的声音太大了，所以办公室外面的人也都听见了。

　　宁华裳要和杜云湘比赛做衣服，这件事情说大可大说小可小，谁都想要知道这场比赛的结果是什么。孟曲雯是没有想到宁华裳竟然真的要和杜云湘比试，杜云湘虽然再怎么耍大牌，再怎么不理解古装，但是在业内很少会有人不认识杜云湘。在华冠公司，杜云湘的名声也是很大的，尤其是有一批粉丝，到时候宁华裳想要赢过杜云湘的机会那就是微乎其微。

　　"华裳，你真的要和她比赛？"

　　宁华裳倒是没有觉得这件事情有什么难以开口的，只要是做了自己应该做的事情，尽了自己最大的努力，这样就好了。

　　宁华裳点了点头，说道："嗯，我是打算和她比赛，如果赢了的话她把总设计师的位置让出来，如果我输了，我想我会离开公司吧。"

　　她并不愿意被束缚，也不是说一切都要按照自己的想法来，只是杜云湘的那个做法，她并不能够认同，不仅仅是她自己这么想，整个设计部的人都是这样想的。

　　"我支持你！"

　　孟曲雯说道："华裳，好好给她一点颜色看看，我们华裳是最厉害的！"

　　孟曲雯的支持丝毫不掩饰，马丁不由得摇了摇头，说道："难啊，华裳，虽然我们都支持你，都想让你赢，但是你要知道，杜云湘的身后有一整个团队，这些团队是不允许杜云湘输给一个从来没有踏入设计部的人的，除非她认真地要和你比试，不然要是用了哪些下三烂的手段，咱们还真惹不起。"

　　马丁早就已经见识过了这些设计界的血雨腥风，一个成功的设计师背后有天赋、有人脉，还有团队，真正能够熬出头的人少之又少，就像是他们这些小有名气的设计师，也就只是有点名气，但是真正赚不了多少钱，因为缺少一个团队，而人脉也需要他们慢慢地来积攒。不像是杜云

湘，从刚出生的时候就已经赢在了起点之上。

宁华裳其实一点都不觉得有这样的家庭有什么让人觉得想要摆脱的，杜云湘觉得自己不想要被人说是因为家庭的原因而成为一个成功的设计师，但实际上，她从小到大的生活还有见识，才能够成就现在的杜云湘，这些和她的家庭是密不可分的。长大了之后能够进入设计圈，也是父母托关系，那些高级设计师是自己的叔叔或者是阿姨，那些老总是爸妈的朋友，光是这些就已经比其他的人少走了很多的冤枉路，可在自己成功了之后就一定要说自己不靠父母，这就未免有些可笑了。

"放心吧，我心里有数，我不会输的。"宁华裳说得很认真。

孟曲雯的确相信宁华裳，但是刚才马丁说的也无可厚非。

"没关系，我们都来帮你！"

杜云湘从办公室里面出来，看了一眼孟曲雯，那一瞬间孟曲雯甚至看见了杜云湘眼中的杀气。

"我相信大家都知道了，这一次是我和宁小姐公平竞争，我不会叫我的团队来插手，也希望你们不要插手，在不耽误工作的情况之下，三天内定胜负。"

"三天？"

这个比赛的时间未免有点太长了。

虽然说只是三天，但是又要在不耽误工作的情况之下，杜云湘也就算了，但是宁华裳的工作量可不小。

"我们比赛的这件事情，我会和荀总说一声。"

杜云湘说道："大家都先去工作吧。"

说到这里，杜云湘朝着电梯那边走去。

马丁不由得感叹。都说一山不容二虎，除非一公一母，这句话说得一点都没有错，这两个女人现在就是要打起来啊。

宁华裳的心态一向都很平静，她坐在了办公桌前，在没有定下题目来的时候，自己现在什么都不需要多想。

杜云湘坐着电梯上了楼上，周忠还在门口，见杜云湘要去找荀修，所以站了起来："杜小姐，现在荀总没有时间。"

"我有很重要的事情要和荀修说，你让开。"

杜云湘很不高兴，她不高兴的时候，表情都不会显露在脸上，而是会在眼睛上。

周忠看得出来现在杜云湘很不高兴，他不由自主地后退了一步，杜云湘推开了办公室的大门，荀修正在处理其他部门递交上来的方案。

"我有事来跟你说。"

杜云湘直接就坐在了荀修的面前，荀修淡淡地说道："有什么事情吗？"

"我要和宁华裳比赛。"

"比赛？"

荀修看着眼前的杜云湘，这的确是杜云湘的性格，只是他也很少看见杜云湘这么想要赢。

"对，比赛，题目你来定，三天之内我们要分出胜负。"

杜云湘面无表情，说道："荀修，咱们两个好歹也认识这么多年了，你也知道我是什么性格，我不愿意输，我也从来都没有输过，我想要总设计师的所有权，而不是你找来一个另外的总设计师来打我的脸，这样也只会拖垮项目的进程。"

荀修抬头看了一眼杜云湘，他正是因为和她认识了这么多年了，所以才知道现在杜云湘这个时候急功近利，毕竟这一次的项目不是一般的项目，花销很大，用时很长，而且还有一个弘扬中国文化的好听名声，当这一次大秀的总设计师，会在今后少走很多的弯路。

所以杜云湘想要尽快地完成这一次的大秀，在耗时最短的时间内做出最精良的设计，天底下哪儿有这么好的事情？

荀修说道："好，我知道了，一切都来看你们设计的结果。"

"你这么说，是觉得我会输吗？"

杜云湘看着眼前的荀修，说道："我不会输的，你还不了解我？"

"如果你说是服装设计，那或许宁华裳会输，但是你们要比赛的不是服装设计。"

"你说这句话是什么意思？"杜云湘站了起来，并不把这件事情放在心上，赢不赢会看自己的实力，她不会输的。

杜云湘又说道："今天晚上是我生日，我爸妈老在我的面前念叨你，说好久都没有见到小荀了，一定要见一见。"

"我今天晚上有工作……"

"我就知道你一定会说你有工作，所以我提前问过了，你今天晚上不加班，你就不要在这里跟我推托了，就当是好朋友，去见见我爸妈也不足为过吧？"

尽管分手了，但是他们俩之间也没有什么不愉快，双方父母也认识，如果就这么不联系了，难免会让人觉得他还在因为过去的事情耿耿于怀。

苟修沉默了片刻。

杜云湘说道："行了，我也不是那种死缠烂打的女生，来给我过个生日，就这样，我出去了。"

杜云湘走到了办公室外面，周忠顺势走到了办公室里，问："苟总，杜小姐她……"

"你定一个题目吧。"

"我？"

苟总突然说出了这么一句话来，周忠一时间还真没有反应过来："什么题目？"

"杜云湘要和宁华裳比赛，比赛的内容就唐服吧。"

"云想衣裳花想容？"

"好，就这个。"

……

周忠就是随便说出来的一句诗，没打算真的要苟修定下这个题目。

苟修倒是觉得这个题目不错。

"云想衣裳花想容，春风拂槛露华浓，若非群玉山头见，会向瑶台月下逢。"

这个原本是李白写给杨贵妃的诗，而大家提到了唐朝，大多数人第一时间想到的都是杨贵妃，可以说杨贵妃就是盛唐的缩影。

唐服……这个如果设计好的话，也可以当作唐朝的大秀服装设计。

"先把工作放一放，我去下面一趟。"

"好。"

苟修将桌子上的文件放在了一边，随后走出了办公室。

设计部门已经将这件事情传得沸沸扬扬，公司里好像没有什么秘密，很快就有不少的人都知道了。

杜云湘在业内的名声本来就有很多的人知道，这些年敢和杜云湘在一起挑战的人还真的没有出现过，一想到这个宁华裳敢和杜云湘叫板，办公区域的员工就都窃窃私语了起来，都想要知道这一次比赛到底是谁能够赢。

要说名气，杜云湘当数第一，可相比之下，宁华裳这个名字他们谁都没有听说过。

"大家都把手里的事情停一下。"

苟修走到了设计部，这已经是苟修第二次来到设计部了，大家都想知道发生了什么，但是不用想也知道，这大概是要说杜云湘还有宁华裳两个人比赛的事情。

荀修也没有拐弯抹角，直接单刀直入地说道："对于设计部总设计师一职，我们进行了慎重的考虑，最后打算在总设计师杜云湘，还有总设计师宁华裳两个人中选出一位。两位设计师将进行一次比赛，最后角逐出一位总设计师。"

这个消息基本所有的人都知道了，但是比赛的主题却还不知道。

荀修说道："这一次比赛的主题，是唐装，云想衣裳花想容。"

"云想衣裳花想容"这几乎是人尽皆知的话了，但是想要真的设计出这样的唐装有一定的难度。

孟曲雯忍不住看了一眼宁华裳，想要看看宁华裳的表情，宁华裳虽然皱着眉头，但是看上去也并不是非常棘手的样子。

"云想衣裳花想容"听上去好像是一个很简单的主题，但是这里面包含着盛唐，也代表着杨贵妃，这句话放在一百个人的口中就会有一百种理解，只是看谁表现得最淋漓尽致，最让人觉得贴合这句话的意思了。

"好，那宁小姐，我们可就各不相让了，我这个人，一向不怎么喜欢手下留情。"杜云湘的样子看上去很自信。

宁华裳点了点头，说道："我也会尽全力的。"

杜云湘想要着手去准备的时候，荀修说道："还有，这段时间两位不需要管理设计部的事情，放下手里的工作，权当是休假三天。这一次唐装的设计，任由你们发挥，最后两位总设计师设计出来的最好作品，会成为大秀上所用的服装。"

杜云湘皱着眉头，这也就是说，这是大秀的服装设计稿。也就是一个人独立完成署名的设计。

宁华裳从来都没有踏入过服装设计圈子，如果宁华裳赢了，这就会是她第一个大秀作品，而且这个大秀还不是一个普通的秀。

"荀修……"

杜云湘想要说什么，荀修却说道："这是我最后想好的决定，有些人需要记住，这一次大秀的总策划是我，最好不要走什么弯路，在我这里都不奏效。"

荀修说完这句话的时候看了一眼杜云湘，杜云湘沉住了一口气，最终还是没有说什么。

这件事情很快就闹到了 Lisa 的耳中，Lisa 只不过是一天没有在杜云湘

的身边，就出了这么大的事情。

Lisa 在电话那边说道："你怎么没有跟我商量就比赛了？你知不知道，这件事情不小，万一你要是输了，总设计师的位置拱手让人，这可是很大的耻辱，是要上头版头条的！你以后的咖位就要下降，你……"

杜云湘面无表情地说道："可是我已经答应了，你这是觉得我会输给宁华裳吗？"

"我……"

Lisa 不是这个意思，她知道杜云湘最在意的就是自己的能力问题。

她说道："好，我不跟你犟，这个比赛必须要撤销！"

"没用了，荀修已经开口，所有的人都知道我们要比赛，考题都已经出来了，我必须要赢。"

杜云湘已经在调查唐朝服饰，实际上她一点都没有将这一次的大赛放在心上，她知道自己不会输，也不能输，否则自己的面子就都没有了，连总设计师的位置都要拱手让人，这是她绝不允许的事情，尤其是还输给了一个门外汉，这更不可能。

第 17 章 花间裙与百鸟裙

"华裳？"

孟曲雯推开了门，正看见宁华裳趴在了织机上，人已经睡熟了。

"华裳，你别在这里睡啊，小心着凉。"

听到了孟曲雯的声音，宁华裳才总算是睁开了眼睛，昨天一个晚上，宁华裳都没有休息，孟曲雯这才看见了躺在宁华裳手边上的设计图，那是一个类似于唐朝仕女的设计图，画上的女子，以"幂篱"遮面，隐约可以看见女子的面容，却又看不真切，服装是以花纹布帛裁成条状拼接而成的"花间裙"，用鹅黄色的披帛披于臂间，裙子却是荷叶裙，这种颜色的搭配却给人造成了视觉冲击。

"这个……这个是你一个晚上设计出来的？"

孟曲雯没想到宁华裳这么快地就设计出来了这件服装，不仅如此，旁边还都是一些精细的钗环，其中一个是鎏金的菊花纹银钗，在手腕上的是一枚金镶玉的玉镯，甚至还做了假髻和一个玉背梳，精细得可以清楚地看见上面的纹路。

这些都只是女子身上的首饰，包括发型设计上的假髻，这也是唐朝的一大特色，女子的头上戴着高的假髻，也显得十分好看。

"我现在就只想睡觉。"

宁华裳站起来的时候都迷迷糊糊的，虽然说晚上设计东西灵感会比较多，但是耗费精力也是在所难免的事情。

"快，我送你回去休息。"

荀总已经下令这三天他们可以不用来上班，也就是说杜云湘和宁华裳这三天做什么都可以。

也难怪今天杜云湘没有来公司。

宁华裳回到了酒店，就一股脑儿地趴在了床上，她想自己今天一定可以睡一整天。

孟曲雯是需要上班的，但是迟到就迟到了吧，她今天真的是被宁华裳的猛劲儿给吓坏了。

只不过一个晚上的时间，她就看见了栩栩如生的鎏金菊花纹银钗，还

有金镶玉的玉镯，假髻都已经做好了，这个假髻，怕是她自己都设计不出来，看来之前宁华裳说自己其实不擅长发型，实则是在宽慰她。

做人能够做到这么低调，也实在是难得的了。

孟曲雯帮宁华裳盖上了被子，随后悄悄地离开了房间。

与此同时——

杜家从一大早上起来就有佣人不停地往杜云湘的房间里面递上不同的面料，在杜云湘看来，设计出来的东西必须要华丽，"云想衣裳花想容"说的是杨贵妃，杨贵妃乃是贵妃，并不是一般的女人，所以设计出来的东西一定要有华丽感，华丽又不失庄重，让人一眼看过去就觉得如牡丹一样的高贵。

"这个是上好的绫，您说过要最华丽的，所以特地给您送过来的。"

"放下吧，我马上就要用。"

杜云湘将绫裁剪出来，按照自己已经设计出来的图样做了一定的测量，成衣如果快的话，今天就可以做出来，而且她选用的是自己定制好的花色，绝对不会出差错。

女佣站在了门口，说道："Lisa，我们家小姐正在做成衣，不让打扰。"

"我就过去看看，事先和她说过了。"

Lisa 对于杜家的人还是很有礼貌的。

"是。"

Lisa 走到了杜云湘的房间里面，只见杜云湘的房间里早就已经是一片凌乱，各种丝织物都散落在地，不知道耗费了多少的原材料。

Lisa 拿起了杜云湘的设计图纸，刚看了一眼就不由得眼前一亮，她就知道杜云湘是一个天才，尽管没有了解唐朝的历史，只是查了一些资料也可以设计出来这样的服装，一定会惊为天人的。

"你设计得这么豪华，武则天用了都不足为过，我看这个宁华裳是输定了。"

"所以我说，我不需要你的设计团队。"

杜云湘面无表情地说道："你也知道我这个人，我最不喜欢的就是输，我是不会让我自己输的。"

Lisa 点了点头，说道："对，我们杜大小姐，最不喜欢的就是输，你不会输，这样我可以放心了，打赢了宁华裳，我会让媒体过去给你做一个专访，到时候将这件事情做成话题，大肆报道，到时候就没有人会质疑你的实力。"

杜云湘对比了一下模特的身高，她采用的是唐朝的百鸟裙。百鸟裙，也就是用众鸟羽毛织就成的华贵裙子，据说当年唐中宗为了给自己的女儿做这个衣服，甚至是动用了全国的力量，造成了一场生态上的灾难，但是在现代这些就不是什么困难的事情了，而这要是真的设计出来了，那可谓是十分惊艳。

杜云湘是没有打算用这么多的羽毛来做出这样一个百鸟裙，毕竟百鸟裙没有复原图，她找也找不到，只能够按照自己的想法和设计来。都说这个百鸟裙是"正视旁视，日中影中，各为一色，百鸟之状，并见裙中"，只需要按照这个来创作，也给了自己不少的设计空间，至于自己设计出来的高髻，上面需要用好看的凤冠来搭配才算是可以。

想到这些，杜云湘就知道自己不会输，自己也不可能输。

荀修早上起来上班的时候，没有见到杜云湘，也没有见到宁华裳，两个人都没有来上班，上电梯的时候才正好看见了迟到的孟曲雯。

"孟小姐。"

"荀总好。"

孟曲雯说："真抱歉，我刚才送华裳回去，耽误了一点时间。"

荀修皱眉："宁小姐才回去吗？"

孟曲雯点了点头，说道："是啊，华裳昨天晚上设计了一个晚上，我看她实在是熬不住了，所以就送她回去了。"

第 18 章　蜀锦

看这个样子，宁华裳应该是一个晚上没有睡。

孟曲雯问："荀总，您觉得这一次，谁会赢？这一次，华裳可是很认真的，您可千万不能偏袒。"

电梯的门已经打开了，荀修说道："放心，这一次的评审不是我，你们不用担心我会徇私。"

听到荀修这么说，孟曲雯的心里才算是踏实。

公司里面最近全都是荀修和杜云湘两个人的传闻，她害怕这两个人会有裙带关系，但是看现在荀修这个态度，她的心里基本踏实了。

宁华裳的设计稿，自己看到了之后都忍不住地感叹一句巧夺天工，因为宁华裳设计出来的让人第一眼看上去就分外的舒服，而且第一眼看上去就是唐装，特点十分鲜明。

马丁看见孟曲雯已经回来了，这几天他们的工作就是要设计各个朝代的服装策划案，将特点还有设计出来的服装都列举出来。只是唐朝的这个策划案一直都空着，等着的就是两个人比拼出来的"云想衣裳花想容"，也不知道最后能够赢的人会是谁。

马丁虽然知道以宁华裳的能力，设计出这样的设计图是情理之中，但是真的听到孟曲雯夸赞的时候，心里还是颇为慰藉。能让孟曲雯都竖起大拇指，证明设计出来的东西肯定不是一般的俗物，这么一来，他们的胜算没准就更高一筹。

马丁的心里高兴，这三天他们属于没有总设计师撑场子的状态，但是气氛一点都没有改变，几个人的关系都不错，只想等三天后的结果。

到了下午，宁华裳才从房间里面醒了过来，睁开眼睛的时候已经是下午四点，宁华裳伸了一个懒腰，脑子有点像糨糊，宁华裳换了一件衣服，洗了把脸，刷牙之后就走出了酒店。

宁华裳拿起了手机，看见十分钟前有一个荀修的未接电话，她顺手拨通了荀修的电话，电话那边的荀修这个时候应该还在上班，宁华裳问："荀总，有什么事吗？"

"我听说你昨天熬了一个晚上？"

"是啊，不过还好。"

宁华裳在路边随便叫了一辆出租车，荀修说道："宁小姐这是要回家？"

"对，我要回去整理一点东西。"

"什么东西？"

"面料啊，不然怎么做衣服？"

"这些东西你可以向公司要，基本都有。"

"不会有的，就算是有，也应该需要现找。"

宁华裳说道："我要找的料子是蜀锦，我家里正好有。"

不过应该已经放了很多年了，她现在只希望这个面料没有霉坏。

"蜀锦？"

这个可以说是四大名锦之一，四大名锦，有云锦、蜀锦、宋锦、壮锦这四种。

当初在古代的时候，一匹蜀锦的价格就不菲，放在现代，手工的蜀锦早就已经在市面上见不到了，就算是见到了也是十分珍贵，没有想到宁华裳的家里竟然会有。

"荀总，您是想要看一看吗？"

"抱歉，我现在在工作当中，不过我想苏记者应该会有兴趣的，他现在正在杜云湘的家里，做实地取材。"

"这样啊。"

宁华裳点了点头，说道："好，我知道了，荀总刚才给我打电话，应该不会只是问这个吧？"

"一来是想要看你起没起，二来，是想要告诉你虽然这个比赛重要，但是身体更重要。"

"我知道了，多谢荀总。"

宁华裳挂断了电话。

这一边，杜云湘的家里早就已经热闹了起来，女佣一直来送东西，来来往往一直就没有断过，比在皇宫的时候丫鬟递东西还要壮观。

苏畅就站在了门外，杜云湘有一搭没一搭地说着："我知道是荀修让你过来的，但是我现在真的没有时间，我创作的时候不想要说任何的话，苏记者，还是麻烦你先回去吧。"

"不好意思先生，让一下。"

女佣手里拿着的是量尺，还有不少的染料，甚至有很多不同样子的缎子送了进去，苏畅也知道自己现在站在这里显得略微有些多余了，苏畅

不好意思地说道："那、那打扰了，我这就出去。"

苏畅灰溜溜地从杜云湘的家里走了出去，自己这一次是一个素材都没有照出来。

苏畅很快地拨打了荀修的电话，说道："荀总，真是不好意思，虽然你让我过来实地考察，但是杜小姐不是很配合，所以……"

"我知道了。"

荀修说道："你去找宁华裳吧，我刚才已经和她说过了。"

"好。"

比起杜云湘，苏畅觉得和宁华裳才更聊得来，宁小姐就像是山间的泉水一样，说话的时候让人感觉到通体舒畅。

苏畅并不是第一次到宁华裳的家里，这里有浓浓的胡同气息，苏畅每一次进来的时候都会有不一样的感受，等走了进去，宁华裳正在仓库里面翻找着什么，这里的东西实在是太多了，就像是上一次自己过来的时候，这里有很多的柜子，还有红木箱子不知道里面装着的都是什么。

"宁小姐，你在找什么？"

"面料。"

苏畅走了进来，这里的味道比较陈旧，看上去已经很久没有人进来了。

宁华裳找了好多颜色的布料都放在了地上，看上去全都是鲜艳的色彩。

苏畅有点惊讶："这么多料子？"

"嗯。"

宁华裳说道："这些都是要做花间裙的。"

"花间裙？"

苏畅说："可是我看杜小姐那边做的是百鸟裙啊，看上去好像很华丽的样子。"

第 19 章 花间裙的制作

宁华裳没有考虑过杜云湘会做出什么样的裙子，倒是有点好奇苏畅还知道百鸟裙："苏先生怎么知道是百鸟裙的？"

"我特地查了一下，杜小姐的房间不让进，我只能够在门口看，我看见了好多的羽毛，但是她都要挨个着色，后来网上一查，才知道叫百鸟裙，据说是上百种鸟的羽毛做成的，十分珍贵。"

"对，十分珍贵。"

宁华裳说道："要知道这个百鸟裙，不是谁都能够穿上的，这个百鸟裙原本是安乐公主有一套，安乐公主还做出了一套给了韦皇后。这个百鸟裙珍贵非常，没有复原图。传闻说达官贵族纷纷效仿，那些贵妇人都想要有一条这样的裙子，导致百鸟被捕猎，生态环境受到了严重的摧毁，当时唐中宗就下令禁止穿百鸟裙，还把百鸟裙给焚烧了，所以到现在都没有一条百鸟裙的残锦保存下来，就算是有，这么多年应该已经化成灰了。"

"所以，这个百鸟裙不一定存在？"

"是，没有考证，所以不一定存在。"

宁华裳说道："杜云湘应该是想要用这个没有框架固定的服饰种类来设计出一条百鸟裙来，但是这么做……不太好。"

"为什么？"

苏畅想要问一问，但是宁华裳没有继续说下去。

宁华裳反而说道："你知道花间裙也一样奢靡浪费吗？"

"……看出来了。"

苏畅看见地上的这些东西，就知道这个裙子肯定价格不菲。

这些锦缎看上去一个一个的颜色艳丽，但是被宁华裳扔出来之后，还觉得这些颜色并不互相干扰，上面的花纹颇为好看，宁华裳说道："这个花间裙，也是奢靡浪费的一种裙子，和百鸟裙差不多，需要很多种的缎子，不同颜色，不同花色的缎子，然后制裁下来一条长长的帛条，拼凑在一起，紧密地缝制在了一起，这就叫作花间裙。"

"这、这么说的话，那剩下的料子怎么办？"

"剩下的料子只能够另外做其他的了，可以说做一条裙子，就需要耗

费几十几百种的面料，所以你说一说，贵不贵？"

"贵！"

苏畅想到了什么，他连忙拿起了摄像机，然后对着宁华裳，问："宁小姐，那请问这一次的花间裙，您有几分把握赢得这一次的比赛？"

"百分之百。"

当宁华裳说出这句话的时候，连苏畅都被震慑到了。

因为说"百分之百"的时候，宁华裳的脸上是云淡风轻的，她并不在乎这个比赛，其实就算是自己输了也没有什么，证明自己看走了眼，杜云湘的确是个天才，能够在短时间内设计出绝美的唐装。

但是从听到苏畅说杜云湘设计的是百鸟裙之后，自己就知道自己赢了，而且是稳操胜券。

尽管如此，她也并不想要自己懈怠，宁华裳将缎子都放在了桌子上，然后一条一条地比着裁剪了下来。

苏畅忍不住地说道："这个……不匀称啊。"

"上窄下宽，这样拼接出来的裙子才会让人看着身量苗条，这是女人的小心思。"

苏畅不好意思地挠了挠头："这、这样啊。"

宁华裳的脸上带着浅显的笑容，做这个裙子虽然费力气，但是两天的时间也已经够了。

宁华裳将所有的帛条都裁下来之后，放在了一个小袋子里，另外将一匹鹅黄色的缎子也收了起来，之后将一些缝制的东西准备好，宁华裳就朝着另外的一个房间走了过去。

"已经完成了吗？"

"怎么可能这么快？"

宁华裳将东西都铺在了桌子上，这个地方看上去像是宁华裳的卧室，但又像是宁华裳的工作室一样，苏畅左右看了看，这里的光线并不是特别的充足，宁华裳就将灯打开了，房间里顿时亮得刺眼。

宁华裳以前经常坐在这里刺绣，所以灯光是必需的，否则自己很容易熬瞎了眼睛。

苏畅看宁华裳有条不紊地将这些东西都放在了桌子上，随后开始整理她手中的帛条。这些帛条需要缝合在一起，是很紧密地拼接，苏畅一时间不由得看得入神了，这么多不同花色的料子拼凑在一起，简直是"乱花渐欲迷人眼"的既视感。

手机上传来了主编发来的消息，苏畅不好意思地问了问："宁小姐，这个需要费多长的时间？"

"多长的时间？看我的速度吧，我感觉要几个小时，苏记者，天快黑了，要不你还是先回家吧。"

宁华裳看了一眼手表，的确已经到了苏畅要下班的时候了，苏畅其实还想要在这里多待一会儿，只是主编已经在炮轰他回去交素材了。

宁华裳看出来了苏畅的抱歉，她笑着说："做衣服可不是这么好玩的事情，时间久了就会枯燥无聊，你去吧，我今天完不成这个步骤，你明天早点过来也是一样。"

"宁小姐今天不回酒店了吗？"

"不回去了，大老远的来回折腾也很麻烦。"

在家里做这些手工活，手感也还在。

苏畅不好意思地挠了挠头："那我就先走了，明天我尽量早点过来。"

"嗯，好，那我就不送了。"

"好！"

苏畅离开了房间，宁华裳伸了一个懒腰，继续开干。

这个裙子要赶制出来倒是不容易，不过好在现成的面料都在，她可不希望这只是一个样衣，废了这么多的料子，必须要做得精美。

灯光之下，宁华裳拿起了手中的针线，细细地将每个帛条都缝合了起来，本来以为许久不做衣服，手会有点生，但是没有想到，身体还是有记忆，缝合起来一点都不会觉得费力。

等到宁华裳准备松松筋骨的时候，天色早就已经彻底地黑沉了下去。

不知不觉已经到了饭点，门口的大黄叫了好几声，宁华裳就知道外面有人敲门了。

"来了！"

宁华裳喊了一声，然后跑了出去，大门打开，敲门的人原来是荀修。

"荀总？"

宁华裳倒是没有想到这个时候过来的会是荀修，荀修看了一眼宁华裳，说道："宁小姐的样子看上去好像很吃惊。"

"是很吃惊，荀总这个时候怎么过来了？是有什么事情吗？"

"过来看看你完成的进度，方便吗？"

荀修说这句话的时候看上去分外的绅士，人家都已大老远地过来了，她要是还不让对方进来，就显得自己有点不识好歹。

"请进。"

宁华裳说道："这个时候正是饭点，荀总这个时候过来，我还以为荀总是要过来蹭饭呢。"

"我不是来蹭饭，我是来给你送饭。"

宁华裳回头的时候才看见荀修的手里带着盒饭，这个和公司的不一样，一看就是外面的饭打包回来的。

"荀总这算是体贴下属？"

"算是，也不是。"

荀修将盒饭放在了桌子上，然后一个一个地打开，里面是四菜一汤，再加上一份米饭。

"荀总吃过了？"

"我吃过了。"

荀修坐在了一旁的沙发上，宁华裳这才上前，里面是一份焦熘丸子、糖醋里脊、小碗牛肉、芹菜熏干还有虾米冬瓜，汤是紫菜汤。

这些看上去色泽鲜美，光是开盖就已经闻到香味儿了。

"荀总，真的不吃？"

"我趁你在这里吃饭，好随处看看。"

宁华裳笑了笑，她这里本来就没有什么好看的，但是荀修对这里却很感兴趣。他的视线很快就落在了宁华裳裁剪下来的帛条上，这些帛条正十分规整地躺在桌子上，看上去还没有缝合完，这些色彩鲜亮，但是又互不干扰，帛条的触感难以言表，就像是肌肤一样的感觉，并不显得特别的厚重，反而是让人觉得这个帛条华丽而又脆弱。

"听苏畅说，这一次你设计出来的是花间裙。"

宁华裳说："花间裙，设计图就在旁边，麻烦荀总点评一下。"

宁华裳的胃口不大，吃了一些之后就已经有些饱了，尤其是食不言寝不语，只要是荀修问话，她都会放下手里的筷子。

荀修低头看着设计图，设计图上面画着的是一个遮着面容的女子，这个女子的头上戴着的东西，叫"幂篱"，看上去若即若离，女子的容貌也是若隐若现，但就是看不见真容。

一般的人对于幂篱这种东西并不是特别的了解，这个长得类似于斗笠，只是上面还有铺盖着长长的纱，遮住了面容。

"这个是什么？"

"幂篱，也可以叫帷帽，这两者的意思一样，形容的都是我画的这个。"

宁华裳说道："这个原本是少数民族传到中原的，后来在唐朝盛行，女子戴上这个，就有一些犹抱琵琶半遮面的感觉了。"

"原来是这样。"

看不真切的才是人们最想要探索的，就像是戴着浅薄一层面纱的女子，大家都想要知道面纱之下，女子长得是什么模样，这感觉是一样的。

宁华裳放下了手里的筷子，站了起来，说："荀总这个时候下班过来，不会就只是为了看看这些吧？"

宁华裳说道："其实我知道荀总你的好意，你是不想让我的压力太大，所以过来看看我，给我打气。"

荀修下午来电话的时候，宁华裳就听得明白，荀修是看自己昨天晚上睡得太晚，所以今天晚上特地过来看一看她，甚至还带来了慰问品。

这一次和杜云湘的比赛显然没有这么简单，输了是在情理之中，赢了就是昭告媒体。

她也不是不明白这个圈子里面炒作的手段，如果她赢了，杜云湘会离开这一次的大秀筹备，也会失去总设计师的职位。杜云湘是业内新起之秀，这些年来揽了不少的大奖，如果这个时候召开媒体会，说一个无名小卒将杜云湘赢了，一定会造成不小的轰动，而这个对于华冠公司的品牌无异于大大地打了一个广告，再加上一年之后的大秀，关注度一定会到达一个前所未有的情况。

"我只是想要跟你说，这一回是一个公平的比赛，和杜云湘的身份无关，评审都是铁面无私的人，所以你不用担心最后的结果不真实。"

荀修说道："如果说之前云湘成为总设计师，是我的无奈之举，这一次就断然不会了。"

宁华裳现在总算是知道为什么荀修当初不愿意让杜云湘成为这个总设计师了，杜云湘的优缺点都很明显，如果这只是一个奢侈品的大秀，杜云湘很合适，也不会有比杜云湘更合适的人选，但是这一次并不是简单的奢侈品大秀，杜云湘并不是最合适的人选。

"我会尽力的。"

"另外。"

荀修将手机拿了出来，说道："介意我做一个录像吗？"

宁华裳疑惑地问："干什么用？"

"苏畅因为被主编叫走了，所以很懊恼没有能够继续看完接下来的步骤，所以希望我能够替他简单地记录一下。"

荀修在这一点上还是很接地气的，至少会屈尊来做这样的小事。

"好。"

宁华裳也没有拒绝，她低头缝合着手里的帛条，这本来就是一个反复枯燥的过程，等到这个过程过去了，还会有下一个进程。

她还没有绣鞋，一个唐朝女子的鞋子，需要做的有很多，纳鞋底只是第一步，要做的是平头绣花鞋，上面还需要绣花，所以绣花才是关键活儿，太烦琐的事做不出来了，所以在设计的时候，她特地画出来了简单的图样，简单，但是又不失风韵。

荀修很认真地看着宁华裳在缝合帛条，时间一分一秒地过去，等到了天彻底黑沉下去的时候，这个活计还是没有做完。

"叮叮——"

电话那边响了响，荀修单手接听了电话："喂？"

"荀总，公司这边可能需要您签署一个文件，我这就发过去，另外刚才 Lisa 已经来了好几个电话，想要请荀总您给她回个消息。"

电话那边的是周忠，听周忠的这个语气，宁华裳就知道这个 Lisa 今天是没有这么轻易地就饶过荀修了。

荀修淡淡地说道："我知道了，挂了。"

"是，荀总。"

电话被挂断，荀修这才打开了手机的信息，看见 Lisa 给自己打了好几个语音电话。

宁华裳说道："荀总要是有事情的话，还是先处理事情吧，电脑就在那边，密码是 123456。"

"好。"

荀修站了起来，朝着电脑那边走了过去，说是有紧急文件，看来这个总策划也不是这么好当的，每天都会有这样的工作来打扰，这要是她的话，肯定就受不了了。

荀修在处理过文件之后，很快拨打了 Lisa 的电话，Lisa 在电话那边说道："荀总，我有一些事情想要单独和您聊一聊，关于两天之后的比赛，有些事情我想要问个清楚。"

房间总共就只有这么大，电话里的声音轻易地就可以落在宁华裳的耳朵里，但是荀修似乎并不打算走出去接听，似乎是也有意想要让宁华裳听见一样。

不管 Lisa 又想要耍什么小把戏，这些对自己来说都不是很重要，她只需要做好自己分内的事情就已经可以了。

"我是想要问一问荀总，如果我们家云湘输了，你会不会真的撤掉云湘总设计师的位置？"

Lisa的心里总是有一些没底，虽然看到了那个百鸟裙，觉得杜云湘胜券在握，但是作为杜云湘的经纪人，自己必须要把这件事情的利弊都了解清楚，也要知道如果输了后果是什么。

"辞去总设计师的话是杜小姐亲口说的，这个你不应该来问我，应该去问杜云湘。"

荀修说道："抱歉，我这里还有点事情需要处理，就先不聊了。"

荀修挂断了电话，这也算是给了Lisa一个底牌，如果输了，杜云湘就不再是总设计师，要么听宁华裳的调配，要么就离开华冠，承担违约金。

承担违约金对于杜云湘来说并不是什么困难的事情，对杜云湘来说困难的事情是做一年的普通设计师，因为她输给了宁华裳，就会让心高气傲的她一直都抬不起头来。

"荀总，你这么说的话，对方会生气的。"

"我知道。"

他当然很清楚Lisa会生气。

但是规则就是规则，规则是当时杜云湘自己一个人定下来的，杜云湘就必须要自己承担起这个后果。

宁华裳看着荀修，说道："也请荀总放心，我不会让我自己输的。"

"那就好。"

荀修的这句话已经表明了他的立场，宁华裳的脸上带着浅显的笑意。

晚上九点的时候，荀修才离开，宁华裳看了一眼自己的进度，最后决定睡一个好觉，明天早上起来的时候才能够有精神。

杜云湘这边已经在做百鸟裙的收尾工作，这的确是一个很费工夫的裙子，如果不是因为有现成的材料，还有现代的这些便捷器皿，可能她也不会这么快地就将这个裙子给做出来。

但是光是处理完了百鸟裙的样衣，她还有鞋履以及首饰这一些的设计，还剩下不到两天的时间，未免有点太强人所难了。

Lisa敲了敲门，杜云湘正在为了首饰的事情而苦恼，见Lisa进来之后，就说道："这么晚了你来找我干什么？"

"我给荀修打了一个电话。"

Lisa坐在了杜云湘的对面，说道："你也知道我这个人做事的时候都

喜欢留后手，这个比赛你要是输了的话，你知不知道后果是什么？"

"你想说什么？"

"你没有总设计师的位置了，你没有了总设计师的位置，以你的脾气，甘居人后吗？还肯留在华冠吗？"

杜云湘说道："我不可能输。"

"万一呢？"

Lisa 也很了解杜云湘，她说道："你肯定不愿意继续留在华冠，到时候你就要承担违约金，这个违约金你或许不在意，但是你的名声很快就会一落千丈，这怎么办？我问过荀修了，这是你们两个人自己定下的规则，谁输了谁就不当这个总设计师，如果你输了，我会立刻安排你进另外一家公司。"

"你疯了？"

杜云湘皱着眉头："你是不是已经背着我联系了另外一家公司？"

"对。"

Lisa 说道："得到荀修这个确切的答案了之后，我必须要第一时间联系另外的公司，这样才能确保衔接得上你的工作，到时候你就不是输给了宁华裳才被迫离开华冠，而是你被另外一家公司以优渥的条件给挖走了，这两种情况完全不一样，我希望你能够看清楚形势。"

见杜云湘想要反驳，Lisa 直接就说道："当然，这是要在你输了的前提之下，为了不让这件事情发生，你必须要赢。"

说到这里，Lisa 看向了杜云湘设计的百鸟裙，的确是十分惊艳，她说道："我知道你在想首饰的事情，没关系，你手工要是赶不上，我们就找别人来做，反正都是你的设计，我这里可以联系人来帮你做，嘱咐他们做精细，你只需要把设计图纸给我就可以了。"

Lisa 伸出了一只手，见杜云湘还是不愿意假手于人，干脆直接说道："我劝你最好以大局为重，虽然你不在乎那些违约金，但是好歹也有好几千万，也不是小数目。"

杜云湘看了一眼奢靡无度的百鸟裙，又算了算接下来的时间，她的主攻是设计，并不是手工艺，她并不能在最短的时间内做出这么多奢华的首饰，杜云湘沉住了一口气，最后还是将抽屉里的设计图放在了 Lisa 的手里，说道："这件事情要保密，我不想让别人知道。"

"放心，我明白。"

第 20 章　花钿

　　第二天，苏畅一早就过来找宁华裳，宁华裳的基本雏形已经设计好了，只是还有不少的地方需要完善，比如说花间裙上的披帛，还有发饰的修正，另外还有唐朝不可或缺的花钿，花钿这种东西要越精细才越好看。

　　苏畅在一旁问："这个花钿原来不是印上去的啊。"

　　"这个花钿，是用金、银等物制成的，上面用鱼鳔做黏合，粘在额间，唐朝以梅花居多，红色也更多，花钿一共有红绿黄三种颜色。"

　　苏畅看宁华裳手里的花钿好像也不是金银做的，他问："这个看上去薄薄的，不知道是用什么做成的？"

　　"金箔纸。"

　　宁华裳说道："这个是我用金箔纸做出来的，看上去更加的轻便，而且也好看。"

　　"的确好看。"

　　苏畅很少能够看见这么好看的花钿，看上去像是朵抽象的梅花。

　　苏畅看宁华裳用金子做的一个花钿，只是看上去并没有打算在这一次的比赛上面用，或许是宁华裳觉得金箔纸做出来的更好吧。苏畅的视线落在了一个银簪上面，忍不住问："这个真好看，这是什么？"

　　这个银簪上面的钗首就如同一束花枝，银鎏金片细而薄，花草都是镂空着的，上面的凤鸟更是栩栩如生，而且不是一个，而是一对，这个银簪看上去并不大，但是里面的东西却做得甚为精细，让人忍不住多看两眼。

　　"凤鸟衔枝鎏金银簪。"

　　这个是鎏金色的银簪，所以在外表看来倒像是金子做的一样，实际上却是银簪，工艺看上去是上乘，但凡是这种镂空的东西做起来都非常的费心思，昨天晚上的时候是她真的睡不着，所以起来做一个一个的花钿，这种红色的花钿正好适用。

　　似乎一切都在为收尾而做准备，宁华裳将首饰摆在桌子上的时候，看得苏畅眼花缭乱，苏畅连忙拿出了自己手里的摄像机，将这些都十分精

细地照了下来，这上面摆着的就像是一个一个的可望而不可即的金贵奢侈品，比那些钻石看上去更多了几分厚重感，尤其是宝石这种东西，无论从什么角度去看，都像是能够反出透亮的感觉来。

都说石头这种东西无价，苏畅总算是知道是什么意思了。在宁华裳的手里，这些宝石都散发出了自己最好的魅力。

宁华裳最后将鹅黄色的披帛摆好，之后就是要找一位模特儿，模特儿要搭配妆容来定，也不是谁都能够符合唐朝美人的气质，为了要将这件衣服发挥到极致，还真的需要找一位长得好看的模特儿来定妆。

苏畅知道了宁华裳此刻的苦恼之后，他冥思苦想了一会儿，问："宁小姐想到了谁？其实宁小姐长得就很好看。"

"我不适合，唐朝人以胖为美，其实胖也不是真的特别胖，只是要丰腴，身材更是要玲珑有致，太瘦的话撑不起这件衣服。"

虽然这件衣服是一个均码，但是还是要找一个像是杨贵妃一样体态特征的人穿起来才好看。

"咚咚——"

门口传来了敲门的声音，大黄叫了起来，宁华裳很快地去开门，看见孟曲雯过来了。孟曲雯今天穿了一个休闲装，没有化妆，她长得本来就很端正，只是因为平常并不常化妆的缘故，所以没有太凸显出来，而且身材也合适。

"华裳，我来给你送早餐啦，今天休息，我正好过来看看你。"

孟曲雯看宁华裳的视线正在自己的身上上下打量着，她疑惑地问："……怎么了吗？"

"雯雯，你跟我过来一下！"

孟曲雯突然就被拽住手臂拉了进去，她还不知道发生了什么事情，就被按在了一个梳妆台上，这个梳妆台颇为古朴，和现代的还不一样，宁华裳把灯打开，可以清楚地看见孟曲雯的五官。

"华裳，到底要干什么啊？"

孟曲雯到现在还是一脸蒙的状态，宁华裳说道："来帮你化妆。"

"化妆？"

孟曲雯平常不上班的时候并不太喜欢化妆，因为化妆之后就要卸妆，长期用过之后自己的脸色也会变得黯淡下去，一想到这些，孟曲雯就对化妆品这一类的东西分外地抗拒。

可宁华裳拿出来的却好像并不是化妆品。

"这个是什么？"

"面膜。"

"面膜？怎么这么诡异啊……"

孟曲雯凑着闻闻，有一股药的味道，宁华裳说道："这个是用益母草、当归、川芎、白芷、乌梅、珍珠粉这一类的东西加入蜂蜜和蛋清，最后调成糊状，这个是用来敷脸的。"

"这么多药材？"

孟曲雯还是第一次见到有人用药材做面膜，宁华裳对这些好像颇有一点研究，看上去像是古人的配方。

"不要动，等一等就好了。"

孟曲雯躺在了沙发上，头一次感觉到敷面膜还能够让自己神清气爽的。

等到了半个小时之后，宁华裳才用水给孟曲雯把脸给洗干净，开始上妆。孟曲雯的脸上有一些红红的痘痘，用了加了白芷研磨成粉的面膜，就会有美白祛痘的功效。

宁华裳给孟曲雯上妆，唐朝的妆容颇具特色，皮肤必须要特别的白，所以要用很白的粉底液，古代用的都是铅粉，铅粉这种东西损伤肌肤，有了现代的粉底液，也就不需要用铅粉这种东西了。

宁华裳给孟曲雯上了隔离之后，用了最白的色号，只是薄薄地涂一层，另外上了遮瑕，一直涂到了脖颈的部位，唐朝的女子十分喜欢用铅粉，她们还称这个为"铅华"。

随后就是唐朝最流行的蛾眉，短而粗，微微上挑一点，好在孟曲雯的眉毛之前就剃掉了，以防上妆不便，随后就是花钿、腮红，还有口脂。

另外是上面靥，就是要在嘴角两边的地方点一个红色的点，显得更有韵味，另外在太阳穴侧描红一个月牙，这个叫作描红，最后简单定妆就可以了。

"好了。"

大功告成，宁华裳开始将梳妆用的东西都准备好，包括假髻，之后只需要在头上立好假髻，另外将头上的首饰都固定上就可以了，宁华裳还特地找来了一朵芙蓉花，打算一会儿插在假髻之上。

孟曲雯并不是第一次见到这样的妆容，但是这个比电视上的看上去要正儿八经得多了，孟曲雯实在是没有忍住，问道："华裳，你该不会是想要我当你的模特儿，然后和杜云湘的比吧？"

"嗯。"

宁华裳也没有说别的，直接点了点头。

孟曲雯立刻就被宁华裳的这句话给吓到了，宁华裳看了一眼孟曲雯，笑着说："怎么？不敢？"

"不不不，不是不敢！"

孟曲雯说道："我长成这样本来就很拉胯了，你还要我当你的模特儿，你知不知道我今天刚刚打听到了一个消息，Lisa 为了能够让杜云湘这一次完美胜出，特地找了一个名模来做模特儿。"

"名模，身材比例都有严格的控制，她们的身材一般都非常好，还很高，并不合适做唐朝的模特儿。"

宁华裳知道杜云湘是一定会用自己手里的特权的，这些在她们眼里其实也算不上什么特权，宁华裳不甚在意地说道："她们找她们的，我们做好自己的就可以了，对你自己的美貌有一点信心嘛。"

"我也很想对我的美貌有一点信心啊……"

孟曲雯有点委屈，她说道："但是我长得真的很一般！"

虽然说化妆之后，孟曲雯也感觉到了自己好像气质一下子上升了一大截，感觉上好像也变得丰腴多情了，可是要和名模去作比较，她可不敢。

"你见到过她们找来的名模了吗？"

"没有啊。"

孟曲雯摇了摇头。

宁华裳这才说道："这就对了啊，你相信我，等你看惯了你这个的样子，你再去看那个名模穿百鸟裙，就会觉得弱爆了。"

"真的？"

孟曲雯有点怀疑地看着宁华裳，她从来都没有当过模特儿，实在是不知道当衣架子的感觉有多么的好。

"好了。"

宁华裳简单地定了个妆，然后将发髻戴上，就对着孟曲雯说道："咱们可以换衣服了。"

光是这个环节，宁华裳用了快两个小时，孟曲雯这才站了起来。宁华裳亲自教导孟曲雯要怎么穿这个裙子，这个花间裙换在身上，感觉瞬间就不一样了，孟曲雯之前觉得自己还有点微胖，但是穿上了这个花间裙之后，竟然会觉得自己的腰细了。

"这是怎么回事？"

"唐朝女子大多都很丰腴，她们当然会想办法让自己的身材看上去好一点了。"

宁华裳一边说，一边整理好了披帛，一边去给孟曲雯戴上幂篱，幂篱戴了上去之后，就两边都掀开了，挂在了幂篱的两边。

"看一看，怎么样？"

宁华裳搬来了一个很大的穿衣镜，穿衣镜在孟曲雯的面前，孟曲雯看了看，说道："好像……还真的挺合适的啊。"

孟曲雯都差点以为宁华裳是按照自己的三围做的裙子，左右看了看，竟然看不出来一点的问题。

"华裳，你可以啊，你完全可以去当裁缝了！"

孟曲雯没想到一个样衣都可以做得这么精细："这样一来，杜云湘那边简直就是弱爆了，我今天出来的时候还听说了，昨天杜云湘要材料部给她采购了好多的东西，全都已经送过去了，什么绫罗绸缎，什么羽毛，材料部的那几个人忙活了好久，吐槽了半天呢。"

办畅在旁边说道："她当然在意了，这事关总设计师的位置，杜云湘是什么咖位？当然不想要输。"

"苏记者，那你觉得我这个样子可以赢吗？"

"不说话，可以赢，你说了话就……"

苏畅和孟曲雯关系不错，孟曲雯翻了一个大大的白眼，这还是说她的气质不到位。

"很好了，等我把鞋子做出来，应该就没问题，你多大的鞋码？"

"三十八的。"

"好。"

宁华裳伸了一个懒腰，忙活了一个早上，今天总算是提前看到了成效，心里多少还是有些慰藉，就是不知道杜云湘那边怎么样了。

与此同时，另外一边的杜云湘早就已经亲自去了工厂，做这些东西的师傅也并不都是手工制作的，他们一半手工，一半还是需要运用机器来打磨抛光。

这家工厂 Lisa 熟悉得很，并不是什么大的作坊，接单有限，如果不是因为 Lisa 和这里的老板熟悉，怕是都排不上号。

"杜小姐，你看这个怎么样？"

这是按照杜云湘说的，做的一个镶嵌着红宝石和祖母绿的手环，看上去异常的精致，非常不错。

"可以。"

杜云湘也没有指望用机器做出来的能够有多好，但是这样的成品已经算是不错了，反正只是样衣，她也不是特别的在意，她一直都觉得设计才是最重要的，自己的这个设计已经足以赢过宁华裳了。

"都是这家店的老熟客，不会有什么问题的，要是没有问题，我们可就继续接下来的首饰制作了。"

Lisa 说道："我们后天就需要用，所以要麻烦你们这里快一点。"

"放心，您的订单，我们肯定加急处理。"

杜云湘的心里还是不踏实，她并不是很想要用这种方式，怪只怪自己当时定的时间太短了，导致没有办法这么快地完成任务，一想到这里，杜云湘就有些后悔。

如果可以的话，时间再多出那么一两天，自己就不需要用这种方式来和宁华裳做最后的比赛。

Lisa 拍了拍杜云湘的肩膀，说道："不用多想了，订单都已经下好，这家店的手艺很不错，看不出什么破绽来，更何况让工厂定制是一种很正常的手段，不会有人说什么的。"

杜云湘当然知道 Lisa 说的是什么意思，但是这一次的大秀不一样，自己设计的东西却假手于人做出来，要是传了出去，自己总会抬不起头来。

第 21 章　设计对决

第三天，即将要比赛揭晓的日子到了。

荀修身边的秘书周忠亲自开车去接宁华裳，宁华裳将手中的裙子小心翼翼地包裹在了箱子里面，等到了地方之后再拆开。

比宁华裳还要紧张的是孟曲雯，孟曲雯还是第一次当别人的模特，看上去分外的紧张："华、华裳，真的没有问题吧？这要是出了点什么问题，你要离开华冠公司，那可都是我的罪过啊。"

孟曲雯越想越觉得不靠谱，自己还从来都没有当过行走的衣架子，这也不是自己的强项。

宁华裳看孟曲雯这个紧张的样子，实在是忍不住笑了笑，说道："好啦，不用担心了，你已经在我这里喊了两天了，今天就是最后一天，你穿上之后给评委一看，很快就结束了。"

宁华裳拍了拍孟曲雯的肩膀，给孟曲雯加油打气，孟曲雯在车上的时候也给自己加油打气："我、我努力！"

苏畅坐在了副驾驶座上，苏畅对着孟曲雯说道："孟小姐，你就放心好了，你上一次的扮相真的特别好看，认真的！"

"这句话从你的嘴巴里说出来我就是觉得你在调侃我。"

孟曲雯现在什么都听不进去，只是想到去公司的时候不要给宁华裳丢脸就好了。

她不否认那个唐装的花间裙衣服实在是太精细了，精细到第一眼看上去就是一个不折不扣的奢侈品，她生怕自己到时候有什么剐蹭，这个衣服就完了。

华冠公司很快就到了，宁华裳和孟曲雯还有苏畅几个人都下了车，周忠在前面带路，说道："今天可能是来得早了一点，化妆时间预备的是两个小时，但是荀总害怕不够，所以今天让我早接了宁小姐你们过来，三个小时应该够吧？"

"够，多谢了。"

化妆间早就已经腾了出来，今天大家都知道公司有一件大事要发生，那就是新晋高级设计师杜云湘要和一个平平无奇的宁华裳比赛，大家都

不太知道宁华裳的身份，所以都好奇地想要趁着闲暇的时候看一看。

"你们觉得会是谁赢？"

"那还用说，当然是杜云湘，人家可是国内外都认可的天才设计师，有天才的光环呢。"

"我也觉得是杜云湘，这个杜云湘设计的都是畅销奢侈品，再加上名气就摆在这里，公司怎么可能让杜云湘输？"

……

周围的声音此起彼伏，一个比一个大，这个就连孟曲雯听进去都觉得没有底，她对着身边的宁华裳说道："华裳，没关系的，不会有事的啊，你就放心吧。"

宁华裳点了点头，实际上也没有把这些揣测放在心上。

周忠带着宁华裳还有孟曲雯去了化妆间，苏畅也跟着进去了，孟曲雯需要先化妆，然后再穿服饰，在化妆的时候，苏畅打算将这一幕给记录下来，到时候也好做一个锦集视频。

宁华裳按照上妆的顺序给孟曲雯化上了妆容，刚过了一会儿的工夫，门口就传来了惊讶的声音，不用想，也应该是杜云湘到了。

杜云湘这一次带了自己的化妆团队，可以确保妆容无误，毕竟杜云湘也从来没有给其他的人化过妆，对于化妆这件事情更深奥的也并不是很懂。

"华裳！"

马丁突然开了门，宁华裳手里的动作顿了顿，问："怎么了吗？"

马丁说道："超模啊超模，真的是一个超模，还是个中日混血，长得真的特别好看！"

孟曲雯翻了一个大大的白眼，说道："我还以为多大的事情呢，我们早就知道了，超模就超模嘛，你不要说出来让我们心里没底好不好？"

"华裳，你该不会真的要用孟曲雯当你的模特儿吧？这从气质上就已经输掉一大截了好不好！"

"马丁！你信不信我揍你啊！"

孟曲雯在镜子里面瞪着马丁，马丁识趣地走到了孟曲雯的身边，说道："不过咱们也不要太气馁了，不一定会输，反正我支持华裳，那个杜云湘耍大牌都耍到公司里面来了！"

"知道就好，我们才不会输呢。"

孟曲雯话是这么说，心里还是有点战战兢兢，尤其是听说外面的是一个中日混血的超模，那一定长得特别好看。

一想到这里，孟曲雯不由得在心里叹了一口气。

只希望到时候杜云湘发挥失常吧……

宁华裳最后将花钿给孟曲雯贴上了，苏畅已经将这些都记录下来了。马丁没有想到宁华裳化妆的技术也这么好，虽然比不上专业的，但是看上去分外的精细，也很符合唐朝人的妆容。

"好了，你们都出去吧，我要换衣服了。"

在椅子上坐着的孟曲雯脖子和屁股都酸了，头上顶着高高的假髻，而且还有不少的首饰戴在了头发上，有一朵大大的芙蓉花在发髻之上，显得人面桃花相映红。

宁华裳给孟曲雯换着衣服，距离要开始评审也就只有二十分钟了。

原本被邀请过来的评审已经一个一个地走了进来，看上去全都是生面孔，不知道在什么地方找来的，Lisa看到这些人的时候都有点发蒙，不知道这是设计界的哪些大人物。

杜云湘的设计团队搭配默契，即便来得比宁华裳晚，但是人已经到场了。

Lisa悄悄地走到了角落，把周忠叫过来了："周秘书，你过来。"

周忠见Lisa叫自己，就知道没什么好事，但是Lisa已经开口了，自己只能走到Lisa的面前，问："有什么事情吗？"

"今天的评审都是谁？荀总请来的吗？"

"对，荀总请来的，坐在旁边的那位是唐朝的考古学家钱先生，在业内十分有名望，还有一些专门研究唐服的专家，都在这里。"

Lisa原本以为是找服装界的人，没想到找来的全都是考古学家和学术专家，当下就皱眉了："荀修到底是怎么想的？这是打算叫来这些人挑刺的吗？"

这些人的眼光都十分的独到，需要来检查的并不是服装的设计性，首先是服装对于唐朝的还原程度，其次才是这样的设计。

周忠就知道Lisa一定会不高兴，他说道："抱歉，这个我就不知道了。"

周忠转头就要走，Lisa立刻说道："等等，我要去看看宁小姐的化妆间。"

"这个……"

"我就只是门口看一看，心里有个底。"

周忠不知道Lisa到底要做什么，但是已经快要开始了，Lisa也做不出

别的什么来。

"那好吧，但是为了私密性，我建议只在门口看一眼。"

周忠说道："这样可以吗？"

"当然，我又不会做出什么过分的事情。"

她只是单纯地想要看看宁华裳可以做到什么地步，绝对不能够比杜云湘好就可以了。

"那我带着您过去。"

周忠走在了 Lisa 的前面，Lisa 的视线落在了化妆间的门口，门口有一个小窗子，隐约可以看见里面的两个人，宁华裳正在整理着孟曲雯的衣领，但是看不清楚孟曲雯穿的什么衣服，因为孟曲雯的头上好像戴着什么一样。

"Lisa，周忠，怎么回事？"

荀修的声音突然从身后响了起来，Lisa 回头，正看见不远处的荀修，说道："荀总，我就只是过来看一看，没什么吧？"

"倒是没有什么，只是这里还是不允许别人过来，所以还是请 Lisa 尽快回去的好，一会儿就要评审了，请你回到原本的位置吧。"

"好。"

Lisa 没有说什么，她很快地回到了杜云湘的化妆间，模特儿早就已经换好了百鸟裙，正在穿衣镜前照着镜子。

"云湘，我刚才去对面看过了。"

"你去对面干什么？"

杜云湘不满，问："你都看见什么了？"

"我觉得你应该赢定了，以华丽程度，对方可比不了你的，对方的模特儿是孟曲雯，根本比不了我们的模特儿，再加上我刚才在外面看了一眼，隔着一层纱，什么都看不见，我估计也就是那个水平吧。"

Lisa 说道："只不过这一回的评审，全都是荀修找的，要么是考古学家，要么就是唐朝服饰的学术专家，都不好惹，估计都会抠细节，但是咱们的服装足以让人眼前一亮。"

"没问题的。"

杜云湘不紧不慢地说道："至少我觉得没有问题。"

从设计上来看，她觉得自己的颇为华丽，甚至可以说是复原了百鸟裙，这样奢华的裙子，正好代表了盛唐。

不过一会儿的工夫，时间就已经到了，宁华裳最后将金镶玉的镯子戴在了孟曲雯的手腕上，孟曲雯深吸了一口气，最后才说道："华裳，可以走了吗？"

"嗯，可以走了。"

宁华裳搀扶着孟曲雯朝着外面走去，等刚出去的时候，就已经吸引了不少人的注意，幂篱后面的面容让人十分想要一睹芳容。

而杜云湘那边也早就已经走出来了那个名模，身材比例完美，就是有些瘦，大约是为了百鸟裙穿上去好看所以才特地找来了一个并不胖的模特儿。

杜云湘的模特儿脸上的妆容是柳叶眉，眉间一样点了花钿，是凤鸟的花钿，脸色也同样白皙，像是扑粉一样，两腮做红，和宁华裳不太一样的是妆容上的蛾眉，面靥还有一些细微的变化，而模特的耳朵上戴着的颇为好看的金饰耳环，光是一看就知道价值不菲。

百鸟裙上各色各样的羽毛，看上去丝毫不影响美感，里面大约是一个缕做的内裙，外面用白鸟裙织就的外裙，宁华裳看了看，没有说话，她伸手将孟曲雯脸上的幂篱给撩了上去，只见孟曲雯的脖颈连同脸上都很白，嘴唇中间颜色鲜艳，点上了面靥，蛾眉显得颇为好看，花间裙也看得真切了，那是光看一眼就觉得精细的裙子，尤其是制作花间裙的帛条，上面的绣纹清晰可见。

评审互相看了对方一眼，然后互相说了些什么。

最后还是周忠说："请把模特儿身上的首饰都摘下来，放在托盘上面。"

Lisa皱着眉头，怎么还要脱首饰？

杜云湘倒是不害怕，这些全都是自己设计出来的东西，她认为造型上面不会有什么问题，也不可能会有什么问题。

宁华裳有条不紊地为孟曲雯将身上的首饰摘了下来，不知道为什么，听到评审说要把首饰摘下来的时候，孟曲雯竟然还松了一口气，因为这些首饰她都亲眼看过，而且在看到杜云湘的设计之后，自己就已经松了一口气，她知道，她们赢定了。

她现在总算是明白了，为什么当时宁华裳说，在看见杜云湘的设计之后就可以分出胜负，原来是这个意思。

杜云湘从来都没有觉得心里没底过，因为自己本来也没有输过，但是不知道为什么，今天却觉得有些不是滋味儿。

"云湘，快点啊。"

Lisa 催促着杜云湘快一点，杜云湘没有说话，而是很快地将首饰都摘了下来。

评审大多都戴着老花镜和眼镜去看，有的人竟然用放大镜去看，杜云湘皱着眉头，下意识地看向了荀修。

荀修到底要搞什么鬼？

这个时候，评审都站了起来，走到了模特儿的面前，摸了摸衣服的料子，而大多数人则是去看杜云湘所设计的百鸟裙的羽毛，随后才走到了宁华裳这边，去看孟曲雯身上穿着的花间裙。

评审最后一致得出了一个答案，几乎没有太长的商量时间："我们的选择是宁华裳所设计出来的花间裙胜出。"

得到这个答案的时候，杜云湘第一时间说道："等等。"

没有等到几个人欢呼，甚至孟曲雯连一口气都没松下来，杜云湘就说道："我需要理由。"

杜云湘气势压人，周围也有不少的人想要知道这到底是为什么，评审竟然这么快地就给出了答案，而且看这个样子，杜云湘几乎是惨败。

杜云湘想要一个结果也是情理当中的事情，毕竟她的确是不知道自己到底是为什么输了这一场比赛，对于这一场比赛，自己分明是信心满满，无论是华丽程度还是设计出来的服装，她都不应该输得这么快。

评审之间好像是早就已经互相明白彼此的意思了一样，其中一个评审说道："从多方面来考虑，你所设计的'百鸟裙'首先在历史上存在一定的疑虑，百鸟裙被唐中宗全毁了，导致百鸟裙并没有图像的文献记载，也没有复原图，你的设计并不能够符合历史，另外，你最大的设计漏洞，是耳环。"

"耳环？"

杜云湘皱着眉头，评审说道："唐朝，其实汉族女子是不戴耳环的，你的这个身穿百鸟裙的女子，应当是一个贵族女子，能够穿上百鸟裙的，能知道的就只有安乐公主还有韦皇后两个人，当时在唐朝戴耳环的只有异邦女子，或者是舞女，而舞女是穿不上百鸟裙这么华贵的裙子的。"

杜云湘从来都没有想到这些设计会是个漏洞，尤其是那对耳环，她觉得自己设计得很好，并没有什么毛病。

评审说道："还有最重要的一点，你的这些首饰我们都已经看过了，这个很明显可以看出是机器做出来的，并不是手工制作，机器雕琢太过明显，内行的人应该都可以看得明白，我们应该都知道，手工艺品的制作，贵在手工这两个字，机器压出来的，不值钱。"

"另外，百鸟裙的羽毛都是同一种鸟的羽毛，只是经过你的着色还有修饰，看上去好像是很多种鸟的羽毛一样，但实际上这样着色的羽毛并不能真正地上得了台面，也代表不了百鸟裙的奢侈。"

杜云湘从来都没有被当场批评过，而且还是当着这么多人的面，杜云湘沉住了一口气，心里虽然不高兴，但是却也说不出什么反驳的话来，要去找工厂制作本来就是她首肯的，首肯了之后自己就必须要接受这样的结果。

"而宁华裳的设计，很符合唐装，也符合唐妆，我更想要知道这个花间裙的料子，是从什么地方来的？现在想要找出这种蜀锦应该已经不是这么容易了，这个花间裙一点也不像是样衣，我觉得可以出现在大秀的编排当中，非常不错。"

杜云湘看了一眼不远处站着的宁华裳，宁华裳的样子看上去像是早就知道会有这样的结果一样，她感觉宁华裳这个时候就像是用一种胜利者的姿态看着她一样。

"那就恭喜宁小姐了，这一次总设计师的位置，我退让。"

杜云湘说完这句话之后转头就走，宁华裳早就料到杜云湘会不高兴，但是这也是意料之中。

孟曲雯激动得整个人差点要跳起来，Lisa 最后狠狠地剜了一眼宁华裳，然后就跟着杜云湘走出去了。

宁华裳并没有说什么，虽然这是一件让自己高兴的事情，也相当于是让苟修高兴的事情，但是杜云湘……并不会高兴，本来事情可以不闹到这个地步。

"华裳！我们赢了！"

孟曲雯高兴得不得了，她还是第一次看见杜云湘这个样子，可见宁华裳真的不是什么一般的人，能够让杜云湘像是被气死一样，宁华裳绝对是破天荒的第一个！

"是啊，赢了。"

宁华裳的视线落在了不远处的苟修身上，苟修对她微微点头示意，宁华裳也微微颔首，两个人都表达了对彼此的尊重。

杜云湘这边已经从华冠公司的大门出去了，她今天这么落败，是她这辈子最可笑的事情。

信心满满地踏入华冠公司的大门，自以为胜券在握，谁知道最后竟然

一朝落败，还被怼得哑口无言，这是第一次，让她感觉到什么是失败的滋味儿。

"云湘！你等等！云湘！"

Lisa很快追上了杜云湘，杜云湘正准备上车，就看见Lisa上来了，杜云湘皱眉："干什么？"

"你就这么走了？"

"不然呢？让他们看我笑话吗？"

刚才孟曲雯还有马丁那一些人欣喜若狂的样子，自己已经不想要看到第二遍了。

"不行！立刻回去，有些事情咱们还没有商谈清楚明白。"

Lisa皱着眉头，不光几百万的赔偿金啊，不仅这样，杜云湘的名声也会削弱，这些年来努力经营的完美女神形象就彻底没有了。

这一回华丽的落败，实在是惨不忍睹。

"我不管，要谈可以，让荀修跟我谈。"

杜云湘说道："让我在华冠公司谈这些，我可做不到。"

杜云湘没有理会Lisa，直接就将车门给关上了。

Lisa知道杜云湘的这个脾气，见到杜云湘这么快就走了，心里还是有点着急。

这个云湘就是心浮气躁，什么事情都不能够冷静下来。

Lisa回头看了一眼周忠，说道："听见了？杜小姐要见你们荀总，要单独聊。"

周忠点了点头，说道："这件事情我会转达给荀总，到时候荀总一定单独和杜小姐去谈一谈。"

Lisa的心里憋闷了一口气，等到周忠走了之后，Lisa就拨通了一通电话，笑着说道："刘总，上一回咱们谈的已经可以签约了，等到明天的时候我让云湘亲自过去和您签合同，条件就像是之前那样不变就好。"

"对对对，我们这里已经处理完了，只是违约金必须要你们这里来支付，就像是之前我们说的一样，之后的事情我们再继续详谈。"

"好的刘总，那我们之后再联系吧。"

Lisa挂断了电话，好在自己准备了另外一个计划，这一次的事情才能够扳回一城，只是可惜了华冠公司这一次总设计师的机会。

周忠回去之后把事情和荀修说了，他说道："看上去杜小姐的脸色很不好看，要不……荀总您还是去看看吧。"

杜家大小姐的那个脾气外人不知道，但是荀修肯定知道。惹急了这个杜大小姐，到时候撕破了脸可是什么都做得出来。

"我知道了。"

荀修拨通了杜云湘的电话，电话那边很快就接听了："我以为你会第一时间给我打电话。"

"我是打算第一时间给你来电话的，只是评审那边还需要送一下，所以就耽误了。"

"我看你根本就是有心想要偏袒那个宁华裳吧？"

杜云湘冷冷说道："你也知道我这个人，本来就是输不起，这一次我输了，势必要解约，你就没有什么别的话要跟我说了？"

荀修揉了揉自己的眉心，不知道现在要说什么才好。

杜云湘是这个性格，要闹一场他早就已经想到了。

荀修说道："云湘，说实在的，你并不适合当这一次的总设计师，结果你也看到了，你搞得   塌糊涂。"

"行了，都已经这样了你还跟我说什么？我本来以为咱们两个人从小一起长大，你多多少少都能对我有点情分在，你分明知道我不想输，你还找了这么多不是服装界的评委来特地挑我的刺，和你们老板说吧，我解约了。"

杜云湘会说出这句话来是意料当中的事情，荀修说道："那具体的事情我和Lisa谈。"

"除了这些你就没有什么其他要跟我说的？"

杜云湘见荀修好像没有要继续说话的意思，她直接就说道："好，荀修，你别后悔！"

杜云湘直接就挂断了电话。

荀修低头看了一眼被挂断的手机，知道这个大小姐是真的气急了，从小到大还从来都没有见过杜云湘这么生气的时候。

真是头疼。

"咚咚——"

房门被敲了敲，荀修淡淡地说道："进来。"

宁华裳推门进来，说道："荀总，我是来问问事情现在进展到了什么地步。"

宁华裳倒是一点都没有将自己当外人一样地坐在了椅子上，说道："看荀总的这个样子，好像进展得不是特别的顺利。"

"早就已经料到了。"

荀修说道:"不过这一次宁小姐你还真是让我觉得吃惊,能够在三天的时间内做出这么完美的花间裙还有妆面,看来我选择宁小姐不是一个错误的决定,我就知道你一定会赢。"

"这就不一定了。"

宁华裳说道:"如果这一次荀总你找来的是服装设计界的老师们,我可未必会赢。"

"你觉得这一次大秀只是服装设计吗?杜云湘的时尚设计的确是不错,但是要她设计几百年前甚至几千年前的奢侈品,她根本做不到,就像是今天的百鸟裙一样,空有其表,但是根本不是所谓的奢侈品,她的设计太过粗糙,且杂乱无章,我一个外人都可以看出来,更不要说专家了。"

荀修知道杜云湘的弱项,要不是因为公司看上了杜云湘的名气,杜云湘并不能够参加这一次的大秀,他也一向不支持杜云湘参与自己根本没有深入了解过的设计风格,这样只会让他们的设计变得不伦不类。

宁华裳站了起来,说道:"所以我们现在的工作算是正式开始了吗?"

"再等等吧,解约合同还需要签署,流程需要走一走,你们之前定好的策划案还有设计图纸先给我看一看,没有问题了再继续。"

宁华裳直接从包包里将荀修刚才说的东西都拿了出来,放在了荀修的面前,说道:"都在这里了,请过目。"

"有备而来?"

"早就已经准备好了,只是前几天杜小姐一直都没有看而已。"

宁华裳本来就对这几次的策划案都特别的满意,她说道:"这是秦朝的全部策划案,还有几个已经定了的稿,以将军俑的设计为主,具体的面料还有各个配饰服装的细节都有,应该是很通俗易懂的。"

荀修看设计图的时候很认真,总设计师是有一切决策权的,自己说话只不过是提一提建议,并不能够真正左右总设计师的想法。

现在杜云湘走了,宁华裳就是这个总决策人,荀修点了点头,说道:"挺细致的,一切就都按照你说的来吧。"

"把你今天设计的列入唐朝的设计方案当中,我觉得可以以这个为主。"

"好,我知道了。"

宁华裳礼貌一笑,出去的时候顺带将门也给带上了。

宁华裳走了出去,回到设计部门的时候,大家都在等待宁华裳带来的消息。

"华裳！怎么样了？"

孟曲雯看向了宁华裳，宁华裳将手里的策划案拿了起来，说道："荀总说了，没有问题，就按照之前我们设计的来做！"

孟曲雯激动地跳了起来，她到现在还都没有脱妆，大家看上去其乐融融，孟曲雯问："那杜云湘呢？杜云湘怎么样了？"

宁华裳摇了摇头，说道："这个我还不知道，不过我想……应该很快就有结果了吧。"荀修说解约合同，那应该就是这一两天的事情。

第 22 章　公关

　　这一次杜云湘准备离开，华冠公司不得不做出计划 B，举行记者招待会，就像是之前计划的那样，如果杜云湘真的输了，即将离开华冠公司。华冠公司为了公司着想，将会摆出"杜云湘被无名小卒超越，华冠公司临时改变总设计师，杜云湘因此羞愧离职"的头版头条新闻。

　　这边，Lisa 已经得到了华冠公司内部的消息，她就知道对方一定会摆上一道，却没有想到这个荀修竟然将事情做得这么绝。

　　"听见了没有？华冠这么快就把公关对策给想好了。"

　　Lisa 对着身边的杜云湘说道："你现在立刻就跟我去蓬莱公司签署合同。"

　　"蓬莱公司只不过是一个刚刚崭露头角的中企业，你让我去这个企业签署合同，不是更加拉胯吗？"

　　杜云湘自从昨天知道对方公司是蓬莱之后，心情就不怎么样，这个公司的业内口碑一般般不说，还是最近几年的新企业，内部说这个公司有不少的内幕，都是靠着背后的资本才一点一点花钱砸出来的品牌，最后也就砸出了一个不温不火的状态，自己要是过去了的话，实在是会引起她生理上的不适。

　　Lisa 说道："你这个孩子，到底是真的不懂还是假的不懂？"

　　杜云湘沉住了一口气没有说话，Lisa 说道："如果真的让华冠公司这么召开记者发布会，你的脸面往什么地方搁？你觉得以后你在国际上还能再抬起头来吗？"

　　Lisa 现在不想要和杜云湘争论谁对谁错的问题，她现在必须要做的事情就是把这件事情解决了，这样她们才不会无端端地吃了这个哑巴亏。

　　杜云湘果然不说话了，自己如果真的输给了一个什么所谓的无名小卒，那么自己在外面的名声也就完全毁了，杜云湘咬了咬唇，她早就应该知道荀修只会在乎自己的工作，早就已经听到过荀修说过，公事是公事，私事是私事，她贸然解约，为了不让华冠公司对外宣传出现问题，所以他们一定会按照时间来公示。

　　"云湘，你也知道我一切都是为了你好。"

Lisa 说道:"我现在可以稳住荀修和华冠那边,咱们还没有和他们解约,现在必须立刻和蓬莱签约,到时候蓬莱会给你支付违约金,他们也认定了你是总设计师,到时候也一样可以在纽约秀上崭露头角,虽然名气不如华冠,但也是一个品牌,不仅如此,到时候他们的公关也作废了,我会和荀修重新谈一谈,反正你们两个人也是青梅竹马,多多少少有点情分在……"

"不要跟我说情分了,如果真的有什么情分的话,我可能落得现在这个下场吗?输给一个宁华裳……他根本就没有考虑过我!"

说到这里,杜云湘直接就将手中的茶杯扔了出去。

Lisa 看着眼前的这一幕,就知道自己有办法让杜云湘和蓬莱签字了。

Lisa 对杜云湘说道:"你仔细想一想就知道了,只要你和蓬莱签约,到时候你可以和宁华裳比一比,你们两个人都是总设计师,你也正好可以证明一次,到底你们两个人谁更强,群众的眼睛是雪亮的,不是吗?"

听到 Lisa 这么说,杜云湘才沉住了一口气,算是答应了。

Lisa 很快地拨打了蓬莱公司那边的电话:"刘总,你好你好,我是 Lisa,咱们昨天的时候通过电话了,对,我们这就过去,已经可以签约了。"

Lisa 说这些的时候一向让人觉得很是精明,杜云湘不愿意听这些商业上的事情,直接站了起来,转头朝着楼上去看自己的那些设计。

Lisa 看杜云湘上了楼,随后对着电话那边说道:"好,好,那我们这就过去。"

说到这里,Lisa 就挂断了电话,很快跑到了楼上,对着 Lisa 说道:"换衣服,咱们这就过去。"

"我知道了。"

Lisa 关上了门,换上了一件衣服,沉住了一口气,最后看了一眼在手机里的信息,荀修还是没有来消息。

杜云湘直接给对方发了消息:我这就要去蓬莱签约了,你要是不想毁了我的话,最好推迟你们的新闻发布会,违约金我们会准备好。

杜云湘最后将手机揣到了自己的兜里。

蓬莱公司从外面看上去和华冠公司根本没有办法比,刚进去的时候刘总亲自上前迎接,是一个四十多岁的中年男人,看上去倒是人模人样的,杜云湘戴着墨镜,斜斜地看了一眼刘总,总觉得这个刘总看上去有点眼熟。

刘总说道："杜小姐，真是巧了，我前天的时候才和杜先生一起吃过饭，没想到杜先生的女儿这么优秀，这一次能够和您合作，真是蓬荜生辉。"

杜云湘一听到对方提到了自己的父亲，心情就更沉闷了，她就是不愿意靠这些人脉。

Lisa笑着上前，说道："刘总，真是幸会，那我们这就去签约吧。"

"好，好好好。"

刘总送着两个人就进到了蓬莱公司，杜云湘低头看了一眼手机里面的消息，荀修只是浅浅淡淡地回答了一个"嗯"。

杜云湘的心情稳了下来，但还是有点失落。

这边，荀修已经拨通了公关部门的电话："先暂停手里的一切工作，等我这边的安排。"

"好的荀总。"

荀修挂断了电话，他知道Lisa一定会找退路，所以这一次的公关就没有打算真的发布出去，如果真的说了出去，杜云湘的名气一定会受损，以杜云湘的自尊心，如果真的发生了这个事情，杜云湘一定会备受打击。

他也没有打算把这件事情闹得这么绝。

"咚咚——"

周忠敲了敲门，对着荀修说道："荀总，杜小姐那边刚刚来了消息，说是下午的时候就过来签解约合同。"

"这件事情我已经知道了，你让人去准备合同吧，下午一点之前放到我桌子上。"

宁华裳正在准备秦朝将军俑的甲胄，刚穿线到一半的时候，门口就传来了孟曲雯的声音："华裳，荀总叫你过去一下。"

"现在？"

"对，现在。"

"好，我知道了。"

宁华裳放下了手里的鱼鳞甲，然后坐着电梯朝着楼上去，荀修正在办公室里看解约文件，见到宁华裳敲门进来了，就将手里的解约文件放在了宁华裳的手里："看一看。"

宁华裳看了一眼合同上面的条款，说道："违约金……五百万元？"

"嗯。"

宁华裳说道："没想到你们公司违约金的金额倒是够高的啊。"

荀修摇头，说道："这已经是这个行业违约金最少的了，你应该看看我们给了她多少的片酬。"

"你叫我过来，该不会就是为了这个吧？"

宁华裳看着眼前的荀修，说道："杜云湘需要解约，这么高的违约金，她……"

"这个违约金，由蓬莱公司来帮她支付。"

宁华裳也不是一个傻子，荀修说出这句话的时候，她就知道这是什么情况了，她说道："杜小姐转头去找了蓬莱公司……跳槽？"

"可以这么说，毕竟对方的经纪人是 Lisa。"

荀修说道："我这一次叫你过来是为了请你和我一起召开一个新闻发布会。"

"发布会？"

宁华裳记得之前杜云湘也和荀修召开过一个新闻发布会，这大概是关于公司里面危机公关的事情，自己也不太了解。

"其实也没有什么大事情，就只是简简单单地介绍一下你自己就可以了。"

"好，我知道了。"

宁华裳说道："我会参加新闻发布会，不过杜小姐还没有过来签合同，这个时候我想你们的新闻发布会还没有办法进行，我可以回去工作了吗？"

"去吧。"

"好的荀总。"

宁华裳站了起来，荀修说道："以后在公司叫我荀总，只有我们两个人的时候，叫我荀修就可以了。"

"知道了，荀修。"

宁华裳一点都没有打算客气，就算是回头的时候都干脆利落。

荀修看着宁华裳走了之后，脸上才露出了一抹浅显的笑意。

下午的时候，杜云湘如约过来签解约合同，公司里面不少的人都看见了杜云湘，周围的人都忍不住地窃窃私语起来。

"听说这个杜小姐是因为上一次输给了宁华裳，所以才要走的。"

"不会吧，这可是几百万元的违约金，竟然一下子就不要了？"

"你懂什么？人家都不缺钱，脸面才是最重要的。"

……

周围的声音此起彼伏，杜云湘只是当作没有听见的样子。

杜云湘很快地走到了荀修的办公室，等到进去的时候，杜云湘低头看了一眼椅子，故意说道："荀总，不知道我是不是能够坐下说话？"

荀修知道杜云湘这是在耍脾气，他伸出了一只手，说道："请坐。"

杜云湘将椅子拉开，然后坐在了椅子上，Lisa本来也是要跟着进来的，但是碍于杜云湘说想要亲自和荀修谈，所以才没有进来。

杜云湘直接伸出了一只手："合同给我吧。"

"已经拟定好了合同，你看看有没有什么问题。"

杜云湘左右看了看，说道："难道我还会怀疑你给我挖坑吗？荀修，看在咱们两个人这么多年的情分上，我直接说了，明年我也要参加纽约秀，代表蓬莱公司，我已经完成签约了，对方会为我支付所有的违约金。"

荀修没有说话，杜云湘对着眼前的荀修说道："你应该知道我的性子，我不会就这么算了的，关于你们要发布什么通告来解释这一次的违约是你们的事情，但是最好不要让我的名誉受到损伤，其余的随便，Lisa会和你商谈具体的事宜。"

荀修一直都没有说话，杜云湘看了一眼一旁的钢笔，将钢笔打开，随后在合同上面洋洋洒洒地写上了自己的名字。

杜云湘将合同放在了荀修的面前，站了起来，面无表情地说道："荀修你给我记住了，你会后悔的。"

说着，杜云湘就朝着外面走了出去。

荀修拨打了电话，说道："让人过来拿合同，去盖章。"

"好的，荀总。"

服装部门这边，孟曲雯早早地就看见了杜云湘，马上就要下班了，孟曲雯走到了放着织机的房间里，对着宁华裳说道："华裳，杜云湘来了，听说已经解约了！"

"怎么看你这个样子好像是普天同庆了一样？"

"当然啦，走了一尊观音，我当然高兴了，因为她，咱们的策划案耽误了五天，不过现在好了，有你在，就不怕耽误了。"

孟曲雯看宁华裳还在做鱼鳞甲，直接就伸手将宁华裳手里的东西放在了一旁，说道："走了走了，下班了，马丁说是要请大家一起吃饭。"

"我……"

宁华裳还没有反应过来就已经被孟曲雯给拉走了。

"走啦！"

孟曲雯拉着宁华裳朝着外面走去，这一次因为杜云湘离开，大家简简单单地以欢送会为名义聚会，但是也知道杜云湘不会来，所以就成为服装设计部的狂欢了。

宁华裳无奈地摇了摇头。

等到晚上回去的时候，孟曲雯彻底喝多了。宁华裳对于喝酒没有什么太大的兴趣，她扛着孟曲雯躺在了床上，然后就去套房自带的厨房里面做醒酒汤了。

宁华裳用橘子、莲子、青梅、山楂还有白醋和白糖、桂花熬在了一起，烧开了之后，小火慢炖一会儿就可以备用了。

宁华裳看着躺在床上迷迷糊糊的孟曲雯，说道："雯雯，过来喝汤了。"

"什么？"

孟曲雯闻到了一股酸酸甜甜的味道，光是闻起来好像就挺开胃的。

"这是什么啊？"

孟曲雯低头，迷迷糊糊地揉了揉眼睛，说道："这个是……醒酒汤吗？"

她从前只是在电视上看到过，还真没有喝过醒酒汤。

宁华裳笑了笑，说道："喝一碗，然后去睡觉就会舒坦一点。"

第 23 章 云想霓裳

这一边，杜云湘已经连夜制作出来了一套策划案，对方公司还没有定下大秀主题，在"美人华裳"的基础之上，杜云湘拟定了一个"云想霓裳"作为主题。

杜云湘摘下了眼镜，扔到了一边，随后将策划案发到了蓬莱公司刘总的邮箱。她从来都没有输过，这一次也不打算输，既然是同类型的大秀主题，到时候也会更好地分出胜负。

正想到这里，电话突然响了起来，杜云湘接听了电话，对着电话那边的人说道："对，刘总，是我，这个'云想霓裳'的主题您看过了吗？"

"看过了，杜小姐您的设计非常的好，我很喜欢，已经决定了，我做主就是这一套策划，到时候还请杜小姐担任我们的总设计师，我相信可以造成不小的轰动。"

"好，那我们到时候再联系。"

杜云湘对着电话那边说了些什么，很快就挂断了电话，看着电脑上的策划案，杜云湘面无表情。她不会输给华冠公司，不会输给宁华裳。

第二天一早，宁华裳照常去了公司，公司里面的人都在窃窃私语地说些什么，宁华裳奇怪地上前，问："怎么了？"

孟曲雯挽着宁华裳的手臂，也奇怪地说："马丁，怎么了？"

马丁说道："你们还不知道呢吧？蓬莱公司今天反客为主，先发了一则发布会，说杜小姐成为他们主题'云想霓裳'的大秀总设计师，你想想，这个'云想霓裳'，和咱们'美人华裳'，难道不是同一个类型吗？而且最可气的是，他们明年也要参加大秀，和咱们是同一时期，你说这不是要跟咱们打擂台吗？"

"就是说，从来没有见到过这样的，简直是太可气了！"

宁华裳早上起来的时候没有看新闻，所以不知道发生了什么事情，正好设计部的电视机上传来了声音，记者招待会还在进行当中，杜云湘穿着一身得体的衣服坐在了总设计师的位置上，旁边坐着的应该就是蓬莱公司的总策划人。

"杜小姐，请问您前几天才参加了华冠公司的发布会，称担任其总设计师的位置，怎么才短短的几天时间内就去了蓬莱公司，这其中是有过什么不愉快的事情发生吗？"

"没有什么不愉快的事情发生，只是我觉得蓬莱公司更适合我。这一次蓬莱公司的策划案是我一手准备的，拟定于明年的纽约秀，期待到时候和大家的见面。"

杜云湘的脸上带着一如既往温柔的笑意，就好像是什么都没有发生过一样，并没有正面回答记者所问的问题。记者发现好像是问不出什么，之后才有人说道："有华冠公司内部人说，您这一次离开华冠公司是因为输给了一位籍籍无名的设计师，请问是不是这样？"

"不好意思，这个问题我想和这一次的发布会并没有什么关系，所以我拒绝回答。"

"杜小姐，您不回答是觉得难以启齿吗？毕竟像您这样的高级设计师输给了一个没有名气的设计师，传出去的话应该对您的咖位也有所影响吧？"

记者的问题总是这么不留情面，杜云湘的那双眼睛中带着浅淡的笑意，说道："你觉得我会输给一个籍籍无名的设计师吗？如果是这样的话，那位设计师早就已经出名了吧？"

说到这里的时候，周围的记者都哄笑了起来。

就在这个时候，荀修突然从电梯里面走了出来，对着宁华裳说道："没时间了，你现在就跟我走。"

宁华裳点了点头，很快地跟着荀修坐着电梯下去，外面已经堵满了记者，记者都想要争这一次的头版头条，大家都想要知道杜云湘突然离开华冠公司到底是为了什么。

"一会儿我要怎么说？"

"实话实说。"

荀修带着宁华裳走到了门外，说道："你听清楚，一会儿记者问什么问题，你要是觉得可以回答的全部回答，不想要回答的就看一眼我，不需要说假话，适当的时候打马虎眼。"

这一次蓬莱公司先发制人，先一步召开了记者会，他们这里绝对不能够再落下了。

"荀总！荀总！请问一下杜小姐离职的事情到底是什么原因？"

"荀总！请您回答一下我们的问题！"

"荀总！"

……

周忠费力地将这些记者都拦住了："不好意思，请大家都到会议室内等候，这些问题到时候我们都会一一为大家讲解。"

宁华裳左右看了看，记者招待会这件事情自己还是第一次参加，她看了一眼荀修，说道："到时候问题都会这么尖锐吗？"

"嗯。"荀修说道，"不过你也不用害怕，我们也不一定答不上来。"

宁华裳没有说话，荀修话是这么说，但是到时候是什么样子就不一定了，这些记者的问题就像是刀子一样，恨不得将他们的心给挖出来看一看。

宁华裳已经坐在了总设计师的位置上，荀修坐在了总策划的位置上，两个人一左一右，就像是之前杜云湘和荀修两个人召开记者招待会的时候那样。

宁华裳很快调整好了自己的心态。荀修说道："不好意思，让大家久等了，我们这一次召开记者招待会，主要是想要说明一些问题。我想大家都很在意一年后的纽约秀，经过我们的深思熟虑，决定召开记者招待会，向大家说明一下总设计师的位置变更，以及杜小姐离职的种种问题。杜小姐那边已经签了解约合同，要按照原定的合同内容，赔偿五百万元的违约金。当然，这是有原因的，具体原因我们并不想要过多地解释，这一次也是为了给大家介绍我们新的总设计师，宁华裳宁小姐，欢迎宁小姐。"

镜头聚焦到了宁华裳的身上，宁华裳此刻的样子倒是临危不惧。

"宁华裳？第一次听说。"

"这位宁小姐应该不是服装设计师吧？"

"这个宁小姐有人认识吗？华冠公司这是在闹哪样？"

记者们窃窃私语，但是这些质疑的声音实在是太大了，即便是会场嘈杂，都可以传到宁华裳还有荀修两个人的耳朵里。

"大家好，我是宁华裳，也是即将担任这一次'美人华裳'主题大秀的总设计师，大家有什么问题想要问的，都可以来问我。"

宁华裳也只会现学现卖，荀修倒是没有想到宁华裳的临场反应能力还是很不错的。

其中一个记者问道："宁小姐，我想要问一下您过往的服装设计经历，您曾经是服装设计师吗？"

"不好意思，我并不是服装设计界的人，准确地说，我并不是一个设计师，也可以说，设计师并不是我的本职专业。"

"那你怎么能当总设计师？怎么让人信服你的能力呢？"

宁华裳说道："那么请问，这位记者，您每天的工作是什么呢？"

"采访，写稿。"

"那么请问你们总编的工作是什么呢？"

"核稿。"

"既然你们的总编不写稿，又为什么总设计师一定要设计衣服呢？"

宁华裳的这一套言论顿时让周围没有了声音，宁华裳说道："我对于设计衣服有一定的涉猎，而且很了解我们历史各个朝代的文化，这一次'美人华裳'的主题，不仅仅是要设计出每一件不同朝代的服饰，更是要传承我们的文化，而文化恰恰是最不能出错的地方，如果连审核设计稿的总设计师，都不懂这些，你觉得最后呈现出来的是我们国家的文化吗？"

荀修在一旁淡淡地说道："刚才介绍的时候，我想应该隆重地介绍一下，眼前的这位是我们华冠公司请来的南京非遗传承人，宁华裳小姐。宁小姐对于各个朝代的文化都十分有见地，也是一位奢侈手工艺品的手工艺者，不仅仅担任我们'美人华裳'主题大秀的总设计师，而且还会亲手参与制作我们设计的服装，每个环节都将由宁小姐层层把控。"

底下又是一阵议论声，台底下的人说道："请问宁小姐，杜云湘杜小姐此刻也正在和蓬莱公司进行记者招待会，杜小姐矢口否认了输给一个籍籍无名的设计师，难道这是假的吗？"

宁华裳笑了笑，说道："我刚才已经说过，我的职业并不是服装设计师，在服装设计这方面的确是籍籍无名，杜小姐说自己没有输给一个籍籍无名的设计师，并没有说错啊。"

"我们宁小姐，从前虽然不是一位服装设计师，但却是一名彻底的手工艺设计师，大家只要善于搜索和考察，就会发现，宁小姐有很多的手工设计。例如仿清设计的鼻烟壶，以及山水画、金钗、戒指等一系列设计品，最后都在拍卖会上获得了不俗的成绩，甚至有人以三千万元的价格购买了她所设计的手工艺品，后来被宁小姐捐赠了出去。宁小姐在国际上也颇有名声，且获得了不少的大奖，是'古代奢侈品'的设计女王。"

荀修这一番话彻底拉高了宁华裳的身份，宁华裳听到荀修这么说的时候，也总算是明白了这些搞商业的到底会怎么吹嘘自己的产品了，竟然把她说成了一个天上有地下无，而且还近乎鼻祖一样的人物。

　　宁华裳知道自己这个时候不能拆台，所以才没有说话，毕竟荀修说的这些全都是事实，只是在言语之上措辞夸大，这大概就是语言的魅力吧。

　　宁华裳明显感觉到了眼前的闪光灯晃得自己眼睛疼，要不是因为自己强撑着管理自己的表情，怕是就要受不住这么强烈的闪光灯了。

　　记者招待会结束之后，宁华裳还从来都没有觉得这么累过，等到回去了之后，才舒展了一下自己的筋骨："你在会场上是故意这么和他们说的吗？"

　　"你说的是哪句？"

　　"全部。"

　　宁华裳说道："荀总还真是不容小觑，我看以荀总的能耐，就算是黑的也能够说成白的，白的也能够说成黑的，对吧？"

　　荀修的脸上带着一抹浅显的笑意，其实自己也并不是故意要说成这样，只是为了宣传效应，不得不说成这样。他想不出半天的时间，宁华裳从前设计出来的那些手工艺品，再加上在国外拍卖的合照都会被这些记者扒出来，然后上头版头条的新闻，毕竟大家从来都没有关注过手工艺者，还有南京非遗这一类的新闻。他们对于手工艺，还有那些老物件，早就已经忘得一干二净了。

　　现在是科技时代，而人是怀旧的，这些新闻头条已经足以猎奇了。

　　宁华裳知道这是华冠公司和蓬莱公司的对抗，也知道这是"美人华裳"和"云想霓裳"的对抗，更是她和杜云湘两个人的对抗。

　　不出所料，自己应该已经被这位杜小姐给恨上了。

　　宁华裳倒是不觉得有什么，毕竟是自己夺走了她总设计师的位置，但是在这件事情上，没有什么退让不退让，只有能力是否得当。

　　"不过这一次还是要多谢宁小姐。"荀修说道，"宁小姐刚才在记者招待会上的出色表现，还真是惊讶到我了。"

　　他的确是没有想到这个小姑娘的嘴巴这么利锐，可以把记者都问得哑口无言，这些记者大概是第一次遇到这个硬茬，所以一时间有些失神吧。

　　"不过我倒是希望自己是最后一次出现在我刚才坐的那个位置上，就好像是一群人将枪口对准了自己的感觉，真的如坐针毡。"

　　宁华裳说道："如果没有其他的事情，我就去工作了，荀总，再见。"

第 24 章　汉留仙裙

华冠公司的新闻一出，瞬间在设计界轰动了，谁都想要知道这位宁小姐到底是多大的神通，竟然能够打败一向有着业内新秀不败之身的杜云湘。

因为宁华裳的记者招待会实在是太犀利了，导致蓬莱公司的记者招待会还有华冠公司的已经开始被网络上的人相互攀比。

"美人华裳"和"云想霓裳"甚至还开出了一个话题。

是宁华裳的"华裳"更胜一筹，还是杜云湘的"云想"更胜一筹。

这也导致了华冠公司的内部公关和蓬莱公司的内部公关展开了一场内战。

宁华裳知道这个消息的时候，正在做鱼鳞甲，她没想到这件事情会被无限放大到两个人必须要殊死一搏的地步。

但是听到周围的人都这么说了，这才忍不住说道："说得太夸张了好不好？"

"一点也不夸张，你看看，杜云湘的粉丝都在攻击你，说你是靠关系进来的，还把他们的女神给挤掉了。但是咱们华冠的水军也一点都不落伍，直接就说她杜云湘的资格不到位，当时还有评审的犀利点评被爆出来了，热搜第一，说杜云湘的实力堪忧。你说，杜云湘知道这个消息能不炸街吗？"

宁华裳无奈地摇了摇头。

不过对于这种事情，孟曲雯一向是最在意的，不管是什么八卦都逃脱不了孟曲雯的一双眼睛。

宁华裳在穿针引线当中将鱼鳞甲给做了出来，这只是样衣，之后还需要修改尺寸。

马丁拍了一下孟曲雯的头："你就不要给华裳惹麻烦了，没看她正忙着呢吗？让你设计的汉朝头型你设计出来了没有？"

孟曲雯被打了一下，当下就不高兴了："当然设计出来了，汉代女子的坠马髻，这应该是最典型的头型了吧。"

"坠马髻？"

"对啊。"

孟曲雯将手里的设计图放在了宁华裳的手里，他们都知道宁华裳是最在乎历史的贴合性的，最后设计出来的发髻，保证没有什么问题。就算是现在来了一个古人，都会为她的设计而啧啧称奇。

孟曲雯说道："这个坠马髻，是汉朝特色发髻之一，当时的女子都特别喜欢这样的设计，其式样如同骑马坠落之态，所以叫坠马髻。"

接着，孟曲雯又说道："'天姬坠马髻，未插江南珰'，这是《梅花落》里的诗句，我说得没错吧？"

"是没错，这个发髻一般不需要什么装饰，显得十分古朴好看。"

宁华裳点了点头，说道："但是……衣服呢？"

"这就要看马丁的了，马丁对于这个可了解，他就是在等我的发型出来，他好构思。"

宁华裳说道："人家都是先设计好服装，再来设计头型，你们两个人怎么反过来了？"

马丁无奈地摇头，说道："这还不是因为某人的实力有限？"

宁华裳轻轻笑了笑。

马丁说的也的确是没错，孟曲雯对于这些比较久远的古代发髻的确不是特别的了解，但是唐朝之后的就轻车熟路了。

孟曲雯瞪了一眼马丁，说道："你不要在这里胡说八道啊，我得的奖可比你的要多多了。"

每次说到这里的时候孟曲雯都十分有道理，没有道理的人就变成了自己。马丁也不说别的，就顺着孟曲雯的心思。

孟曲雯想到了什么，说道："汉朝的策划案，温丽娜已经准备好了，发过来吗？"

"给我看看吧。"

"好。"

宁华裳正在将鞋履做出来，将军俑的大多数都已经准备齐全了，在设计图纸上看得都并不是很真切，还是要等到样图出来之后才好下定论。

不过孟曲雯也是真的没有想到宁华裳的针脚这么好，就算是机器也未必能够做成这个样子。

宁华裳一个人在织机房里的时候，一般都不喜欢有人打扰，经常一天就能够做出很多的饰品，但是青铜剑就没有这么容易了，这个自然不能用真的青铜剑，但是也要仿得和青铜剑一模一样才可以。

马丁这边正在设计汉朝女子的服饰，最后选用了汉代直裾女服，这个服装就相当于是秦朝的进化版。马丁原本没有接触这个行业的时候，就以为一个朝代穿的是一个朝代风格的衣服，后来才知道不是这个样子的。汉朝服饰沿用了秦朝的服饰，又在秦朝的服饰之上加以进化，这大概就是中华服饰进化的一种体现吧。

自从汉朝研究出了"裆裤"之后，也就逐渐淘汰了深衣，直裾也就不怕会漏点了。

当马丁正准备下笔的时候，又觉得直裾女服并没有太大的特点，在孟曲雯凑上前的时候，他还在心浮气躁："干什么？"

"我来看看你设计得怎么样了。"

"你这个发髻太平庸了，能不能设计得华丽一点？"

孟曲雯说道："还能怎么华丽啊我的乖乖，那可是汉朝的特色之一啊。"

马丁揉了揉眉心，说道："我想到了一个。"

"什么？"

"留仙裙。"

"留仙裙？"

孟曲雯说道："这是什么裙子？"

"留仙裙你都不知道？"

马丁说道："汉朝有一个皇后，叫作赵飞燕你知不知道？"

"知道，飞燕合德嘛。"

马丁说道："赵飞燕是汉成帝的宠后，和她的妹妹赵合德宠冠后宫，两个女人共同侍奉皇帝，赵飞燕身段轻盈，能够在掌中跳舞。一次她在太液池前跳舞，突然之间狂风大作，赵飞燕又瘦弱，看上去就像是要随风飞走成仙了一样。旁边的婢女以为赵飞燕要被这阵风吹走，连忙就去抓赵飞燕的裙角，想要留住赵飞燕，谁知道裙子上出现了褶皱，可这个褶皱却显得裙子更好看了，于是就出现了'留仙裙'的说法。"

孟曲雯若有所思地点了点头："原来是这个意思……"

"就是这个意思。"

马丁说道："这个留仙裙有说法，有故事，也更好看。"

第 25 章　绉纱

　　孟曲雯和马丁都觉得这个故事不错，尤其是孟曲雯觉得这个留仙裙的说法很好。

　　孟曲雯想了想："你等一等啊。"

　　说着，孟曲雯就跑到了宁华裳的织机房里面，宁华裳在制作鞋履，见孟曲雯进来了，她疑惑地问："雯雯，你怎么了？"

　　"华裳，你觉得留仙裙怎么样？"

　　"你说的是，汉朝赵飞燕的那个留仙裙？"

　　"怎么你们都听过这个故事啊！"

　　孟曲雯没想到宁华裳也听说过这个故事，宁华裳笑了笑："当然听说过啊。"

　　孟曲雯有点郁闷，合着就只有她一个人没有听说过这个故事。

　　如果说从前对于古代的知识颇有兴趣，并且很有看法，那么现在自己就相当于在几个大佬的面前班门弄斧，成了半个文盲。

　　宁华裳问："马丁是不是要设计留仙裙啊？"

　　"你怎么知道？我现在过来就是为了跟你商讨这个留仙裙的设计好不好呢。"

　　本来策划案里面没有写留仙裙，而是主打了坠马髻，但是现在看来，这个留仙裙才颇有特点。

　　孟曲雯说道："其实我觉得留仙裙的故事真的不错，我自己听了都觉得很好。"

　　"是不错。"

　　宁华裳说道："只是设计的时候稍微麻烦了一点，稍不留神的话就会设计成百褶裙，就没有汉朝服饰的那种味道了。"

　　"马丁可以的，我看马丁已经有想法了。"

　　孟曲雯问："到时候样衣还要麻烦你来做。"

　　"不麻烦，只不过费时间而已。"

　　设计图纸之后就是要做衣服了，还有各类的首饰以及妆面的设定，这些策划案是要来回改了又改的。宁华裳之前定下来的那套花间裙在妆容上还需要稍加修饰，再加上发髻也需要修改一些，她想自己现在应该就需要织锦了。织锦的过程漫长，要纯手工做出一套衣服来，价值至少在几十万元，到时候做衣服和首饰还需要其他工人们赶工。

这一次大秀所有的衣服都需要手工制作出来，要耗费不少的时间。不过好在还有一年的时间，倒是也不用这么赶。

马丁在设计广袖留仙裙的时候采用了不少色彩上的搭配，最后在面料的选择上有了困难。就在马丁一筹莫展的时候，孟曲雯正好走过来了。

"还没有想好呢？"

"色彩搭配是想好了，只是面料……"

他想过几种，但是对于广袖留仙裙的面料，他还真的不是很了解。

"不知道了吧。"

孟曲雯故作玄虚地说道："是绉纱。"

"绉纱？"

"对啊，绉纱。"

孟曲雯说道："这都是华裳说的，这个绉纱就是广袖留仙裙的真面目，是古代的人做出来的，当时汉朝的女子不是不穿裤子，只穿裙子吗？而且要里里外外叠加三层，这个也叫作三重衣，我说的没错吧？"

马丁上下看了看孟曲雯，很快想到这丫头一定是在宁华裳那里听到的，当下就说道："不是你说的没错，是华裳说的没错。"

宁华裳对于这一类的知识，他们可不敢攀比。

马丁得到了答案，连忙推着孟曲雯朝着外面去："行了行了，你不要在我的面前转悠了，别打扰我创作！"

在织机房里的宁华裳看到了眼前的这一幕，不由得无奈地摇了摇头。

这两个人还真像是一对欢喜冤家。

只是绉纱这种东西织起来非常的费劲，原本宁华裳还要等好久才需要织锦，但是看现在的这个样子，她现在要在织锦之前先织纱。

而另外一边，杜云湘已经在开始自己的设计了，她的设计灵感一旦来了，就能够将一整套衣服都设计出来，业内的人士都知道杜云湘的设计十分自负，只要是设计出来的东西一笔都不会去改，就算是有人要求，那也是不可能的事情。

电视机里重复播放着华冠公司所召开的记者招待会上的内容，杜云湘手中的铅笔已经被她折断了好几根了。

Lisa 觉得杜云湘完全没有必要受气。

"别看了。"Lisa 将电视机给关掉了。

杜云湘看向了不远处的 Lisa，说道："这个能够激励我的创作，为什么关了？"

"你这是在给自己找不痛快。"

Lisa 坐在了一旁的椅子上，看了一眼杜云湘满屋子的设计稿，没有一个能够入得了眼的。这些全都不是杜云湘的专长，杜云湘所设计的东西里就没有中国风，怎么看都是时尚因素。

"我都说了这个不适合你，你这个孩子怎么就是不听呢？"

Lisa 说道："这件事情我做主了，你现在什么都不需要做，你最需要做的事情就是摆正好你的心态。这些设计稿如果是我的话，我全都给你毙掉，要么你就修改你的策划案，以时尚元素混搭中国风。"

"不可能。"

杜云湘面无表情地说道："记者招待会已经开了，我已经把'云想霓裳'的中心思想讲给了所有人听，就是要和华冠公司打擂台，这个时候你让我说什么可笑的混搭风，这不是摆明了说我没有这个能力吗？"

Lisa 就知道以杜云湘的自尊和自傲绝对不会同意。

她沉住了一口气，说道："可你设计的这些东西，根本唬不住人。你觉得这些要是能够走在纽约秀的红地毯上，那你就设计，只是千万不要丢了脸，否则你这些年累积下来的名声和头衔，就都会变成一个笑话。"

"说够了没有？"

杜云湘说道："这些年我哪次不是按照你的意思来？那些人设我也已经做够了，这一回，我就是要和荀修还有宁华裳死磕到底，你也别想拦着我。"

杜云湘回头继续创作，Lisa 知道说不动杜云湘，只能说道："好，那就按照你的意思来，我不管了。"

Lisa 正准备走，她想到了什么，说道："对了，违约金已经给华冠转过去了，刘总对你寄予厚望，你最好不要出错。"

第 26 章　纳鞋底

宁华裳这边已经在处理将军俑的鞋履了，其他的全都已经准备好，就只差青铜剑还有鞋履，鞋履使用了鎏金铜钉来制作。纳鞋底也是一门工艺，宁华裳记得秦朝曾经出土过很多的鎏金铜钉，有二十多个到三十多个长短各异的鞋钉，这些都是要纳在鞋底的，这样就能够起到防滑的作用。

即便是古人，也不会因为技术不到位而敷衍了事，他们的鞋底也需要花纹来增加耐磨性，有的地方针脚稀疏，则有的地方针脚就会绵密，鞋底也会有花纹，这样就对鞋底的附着力产生了一定的作用。

而古代的鞋子，又分为履、靴、舄、屦、屦、屩、屝、屣等。

每个朝代有每个朝代流行的鞋子，不过大概都叫作鞋履，鞋履也就是鞋子的意思。就像是舄，这个意思就是复底鞋，是最为贵重的鞋子，在古代经常是祭祀这些隆重的场合才会穿的。

马丁昨晚连夜赶设计稿，最后终于整整齐齐地放在了宁华裳的面前。

宁华裳低头看了一眼马丁递给自己的设计稿，说道："发型是你自己设计的吗？"

"是孟曲雯，昨天晚上的时候吵了一夜，总算是设计出来了。"

说到这里的时候，马丁多少都觉得有点无奈，对于自己设计的东西，每个人都有一定的坚持，别人在上面多一笔少一笔，自己都觉得憋屈难受。马丁觉得自己能够坚持下来实属不易。

宁华裳看着上面的留仙裙，汉朝也信五行，崇尚的是火德，所以他们的衣服颜色大多数都是红色还有黑色，但是对于女子来说就没有这么多的束缚了。汉代无论是女子和男子似乎都很喜欢浅绿色，而历史上记载当时赵飞燕在太液池旁跳舞的时候穿的是云英紫裙，所以这一次马丁设计的是一款紫色的、用绉纱为面料的裙子。

看上去也的确是好看极了。

宁华裳原本以为马丁会设计出一款浅绿色的裙子，可没有想到设计的是紫色的裙子，这个裙子搭配着淡粉色，竟然出奇的好看。

而原本选用坠马髻的孟曲雯，最后选用了垂云髻，垂云髻也是汉朝女

子最喜欢的发髻之一，看上去也更加贴合留仙裙。

"可以，看上去很不错。"

得到了宁华裳的赞许，马丁顿时觉得自己现在信心十足。

马丁说道："那我这就去整理整理，再细化一下，然后送过来。"

"好。"

第 27 章　三国名士

宁华裳的策划案做得干净利落，手底下的功夫也一直都没有落下，对于头衣的制作已经开始了初步的设计图样。

马丁看到头衣的时候顿时就来了灵感，尤其是对于宋朝和唐朝的有感而发。对于古代男性来说，头衣是不一样的，不管是冠还是帽，戴在头上都要"正"，这也是为人君子所必须的，古代名士自风流，也有不少的文人墨客为自己高高地戴上一顶帽子，大概这就是古代所流行的一种雅正体现。

马丁搜查了很多的资料，由于之前宁华裳提起过三国的"羽扇纶巾"，对于诸葛亮手中的羽扇他更是跃跃欲试，虽然说这个设计并不算是什么，之前也有不少的人按照原型设计过，但是自己亲手来设计，又是另外一番体现。

马丁敲了敲宁华裳的房门，宁华裳抬头，看了一眼马丁："设计上有什么问题吗？"

马丁的手里是一摞设计图纸，才一个上午的时间，就已经做出了十几种设计图，这是宁华裳让自己放手去做的。三国时期的故事，应该不会有几个人没有看过，尤其是诸葛亮的本事，是真正令人叹服的，五行八卦，风水秘术，行军打仗无所不能，可以说是上知天文下知地理，这样的人物让人不得不屈膝膜拜。

所以对于诸葛亮，一百个人眼里，有九十九个人诸葛亮的形象都是固定住了的。在人们的眼中，诸葛亮就是手持羽扇，即便是行军打仗时，依旧可以谈笑风生，刹那间风云变色，他却处变不惊，甚至殚精竭虑，只为国家。这样的一个人就连自己死后的事情都已经预料得一清二楚，在众人的眼中就和神明是一样的身份。

宁华裳低头看了看马丁的设计，并不能说不好，只是并不太出彩："我看得出来你想要加进去的东西有很多，但是想法一多，你的思绪就会多，就会难以下笔，所以你才会有这么多的设计稿摆在我的面前。"

马丁看见宁华裳已经将自己看透了，这才不好意思地说："我就是为了这个来的……我脑海里能够浮现出不同形态的诸葛亮，但是就是无法

设计出一个满意的作品。"

"因为你想的是诸葛亮啊。"

宁华裳说道:"放平心态,设计得慢一点,不要去想诸葛亮。诸葛亮是名士,也是众人心中神明一样的存在,谁也画不出神明的样子,要设计的衣服,要体现出的也不是神明,而是符合三国时期的名士气节,这个才是最重要的。不要为'诸葛亮'这三个字一叶障目,把这个'诸葛亮'移开之后,你会豁然开朗。"

宁华裳的见解简单而又直戳要害,当听完这句话的时候马丁不由自主地愣了一下,很快就注意到了自己之前设计图稿时候的状态,满脑子的诸葛亮,可这些对于自己设计图样来说,只会平添杂乱,却毫无助益。

另一边,蓬莱公司的人依旧是从早到晚忙前忙后,杜云湘在办公室已经设计出好几套设计图了,但是还不是特别的满意。

这个时候,房门被打开了。

杜云湘皱着眉头:"我不是说过了吗? 进我的办公室要先敲门! "

Lisa 见杜云湘的火气这么大,就知道她现在并不好受,她并不能够解决专业上的难题,所以脾气才会如此暴躁。

"我是来给你降火的。"

Lisa 直接将一个策划案扔在了杜云湘的面前。杜云湘皱眉,说道:"这是什么? "

"打开看看就知道了。"

Lisa 坐在了杜云湘的对面,说:"这个东西对你有助益,你仔细看看。"

杜云湘看了一眼里面的内容。这上面写着的是关于三国"羽扇纶巾"的设计方案,这并不是他们公司的。

杜云湘看着 Lisa,说道:"你这是什么意思? 你从什么地方拿来的? "

"这跟我可没有关系。"Lisa 说道,"你也知道,这个行业的竞争是很强大的,有员工泄露了他们公司的策划案,是公司花钱把这个策划案拿在手里的。你也知道,蓬莱没有办法和华冠比,所以我们就只能够见招拆招,对方有诸葛亮,那我们就用司马懿,你说呢? "

杜云湘已经不止一次这么警告过 Lisa 了,她冷声说道:"你以为我会用这种偷盗过来的东西吗? Lisa,你是不是不了解我? 我说过,我厌恶抄袭! "

"不是让你抄袭,而是让你借鉴,抄袭和借鉴之间是有边界的,你就算是不愿意借鉴,你也可以升华,以你的能力,升华一个设计图肯定没有什么问题，我说得不对吗？"

Lisa很认真地说道："你要知道这一次我在你的身上是下了赌注的，这两年你虽然很红，但是实力依旧得不到证明，还是会顶着'流量''家世'这两个词，你必须要给我争一口气！"

杜云湘这两年已经听多了这样的质疑声，但是从Lisa的口中说出来还是让自己有些无可忍耐。

"这些话你反反复复跟我说了很多遍了，我就很奇怪，从前你都没有跟我说过这些，怎么就因为我离开了华冠，输给了宁华裳，你就对我这样的言辞鹤唳？Lisa，你是不是觉得我不如那个什么宁华裳，不如她的设计？"

"闭嘴！"Lisa直接说道，"你是高贵的杜云湘，你要知道你的身份是什么，你更要知道你的气节和风骨！你的格局是她不能比的，你不能陷入自我怀疑，云湘，这一次的大赛之后，你就给我远离除了大品牌还有奢侈品牌之外的圈了，这种人秀以后都不要来了。"

杜云湘最生气的就是听到Lisa说这句话，这无外乎是对她的一种折辱。

她手里拿着那个策划案直接摔在了地上："带着你从宁华裳那里偷出来的东西滚出去！我会和爹地说，以后都不要你来帮我的忙了！"

Lisa没有想到杜云湘的火气这么大，如果杜云湘真的不在乎宁华裳的话，根本不需要动这么大的火气。

Lisa也没有拿起策划案，直接就说道："你自己先好自为之，等你冷静了之后我再跟你说。"她知道这个时候杜云湘还在气头上，自己最好不要在这个时候触霉头。

杜云湘的脾气不好是常有的事情，做创作的人，经常会在没有灵感的时候脾气暴躁，这一点可以理解，Lisa只是不想让杜云湘被一个宁华裳逼成这样。

策划案走漏的消息很快就在华冠公司传开了，公司这么多的部门也不是摆设，员工也已经被严肃处理，直接开除。

这算是一次危机公关，也算是可大可小的事情，宁华裳对这件事好像一点都不上心，早就知道会有人散播出去一样。

"宁小姐，苟总要见你。"

周忠看宁华裳还这么气定神闲地在整理纱线，不由得有些佩服。

现在公司上下都这么紧张，就只有宁华裳像是一个没事人一样。

"嗯，好。"

宁华裳站了起来，昨天织纱一厘米，感觉好不容易上来了，又被荀修给搅乱了，宁华裳的脾气好，所以不怎么生气，但是孟曲雯就看不下去了。

"你说荀总一天三趟地叫华裳，这到底要干什么嘛。"

"这你就不知道了吧？荀总和华裳肯定有悄悄话。"

马丁说道："不过说来也奇怪了，公司发生了这么大的事情，每个部门都严阵以待，华裳和荀总两个人倒像是一个没事儿人一样，你说这是怎么回事？"

孟曲雯翻了一个大大的白眼："你问我？我问谁？"

这一次公司走漏出去策划案的事情的确是闹得沸沸扬扬，她起初的时候也有点担心，但是在看见宁华裳不紧不慢的样子之后，就不怎么着急了，荀总也就算了，但不得不说，宁华裳的身上还真的有一种不动如泰山的气质。

这恐怕就叫作，敌不动，我不动，就算是千军万马，大军压境，宁华裳依旧可以处变不惊。

这哪里还是人？分明已经成仙了。

宁华裳跟着周忠走到了荀修的办公室，刚一进门的时候，荀修就已经说道："策划案的事情你是故意的吗？"

"嗯，算是吧。"

宁华裳说道："你之前不是说规劝过杜小姐了吗？她不听，那我就主动给她送过去好了。"

策划案这个东西，最好不要给其他的工作人员看，这本来就是这个行业职场上的一门禁忌，很有可能就被人下套了，宁华裳还这么堂而皇之地将策划案甩给了她门口的员工，第一是想要试一试她身边人的人品，第二是想要给杜云湘一点提醒，让杜云湘也能够得到一点提升。

虽然说她们双方是对手，但是要一起去国外走秀都是真的，而且本是同根生，相煎何太急？

一般的人都没有宁华裳这样的肚量。

荀修也知道，也就只有有能力的人，才不惧怕这样的情况。

"那你有没有考虑过，这样做会对公司有损失？"

"有损失吗？"

宁华裳看着眼前的荀修，笑着说道："如果真的有损失的话，荀总你现在就不会气定神闲地坐在这里了。"

她清楚地知道这不会有什么损失，对方花钱来公司员工这里买策划案，无疑是对方的能力不够，再加上这个策划案流露出去，其实根本无伤大雅，因为只是一个初稿，她之后还会有改良。华冠公司这一次不仅仅能够除去一个公司内的蛀虫，还能够借机清扫一遍整个公司里的商业间谍，甚至还能够给公司一个曝光。而蓬莱公司做出这种事情原本就已经涉嫌犯罪，公司的名誉会受损，以后再有想要和蓬莱公司合作的就都要提防着一点了。

宁华裳知道这一招叫作请君入瓮，其实是一个很小的小花招而已，对于华冠公司来说百利而无一害，只要背后的团体能够充分地利用这一次的机会，蓬莱公司也会被暂时性打压得抬不起头来，而且这也会成为它的一个污点。

宁华裳本来没有想要走商战的路线，但是因为形势所迫，不得已而为之。

之前杜云湘晒出了互联网上的一张设计图稿，她就只能够用这种方式反击，毕竟她也不是一个好惹的女人，那些攻击放在自己的身上，她就会将自己变成弹簧，再原封不动地反弹回去。

"宁小姐，看来你会是我很好的助手，还好，我们是朋友，如果有一天和你当成了敌人，日子一定不会好过。"

荀修说的都是自己的真心话，他清楚地知道了眼前的这个女人并不好招惹。

宁华裳笑着说道："那我去工作了。"

公司上下的人只有聪明的人看清楚了形势，但是坐得住的就只有宁华裳和荀修。

宁华裳回到了自己的办公室，裁员行动已经开始了，孟曲雯没想到这一次公司下这么狠的手，她小声说道："华裳，刚才荀总有没有跟你说裁员的事情？"

"算说了吧。"宁华裳说道，"放心，我们组不会有人动的。"

"为什么？"

"因为消息不是从我们这里流出去的，如果能流出去，早就流出去了。"

宁华裳将常规捻度的经纱和高捻度的纬纱都整理好了之后，就开始她手里的纺纱工艺，之前兵马俑的样衣已经完全制作好了，只等最后找一个模特儿开始定妆，就可以看最后的成效。

孟曲雯凑上前看了看，问："华裳，要不你也教教我这个？"

"嗯……你确定吗？"

宁华裳知道以孟曲雯的性格不适合做这个手艺，做这个手艺的人首先就要学会沉淀和保持一定的静默，孟曲雯的性格本来就有些浮躁，她真怕这个纺纱的机器在一个小时之后会被孟曲雯砸坏。

孟曲雯看了一眼这个纺纱机，最后还是不好意思地说道："那我还是不要了，我就在旁边看一看。"

"嗯，好。"

宁华裳没有拒绝，她看了一眼纺纱机，对于绉纱，自己并非不了解，但是这个织纱的方法实在是太古早了，时间会耗费很长。

宁华裳对着旁边的孟曲雯说道："三国的服饰已经设计出来了吗？"

"马丁已经在设计了，按照你给的思路，昨天一个晚上都在修改设计稿，看上去进展倒是挺好的。"

"你让他别着急，慢慢来。"

宁华裳像是想到了什么，问："不对，他昨天晚上修改设计稿，你怎么知道？"

"我……"

孟曲雯结巴地说道："我昨天晚上过去帮他修改设计稿了！"

宁华裳看着孟曲雯的这个样子，就知道昨天晚上两个人肯定发生了什么，否则孟曲雯的脸色绝对不可能这么红。

宁华裳笑着，说道："好啦，你不用多解释，我早就看出来马丁喜欢你了。"

"别别别。"

孟曲雯的脸红得厉害，说道："我、我可没有说要和他在一起。"

宁华裳挑眉，说道："你知不知道古代女子喜欢男子都要送什么？"

"荷包？"

"是啊。"

宁华裳看了一眼纺纱机，随后说道："虽然不能够教你织纱，但是可以教你做荷包。"

"真的假的？"

孟曲雯当下就暴露了自己的本性，说道："这个荷包，要怎么绣啊？"

"给你这个。"

宁华裳将其中的一个缎子放在了孟曲雯的手里，说道："这个呢叫作绣棚。"

"这个原来叫作绣棚啊。"

孟曲雯有点惊喜，虽然在电视里自己经常见这个东西，但还是头一次知道这个东西叫作什么。

宁华裳说道："这个绣棚是用来刺绣的，刺绣这个我现在来教你，你喜欢什么样子的？"

"我啊……"孟曲雯想了想，说道，"绣什么最好？

"并蒂荷花，或者是鸳鸯。"

"鸳鸯……会不会明显了一点？"

孟曲雯不好意思地说道："那、那就……"

"要不就并蒂荷花吧。"

宁华裳看着孟曲雯的样子，故意说道："你觉得怎么样？"

"啊……"

"那要不就鸳鸯？？"

"……那就鸳鸯吧。"

蓬莱公司的企划案已经按照杜云湘的想法又一次做了更改，企划部的人从来都没有这么伺候过一个上司。

杜云湘的想法和要求实在是太高了，他们已经很努力地想要贴合策划案的主题，但是最后都会偏离轨道，他们主攻的是时尚，对于历史的这些服饰并不是很了解。

为此，杜云湘还特地找来了各大剧组的服化道老师，来给所有的设计师做一个培训。

此刻，Lisa 怒气冲冲地冲到了杜云湘的家中，直接就将门给推开了："你到底是怎么回事？今天是上班的时候，你却在家里折腾你的油画！你从哪儿找来的人？为什么不事先和我说？你知不知道刘总那边……"

"刘总不是很爱巴结我爸妈吗？他能说我什么？"

杜云湘淡淡地说道："蓬莱公司的设计师都是吃干饭的吗？设计的都是什么东西？我只不过是找人来给他们培训，费用我自己会出，你们都不用管。"

"不用管？这是你一个人的事情吗？这是整个公司的事情！你简直是要气死我了！"

杜云湘从前在其他的地方耍大小姐脾气也就算了，他们现在可是和华冠公司较上劲了，并不是单纯的杜云湘想要怎么办就怎么办。

"你知不知道上一次因为华冠公司企划案泄露的事情，蓬莱公司的名

誉受损？刘总现在对你已经没有这么信任了！"

"那是因为你。"

杜云湘冷冷地说道："当初我已经跟你说过，我不需要看宁华裳的企划案，可你非要给我，跟我有什么关系？现在蓬莱公司的名誉受损，正好买了一个教训，华冠公司因此名声大噪也是你们一手造成的，我说了，我有我的想法，我有我的设计，你最好不要再来我家跟我说这些了，我不是你带大的小孩子，请你立刻出去！"

"你！"

Lisa 简直快要被杜云湘这个大小姐给气死了！

她到底知不知道事情的严重性？！

"好，我不管你了！你爱怎么样就怎么样！你愿意砸钱去请那些人你就去请，我现在总算是知道你和宁华裳根本就不在一条水平线上！你看看人家的工作状态，再看看你！"

杜云湘已经连续三天没有去过公司了！

不仅如此，杜云湘每天都在做她的设计，可她设计出来的那些东西除了极尽奢靡之外，其余的都没有可圈可点的地方。

等到 Lisa 走了之后，杜云湘才将手中的笔扔到了墙上。

从来都没有人敢在她的面前说这些话！

她没有宁华裳厉害？

她才不相信她会输给宁华裳和荀修！

"叮叮——"

杜云湘的电话响了起来，她很快地接听了电话："是我。"

"杜小姐，您所收购的蜀锦和云锦已经到货，请您亲自验收。"

"好，我知道了。"

杜云湘很快挂断了电话。

这些全都是她重金买来的手工织锦，目前市面上绝不会有这样的做工技巧。

宁华裳有打响华冠公司的手段。

她也有。

第 28 章　独一无二工艺奢侈品

一大早上，公司里面的人就都在谈论蓬莱公司设计的新服饰的事情。

宁华裳进去之后，就被孟曲雯给拽到了电脑前面，说道："华裳，你看这个。"

宁华裳的视线落在了电脑上面，那上面是带有蓬莱公司 logo 的一个商品物件，这上面写着"云想霓裳"联名香包，定价是四百九十九，价格算不上便宜，那个香包看上去绣工精致，一看就不是简单的机器织出来的，这个云锦只能够是订购，而且还是图样订购，一律全都是手工定制的。

除此之外，"云想霓裳"项目联名的还有女子的古风发带，还有云锦帕子等等。

这些东西一经上线，顿时吸引了不少人的注意力。

对于这些古代的东西，有很多的爱好者都会喜欢，这些大多受众都是女孩子，或者是汉服爱好者，以及一些 COSER 需要的，这个云锦的花样看上去的确是不错，简单朴素。

杜云湘能够想到这个招数也真是有商业头脑了。

"华裳，你笑什么啊？这可是上线就火爆了的！"

"因为她给了我一个提醒啊。"

"啊？"

宁华裳的脸上带着一抹笑容："你还记不记得，之前我们做的花间裙？"

"记得啊！"

"当时我废了很多上好的料子，正愁不知道怎么解决掉，她这个还真的是提醒我了。"

孟曲雯有些疑惑地看着眼前的宁华裳，问："华裳，你这是什么意思？"

"我的料子有限，但是你看这个预售的'云想霓裳'联名款，有这么多的样式，一看就是成批成量，杜云湘想要利用这个来给'云想霓裳'还有蓬莱公司制造一定的热度，设计这些对她来说并不是什么困难的事情，而我们，正好可以在这个想法的基础上，升级一下。"

"升级？这还怎么升级啊？他们可是都有生产链了！"

宁华裳摇了摇头，说："这不是生产链，云锦是手工制作的，的确很有噱头，但是云锦的制造工艺十分烦琐，撑不起多大的场子，造价也高，甚至利润微薄，即便是联名合作，很快也会垮的，因为这个价格很高，受众群体又没有一个准确的定位，我这么说的话，你可以明白了吗？"

孟曲雯若有所思地说道："好像有点明白了……"

"所以这个时候，我们就来一个限量款的古代奢侈品，也就是'美人华裳'的联名限量款。"

"啊？"

宁华裳笑了笑："我的那些花间裙的料子，可都是上好的，不比她的云锦差，而且限量款的意思是，我们只做几款，不会有重复。"

孟曲雯恍然大悟："华裳你的意思是说，独一无二的奢侈品？"

"嗯。"

宁华裳说道："每个人都想要拥有独一无二的东西，而独一无二的价格就是另外的价格了，到时候我们可以有利润，而且还能够提高华冠公司和'美人华裳'的热度，再者，也能够解决我的那些花间裙所剩下来的边角料，不算是浪费。"

宁华裳的想法只是一个雏形，但是为了要和蓬莱公司对抗，他们也必须要在最短的时间憋出来一个大招。宁华裳被叫到荀修的办公室，将一切都说清楚了之后，荀修这才点了点头，说道："我明白你的意思了。"

"所以你觉得我说的这些个想法可靠吗？"

荀修的脸上带着一抹浅显的笑意："可靠，你比云湘更适合当一个商人。"

宁华裳耸了耸肩，姑且将荀修说的这句话当作是赞许的话来听。

荀修说道："定价你打算怎么看？我已经仔细地考察了蓬莱公司的价格，其实人均消费也就只有六百到一千不等，价格已经算是高了，消费水平属于中等偏上。"

"那是亏本了。"

宁华裳说道："她所要的云锦，是没有所谓的批发价的，而且那些云锦也都不是批发，而是人工织出来的，这个价格真的是不菲，她定价太低，基本就是亏本，就算是想要走薄利多销也是绝对不可能的，因为能够花这些钱去买这些的人很少，总共也卖不出去几件。我买了一个她的云锦帕子，上面的绣工是后用机器加工的，这就等于是驴唇不对马嘴。

料子是好料子，最后配上机器加工的图案，就有点拉胯了。不过我也算过，他们的价格只有在一千五百元到两千元不等时才能够获利。”

“他们如果只是想要借此打响品牌呢？”

“那也没有关系。”宁华裳说道，“我们做的是独一无二的专属奢侈品，既然是奢侈品，价格至少是五位数，毕竟我的料子真的不便宜，再加上我打算手工去绣，可以先付定金，之后再付尾款，周期大概是一个月的时间。我回去的时候要清点一下库存的料子，我会定制十二件美人华裳的工艺品，比如扇面、锦帕、发带等等，这些价格自己来评估。至于其他的小物件，我们只需要委托工厂，制造一些设计独特的古风工艺品，比如扇坠、书签、信纸这些价格并不算高的小玩意儿，定价合理，而且便宜又精致，开拓一个新的项目，投资不高，利润或许会颇丰。”

“如果是按照你这么说，我们应该是开创了一个‘美人华裳’的品牌。”

“也可以啊。”宁华裳说道、“蓬莱公司推出与‘云想霓裳’联名的物件，但实际上还是蓬莱公司，可是大众很少会记住一个服装公司的名字，蓬莱公司还没有够格。但是华冠公司几乎没什么人不知道，我们可以推出一款华冠旗下‘美人华裳’的美妆或者是古风物件的品牌，有了华冠公司的热度，这个品牌一定会爆火。”

宁华裳说得一点都没有错，此刻荀修还真是有点佩服她了。

按照宁华裳说的，他们有热度，有名气，前期投资根本不需要很大，最大头的十二件“美人华裳”工艺奢侈品还是宁华裳自己来解决。

荀修说道：“好，那说说吧，我要付你多少薪酬？”

第29章　三寸金莲

荀修从来都不相信这个世界上有白吃的午餐，天上也绝对不会掉馅饼。

宁华裳自己都已经说了，她的面料很贵，再加上这个点子本来就很好，十二个奢侈品大件都是宁华裳自己一个人做出来的，光是看这一点，荀修就知道价值不菲。

之前宁华裳手中提着的一个小包在市面上虽然没有人卖，但是他调查过这个资料，一般手工艺家真的到了一定的火候，他们所做的东西就很少会卖出低于六位数的价格。

更何况还是宁华裳亲手做出的十二件手工艺品。

"这个我都已经想好了，我也不需要你给我薪酬，只当这个是我要你的平台，平台收入百分之二十，剩下的百分之八十给我，你看可以吗？"

"这么大方？给我两成的抽成，我可什么都没有干，这十二件都要你自己亲力亲为，就连用料我们也不管，单独给你一个平台你就给我们百分之二十的抽成？"

"我不缺那个。"

宁华裳说的"那个"指的就是人民币。

这个世界上又有几个人能够不贪多？钱这个东西当然是越多越好。

荀修也没有和宁华裳过多地说这些，宁华裳这么爽快，也省去了他很多的麻烦。

"好，那我到时候会让周忠把合同给你，这个要趁热打铁，你需要多久？"

"我会把设计稿设计出来，然后你们用电脑技术把它的大概样子描摹出来，最后进行预售，一个月之后发货，这样的话就可以趁热打铁了。"

"好。"

荀修的确是没有想到宁华裳会这么聪明，宁华裳在说出这些的时候就已经将方方面面都给考虑到了。

"那我先出去了。"

"嗯，如果还有什么别的事情我会让周忠去叫你。"

"不用，给我打个电话就好了。"

宁华裳将手机拿了出来，说道："我不是山顶洞人，我会用手机。"

荀修无奈地摇了摇头，一时间不知道自己是不是应该笑。

宁华裳转头离开了之后，他这才对着门口的周忠说道："让人去拟一份合同，条件一会儿我发到你的手机上。"

"是，荀总。"

宁华裳虽然将这件事情应了下来，但是时间紧，她刚开始的时候的确有一些初步的想法，古代的绣花鞋就很不错，用绣花鞋做出一个三寸金莲版本，现在的女孩子都不能够有这么小的脚，这种绣花鞋摆在家里也只不过是一个奢侈品，用来收藏的。

她之前设计过不少的绣花鞋，还是红色还有鹅黄色最为好看，古代的女子自小裹足，鞋子的尺寸也是有规格的，三寸为最上，被称作金莲，四寸则是银莲，四寸之上的就叫作铁莲，古代的绣花鞋很具有观赏性，但是也仅仅是具有观赏性而已，这背后是封建王朝对女子的禁锢和约束，不仅仅是身体上，而是思想上。

古代女子大多要大门不出二门不迈，这才叫作大家闺秀，这样的规矩无外乎是将女子当作了金丝雀。

"所以说，你这是在准备做一个三寸金莲的鞋子？"

孟曲雯有些好奇地坐在了宁华裳的旁边，宁华裳正在房间里设计鞋子的设计图，孟曲雯并不是第一次见到绣鞋，但是还是第一次见到这么小的绣鞋。

"你说，古代的女人真的能够穿得进去这么小的鞋子吗？"

"古代女子从小的时候开始裹足，防止骨骼生长，三寸金莲的确是真实存在的，只是那个时候走路的话会腿脚很不灵便就对了。"

宁华裳设计的是一双龙凤绣鞋，这种鞋子就只有大婚的时候才会穿上。

而且大红色看上去很喜庆，这种绣鞋的用料很少，上面她所设计出来的花纹想要用金丝来绣，莲生贵子、榴开百子这两种也很常见，只是最后呈现出来效果更好的还是龙飞凤舞。

这个是宁华裳早就已经考虑好的。

孟曲雯疑惑地问："但是为什么这个鞋子的鞋尖是尖尖的？"

"因为古代的女子不是裹足吗？骨骼最后都变形了，和我们正常的五指是不一样的，你可以网上搜索一下，记得南唐后主李煜有一个特别宠爱的姬妾，这个姬妾非常喜欢李煜，为了能够让李煜注意到自己，她就用白布裹着自己的脚，练就了一身十分好的舞技，还创建了一个舞蹈，

叫作金莲舞,自此被李煜宠幸,这件事情很快就被当作了一个风流故事在京城当中传开了,也是自此之后女子开始缠足。"

宁华裳说道:"只不过这么做的话会有一些副作用,比如女子走路的时候会很疼,因为常年裹脚,所以脚会发臭发烂,阻止里面的骨骼生长,会使女子的五指都下翻。"

"只是因为取悦一个男人,就把自己伤害成这个样子,我越听越气!"

孟曲雯越听越害怕,好在她没有生在古代,如果真的生在古代,自己也受不了这种非人的折磨。

宁华裳说道:"所以啊,到了清朝的时候,这种裹脚的习俗就被下令禁止了,但是即便是在现在,我想有的地方还在流传这种习俗。"

"这么变态……"

孟曲雯撇了撇嘴,这三寸金莲的鞋子看上去好看是好看,华丽也是华丽,只是背后的这个故事实在是让人所不齿。

宁华裳最后将上面的颜色调了调,就已经想要着手去做了。

"对了华裳,你也帮我看看,我绣得怎么样?"

一连好几天,孟曲雯将手里的荷包放到了宁华裳的面前,她现在只要是下班的时候就会着手去学习绣荷包,自己都感觉自己的审美好像一下子提升了一大截。

宁华裳拿在手里看了看,然后点了点头,说道:"可以,绣成这样已经很好啦。"

"那我是不是可以……"

孟曲雯有点不好意思地说道:"马丁这个大男子,会不会不懂我的心思啊?"

想到了这里,孟曲雯的脸色就有点发红。

"'寄君作香囊,长得系肘腋。'你放心吧,他看见这个一定明白你的意思。"

宁华裳设计出来了十二件用蜀锦做出来的手工艺品,第一个就是精美的三寸金莲,其次是鸳鸯发带、锦绣香囊、牡丹香包、云鹤披肩、万福手帕、福寿枕套、蜀锦笔记本、蜀锦蚕丝卷轴、梁祝锦包、蜀锦团扇、蜀锦妆奁。

当宁华裳一鼓作气地将这些都设计出来之后,刚一上线就大受好评。

就连孟曲雯都没有想到这个设计的反响竟然会这么大。

"华裳,你这才两个晚上的时间就全都设计完了?这也太厉害了吧!"

这要是给她的话,别说是两个晚上,就算是两个礼拜她都未必做得出来，毕竟这实在是太有难度了。

宁华裳说道："这些是要按照时间来上线的，我已经想好了，每个月上线一种，这样的话十二个月正对一年的时间，明年正好是大秀的时候，也可以为华冠公司抢足了热度。"

孟曲雯不由得竖起了一个大拇指。

要说这些还是宁华裳更厉害一点，能够想出这种主意来对抗杜云湘，怎么也算是女人之间的一种小心思了吧。

孟曲雯说道："杜云湘要是知道这件事情一定会气炸了的。"

"为什么？"

宁华裳疑惑地看着孟曲雯："这只是正常的商业较量，而且我觉得她是想要给蓬莱公司上升热度，应该不会气炸了吧。"

"我的乖乖，你该不会还以为对方只是为了商业较量吧？当然不是啦！她这一次分明就是为了打压你！"

孟曲雯说道："人家好歹之前是一个什么一线品牌的人咖，新生流量的大红人，因为输给了你，导致在这个圈子里面被暗地里说没有实力，她肯定想要赢了你，然后证实她自己比你厉害嘛！"

孟曲雯说的的确也有道理。

只是宁华裳没往这个方向想："在时装设计这方面我真的比不过她，她没有必要跟我比，我们不是一个世界的人。"

"你倒是这么想了，人家不这么想。"

孟曲雯说道："'匹夫无罪，怀璧其罪'，这句话你肯定听过，你是没有想要和她比，但是人家觉得你挑战了她的权威，你手里现在握着的可是华冠公司总设计师的位置，人家眼红嫉妒，当然不会让你好过了。"

孟曲雯这么一说宁华裳就明白了，宁华裳拍了拍孟曲雯的肩膀，说："不要把所有的人都想得这么坏，我想杜云湘想要证实自己的能力不假，想要和华冠公司对抗不假，但是真的说要对付我的话还是牵强了一点，毕竟在她的领域，我肯定不是她的对手，而她在我的领域，也只是一个初出茅庐的小学生而已。"

孟曲雯无奈地摇了摇头："我要是能够和你这么一样心如止水，超脱自然就好了。"

宁华裳整理着手里的设计稿，对着孟曲雯说道："好啦，你在这里继续努力做魏晋时期的造型，我先把这些给荀总送过去。"

孟曲雯点了点头，说："放心好了，这里有我呢。"

第 30 章　簪花

华冠公司的预售火爆，早早地就已经在网上涨了好几十万的粉丝。

蓬莱原本并没有想要和华冠作对，但是这一波操作之后，网上的人瞬间就脑补出了一出大戏。

杜云湘在知道宁华裳使出的这点小花招之后，原本只是打算一笑了之，但是一个上午过去了，网上的骚动却像是滚雪球一样越来越大。

Lisa过来的时候，杜云湘正在办公室里面看着宁华裳设计出来的草图，她已经没有几天前那么烦躁了，Lisa坐在了杜云湘的对面："刘总说是要和你谈一谈，问你的时间，过一会儿你去一趟吧。"

"谈什么？有什么可谈的？"

杜云湘面无表情地说道："这属于我的自费行为，我自费还要给他们打响旗号，他还要找我谈？"

"这事情你事先没有和刘总打招呼，这是你亏的事情吗？这是你没有签合同的事情！"

Lisa当下就说道："你的'云想霓裳'的确是你想出来的，但这是蓬莱的项目，你无缘无故地用蓬莱的商标开辟出了一个'云想霓裳'的网店来，收入高低先暂且不论，你打的是蓬莱的招牌，到时候你的品牌万一要是出了什么事情，连带的就是蓬莱公司，这么重要的事情你不和刘总打招呼，万一出点什么事情可怎么办？"

她知道杜云湘喜欢搞这些幺蛾子，也没有将那些钱放在眼里，但这是契约精神的问题。

无缘无故做出这些事情却没有和上面打报告，这不像是在家里这么简单。

Lisa说道："我已经和刘总说了，这个是底下的人失误，叫人给你顶了雷，接下来你只需要按部就班地和蓬莱签合同就好了。到时候刘总让你过去的时候，你的态度诚恳一点，至于到时候分账，你就说四六分，你分六成，公司四成，带来利润固然好，带不来也对蓬莱公司没有什么影响。另外你签约一年内自己不要出事就好，这样也不会连带蓬莱公司的形象受损……"

"好了，你有完没完？"

杜云湘皱着眉头："这些话你已经跟我说了很多遍了，我不可能出事，这是利人利己的事情，蓬莱又不是傻子，我是自费，也没有让公司掏钱，哪儿来这么多的事情？"

"你……"

Lisa简直不知道要说杜云湘什么好。

"我现在最想要知道的就是这个。"

杜云湘将笔记本电脑摆在了Lisa的面前，说："这个是宁华裳的设计图。"

"你还在看宁华裳的设计图？"

Lisa说道："这个我早就已经看过了，我和你说，咱们不是这一块料，你就不要再弄什么云锦了。"

"我的订单量很高，宁华裳这个却没有多少，好看又怎么样？终归还是赶不上现在的市关，竟然还弄出了一个什么价值七位数的三寸金莲，一定是血亏。"

杜云湘摇了摇头，看来是自己高估了这个对手。

原本以为很厉害，现在一看，也不过如此。

Lisa是了解宁华裳的，自己在这个圈子里面也有一定的阅历。

所以在听见杜云湘这么说的时候，Lisa才说道："你真的是这么想的吗？你真的觉得宁华裳不堪一击？是你低估了？那你现在在看什么？"

Lisa说道："你要知道你现在翻阅着的可是宁华裳的设计稿，你自己应该知道今天这个设计稿的火爆程度，根本不是你和我可以预料到的，你到现在还以为是你低估了宁华裳？我来告诉你，宁华裳这一招我们谁都没有料到！"

"行了，不就是因为华冠公司的这个名号吗？如果没有华冠公司这四个字，你觉得她的这个设计真的会有这么高的热度？"

杜云湘才不会相信宁华裳的设计在本质上真的有这么好。

Lisa摇了摇头："问题根本不是宁华裳的设计图，而是宁华裳这一步棋走得就好，人家也知道华冠公司有多少的热度，但是你要搞清楚，是因为这一波设计，才能够让华冠公司有这么高的热度。我都已经仔细地调查过了，对方也是自费，而且先签了合同，还搞出了一个预售，一个月一个顶级设计师级别的设计图，这一波热度至少可以够一年的。"

杜云湘皱着眉头，样子看上去分外不耐烦。

她也看得出这些，但是她就是不愿意承认。

杜云湘揉了揉眉心，随后对着不远处的Lisa说道："如果你今天过来就是为了对我说这些话，那我劝你还是走好了，你刚才跟我说的我已经全都记住了，到时候我会去和刘总说清楚的，合同我也会签，这样够了吗？"

杜云湘说到这里的时候，Lisa已经知道自己说什么都没有用了。

Lisa站了起来："我真不知道你到底是怎么想的，但是我告诉你，你现在的成就全都是因为我，你最好不要毁了我花在你身上的心血。"

"可以了！我都已经知道了！你可以走了吧！"

杜云湘已经不想要说话了，Lisa见杜云湘的这个样子，恨铁不成钢地离开了。

杜云湘等到Lisa走了之后，这才重新去看那些设计图，那些图上面的设计全都是自己从来没有见到过的，看上去有些怪异，但是却让人觉得分外的和谐。

杜云湘只是看一眼就知道自己没有办法设计出这样的图样。

门口的人互相看了看对方，然后小声地说："你们看没看华冠公司的那个设计？"

"看了啊，怎么没有看，我头一次看见这样的设计，真的特别好看，我都忍不住订了一个。"

"价格虽然贵，但是特别有奢侈品的感觉，有这么一个戴在身上，一定特别的好看，而且这个叫什么，叫独一无二，就是只有我一个人独有，预售特火爆呢。"

……

杜云湘打开办公室门的时候就听到了周围的人说的话，大家纷纷都不敢说话了。

杜云湘在看见这些人的反应之后，脸色不过是冷了一瞬，很快就恢复了原状，她朝着电梯那边走了过去，办公室里的人忍不住窃窃私语了起来。

"听说这一次杜云湘没有签合同就擅自将'云想霓裳'的商铺上线了，所以刘总很生气，看这样子应该是真的吧？"

"人家家里可是有后台的，咱们刘总就算是不高兴也肯定不会开口啊，你傻吧。"

"也对，不过我看她那个经纪人应该也是受够了吧？"

……

办公室里面的人早就已经很不满杜云湘了，他们这边基本是有什么决策就会被驳回去。

这样蛮横专权的上司，是他们最不喜欢的，一旦出了点什么事情，他们都巴不得赶快换掉这个总设计师。

华冠公司这边一早就已经设计出了唐朝男子服饰的设计图，孟曲雯却因为男子头饰而觉得费时。

"华裳，你帮我好好想想，这个应该怎么办啊？"

孟曲雯从来都没有觉得这么苦恼过，就算是之前设计汉朝头饰的时候都没有这样苦闷。

在头饰方面，大家一直都以为女子的更加的烦琐，其实男子的也很讲究。

男子的头饰上面有帽饰也有簪花，在唐朝时期簪花开始盛行，在唐代之前也有男子在自己的头上簪花，只是并不十分流行，唐朝的皇帝还很喜欢给自己的臣子簪花，是一种地位的象征。

宁华裳说道："其实孔子说过，二十而冠，三十而立，四十不惑，而这个二十而冠，说的就是男子的加冠礼，而这个加冠礼也只限于富贵人家，贫穷的人是不能够戴冠的，只能够在头上包一块布，这一次马丁的设计是唐朝诗圣，都知道唐朝盛产诗人，唐诗更是有名，所以唐朝的男子多情风流，笔下更是妙笔生花，你见过李白的画像吗？"

孟曲雯若有所思地点了点头："见过啊，上学的时候课本都有。"

"在上面簪花，用菊花。"

"菊花？那不是很不吉利吗？"

"菊花，是唐朝文人墨客喜爱之最，咏菊这首诗你应该不是没有听过吧？"

宁华裳说道："一夜新霜著瓦轻，芭蕉新折败荷倾。耐寒唯有东篱菊，金粟初开晓更清。"

"这是什么意思啊？"

"白居易用芭蕉和荷花来和菊花作对比，表达出了菊花在寒霜中傲然而立的风姿，这样一说你应该就明白这些骚人墨客对于菊花的喜爱之情了吧。"

宁华裳说到了这里，孟曲雯这才点了点头，说："原来是这样啊，那在鬓角簪菊花可行吗？"

"可行。"

　　宁华裳说道："只需要用菊花做点缀就可以了，男子簪花，他们也是其乐无穷。"

　　孟曲雯这才若有所思地点了点头："这样的话我就明白了，我这就去准备！"

　　"等等！"

　　宁华裳问："你的鸳鸯香囊还没送出去呢啊？"

　　猛地，孟曲雯脸色通红："马、马上！马上就送出去了！"

　　看着孟曲雯有些害羞的样子，宁华裳无奈地摇了摇头。

第 31 章　水涨船高

华冠公司的"美人华裳"项目水涨船高，这个在网上一经面世的时候就已经引起了轩然大波。

起初的时候杜云湘还没有过多在意，只是这么多天过去了，"美人华裳"的热度不减，反而越来越多的人关注这个项目。

而一开始销售火爆的"云想霓裳"已经开始逐渐无人问津。

杜云湘弄不清楚到底是什么地方出了差错，怎么看都让人觉得有些匪夷所思。

杜云湘沉默了起来，她低头看着手里的报表，门口的人小心翼翼地走了进来，当看见杜云湘就坐在那里的时候，销售部的人就不由得低着头，说道："杜总……"

"这几天你们的业绩是怎么回事？销售量下滑了百分之二十，你这是在跟我开玩笑吗？"

热度下降得这么快，是杜云湘始料未及的。

如果说之前她还能够劝说自己宁华裳的方法就只是狗急跳墙，但是现在事实告诉她，"美人华裳"成功了，而她的"云想霓裳"上市还不到半个月的时间就已经呈现了高度下滑趋势。

"杜总，我们也已经在严格调查了，就这份报表也已经仔细核实了好几遍，可是……可是真的很奇怪，我们也没能摸清头绪。客户那边的调查问卷也已经归纳出了几条可能性，大概就是大众体验不佳，且受众人群真的不多。您也知道，我们公司一直走的是中低端品牌，定价稍微有些高了，很多人觉得买了也只是一个摆设，并不是很值……所以渐渐买的人就少了。"

"砰——！"

杜云湘直接拍了一下桌子，销售部的经理很快低下了头，说道："可能是营销方式的问题，我们是想要推广一下咱们的产品，只是现在买云锦类物品的人本来就不多，更何况还是这一类的小物件，平常也根本戴不出去。再加上之前的库存本来就已经不够了，我们按照您给的方式去联系了那边云锦的厂家，因为要得急，质量上也没有第一批的好。另

163

外就是这个项目一直都在亏损，卖出去的虽然多，但是根本没有挣到钱……有好多客户也在吵着说发货时间慢，而且收到的东西质量不佳。刘总已经和我们说了，再维持几天，如果维持不下去的话……就不办这个项目了。"

"刘总说的？刘总说的这些为什么我不知道？！"杜云湘直接就站了起来，看上去已经火冒三丈。她自己辛辛苦苦花钱营造的项目，赔钱不说，还卖了力气，如今还要不办这个项目。那么自己岂不是就是要向荀修还有宁华裳认输了？

她坚决不可以就这么认输！没有人可以让她就这么认输。

一想到这里，杜云湘就说道："你现在就给我出去，把最近半个月的销售额都给我调出来，还有客户体验表，一些实打实的评价，我要自己来看。"

"是，杜总。"

杜云湘在办公室里面等了很久，最后还是按捺不住自己的心情打开了"云想霓裳"网店的评论区。

里面的云锦织品虽然在同类型当中卖得已经算是很不错的成绩了，但也仅仅是因为代言人用的是她的头像，再加上是她亲手设计，给了这个产品一定的升值，但是从用户体验上来说，除了最初的那一批之外，差评就越来越多，大概是说送到家的时候发现有抽丝，又或者是做工不精良，要么就是这个东西没有原本想象当中的这么好。

这里面有不少自己家的水军，杜云湘还是可以很清楚地辨别出来的，除此之外，好评也就只有最初的那么几天，新鲜感过去了之后，这些东西基本已经无人问津，很少会有人花这么多的钱拥有一个并不常用的物件。

"杜总，这个就是您要的销售表，还有这些天所有客户的评论，我们做了一个扇形统计图，上面可以清楚地看见用户的喜好，基本是黑红比例一比一，但是差评……"

他们已经尽量去和客户商谈删除差评，但是并不是很多的人都会买账。

杜云湘咬了咬唇。

她起初以为看销售很不错，但是没有想到竟然是雷声大雨点小。

"你现在就出去吧。"

"是，杜总。"

销售部门的经理走了之后，杜云湘才揉了揉眼睛。

她并不是看不懂这些，她终于明白为什么刘总想要结束这个项目。

因为这个项目本来就是亏钱的买卖，想要继续卖下去就必须要砸钱来做，可是砸钱来做的话按照合约上的要求，那就是公司要做的事情了。

再加上这个项目本身就会有亏损，云锦的生产并不是这么简单，厂子那边也不是每个月都能够生产一定的量。

杜云湘将报表放在了桌子上，最后还是拨打了 Lisa 的电话。

要解决这一场危机，怎么也要 Lisa 来出马才可以。

毕竟 Lisa 是业内的金牌经纪人，做什么事情都能够瞻前顾后，而且还有很好的人脉。

她现在是一张牌打得稀巴烂，必须要请 Lisa 出马了。

Lisa 很快就接听到了杜云湘的电话，电话那边的杜云湘已经沉住了一口气，说道："Lisa，前几天的事情是我不对，我跟你道歉。"

"别，你不用跟我道歉，应该是我跟你道歉。"

Lisa 的语气听上去很冷淡："我是你的经纪人，在合约还没有结束的时候，我就要为了你来考虑，我就知道你要给我打这通电话，现在撞到了南墙，知道后悔了？"

"……是我的错。"

杜云湘说道："我不能让'云想霓裳'这个项目拉低了我的身价，你也应该知道，这个项目现在在亏损，如果有一天倒闭了，那么这对我的形象就会大打折扣，我以后很有可能接不到从前那些奢侈品牌的代言了。"

Lisa 简直是恨铁不成钢。"你才考虑到？为蓬莱代言这个项目的时候你怎么不考虑？"

杜云湘早就已经想到了 Lisa 会把自己数落一顿，她知道自己必须要忍受这件事情。

如今情况对自己不利，她只能够拜托 Lisa。

杜云湘说道："这一切都是我的错，是我没有考虑清楚，我也没有想到……"

"好了，多余的话你就不用说了，这件事情很棘手，我现在就给你两条选择。"

Lisa 在电话那边说道："第一条，你放弃'云想霓裳'的这个项目，及时止损，这件事情刘总也会同意的。"

"不可以。"

杜云湘说道："你要知道如果'云想霓裳'这个项目在半个月的时间内就停止运作，这代表着什么？这代表着我的身价会至少跌落一半，你不会不知道吧？"

Lisa 当然知道这个结果，她只不过是想要给杜云湘选择的机会。

Lisa 说道："所以现在我给你的是另外一个参考方案。"

"什么？"

"第二条，你把'云想霓裳'这个项目彻底地买断过来，成为你旗下的产业，不再带有蓬莱的 logo，和蓬莱公司做一个分割。"

杜云湘皱眉，似是在考虑这件事情的可行性。

Lisa 说道："到时候我会找各大平台为你刷单，从表面上来看的话，你的销量会很高，也维持了你的人气，但是这有一个漏洞。"

"你说。"

"就是烧钱。"

Lisa 说道："你会亏损，不会盈利，而且短时间内你要投入里面上千万的资产，基本就是在打肿脸充胖子，但是为了长久来看，你还是要按照我的建议来。"

杜云湘知道自己现在只能够听 Lisa 的，买断了这个项目，对于蓬莱公司来说也不会有什么影响，也不会为自己的形象拉垮，但是就是要多投进去一点钱而已。

杜云湘沉住了一口气，说道："'云想霓裳'这个项目我是不会放弃的，就按照第二条方案来。"

她并不在乎那上千万，自己这些年赚的钱不少。

Lisa 就知道杜云湘会选择第二条路，她说道："好，我知道了，我这就为你联系人，然后和刘总去商谈这件事情，你可以放心了。"

"多谢。"

"我只希望下一次你做任何决定的时候提前跟我说一句。"

Lisa 说道："毕竟我是你的经纪人，我要掌握你的决策权，你要是下一次还这么乱来的话，就算是你爸妈出面，我也坚决不伺候你了。"

Lisa 这句话说得毫不留情。

杜云湘就算是心里有怒气，就算是不服气也没有办法，她不冷不热地说道："我知道了，下一次如果我有什么决定的话，我会第一时间跟你说。"

"好，你记住你说的话。"

说完，Lisa 就挂断了电话。

杜云湘随手将手机扔在了桌子上。

过了好一会儿，手机上传来了荀修的来电显示。

杜云湘沉默了片刻，最后还是准备接听了："喂？"

"是我。"

电话那边的荀修声音依旧沉稳。

听到了荀修的声音，杜云湘的脸色也并没有好到什么程度。这个时候荀修来电话，只会让她觉得荀修是来看自己此刻的惨样。

荀修是总策划，在华冠公司这么多年了，对于一个项目的好坏可以很好地看出来，外行人看不出来的，内行人一定可以看出来。早在几天前，荀修就已经跟自己说过"云想霓裳"这个项目最好不要开展，只是那个时候自己不听劝而已。

"我是想要跟你说……"

"你是想要跟我说'云想霓裳'的这个项目是吗？我不会这么轻易地放弃的。"杜云湘很快就回绝了荀修要说的话。

可实际上荀修还没有开口说出自己这一次来电话的目的。

荀修见杜云湘的气性这么大，就知道"云想霓裳"的这个项目果然不怎么赚钱。

他淡淡地说道："你误会了，我不是要跟你说'云想霓裳'的这个项目。"

杜云湘皱着眉头，说道："那你是什么意思？"

"是这样，刚才蓬莱公司已经派人过来了，所以我是想要来问问你的意思。"

"什么？"

杜云湘完全不知道蓬莱公司的人过去了，蓬莱的人去华冠做什么？

现在两家公司弄得剑拔弩张，外面的人都想要看一看热闹，真不知道这个刘总到底是一个什么意思。

"他们去你们那里干什么？"

"看来你不知道。"

荀修听杜云湘的这个质疑，像是真的不知道发生了什么一样。

他淡淡地说道："因为你和华冠两年前的一个代言合作时间已经到了，所以他们替你收回这个代言，并且准备让你和蓬莱续约，这件事情你不知道吗？"

"我怎么可能知道？这是什么时候的事情？"

"就在刚刚。"

杜云湘喃喃着："刚刚……"

刚刚？

那不就是自己和 Lisa 通完电话的时候吗？

杜云湘很快意识到了什么，她如今已经和华冠解约，Lisa 又让自己和蓬莱合作，这无外乎是想要和蓬莱做长久性的代言。

但是自己刚才也已经答应了 Lisa，一切决策都在 Lisa 的手里。

这么一来的话，自己就彻底和华冠分割开来了。

"好，我知道了。"

杜云湘说道："他们要做什么就让他们做什么好了，我没有什么权利过问。"

荀修还是第一次见杜云湘这个样子。

平常杜云湘是怎么也不会说出这种话来的。

"好，那我知道了。"

说着，荀修就要挂断电话。

杜云湘说道："等等！"

电话那边停了停："还有什么事情吗？"

"你就没其他的话要跟我说了？"

她就不相信荀修看不出来"云想霓裳"这个项目从一开始就有问题。

荀修淡淡地说道："当时我能够劝你的话都已经说了很多遍了，只是你偏要一条路走到底，我也没有别的办法，你好自为之吧。"

杜云湘虽然不甘心，但这也的确是她自己的决定，她杜云湘还没有窝囊到没有承担后果的勇气。

"好，我知道了，我会好自为之，多谢挂怀。"

第 32 章　压轴服饰

"压轴？两套？男女各一套吗？"

孟曲雯有些惊讶地看着眼前的宁华裳，他们的时间已经很紧了，没想到宁华裳竟然还要再设计两套。

宁华裳点了点头，说："就是男女各一套，作为最后的压轴作品。"

"你打算用什么元素啊？"

孟曲雯好奇地看着眼前的宁华裳。

宁华裳说道："点子是有了，就是设计上还没有想好。"

"这样啊……"

孟曲雯若有所思地点了点头。

"好啦，我不跟你说了，我上去一趟。"

"哎哎哎！"

孟曲雯连忙拉住了宁华裳的手臂，说道："华裳！你等一下！"

"怎么了？"

"你怎么又去找荀总啊？"

孟曲雯拉着宁华裳小声地说："现在公司里面好多的人都怀疑你和荀总在交往……"

孟曲雯说这句话的时候小心翼翼的，生怕被别人给听见。

宁华裳皱着眉头："我和荀修在交往？"

"是啊。"

孟曲雯说道："而且传得可邪乎了，说什么的都有。"

孟曲雯掰着手指头说道："有说你们两个人早就在一块儿了，因为你，荀总才和杜云湘分手的，还有说，你是托关系进来的，荀总为你保驾护航，还说你是有背景有靠山的人人物，是某某企业家的千金小姐……总之传得很邪乎！"

……

宁华裳一点也不把这些放在心上，全都是一些无稽之谈而已。

"你也相信？"

"我当然不相信了，但是你们两个人每天见面的次数简直是太多了！"

169

孟曲雯说道："外人很容易就会怀疑你们两个人的关系，你最好也小心一点，千万不要被有心人抓到什么小辫子，公司这种地方最是以讹传讹的，他们都闲得没事干，每天在枯燥无聊的生活当中想要寻找一点点的刺激。"

"你说得对，我的确是应该好好地反思一下。"

工作是工作，但是两个人要是这么频繁地见面，影响的确是不好，现在正是各个部门着急为大秀做准备的时候，她可不希望这个时候有什么谣言传出来，改变了大家的焦点。

"好，那我手机上和荀修说。"

"好！"

宁华裳掏出了手机，拨打了荀修的办公室内电话。

荀修看见这一串熟悉的号码，很快就接听了："喂？宁华裳？"

"是我。"

宁华裳正在按照自己昨天想到的方案说道："我这里有一个增加两套压轴服装的方案，我刚才忘记给你了，一会儿你让周忠下来一趟，把文件递给你。"

"文件的事情另说，这种事情你直接短信通知我也一样。"

荀修倒是没想到宁华裳会走内部电话，之前他们两个人交谈都是用寻常的通讯软件，而且走内部电话的一般都是外面或者是前台的人。

宁华裳微微皱了皱眉："是吗？我是觉得工作嘛，还是要走流程的好。"

"不需要，费事而且费力，我不喜欢走流程，你直接给我送上来，具体内容我们见面详谈。"

说着，荀修就挂断了电话。

宁华裳看了一眼被荀修挂断了的电话，旁边的孟曲雯还不晓得发生了什么事情，她怔了怔："这、这就挂了？"

宁华裳尴尬地笑了笑。

孟曲雯无奈地摇了摇头："华裳，看来是襄王有意神女无心啊。"

"？？？"

孟曲雯连忙捂住了自己的嘴巴："我胡说的！我胡说的！"

说着，孟曲雯就朝着门口跑了出去。

宁华裳只能够耸了耸肩，随后将桌子上的策划案拿在了手里，又一次地朝着荀修的办公室走了过去。

周忠刚刚在整理文件，看见才下去了没有十分钟的宁华裳又上来了，于是很快地站了起来，对着宁华裳说道："宁小姐，您是不是有什么东西忘记拿了？"

　　"不是，我找你们苟总。"

　　"哦哦！"

　　周忠将办公室的门打开。

　　经过孟曲雯这么一提醒，就连宁华裳也已经注意到了周围人的视线，她将手里的策划案放在了苟修的桌子上："这一次是我失误，忘记把这个给你了。"

　　"你说你要增加两套设计，自己送过来不就好了？还要在意别人的眼光？"苟修一边说着一边将策划案给打开了。

　　两个人的关系就像是多年的老友，宁华裳坐在了苟修的对面，说道："这个是我的设计方案，如果你觉得没问题的话，我们就做初步的设计，然后改良。"

　　"清朝的皇帝与皇后的服饰，什么想法？"

　　"应该算是……封建王朝结束前的最后一抹辉煌？"

　　宁华裳的这个说法倒是新奇，苟修将策划案合了起来："策划可以通过，我知道你是想要将这两件设计作品压轴出场，但是首先你要让我看到设计图，如果初步的设计图没有问题，我们再继续。"

　　"好。"

　　宁华裳说道："这一回我没什么事情了，我先回去做准备。"

　　"等等。"

　　苟修说道："我听说你的绉纱已经做出来了，我跟你去看看。"

　　说着，苟修站了起来。

　　宁华裳的脑海里不由得回想起了孟曲雯说的话：襄王有意神女无心。

　　想到了这里，宁华裳不由得摇了摇头。

　　无缘无故的，她怎么突然想起这么一句话了？

　　"宁小姐，走吧。"

　　苟修已经走到了办公室的门口，就看见宁华裳站在原地没有动弹。

　　听到了苟修叫自己，宁华裳这才对着苟修说道："好。"

　　宁华裳跟在了苟修的身后，门口那些原本闲言碎语的人就都闭上了嘴巴。

　　宁华裳回头看了一眼偷偷探头看着他们两个的一个女秘书，周忠干咳

了一声，那个女秘书就移开了眼睛。

宁华裳挑眉，说道："荀总，桃花运还真是旺盛。"

在这个办公室里面喜欢荀修的人不在少数，而且可以说占了一大半。

以荀修的这个条件，已经可以算上霸道总裁级别的人物了。

"嗯？"

荀修显然没有过多地注意除了工作以外的事情，所以听到宁华裳这么说的时候还是略微吃惊的。

桃花运？……

第 33 章　染布

到了周末这天，宁华裳早就已经做好了出门的准备，孟曲雯打了个响指："我猜，肯定是荀总，对不对？"

荀修平常只要是休息的时间都会和宁华裳一起去吃饭，虽然说这是一件很平常的事情，但是放在男女的身上就不怎么平常了。

听到孟曲雯这么说，宁华裳稍稍有些觉得无奈："为什么我出去的话就一定是和荀总呢？"

"那肯定是嘛，你在北京这边也没有太多朋友，不是荀总还能是谁？"孟曲雯一时间想不到还能够有什么人请得动宁华裳，平时宁华裳也不是什么聚会都会去的。

宁华裳的脸上带着一抹浅淡的笑意："你猜得也不是不对，除了荀总之外还有一个人。"

"谁啊？"

"我的一个老朋友吧。"

孟曲雯很快就知道了什么："你说的那个是不是你介绍给荀总的染布高手？"

"对。"宁华裳说道，"染布这方面我虽然会，但是并不是特别的在行。术业有专攻，既然要做出一件华裳，那就必须要有好的制作团队，我已经以华冠公司的名义请他们去帮忙了，这一次是见面签约。"

"真是无趣。"

孟曲雯托腮，说道："你们啊见了面就知道谈工作，都这把年纪了还不知道谈点和工作无关的话题，一个一个的全都是工作狂。"

宁华裳无奈地笑了笑。孟曲雯这么形容自己也没有什么不对。她的确就是一个工作狂。

"好啦，我不跟你说了，一会儿回来的时候我给你带饭。"

说着，宁华裳就朝着门外走了出去。

"好好好，你们签约尽兴！我等你回来啊！"

孟曲雯一边说着，一边懒洋洋地躺在了床上。

宁华裳找了酒店外面的一家饭店，楼下的荀修已经将车停靠在了外

面，算起来还有半个小时就是约定的时间，但是他们是主动提出要合作的，所以不好去得太晚。

宁华裳坐在了副驾驶，对着旁边的荀修说道："人你刚才联系过了吗？"

"嗯，已经联系过了。"

荀修说道："这一次还要多亏你，昨天蓬莱公司就已经公开了他们的制作班底，速度比我们更快一步，我们虽然不用着急，但是也不能太落后。"

"不用这么着急和蓬莱公司争锋，苏畅不是已经在整理后期的素材了吗？"宁华裳说道，"网店销售那边也很稳定，到时候我们的纪录片出来，绝对不会比杜云湘的要差。"这一点宁华裳还是很有信心的。

荀修淡淡地"嗯"了一声。

话虽然是这么说，但是他们这边该做的准备也不能够落下。

"这一次蓬莱公司找了很有名的制作团队，大约也是要纯手工制作，这样我们比拼的除了设计还有用料，以及最后的成果，你说染色是很重要的一个环节，我也是这么认为。"

宁华裳很自信地说："如果我介绍的这个人染布是第二，就没人敢称第一。"

饭店的门口已经停靠了一辆车，坐在窗边那个宁华裳预定的桌子前的是一个长相俊俏的男子，年纪约莫三十岁，身材匀称高挑，笑起来的时候让人觉得很阳光，但眉眼之中又带着沉稳。

他穿着一身水墨白的衣服，浑身上下就像是从水墨丹青中走出来的一样。

"华裳。"

男人的说话很是温柔，宁华裳走到了两个人的中间，说道："这位就是我的至交好友，叫季白。季老板，这位就是我跟你提到过的荀总，荀修。"

"你好，荀总，我叫季白。"

季白伸出了一只手，荀修也伸出了一只手："久仰大名。"

两个人坐在了相互对面的位置上，以便能够打量对方更仔细。

宁华裳知道季白的家底丰厚，祖祖辈辈都是靠染布这一门技艺兴盛到了现在，中间不管时代如何变迁，他们的生意也从来都没有衰败过，全凭着一门染布的技艺。

宁华裳说道："先上菜吧，到时候咱们可以边吃边聊。"

按理说，她是一个介绍人，应该给两个人张罗着，此刻的气氛倒像是在说媒。只是两边的人都不是这么好糊弄的，一个是精打细算的商业决策人，另外一个则是百年传承的染布坊老板。

"我早就已经听说过华冠公司的大名，这一次如果不是因为有华裳牵线搭桥，可能我还真的是无缘和华冠公司合作。"季白的脸上带着一抹极为浅淡的笑意。

荀修说道："我也一样，这一次我们大秀很需要像'四季'老板这样的手艺，需要四季染布坊的手艺，我曾经记得当时在我爷爷那辈的时候就穿过四季染布坊染过的衣服，看来还真的是名不虚传。"

两个人在商业互吹，这一点宁华裳不打算掺和进去。

不过荀修说的也不是没有的事情，大家都会在乎成品，不会在乎过程，也就是所谓的只要结果，对于制衣的过程却都忽略了，实际上从设计、织布、染布，最后到裁衣，这都要经过无数的工艺，想要一个和高定一个级别的衣服，自然要下很多的苦功夫。

一件价格不菲的高定礼服制作可能需要三个月的时间。

而一个需要金玉满堂刺绣的传统华服却需要六个月甚至更长的时间。

古人更是有的从春天绣到了次年的冬天，这种事情也是屡见不鲜。

这一次两个人的见面肯定没这么简单，宁华裳就打算在一旁喝着清茶，然后看着这两个人互相试探，互相从对方的口中探听对方的需求了。

但实际上，荀修已经准备好了一份百无遗漏的合同，只等签字。

但是合同也并非上来就让人签，这也算是饭桌上的一个规矩吧，饭毕再签约，方才显得圆满一些。

"合作愉快。"

季白伸出了一只手，荀修也伸出了一只手以示回应。

"合作愉快。"

一旁的宁华裳放下了手里的清茶："等下先别走，一起去染布坊看一看，还有些素材要收集。"

苏畅下午的时候准备好了摄像机，染布坊延续着古早的技艺，季白来的时候开了车，到了染布坊的时候，荀修还以为会来到一个类似横店民国摄影场地的地方，比如那种会有匾额的院子。

谁知道下车的时候看见的是一个很正规的染布坊，这个染布坊沿用了科技的方法，但是大多数全都是人工。这里的人穿的全是水墨色的长衫，女子穿的是水墨丹青的旗袍，一个一个的看着十分的养眼，他们在用脚踩着什么。

"这个是什么？"

"这个叫作碾布。"

　　季白说道:"要将染好晒干的布喷上水,让它稍微湿润后卷在卷布轴上,再把碾布石放在上面。我们的员工用手扶木架,双脚踩在碾布石两端,交替用力,直到布碾得平整光滑,无褶皱为止。"

　　荀修点了点头,说:"原来是这样。"

　　这个木架看上去并不是现代的工艺,这样的木架子现在很少见,光是这个木架子就是用榫卯做出来的,而且看上去很大。

　　而这里挂着高高的木架子,上面晾着的是已经染好了的布。

　　眼前是一个很大的大缸,里面装着的是染料,而有人站在了木凳子上面,手里拿着又高又大的木棍,这对于男人的臂力很有考量。下面支着的是一个架子,里面点燃的是火,这属于煮染的技艺,荀修之前还曾经看到过这方面的纪录片,没想到这一回自己亲自看见了。

　　"这些布在煮染了之后,就需要漂洗,大概需要漂洗两次到三次。"

　　季白一边介绍着,身边的苏畅一边跟在了季白的身边,将摄像头转移到了染缸。

　　这里面的确是有不少的讲究,宁华裳每一次过来的时候都会觉得有些震撼,早在几百几千年前,古代的匠人就已经学会了染布。

　　这里是一个大大的厂子,从前是以丝绸为贵,而现在大多数的人都喜欢低调内敛,喜欢简洁舒适,穿布的人也就多了。

　　四季染布坊就是为了让布更加的优质,所以订单生意虽然不大,产量不高,但是质量一直都在线。

　　"我们这里染布是很重要的步骤,这里最好的是染料。"

　　季白说道:"不过我们这里的染料是秘密,不能外泄,可以带你们去看看我们的染料。"

　　季白走在了前面。

　　只见那里的罐子里装着的都是粉末状的染料。

　　季白拿着的是一罐青蓝色的染料,这上面是用蓝草汁晒干了再捣碎做出来的染料。

　　"这个就是样品布。"

　　说着,季白就将一块样品布放在了荀修的手里。

　　荀修在手里拿着看了看,果然很不错。

　　这上面的颜色匀称,荀修说道:"看来四季染布坊染出来的布真是名不虚传。"

　　苏畅近距离地看了看,这上面还有余温,布也很细腻,看上去一点也不粗糙。

宁华裳对着荀修笑了笑，说道："荀总，怎么样？和我之前跟你说的有差别吗？"

"倒是没有什么区别，只是给我的惊喜还真是不少。"

至少荀修是这么认为的，他从前以为染布只是将特殊颜料放在水里，然后将布放进去染色，却没有想到染布也能够有这么多的讲究。

等到两个人在染布坊都参观了一圈之后，宁华裳和荀修才和季白告别。

这次的合约已经签了下来，看到了工厂的工作流程之后，荀修也能够放心下来。

第二天一早。

宁华裳已经做了广袖留仙裙的样衣，样衣立在了衣架子上面，和预想的倒是没有什么太大的出入。这个样衣是用其他料子做出来的，并不是绡纱，绡纱就只有这么一匹，没有这么多可以浪费，必须要保证样衣做出来没问题才可以。

"宁总，我来递交一下'美人华裳'项目这个月的网店报表。"

宁华裳回头，正看见进来的是一个二十多岁的小丫头，宁华裳记得从前应该不是这个小丫头来送报表的，而且平常她也不怎么看这些。

"你……是新来的吗？"

"是啊，王哥他有点事情，所以就让我来送。"

说着，女员工将报表放在了旁边的桌子上面，等到宁华裳走过去之后，女员工这才默默地掏出了手机，将那套衣服给照了下来。

"好了，你送到荀总的办公室吧，就说我看到了。"

"哦哦！好！"

说着，女员工走到了宁华裳的面前，很快将报表拿走了。

等到女员工走到了办公室外面的时候，才忐忑地掏出了手机，将销售报表的照片连同衣服的照片都发到了蓬莱公司的联系人那里。

女员工松了一口气，最后将手机合了起来。

孟曲雯注意到了这个女员工站在原地踌躇不动了很久，她上前问："你是哪个部门的？我怎么没有见过你啊？你来干什么的？"

"啊！"

女员工被孟曲雯吓了一跳，连忙说："我、我是新来的，我是给王哥跑腿送报表的！"

"跑腿的？"

孟曲雯皱眉，还是觉得奇怪："那你送完了吗？"

"……已经送完了。"

"那你刚才在这里鬼鬼祟祟地干什么？"

"我、我……"

女员工还想要说什么的时候，不远处的马丁喊道："孟曲雯！你快回来！咖啡给你弄好了！"

孟曲雯听到了马丁的声音，刚回头，女员工就说道："我、我还有点事情！我就先走了！"

说着，女员工就朝着外面跑了出去。

"喂！你站住啊！"

孟曲雯怎么喊那个女员工都没有要回头的意思。

"搞什么啊……"

孟曲雯皱着眉头。

这个女员工真是奇奇怪怪的。

"怎么了？"

马丁问："谁惹你生气了？"

"不是啊，刚才有一个女的，看上去鬼鬼祟祟的，我刚问了两句她就跑了。"孟曲雯的心里总是有些不安定。她并不是初入职场，这种职业间谍有的是，而且在各种行业都层出不穷。

孟曲雯的心里越想越觉得奇怪："不行，我得去问问华裳。"

说着，孟曲雯就跑到了宁华裳的办公室里面。

"华裳，刚才是不是有人来了？"

"是啊。"

宁华裳正在画着一张草稿设计图，没有抬头："一个小姑娘，过来送报表的。"

"是吗？"

孟曲雯说道："刚才我看那个丫头站在门口拿着手机一直犹豫，她有没有在你这屋干别的？"

"没有吧……"

宁华裳在这方面并没有太注意，不过刚才那个女员工进来的时候，自己也的确是觉得有点怪怪的。

"不行！我得找王哥问问。"

"雯雯！"

宁华裳都拦不住孟曲雯，孟曲雯直接就朝着楼下跑了过去。

孟曲雯就是觉得不对劲，她之前也经历过被人把稿子偷换了的事情，所以对这方面特别的留意。

与此同时——

Lisa 已经接到了女员工传讯过来的照片。

他们这边的热度虽然一时间上升了，但是店面还是在亏损。

这几天杜云湘的心情也已经平复了下来，她继续了自己的设计，而且每一个设计她都很满意。

饭店内，Lisa 坐在了一个靠窗的位置。

杜云湘坐在了 Lisa 的对面，说道："我一会儿还有一个代言，什么事？"

"给你看一张照片，还有这个报表。"

Lisa 将东西放在了杜云湘的面前，说道："这个可是我花了大价钱买过来的，你先说说看，这个服装怎么样？"

"这个服装……"

杜云湘看了看照片，她几乎是第一眼就认出来这张照片上面的服装样衣就是华冠公司做出来的："你给我看这个是什么意思？"

Lisa 淡淡地喝了一口咖啡，说道："你别忘了，你之前已经答应过我，全部听我的话，你现在问我什么意思？"

"你是想要我抄袭？"

"抄袭？"

Lisa 笑着，说道："只要你能够更快地在公众面前发布这个设计，那么你觉得谁才是抄袭者？"

杜云湘皱眉："你是要栽赃嫁祸？"

"别把话说得这么难听，这只是一种商业手段而已，并不算卑劣。"

Lisa 说道："你要知道现在所有的人都知道了蓬莱公司和华冠公司相互竞争的情况，如果蓬莱公司这一次举办的大秀在国外也大放异彩，那么很容易就跻身上等品牌的行列，到时候你的身价也会水涨船高。"

"所以你就要让我用华冠公司的设计？这件事情要是被爆出来怎么办？我的名声岂不是就跟着一落千丈了？"

"怎么可能会被爆出来？"

Lisa笑着说："有什么证据吗？我告诉你，很快我们的人就会烧掉那件华冠公司的衣服，到时候存在着样品和设计图的就只有我们，华冠公司自己自证清白，毫无证据，你觉得会被相信吗？"

杜云湘很看不惯这样的做法，但是自己之前已经答应过Lisa，要听话。如果这个时候自己和Lisa对着干的话，Lisa很有可能就放弃她这个人了。

想要在这个行业继续下去，没有Lisa在前面靠着人脉保驾护航，她的这一条设计师的道路也基本完蛋了。

"放心吧，我已经想好后路了，就算是有人爆出来你是抄袭的，到时候也会有人替你顶雷，蓬莱公司设计师最多，随随便便找一个替你顶包，到时候你也不会有任何的影响。"

Lisa说到了这里，杜云湘已经有些心动了。

毕竟当她看到这个样衣的时候就已经感觉到了威胁。

"好，反正我也没有什么拒绝的权利，我会尽快把这个样衣做出来。"

"不是你来做，我会让人替你做，只是你作为总设计师，必须要签字首肯。"

"……"

杜云湘沉默了片刻，最后还是说道："那你之后打算怎么办？"

"放心，我有我的办法。"

她在这个圈子里面这么久了，知道要怎么处理这件事情。

这个广袖留仙裙，他们是要定了。

华冠公司内。

孟曲雯已经找到了那个女员工，女员工站在荀修的办公室，孟曲雯怒气冲冲地说道："荀总，你说怎么办吧？我刚才已经调查了这个员工的手机，她已经把样衣的照片发到了蓬莱公司的人手里！"

孟曲雯气得要死，这个样衣是华裳熬夜做出来的，设计图也是她和马丁还有几个同事一起修饰设计出来的，现在就这么被眼前的人给卖了！

"对不起！荀总！是我不对，我真的知道错了！你、你千万不要把我送到警察局！"

这可是商业间谍，她可不想要坐牢！

宁华裳也站在了旁边，她看了一眼眼前的女员工，沉默了片刻，说道："除了这些还有我的销售报表，你还发过去什么了？"

"没有了！真的没有了！"

女员工连忙摇头，伸出了一只手，表示："对方就只是给了我一笔钱，让我照下这两个东西，没有让我做别的事情。"

荀修说道："那好，你继续和这个联系人保持交流，看她下一步要做什么。"

"好、好，我知道了。"

女员工害怕极了，她知道对方一定会再一次联系自己。

荀修说道："还有，你叫于佳鑫对吧？"

"……嗯。"

于佳鑫的样子看上去有些紧张。

"把你的手机拿出来。"

"……"

于佳鑫看了一眼身边的孟曲雯，孟曲雯这才把刚才没收的于佳鑫的手机放在了荀修的手里，说道："她已经把照片发给对方了，那华裳和我们设计的衣服可怎么办？蓬莱公司肯定是没安好心。"

"的确是没安好心，连这一招都用出来了。"

荀修说道："把你的微信号连接我的电脑，对方第一时间联系你之后你就立刻过来，不管什么时候，你明白吗？"

"……我知道了，不管对方什么时候联系我，我都会第一时间过来。"

"很好。"

荀修很快将微信号连接了电脑，然后把手机递到了于佳鑫的手里，淡淡地说道："你现在可以出去了。"

"……好，荀总。"

于佳鑫很快就离开了办公室。

宁华裳看了一眼荀修："你接下来打算怎么办？"

"你说呢？"

事情闹到这一步，他们的广袖留仙裙早就已经耗费了不少的人力和物力，这个时候一朝被人夺走，那肯定是心有不甘。

"那只是一件样衣，等到成品你觉得呈现效果会不一样吗？"

"会，因为用的材料不一样。"

宁华裳怔了怔："你的意思是说……"

"现在就先着手做广袖留仙裙，其他的暂时搁置，你要调配多少的人手第一时间通知我，打商战的部分你交给我，你只负责你分内的事情，保证广袖留仙裙的质量，你可以做到吗？"

"可以。"

宁华裳知道这件事的严重性，她很快对着旁边的孟曲雯说道："雯雯，咱们走。"

"好！"

孟曲雯跟在了宁华裳的身边，宁华裳立刻说道："按照我房间里那个假人模特的脸型将发型做出来，头发一定要用真的，不能用假的。"

"好！我知道！"

孟曲雯在绾发这种事情上本来就擅长，不出意外半天时间就可以设计出来，只是头发上面的首饰麻烦。

宁华裳说道："模仿赵飞燕头上的首饰我已经做出来了，都在我办公室的柜子里面，头饰部分你快点做完，然后过来和我一起制衣。"

"没问题！"

宁华裳和孟曲雯两个人火急火燎地回到了设计部门，设计部门其他的人还不知道发生了什么事。

宁华裳说道："王姐，麻烦你帮我按照设计图纸上面的襜褕做出来，谢谢。"

"好！你放心。"

王姐也不知道出什么事情了，但是看上去好像有些十万火急。

宁华裳对着办公区域的员工们说道："大家先放下手里的工作，到时候我会把汉朝广袖留仙裙的设计图都发给你们，由马丁给大家分配任务，将配饰都做出来，要求精益求精，两个人一组来做！大家能做多少做多少！"

"是，宁总！"

"叮叮——"

手机上面传来了荀修的电话，宁华裳手里的活计还算是轻松，这一次大家齐心协力做一套衣服。虽然开始的时候有些乱套，但是很快很有经验的马丁就将大家都组织了起来，现在形势已经是一片大好。

宁华裳走到了荀修的办公室，她知道如果不是重大的节骨眼，荀修不会轻易地找她过来，这一次肯定是有麻烦了。

宁华裳上前，说道："怎么样？"

"对方来消息了。"

荀修将电脑摆在了宁华裳的面前，说道："这就是他们的目的。"

虽然对方只是简简单单的一句话，并没有将他们的目的说出来，但是宁华裳光是看到这一句话就知道是怎么回事了。

"他们要于佳鑫将衣服烧掉。"

宁华裳说道："样衣要是烧掉了，我们没有办法很快赶制出一套新的衣服，他们打算捷足先登，把这一套留仙裙说是他们做的，到时候我们的设计就被剽窃了。就算是我们手里握有之前的设计图，也很难证明这是我们的设计，对方也肯定会针对这一点做充分的准备，届时事情在大众的眼中就变得扑朔迷离了。"

对方的这个手段还真是简单粗暴。

宁华裳之前没想到对方竟然可以做到这一步。

做到这一步之后，蓬莱公司大约就是要让人销毁他们这边的电子设计图了吧？

"我不想让这一次的大秀演变成抄袭风波，你也知道这一次的大秀意味着什么，把国家的文化传播出去，这是我们的目的，如果有抄袭事件和这种扑朔迷离的事情，会让这一次的大秀蒙尘，这是我不愿意看到的。"

"那你打算怎么办？"

宁华裳说道："对方既然已经开始行动了，肯定一不做二不休，不让于佳鑫做，也会让其他的人做，好歹于佳鑫已经向我们坦白了，如果他们找了第二个人，还是会想办法下手烧掉样衣。"

"先发制人。"

"怎么说？"

荀修抬头，说道："如果我记得没错的话，苏畅一直都在跟进我们的报道，留仙裙是汉朝的年代主打，让苏畅尽快把这一短片的预告发到网上，大秀之前成衣的设计就是机密，不能够完全泄露出去，我只是在听你的意见，你大概多久能够完成这件衣服？"

"大家一起的话……最少也需要半个月的时间。"

"这么久？"

宁华裳说道："因为上面有刺绣，刺绣的环节只有我和其他的两位同事可以，这已经是最短的时间了。"

纯手工的刺绣实在是太过于困难，再加上这件留仙裙的造价高昂，用

的是金线，绣起来和普通的线自然还是不一样。

荀修沉默了片刻，说道："那就让苏畅过来，做一个成衣的现场录制，我会请节目组来这里，做一个专栏，这样不用暴露成衣，也可以先蓬莱公司一步。"

宁华裳笑了笑，说："商战我不如你，我只听你说的，按照你说的做。"

有荀修的控制，这件事情知道的人寥寥无几，除了她和孟曲雯之外，就没有其他的人知道了，再加上将于佳鑫严密看管，这个消息并没有被走漏。

宁华裳知道荀修是想要最大化地惩治蓬莱公司，最小化地降低对这一次华冠大秀的影响。

"华裳，事情处理得怎么样了？"

如果说原本来华冠公司参加这一次大秀的孟曲雯是想要历练一下自己，但是经过这么长时间，她对这个大秀的情感已经变得不一样了。

宁华裳说道："我相信荀修会把事情处理好，我们只需要忙好我们手里的就好了。"

孟曲雯已经不止一次看见宁华裳揉眼睛了，苏畅在旁边已经录像了很久，也知道一个人如果经常做精细的手工活儿，眼睛会很疼。尤其是刺绣，最熬眼睛了。

"要不，咱们还是休息一下吧？"

苏畅有点担心地看着眼前的宁华裳，宁华裳摇了摇头："不，不能休息，还是要继续。"

孟曲雯的刺绣功底不如宁华裳，只能够让另外几位熟练刺绣的老师来帮助宁华裳。

不知不觉，已经到了晚上。

样衣间失火，一时间引起了公司上下的沸腾。

苏畅是第一时间跑过去记录失火的全过程，宁华裳跑过去的时候不由得微微皱了皱眉头。

其实样衣烧不烧现在已经不重要了。

毕竟他们提前知道了这件事情，所以开始做了成衣，还找来了苏畅记录制作成衣的内容，样衣就算是被烧了，对他们来说也无关痛痒。

只是这一点蓬莱公司不知道而已。

这一次公司上下混乱，也不过是做给蓬莱公司看的，她和荀修可都不相信蓬莱公司就只有于佳鑫这么一个商业间谍潜伏在他们当中，适当的混乱也是给蓬莱公司错误的信息。

这个应该就叫作将计就计吧。

宁华裳对着孟曲雯压低了声音说道："我们立刻回去，不要声张制作成衣的事情。"

"好！"

孟曲雯和马丁说了什么，马丁明白孟曲雯和宁华裳的意思，很快就让设计部的人先撤了。

宁华裳揉了揉眼睛，最近用眼的确有些过度了。

希望不要在关键时刻掉链子就好。

与此同时——

蓬莱公司也已经得到了华冠那边的消息，Lisa 满意地关上了手机。

"一切都已经准备就绪了。"

箭在弦上不得不发，说的人概就是现在的这个局面了。

Lisa 说道："你也准备一下，到时候我会联系蓬莱公司发布消息，之前得到的样衣我已经让人画成了初步设计图，是时候公布一下了。"

杜云湘有些心不在焉，并没有看向眼前的 Lisa。

Lisa 知道杜云湘的心里在想什么："你可以放心，这件事情赖不到你的身上。"

"那样最好。"

杜云湘已经低头看了好几次手机了。

华冠公司乱成一团，荀修这个时候应该已经很忙乱了吧。

她不自觉地沉默了下去，虽然说这并不是她愿意的，可眼下的局势她不能做主。

宁华裳这边忙活了一整天的时间，所有的人都在加班加点，等到其他的人走了之后就只有宁华裳留在公司继续绣上面的针线活儿，留仙裙本来就要看上去飘飘欲仙，所以绣起来的时候也要十分注意，稍不留神就有可能让上面的纹饰变得笨拙厚重，这样就算不上是什么留仙裙了。

荀修带上盒饭敲了宁华裳的门，现在这个公司里面加班加点的可能就只有他们了。

宁华裳对着门口的荀修说道："进来。"

她就算是闭着眼睛都可以知道这个时候来找她的人肯定是荀修。

他缓缓地走了进来，说道："还有没有心思共进晚餐？"

虽然说这个晚餐看上去有些简陋。不过这已经是他能够做到最简洁最

快补充身体能量的食物了。

"外卖吧?"

宁华裳只是瞥了一眼就知道这是刚到的外卖。

因为这个时候就连食堂的阿姨都下班了。

怎么可能还会有人给他们两个人准备什么晚饭呢?

"是外卖,怕你吃不惯。"

"吃得惯。"

宁华裳伸了一个懒腰,这些针线活儿的确是熬眼睛,不过好在这是现代社会,还有电灯,这要是放在古代,夜晚就只有烛火,那些女子每晚绣花,岂不是都还没有两年眼睛就坏了吗?

"你不用太着急,我想明天他们应该就会公布他们的设计图,我已经让公关部门准备好了应对的方法,苏畅今天下午回去的时候也已经在剪成片了。"

"嗯。"

宁华裳说道:"不过我想之后还是要看成品的,他们蓬莱公司得到的只是样衣的照片,他们不知道设计图里面的具体内容,所以在设计这个衣服的时候,所用的料子就不会是绉纱,就算是他们想到了用绉纱,也根本没地方去找。"

绉纱是宁华裳一点一点手工织出来的,这种手工织出来的纱如今已经很少见了,杜云湘就算是再有本事,一天内也不可能复刻出一模一样的来。

"清者自清,更何况我们是被剽窃的人,当然理直气壮,只是我不想让这种事情给公司和这一次的大秀造成任何的影响。"

"我知道你心里是怎么想的,放心吧,成败就在明天。"

宁华裳笑起来的时候让人觉得莫名地安心下来,不管发生了任何的事情在她这里都平淡如水,看得出来,她有很好的心理素质。

宁华裳回头看了一眼绣了还没有三分之一的成衣,也不过是露出了一抹自信的笑容。

第二天一早,蓬莱公司就已经发布了样衣内容,并且配图是早就已经设计过的"云想霓裳——大汉留仙"。

这只是一个手绘的设计,另外配上的是已经做好的粗略样衣。

从配色到上面的花纹样式几乎完美复刻之前宁华裳所做出来的样衣,除了发饰不一样之外,几乎没有一点不一样的地方。

不过紧随其后，华冠公司就发布了一条独家纪录片，瞬间火爆全网。

"做工真的好精细啊！从来都没见过织机！这一回是真的见过了！"

"古人的智慧真是让人叹为观止！这比国外的那些奢侈品简直高大上太多了！"

"所以蓬莱公司抄袭了华冠公司？纪录片显示记录了华冠公司从设计图到成衣制作了两个月啊！蓬莱公司这是复制粘贴？"

……

"砰！"

杜云湘直接就将手中的平板电脑扔了出去。

这一扔正好砸在了设计师的脚底下，设计师的脸色黑沉了下去，很快就后撤了一步。

这些全都是今天上午的网络反馈，蓬莱公司这一次算是搬起石头砸了自己的脚。

杜云湘怎么也没有想到对方竟然早就有防范，不仅仅如此，这一次可以说是故意引君入瓮，釜底抽薪，她就应该知道荀修不是一般的人，Lisa根本不可能斗得过荀修！

"够了！全都给我滚出去！"

杜云湘此刻的心情烂透了。

这一次蓬莱公司的名声更是一落千丈，完全没有一点复苏的痕迹。

杜云湘揉了揉眉心。

Lisa见杜云湘一大早就已经这么大火气，就知道事情没有达到他们的目的。

她早上起来的时候还没有看新闻，Lisa低头捡起了地上的平板电脑，很快就看到了那个纪录片，上面所记录的全都是这几个月自从大秀开展到现在所对留仙裙的设计，每一步都剪得很认真，就像是大制作的纪录片一样。

Lisa皱眉："这怎么可能？我分明已经打探清楚了，他们公司根本没有开始制作成衣，样衣也是刚刚制作出来的，怎么可能会……"

"你现在说什么都已经晚了。"

杜云湘已经预感到这件事情很有可能把她之前苦心经营的形象颠覆。

她说道："是荀修，他从来都不会让自己吃亏，我们这一次完了，彻底完了。"

一个设计师一旦被披上抄袭的污名，很有可能一辈子都洗不掉，甚至

被这个圈子集体排斥。

杜云湘抬头，对着 Lisa 说道："你到底有没有给我准备第二计划？"

这件事情根本不可能对簿公堂，如果告上了法庭，出事了的一定是蓬莱公司，而且蓬莱公司也不可能去告，他们原本就理亏，这件事也根本拿不到台面上来。

Lisa 每一次都会有一套备用方案，她说道："你放心，就算是真的引起了舆论，也不会烧到你的身上，我会让人给你当替罪羊，到时候就说是他剽窃了对方的设计，然后给点钱就可以了事了。"

这种顶包的事情在各个行业都不少见，有哪些冤大头愿意来做这些替罪羊。

杜云湘这几天因为网店亏损的事情已经有些烦躁，再加上这个时候花钱找替罪羊顶罪，心里更是怎么也放心不下。

Lisa 看出了杜云湘此刻的顾忌："你怕什么？这事有我，虽然说这一次吃亏了，但是吃的不是你的亏，等到一年的时间一到，咱们就可以和蓬莱公司解约，你的事业还是会步入正轨。"

听到 Lisa 这么说，杜云湘的心里却没有一丝的宽慰。

蓬莱公司的抄袭事件几乎是在一瞬间被实锤，没有人愿意相信蓬莱公司的澄清，这一次华冠公司没有给对方任何喘息的机会，直接就走了司法程序，这也是相当于是在宣告主权。

事情闹到了这一步，杜云湘就知道这一次荀修是认真的。

荀修对于这一次的大秀十分重视，杜云湘在 Lisa 已经准备好决策之后，就已经想好了要见荀修一面，有些事情她必须要问清楚才可以。

不出意料，荀修接听到了杜云湘的电话。

两年前见面的时候，杜云湘还是那个闪闪夺目的新星，他能够从这个设计师的身上看到自信的光芒，可是这一次见面，她的脸上就多了憔悴。

可以说他了解杜云湘，了解的程度就像是哥哥对于妹妹的那种了解。

她一直都活在自己的世界里面，从来都是如此。

夜色深沉。

饭店的窗边，杜云湘点了荀修曾经喜欢的菜，她承认自己这一次是被荀修给打败了，而不是宁华裳。按理说，他们现在分属不同的公司，应该是少见面才能够避嫌，她本来以为自己克制得住，不过最后还是忍不住和他见面。

"你知道我这一次为什么来找你吗？"杜云湘抬头看了一眼荀修，淡淡地说道，"你走了司法程序，我想要跟你私下解决。"

"不可以。"荀修说道，"公事是公事，这一次是公司裁决的方案，我一个人说话没有用。"

"如果我跟你说这一次的抄袭事件跟我一点关系都没有，你信不信？"

荀修看着眼前的杜云湘，抿了抿唇："我相信。"

还没等杜云湘开口，荀修就已经说道："如果是从前那个骄傲的杜云湘，根本不屑于抄袭这种卑鄙的手段，我认识的杜云湘，也看不上这种下作的手段，她是一个只愿意凭借实力去设计的设计师，对吗？"

荀修这一句话，已经彻底将她后面的话给堵死了。

杜云湘没去看荀修的眼睛，而是说道："如果我抄袭了，这一次的事情从头到尾我还都知道，那你会怎么办？"

"立场不同，我可以相信你是身不由己，但是也仅此而已，我也不会手下留情。"

通过今天的这件事情杜云湘才总算是明白他所谓的不会手下留情是什么意思。

"是啊，不会手下留情。"

杜云湘冷冷地说道："我就是讨厌你这种公事公办，铁面无私的样子。"

当初他们好歹也是在一起过的，分手也是因为这个原因。

这一次抄袭风波过去，她或许应该学会成长了。

第 35 章　专业评审

华冠公司组织了一场设计评审会，大屏幕上晒出了两张照片。

一个是当初杜云湘设计出来的衣服，另外一个是宁华裳设计的衣服。

一个华丽至极，另外一个却让人觉得朴素当中带着华丽，似乎更具文化底蕴。

荀修淡淡地说道："这个围绕着'云想衣裳花想容'的主题来设计，左边的，就是杜小姐的设计，右边的，就是宁小姐的设计，这几位都是有名的业内专家评审，有什么专业性问题的话，你们都可以问他们。"

摄像头一转，只见那些专家评审都不是一般的人，在媒体看来都是一些老熟脸，而且全都是专栏采访的专家，这些人在国际上都有一定的地位，要么就是考古界的教授，要么就是服装界享誉国内外的知名服装设计师。

这些人都是号称最清廉的老干部专家，要说荀修如果真的要为了一个小小的宁华裳徇私舞弊，这简直是算不上！

宁华裳是什么人？

这些老干部专家是什么人？

正常人一眼就能够分得出消息的真伪。

现在这么一看，之前新闻里说荀修为了能够让宁华裳进入华冠公司造的假，那简直就是天方夜谭。

一个人好收买，这么多的评审，真的好收买？

而且屏幕上面的设计图已经做出了鲜明的对比。

虽然杜云湘的设计能够给出第一眼的视觉震撼，但是那仅限于华丽，再去看第二眼的时候就失去了原有的味道，不仅如此，还会让人感觉到金银堆砌出来的俗气。甚至可以算得上是俗不可耐。

反观宁华裳所设计出来的作品，却是让人眼前一亮，细品更有味道。

荀修相信明眼人都能够看出来到底哪件设计作品才更能够让人感觉到唐朝的文化底蕴。

无疑是宁华裳的设计。

这些媒体记者想要找碴儿都不知道要怎么去找。

他们本来就是想要找八卦绯闻来炒作，可是如今话题硬生生转变了味道。

"相信最近大家都得到了一些不实的消息，包括前阵子蓬莱公司对我司的抄袭事件，我了解蓬莱公司想要掩盖抄袭事件的丑闻，故意抹黑我司，转移注意力，但本人请蓬莱公司停止造谣，否则我们会走法律程序，谢谢大家。"

苟修说的话被直播到了网络上。

原本指责宁华裳的那些网友瞬间倒戈相向，将刀锋对准了蓬莱公司。

就连杜云湘原本的忠实粉丝都已经不知道要说些什么了。

本来还想要为自己的女神打抱不平，但是现在事实就摆在眼前，他们也不知要怎么为女神开脱。

蓬莱公司已经得到了消息，杜云湘的心情瞬间跌落到了谷底。

Lisa也没想到华冠公司的公关能力竟然这么强，这么快就化解了这一次的危机。就像是海绵一样，不管受到了多大的重击，都会很快恢复它原本的形貌。

"真是气死了！"Lisa从没觉得一个人这么碍眼过，"当初就不应该让宁华裳进华冠公司，本来以为只是一个其貌不扬的门外汉，没想到还有本事掀出这么大的风浪！"

杜云湘面无表情地说："现在好了，所有的人都知道宁华裳是非遗传承人，有这一层滤镜在，就连我看她都觉得顺眼了。"

非遗传承人是个高尚的身份，听上去就让人敬畏三分，显示的更是一个人的文化底蕴和涵养。

第 36 章　清朝 马面裙

明清时期的裙装正在设计，孟曲雯对这类的历史并不是特别的熟悉，关于清朝的服饰种类众多，那是因为当时清朝是满族，设计出来的东西也必须要符合满人的水准。

马面裙，是设计部一致认为用于清朝妇人的裙子，这毕竟也是当初清朝的流行款，看上去更加能够体现出当时的刺绣工艺。

光是看到马面裙的那些成品照片，就已经够让人觉得眼花缭乱了，似乎像是百花争艳一样，让人看着风情万种，目不暇接。

"华裳，你快来看看，这些图案到底对不对？"

"你们选用马面裙了？"

宁华裳在办公室看到这个设计图纸后，第一眼就看出了这个是马面裙。

孟曲雯点了点头，坐在了宁华裳的面前，说："是呗，这是我们考虑再三选择出来的，你看，这个刺绣是不是特别的好看？"

宁华裳的视线落在了一张对照图的照片上面，应该是一个经过修复的马面裙图片，宁华裳说："不过虽然在明朝和清朝两代都很流行，但是属于汉族女子的服饰，也叫作马面褶裙，你看它这个样式，就觉得和百褶裙有些相似了。"

"嗯？"

孟曲雯看了一眼宁华裳指着的地方，如果宁华裳不说的话，她还真的没有发现，现在宁华裳说出来之后，她倒是觉得还真的是这么回事。

"看看我说的是不是？"

"对啊。"

孟曲雯疑惑地问："那我们不能够用这个马面裙了？"

"那倒不一定。"

宁华裳说："清朝的时候满汉一家，满族和汉族也没有什么太大区分，大家都是中国人，女子穿的衣服也在慢慢地相互交融，马面裙的确是那个时候很流行的，用它也无可厚非，不过你这个花纹……"

"花纹怎么样？"

孟曲雯是第一次和马丁交流怎么设计花纹，马丁也不遗余力地将他知道的全都说了出来。

这马面裙，最开始的时候很是清秀，但是后来设计得就比较繁复华丽了。华丽的马面裙要人工刺绣，而且绣出来的还必须要是光面，这就很考验绣工。

"既然是清朝的马面裙，华丽是对的，明朝的马面裙比较清丽脱俗，但是到了清朝就变得富丽堂皇了起来。"

宁华裳说："颜色需要改一改，马面裙比较鲜艳，你的这个花纹样式看上去太过于杂乱无章，其实你仔细去看的话，也能够发现那个时候的图案是和色彩搭配相得益彰的，马面裙要凸显出上面的刺绣，但同时也要凸显出颜色来。另外，你用的是侧裥式的马面裙，虽然感觉上还不错，但是你要在旁边仔细地标注好面料，以防到时候出错。"

"面料就是我们之前提到过的素色织物，还有绸缎对吧？"

"对。"

宁华裳点了点头，说道："这些你要记清楚，然后再把成品拿给我看看，记得，一定要和马丁两个人仔细地商量好，知道了吗？"

"放心！保证完成任务。"

蓬莱公司这些日子一直都受到了外界的抨击，口碑是一落千丈，如果不是因为杜云湘的名声吊着，这个时候还不知道被挤对成什么样。

抄袭不管是在什么圈子里面都是不可饶恕的恶行，杜云湘看着桌面上的策划案，上面写着的是关于古代女子融汇现代的设计，脸上带着满意的笑容："下面是百褶裙，上面则是现代的短袖，这么搭配其实也挺好看的，没准可以引领时尚。"

新来的设计师有点不好意思地说："杜总……这个不是百褶裙，是清朝的马面裙。"

"马面裙？"

"对，就是清朝最流行的一种裙子。"

杜云湘对于这些并不是很在意，她低头看了一眼眼前这个女设计师的资料，说："不错，名校毕业，叫赵莉莉是吗？"

"是。"

赵莉莉点了点头，说："我对马面裙有很深的了解，想要做个马面裙，所以想要问问杜总，能不能……"

"你是想要问我，这个设计图能不能多加入清朝的元素？"

"是！"

赵莉莉紧张地看着眼前的杜云湘。

她并不想要做这种中西合璧的衣服，看上去不伦不类，而且还很别扭。

她喜欢用色彩的搭配来诠释清朝的服饰，只是她的年纪实在是太小了，才二十四岁的年纪，行业年龄才两年，在这个业内根本说不上什么话，老板让做什么，她就只能够跟着做什么。

杜云湘面无表情，说："不可以。"

"可……"

赵莉莉咬着唇，有些手足无措。

"如果你想要加入这么多清朝的元素，那怎么突出我们时尚潮流这四个字？"

杜云湘说："清朝是封建王朝，为了突破女性自我，我们显然要设计得更加大胆，你的这个稿子就很好，不用改了，就这样吧。"

赵莉莉怔然地看着眼前的杜云湘，旁边的几个设计师都有些羡慕，他们的设计都被打回去重新改了好多遍，就只有赵莉莉的设计竟然一下就通过了。

杜云湘见赵莉莉一直都没说话，她皱着眉头，问："是我没有将我的话说清楚吗？"

"不、不是，多谢杜总。"

赵莉莉鞠了个躬，连忙离开了。

"凭什么她的设计就过了？我的都改了好多遍了！"

"谁知道，一个小小的设计师，才在公司两年，刚才杜总说完话，整个人都傻了。"

"什么马面裙，听都没听说过，真好笑，现在谁还穿这种衣服出去？"

……

几个公司的文员嘲笑了起来。

赵莉莉低着头。

她性格本来就这么懦弱，对于这些人说的话，她只敢心里窝火，表面上却不敢说一个字。

她不想要这样的设计。

她喜欢汉服，喜欢襦裙，喜欢马面裙。

也不是所有的人都没有办法接受古代的衣服，穿这种衣服走上街，也并不让人觉得奇怪。

那本来就是老祖宗留下来的传统文化啊……

一个秘书喊道："赵莉莉！咖啡怎么是凉的？你快点下去再买一杯！"

"哦、哦哦！好！"

赵莉莉连忙下楼去买咖啡。

蓬莱公司是一个高压制度的公司，在这里只要是低阶员工每个人都要经历这种事情，她本来并不是这个公司的，只是毕业了在原公司实习了两年，这才来到了蓬莱。

蓬莱毕竟也算是一个不错的品牌，只是最近的口碑不太好。

赵莉莉下楼跟跄地去排长长的队伍，同样正在买咖啡的孟曲雯正好就看见了赵莉莉："赵莉莉？是你吗？"

赵莉莉回过神来，回头的时候看见孟曲雯还有宁华裳两个人。

宁华裳和杜云湘两个人闹得沸沸扬扬的，网络上全都是两个人的照片，她第一眼就认出了宁华裳。

赵莉莉没想到仁这里碰到了孟曲雯。

孟曲雯是她的学姐，原本在大学的时候就大她两届，而且还是一个社团的，平常都很关照她。

"雯雯姐……"

赵莉莉有些愣愣的。

宁华裳找了一个地方，三个人坐在了一起，赵莉莉一直都在看着手表。

宁华裳问："你是不是有事情要去办？"

"……是啊。"

赵莉莉有点不好意思地低着头，说："部门的几个领导等着让我买咖啡呢。"

赵莉莉本来就腼腆，此刻的样子也不是很有自信。

"你买咖啡？这么多？"

孟曲雯原本应该第一眼就注意到的，赵莉莉的面前摆着的是八个咖啡，这八个咖啡都需要打包。

孟曲雯皱眉，说："你现在在什么公司？哪个公司的领导这么不要脸？"

"是、是蓬莱公司。"

赵莉莉说完这句话的时候，不由得看了一眼眼前的宁华裳。

因为宁华裳和杜云湘的事情，华冠公司和蓬莱公司的关系已经紧张了起来。

宁华裳知道赵莉莉这么看着她是有原因的。

她说："你去了蓬莱公司，也参与了'云想霓裳'的项目吧？"

"……嗯。"

对外，不管是"美人华裳"还是"云想霓裳"都属于机密。

赵莉莉不好多说，孟曲雯一拍脑袋，说："我之前设计马面裙的时候正想要找个人问问呢，我还想要问你，可是你是蓬莱公司的……我记得你对马面裙特别的有研究，对吧？"

"嗯，我特别的喜欢马面裙还有汉服，私底下是一个 cos 迷……"

"是啊，当初我们还是一个社团的，都是 cos 社，莉莉长得好看，有不少男生都追呢。"

孟曲雯提起了过去的事情，赵莉莉还有点不好意思起来。

宁华裳看出来赵莉莉的心情似乎不怎么好，她说："我看你应该挺着急的，要不你先回去送咖啡，等到下班的时候到华冠公司楼下的酒店来找我们，门牌号让雯雯发给你，到时候我们仔细地聊一聊马面裙好吗？我这里正好也有一些设计稿想要给你看。"

"可是……"

赵莉莉有些为难。

宁华裳笑了笑，说："下了班就不是公事了，不要紧的。"

赵莉莉见宁华裳这么说，就像是下定了决心一样点了点头，说："好！"

看着赵莉莉离开的背影，宁华裳陷入了深思，见刚才宁华裳说这些话的时候似乎意有所指，孟曲雯问："你刚才为什么要把她约到酒店单独去问？只不过是探讨马面裙而已，其实也没什么吧。"

"的确是没什么，她看上去好像对事业很不满，应该是遇到了不顺心的事情，人家买了这么多的咖啡，肯定是上面有人着急让她带回去，咱们把她留在这里，她也觉得为难。"

孟曲雯没有注意到这一点，要不是因为宁华裳说的话，她也有些迟疑。

孟曲雯说："可是这个时候应该是午休的时间，蓬莱公司应该不会这么压榨下属吧，虽然说蓬莱公司的环境高压，每个人都精神紧绷，但是也不至于这么压缩员工的休息时间，是不是咱们多心了？"

"那可不一定，现在华冠和蓬莱的战争已经打响了，对方处于弱势，而且最近的口碑下跌严重，蓬莱公司肯定想要找后手，不会这么轻易地就放过任何一个能够反击，挽回颓势的机会。"

宁华裳说："咱们也赶快回去吧，等到晚上的时候问问情况，如果你的这个朋友真的在蓬莱公司过得不顺心，可以来找咱们，华冠公司一向都是一个喜欢笼络人才的地方，你朋友设计衣服这方面怎么样？"

"颇有研究，是三好生，也是名校毕业，而且这个姑娘有冲劲儿，她热爱这个职业。"

宁华裳听到"热爱"这两个字，不由得点了点头。

热爱，是第一条件。

如果对自己的工作觉得枯燥无聊，那生活也会索然无味，在工作上也不会事事顺心。

但是如果喜欢这个职业，就只会越做越好，越挫越勇。

如果是一个可塑的人才，来到华冠的话也无可厚非。

宁华裳回到公司，第一时间和荀修汇报了这个情况，荀修见宁华裳这么说，也不过是笑了笑："你这是要'策反'？"

"算是吧。"

宁华裳说："我记得之前荀总你跟我说过，你喜欢热爱这个行业的人，你也欣赏年轻人，公司有新鲜血液是好事，这会给公司带来源源不断的活力，还有崭新的想法，你不是一样不喜欢墨守成规吗？"

"可以。"

荀修说："如果她能够面试成功，就可以让她进入这个项目，不过我事先说明，工资这方面你可不能敲定，这个要看 HR 那边，新人工资起步价你给我一个底，之后的事情你放手去办吧。"

"好，多谢信任。"

宁华裳站了起来，眼见就要出去，荀修说："这么着急，是不是遇到了困难？"

"算是吧。"宁华裳说，"其实也不是，等到晚上的时候我就能知道了。"

能让孟曲雯夸赞的设计师，她也真的很想要看看这个小姑娘有多少的天赋。

宁华裳走出了荀修办公室的大门。手里拿着的还是未成稿的马面裙设计图，她想那个小姑娘应该可以给她一个完美的答案。

已经到了下班的时候，宁华裳处理好了手底下的事情，很快就和孟曲雯两个人碰头，马丁听说两个人这是要去见蓬莱公司的一个设计师，尤其还是"云想霓裳"项目的设计师，当下就警铃大作："我可跟你们两个人说清楚了，见面聊天可以，千万不要互相看双方的机密，否则要是出事了，那可就晚了。"

"放心，我们两个人有分寸，又不是你，你就不要在这里说一些不着

边际的话了。"

孟曲雯一边说一边对着马丁摆了摆手："快点回去吧，别在我们两个人的面前碍眼。"

马丁见到孟曲雯简直就是不识好人心，只能担心地回望再三，最后才回到了他的房间。

宁华裳叫了一些外卖，将准备好的设计图顺手放在了旁边的办公桌上，看上去很自然。

孟曲雯自从知道宁华裳的心思之后，就十分配合："你真的要这么做？万一要是出了点什么事情怎么办？"

"你对她的人品不是很担保吗？"

宁华裳说："而且那天看上去这个姑娘应该是一个很单纯很执拗的小姑娘，没关系。"

宁华裳说："我都不放在心上，你就不用放在心上了。"

待遇好，更接近理想，还能够干自己想要干的事业，一个更好的工作环境，大多数人应该都不会拒绝。这已经是宁华裳在荀修那里争取到的最好待遇了。

孟曲雯点了点头，心里多少有点期待。

她的这个马面裙就算了，清朝的头饰更是复杂，旗头这东西看上去简单，但是真的要设计，还要符合马面裙，就有些困难了。而且宁华裳的要求高，服饰要是还没有定下来，头饰就更是遥遥无期。

清朝是一个某种意义上来说很重要的朝代，也算是一个完美的结尾，为了让这个结尾完美，这个设计稿不会这么轻易地定下。

八点，宁华裳看了一眼手表，问："人还没有到吗？"

"奇怪……她说六点半下班，差不多七点半就能够赶过来，现在都迟到一个小时了。"

孟曲雯说："我问问。"

说着，孟曲雯给赵莉莉打了一通电话，门口正传来了赵莉莉的电话铃声。

房门是虚掩着的，赵莉莉满脸歉意地走了进来："对不起，我加班晚了。"

孟曲雯有点惊讶地看着眼前的赵莉莉，问："这个时候了还加班？你加班到几点啊？"

"我……"

赵莉莉有点不好意思地挠了挠头："一般都是加班到七点多一点，没想到今天要做的事情多了一点，七点半才完事。"

宁华裳抿唇，说："别在门口站着了，快点进来吧，我把饭菜热一下。"

这里的环境好。

赵莉莉多少有点不适应。

她坐在了椅子上，孟曲雯说："白天的时候你是不是被人欺负了？我看蓬莱公司那帮人的嘴脸都这么高傲，你受得了吗？"

赵莉莉低头，说："受不了也要受啊，我已经在这个公司四个月了，总要找一个称手的工作。"

蓬莱公司本来就是最近新崛起的服装公司，这个地方也是待遇最好的，但是也是最给员工压力的一个公司。

赵莉莉挥去了抱怨工作的念想，说："你们这里还好吗？上一次的事情……"

赵莉莉口中上一次的事情就是宁华裳还有杜云湘的事情，这件事闹得沸沸扬扬，甚至还惊动了媒体，赵莉莉的心里清楚，这件事情对两个人的影响都不小。

"我的事情倒是无所谓，那些都是媒体编造出来的，不过虽然才来到华冠公司，但是我还是第一次觉得这个公司这么温暖。"

宁华裳说："这一次出事，公司里面很多的人都在帮我的忙，我心里很感谢他们。"

"……有这么多好同事，真好。"

赵莉莉掩饰不住眼底的羡慕。

她也很想要有这么好的同事，而不是每天让人当作实习生一样呼来唤去。

孟曲雯对着赵莉莉说："对了，我们这几天在做一个马面裙的设计，我其实见到你的时候还是很高兴的，很想要问问你马面裙的设计，因为我知道你对马面裙很了解，在大学的时候就得到了设计大赛的奖项，所以想要来问问你的意思。"说着，孟曲雯就站了起来，将桌子上的设计图放在了赵莉莉的面前。

赵莉莉有些诚惶诚恐。她在业内不过是一个名不见经传的小设计师，说实在话，一点名气也没有，怎么好意思给学姐看设计图？但是设计图已经放在了赵莉莉的手里，她也不得不看一看。

孟曲雯说："这个设计是一个马面裙的草稿，我给华裳看了，华裳说色彩上面有些不足，而且纹饰有些杂乱，你能不能帮我改改？"

"这个……是清朝的马面裙吗？"

"对，就是清朝的马面裙。"

赵莉莉点了点头，说："其实明朝就有马面裙，只不过和清朝的比，清朝的更加的华丽雍容，而明朝的则很清丽简朴，所以还是很好区分的，我去那边改一下颜色。"

宁华裳见赵莉莉对这个设计图很感兴趣的样子，这才说："不着急，还是先吃饭吧，不然到时候菜又要凉了。"

"好。"

赵莉莉因为马面裙，心里就好像是被点燃了热情。

"你们做的这个马面裙，不是时装吧？"

"当然不是时装了。"

宁华裳对着赵莉莉说："这个是一个国秀，是要展示历史变迁的服装秀，每一个都要严格达标，看上去就像是从古画里面走出来的一样，那才算是我们做到位了。"

赵莉莉有些羡慕。她也想要做这些。

孟曲雯说："你不是在蓬莱公司参加'云想霓裳'的项目了吗？你设计的都是些什么类型的？我记得他们这一次也是要和我们同期展秀，不也是国风主题的吗？"

"是国风主题，但是是国风主题的时装，和你们的肯定有区别。"

赵莉莉低着头。

时装怎么能和这种级别的国秀比呢？

孟曲雯说："是不是有什么烦恼的地方？你可以和我们说啊。"

赵莉莉看着眼前的宁华裳还有孟曲雯，随后说："其实……我在的这个蓬莱公司做的是时装秀，杜总喜欢时尚潮流的衣服，我很想要设计出一套很好看的马面裙，可是她定下来的设计稿是领导让我改的国风时尚礼裙……"

"能不能让我看看设计稿？"

宁华裳知道她这个时候提出这件事情有点强人所难，毕竟两个公司现在是对立状态，想要让她看设计稿的话，就相当于泄密。

宁华裳敛眉，说："你放心，你们公司的'云想霓裳'还有我们的'美人华裳'项目，虽然都有国风两个字，但是想要呈现出来的秀完全不一样，我只要看一眼，并不会泄露。"

"那……好吧。"

赵莉莉将手机里面的设计图照片摆在了宁华裳的面前，宁华裳只是看了看，就知道这个裙子的特色就是底下的马面裙，颜色鲜亮，一下子就可以吸引人的眼球，但是上面的就只是一个简单的现代短袖，看得出来这件服装最想要表达出来的就是这种颜色鲜亮、造型独特的马面裙。但是两者放在了一起之后，就产生了一种极不和谐的感觉，可从色彩的搭配上来看，似乎又不觉得有什么，这大概就是一种很奇妙的融合。

如果放在一个国风秀上来说，宁华裳觉得这样的设计已经很不错了。至少已经符合了标准，并且可以算得上是有几分出彩。

"我觉得设计得很好，这很符合你们杜总的审美，蓬莱公司不是很想要走时尚奢侈风吗？"

蓬莱公司想要提高档次，就必须要有高大上的产物出来。

赵莉莉勉强笑了笑，说："这个虽然已经定稿了，可是这不是我想要设计的衣服，正常人也绝对不会穿着这样的衣服大摇大摆地走在街上，如果这些衣服被争相效仿，万一让下一辈的小孩子觉得古代的衣服就是这个样子怎么办？"

赵莉莉说："我一直希望，有一天我能够穿着汉服走在街上，不会有什么异样的眼光，大家都能够热爱汉服，汉服并非大部分人口中的奇装异服。"

从她的视角上来看，这样的服装不仅仅不会是时尚，而且还会有些辣眼睛，这不可能掀起潮流，只能够引人注目。

宁华裳说："其实我觉得你对马面裙这么了解，对汉服这么热爱，你应该可以来华冠发展。'云想霓裳'的项目并不适合你，我想你更希望能够设计出一个成熟而且符合史实的汉服，对吗？"

赵莉莉抬头看着宁华裳，又看了一眼孟曲雯，说："我虽然很想要设计出一款很成熟的汉服，但是我和蓬莱那边……"

"只要你说你愿意，我们就去给你争取机会！"

孟曲雯握住了赵莉莉的那只手，说："把你的履历给我一份吧，明天去 HR 面试，其实华裳已经替你去问了荀总，只要是你过了面试，就能够加入这次的项目，你和蓬莱那边的合同，荀总会有办法。"

赵莉莉犹豫了片刻，说："那、那我考虑一下。"

孟曲雯知道赵莉莉是在考虑什么，频繁地换工作对生活和工作也没有什么好处，她说道："没关系，今天晚上要不就别走了，我们一起讨论一下马面裙的设计，你看好吗？"

"嗯！"

赵莉莉好久都没有这么开心过了。很少能够找到这么喜欢汉服的姐妹。而且和孟曲雯两个人也很久都没有见面了。

马面裙上面的花纹，多有花鸟鱼虫，龙凤呈祥，或者是牡丹争艳这一种，看上去比较大气而又富有内涵寓意。

赵莉莉和孟曲雯两个人相谈甚欢，宁华裳的许多建议在两个人这里也都被很好地采纳了。

赵莉莉很少能够找到这样兴趣相投的人，自从大学毕业了之后就再也没有这种感觉。

第二天一早。

几个人起来的时候，赵莉莉已经觉得昏天黑地，昨天晚上睡觉的时候太晚，就连早上起来都觉得浑身无力。

宁华裳和孟曲雯两个人同样也是这样，不过昨天晚上三个人的交流实在是相谈甚欢。

赵莉莉看了一眼手表，连忙说："糟了！我得去上班了，学姐，华裳姐姐，我要走了！我就不跟你们一起吃早饭了！"

孟曲雯有点惊讶地看着眼前的赵莉莉："哎你这么早啊！"

"我、我赶时间！"

赵莉莉飞快地跑开了。

她也没有想到时间过得这么快，今天想要不迟到的话，估计就只有打车了。

"你看，这个人不是赵莉莉吗？"

"这个不是华冠公司订的酒店吗？赵莉莉去这个酒店干什么？"

"肯定有问题！"

……

几个人都是"云想霓裳"项目的设计师，她们昨天的设计被杜云湘一个一个地给驳回了，还叫多和这个没什么经验的实习生学习，害得她们昨天晚上改了好几次的稿子，晚上几乎没有好好睡觉。

"把这件事情告诉杜总，看杜总怎么收拾这个赵莉莉！"

赵莉莉平时在公司的时候就不怎么喜欢说话，如今更像是一个哑巴一样，公司里面的人都不大喜欢这个另类。

蓬莱公司，杜云湘总是会在上班之后到达公司，她的打卡也比他们要晚，几乎是不用管。

几个人进到公司的时候看见了杜云湘，连忙上前："杜总！"

杜云湘皱眉，她记得，这就是在公司效绩不怎么样的几个设计师："你们还在这里干什么？不知道已经迟到了吗？"

　　几个设计师面面相觑，最后还是为首的设计师说："杜总，我们迟到是有原因的，我们在来的路上碰见了赵莉莉！"

　　"赵莉莉？哦，你说那个实习生，怎么了？"

　　"是这样的，我们看见她大早上起来从华冠公司包下的那个酒店出来了，虽然说人家去酒店也有可能去干别的事情，可是怎么偏偏就从华冠公司包的酒店出来了？她家好像距离那里也不是很近啊……"

　　"就是说，我们怀疑，她是不是华冠公司安排在咱们这里的暗鬼！"

　　几个人说得煞有其事，杜云湘的脸色也已经难看了起来。

　　跟在杜云湘身边的几个人都知道，华冠公司几乎已经成为杜云湘的禁区了，很少有人敢在杜云湘的面前提起华冠公司，甚至拿她和华冠公司比较，如果这样的话，杜云湘只会更生气。

　　"杜总，我们都是因为看到这些，怀疑赵莉莉和华冠公司联手骗取商业机密！所以我们就特地去那个酒店问了，果然，她去就是华冠公司内部职工的房间！而且还是那个叫宁华裳的！"

　　"宁华裳？"

　　杜云湘的脸色更难看了。

　　几个人连连点头，说："对，就是宁华裳！"

　　看到眼前的这几个人这么认真地点头，杜云湘才冷笑了出来："好，真好！竟然学会和别人联手对抗公司了！赵莉莉人在什么地方？你这就去和她说！让她立刻来办公室见我！"

　　听到杜云湘这么说，几个人的脸上才总算是露出了得意的笑容。

　　让这个赵莉莉再抢风头？

　　现在完蛋了吧！

　　竟然去触杜云湘的霉头！

　　看这个赵莉莉还怎么风光得起来！

　　赵莉莉还不知道发生了什么事情，很快就被人叫到了办公室。

　　赵莉莉看着脸色难看的杜云湘，说道："杜、杜总，您有什么事情吗？"

　　"我有什么事情吗？"

　　杜云湘倒是觉得好笑，她看着眼前的赵莉莉，说道："你真的不知道我叫你过来是为了什么吗？"

　　"我……"

赵莉莉不解地点了点头，说："我、我不知道。"

"你不知道？"

杜云湘说道："你昨天晚上去了什么地方？"

"我昨天晚上在加班……"

"我不是问你加班的事情，我是在问你，你下班了之后去了什么地方！"

杜云湘突然这么狠厉，赵莉莉吓了一跳，她说道："杜总，下班了之后就是我的私生活了，我没有必要说。"

"没有必要？"

杜云湘说道："你别忘了你是蓬莱公司的员工，你的私生活我当然不会过问，但是你去找了华冠公司的人！华冠公司和蓬莱现在的关系，用我多说吗？我还说你不是故意的？我现在有权怀疑你这是在和对方公司联手，窃取我公司机密！"

"我、我没有！"

赵莉莉连忙摆手，说道："只是见到了一个我曾经的学姐，所以我们一起谈论了一些设计，但是我真的没有背叛公司！我也没有窃取公司机密！而且、而且平常我也根本触碰不到什么核心机密！我真的没有做那些事情！"

"是吗？"

杜云湘说道："既然你这么喜欢华冠公司，那你现在就被解雇了！收拾东西，立刻离开！"

杜云湘很少生这么大的脾气。

赵莉莉瞬间委屈地哭了起来。

如果当初她对这个公司还有什么留恋的话，在经过今天这件事情之后，就彻底对这个公司没有任何的好感了。

"还不赶快走！"

杜云湘怒斥道："工资找财务部结算，这是你的设计稿，拿走！"

杜云湘办公室里面的声音已经惊到了外面的人，外面有不少的人都在围观。

"里面发生什么事情了？"

"你还不知道呢啊？就是那个实习生赵莉莉，听说是去华冠公司当间谍了。"

"不是吧，我看着赵莉莉人挺好的啊，怎么可能会去当间谍？"

"这谁知道？人心隔肚皮呗，你没看见杜总发这么大的火？"

……

办公室里面又是摔东西，又是骂声一片。

杜云湘的声音就算是在这一层都传开了。

赵莉莉低头看了一眼手中不伦不类的设计图，二话不说就含泪将设计图当着杜云湘的面给撕了。

周围的人都惊讶赵莉莉竟然能够做到这一步！

赵莉莉深吸了一口气，对着眼前的杜云湘说道："我早就不想要在这里待下去了，我没有做出违背良心的事情，你也没有资格这么污蔑我！这种设计对我来说就是垃圾！我不要也罢！而且这一次是我辞职，不是你开了我！"

说着，赵莉莉转头就离开了办公室。

这句话要多霸气有多霸气，蓬莱公司的内部员工都傻眼了。

赵莉莉竟然这么蛮横！！

从前那个说话都唯唯诺诺，又听上司话的赵莉莉突然变得这么暴躁，他们一时间还真的是无从适应。

那个闹事的设计师当下就说道："杜总！你看我说得没有错吧，这个赵莉莉就是攀上了华冠公司，竟然在你的面前都这么放肆！我看她……"

设计师的话还没有说完，不远处的赵莉莉就停下了脚步，随后将桌子上的咖啡顺手拿在了怀里，二话不说地泼在了对面设计师的脸上。

"啊——！"

设计师的脸色瞬间惨白："赵莉莉！你疯了吗？！你竟然敢这么对我！"

"这些咖啡都是我买的，我想怎么做就怎么做！"

赵莉莉说道："别忘了这个月买咖啡的钱你还没有给我，你们一个人二白块钱，谁要是赊账，我就去警察局告你们！"

"你！！"

设计师显然被赵莉莉气到了。

赵莉莉不管不顾地朝着外面走了出去。

她为了梦想一直都在忍气吞声，但是事实证明蓬莱公司的确不适合她，这群人都不是人，职场上面的钩心斗角，她早就已经厌恶透顶了。

"杜总！你看这个赵莉莉，简直就是无法无天！"

"够了！"

杜云湘从来没有接触过底层人员的斗争，她冷冷地说道："去把脸给我擦干净，全都给我出去！"

她刚才分明听到了赵莉莉说这些设计是个垃圾。

就连杜云湘她自己都已经意识到，这种设计别说是奢侈品了，就连一件高端品质的衣服都算不上，他们是挂着羊头卖狗肉。

对外宣称是国风秀，但事实上设计的这些东西既不能够传出去，也不能够成为时尚潮流。

对于色彩的搭配她一向不怎么拿手，这更是自曝其短。

这些天她已经忙得焦头烂额，到头来竟然还被一个小小的实习生评论设计出来的东西是个垃圾。她实在是忍不了。

赵莉莉将所有的东西都收拾了起来，临走的时候财务部还结算了工资条给赵莉莉。

赵莉莉连看都没有看一眼，直接扔到了垃圾桶。

无外乎就是那几千块钱，这个月结算的钱也超不过三千。

"真是嚣张，一看就是攀上高枝了。"

将咖啡钱转过去的那几个人心里虽然不平衡，但是碍于赵莉莉的那个眼神，也不敢说什么太过火的话。

赵莉莉人走出去，却一点都不狼狈。

蓬莱公司看上去虽然装潢很好，很高大上，但是这里面的人一个比一个虚伪。

赵莉莉早就已经将这个地方给看透了。

外面的艳阳高照，赵莉莉走出去，一时间有点像是无处依靠的浮萍。

她刚才在里面的样子的确是很飒，但是出来之后就是为生活苦恼的一枚无业人员。

赵莉莉掏出了手机，犹豫了片刻，昨天宁华裳和她说的那些话，她全都已经听在了心里，她也希望她可以做出她所喜欢的设计。

很快，赵莉莉拨打了孟曲雯的电话。

孟曲雯原本正在修改设计马面裙，正改到一半就接到了赵莉莉的电话："喂？"

"喂，学姐，是我。"

赵莉莉低着头，说："我已经辞职了，这个时候可以去面试吗？"

"这么快？"

孟曲雯倒是没有想到赵莉莉竟然辞职得这么快，她说道："不过你本来也不适合那个公司，离开是对你最好的选择，你等我一下，我问一下人事部，没问题的话你现在先过来，我安排你去面试。"

"嗯！"

赵莉莉好像是重拾了信心，她的脸上带着一抹浅淡的笑容。

等到了华冠公司，赵莉莉感觉这里的大门比蓬莱公司还要大一个尺寸，赵莉莉深吸了一口气，随后走了进去。

孟曲雯早就已经在门口等了好长的时间了。

见到赵莉莉过来之后，就很快地拉着赵莉莉朝着里面走去："来，我们走。"赵莉莉点了点头，随后又有点怯生生地说："等等！"

"怎么了？"

"我、我今天还没有准备，我是不是应该准备一下再来？"

"没事啦。"

孟曲雯说道："这个面试对你来说绝对不是问题，你只要认真仔细地回答就好，你的简历我都已经看过了，真的特别的好，蓬莱公司这么对你，那是屈才了。"

赵莉莉沉默了片刻，最后还是鼓足勇气，说："嗯！我试一试。"

"好！"

孟曲雯拉着赵莉莉来到了人事部，人事专员都是生面孔，但是荀修说了，这是他安排下来的，问的问题应该不会特别的刁钻。

更何况赵莉莉的个人简历真的很不错。

孟曲雯在门口焦急地等着结果。

等到赵莉莉出来的时候，孟曲雯才站了起来，问："怎么样？"

赵莉莉即便是出了会议室，还是有点紧张，她结巴地说："他们说让我见一见荀总，荀总会再看看。"

"荀总还要再看啊，你等等，我问问华裳。"

第 37 章　匠心

　　孟曲雯觉得事情应该不会这么麻烦才对，已经过了人事这一关，如果换一个高管也就算了，偏偏这个人竟然是荀修。

　　荀修这个人本来就很龟毛，做什么事情都很吹毛求疵。

　　孟曲雯的心里多少还有点打鼓，毕竟之前让赵莉莉来华冠的人是她和宁华裳，这要是最后不能够拍板的话，那岂不是完蛋了？

　　孟曲雯找到了在办公室里的宁华裳，连忙对着宁华裳招了招手："华裳！快，过来！"

　　"怎么了？"

　　宁华裳走了出来，问："不是也已经在面试了吗？"

　　"什么已经在面试了！面试都已经结束了！"

　　孟曲雯很认真地说道："现在面试都结束了，但是荀总突然说要亲自面试，你说这可怎么办啊？"

　　"这可怎么办？"

　　宁华裳想了想，说："凉拌。"

　　"啊？"

　　"你放心，不会有什么事的。"

　　宁华裳轻轻笑了笑，对着孟曲雯说道："雯雯，你要相信荀总的眼光，也要相信我的眼光。"

　　"可是……"

　　孟曲雯左右看了看，确定荀修不在这里，这才敢对宁华裳说道："你知不知道从前大家对荀总的称呼是什么？"

　　"什么？"

　　"一刀砍！"

　　"什么意思？"

　　"就是一刀砍了的意思啊。"

　　孟曲雯说："只要是被荀总面试了的，一多半才第一个问题就刷下去了，你说这可不可怕？"

　　"不会吧……"

宁华裳怎么也想象不出这么严格的荀修。

孟曲雯说道:"那可不! 你是觉得他不严格,但实际上他对其他的人都不是你这个样子的好不好? 荀总就只有在对你的时候才是满脸笑容,有的时候对老板的时候都是刻板严肃,你是特例中的特例!"

"那我还应该庆幸了?"

"差不多就是这个意思。"

孟曲雯打了一个响指,说:"华裳,你可不知道这个荀总平常是什么样的,你都想象不到,也就只有我们这些人才能经常看见荀总熏臭了的脸了。"

宁华裳无奈地摇头。

"哎呀华裳,你快点去和荀总打一个招呼,这样莉莉就可以和我们一起当同事了啊。"

"好了好了。"

宁华裳对着孟曲雯说道:"公是公,私是私,再者说了,就算是不去说,我也相信赵莉莉可以加入到华冠。经过昨天晚上的攀谈,我已经了解到了,赵莉莉是一个好姑娘,很多传统观念在她这里都得到了延续和发展,这种传统观念,就是华冠公司最核心的标准。"

"什么?"

"匠心。"

宁华裳说:"华冠公司之所以发展成了这样,就是因为'匠心'这两个字。"

"原来如此⋯⋯"

孟曲雯点了点头,说:"所以你的意思是说,莉莉可以进来?"

"嗯。"

宁华裳说:"这不是一个形式,是因为我知道,她本来就适合华冠,就算是荀修亲自面试,最后得到的结果也有百分之百的成功率,所以你根本不用觉得担心。"

听宁华裳这么说,孟曲雯这才松了口气。

面试的时间比他们想象当中的时间更长一点。

这一次孟曲雯是真的有点着急了,如果赵莉莉不从这个会议室迎着笑脸出来的话,那么赵莉莉就即将面临着失业,这对于一个设计师来说虽然不算什么,但是这很容易打击一个人的积极性。

荀修本来就是一个刻板的人,真的不希望到时候发生什么事情。

"吱呀"

这个时候，会议室的玻璃门突然被打开了。

孟曲雯有点紧张地看着眼前的一幕。

只见赵莉莉从里面走了出来，看上去好像是有些手足无措。

孟曲雯第一时间朝着赵莉莉跑了过去，说道："莉莉！怎么样啊？结果还好吗？"

孟曲雯很想知道他们这一次到底商量得怎么样了。

"我、我也不知道……"

赵莉莉开始出来的时候竟然还有点傻乎乎的。

孟曲雯奇怪地看着赵莉莉，问："到底是怎么回事？"

"我……"

赵莉莉犹豫又结巴。

从会议室里面走出来的荀修表情也很是郑重。

"荀总！"

孟曲雯很快走到了荀修的面前，问："荀总，这一次的结果怎么样？"

荀修皱眉，问："她没有跟你说吗？"

荀修这么一皱眉，孟曲雯的神经顿时就跟着紧绷了起来。

"说、说什么啊？"

"我刚才在里面的时候，说了三个字。"

荀修说："我说，可以了。"

"？？？"

孟曲雯一时间不知道事情到底是怎么样的，她很快将视线落在了赵莉莉的身上。

赵莉莉说："我、我以为这个可以了的意思是……"

"这个可以了的意思，就是说，你已经入职了！！"

孟曲雯直接就激动地抱起了赵莉莉。

要知道这个华冠公司本来就是一个金殿堂，进来的人都不是一般的人，哪怕是在这里当一个最普通的实习生，都能够见识到前所未有的大单子，以后就算是在一个小公司，都不会再觉得自己见识短浅了。

"真的？！"

赵莉莉后知后觉得有些激动。

"对了，薪资问题还有待遇问题的话，你还是去问人事，这个不归我来管。"

说着，荀修就离开了。

虽然说入职是一件值得高兴的事情，但是薪资和待遇也是至关重要的。

而对于赵莉莉来说，这个时候能够加入华冠，对她来说就是人生最有意义的事情了。

这件事情传到了宁华裳的耳中。

宁华裳伸出了一只手，将刚刚拿到的工作牌放在了赵莉莉的手里，说道："恭喜你，以后我们要一起加油。"

"嗯！"

赵莉莉干劲十足，她在蓬莱的那些日子，几乎是要褪去了对工作的所有热情，对于未来迷茫而又痛苦，可是现在来到了华冠公司，对她来说就像是来到了一个崭新的环境，有一个崭新的开始。

设计部又添一员大将，宁华裳相信她没有看走眼。

这一次清朝的马面裙，一定会被设计得很出彩。

工作区域其乐融融，却也进入了紧凑的工作生活当中。

时间在一点点逼近，而他们要做的还有很多。

第 38 章　双面绣牡丹

汉服对于赵莉莉来说是一个很熟悉的服装体系。

不过很快宁华裳就看出来了，赵莉莉还有其他很熟悉的服装，除了马面裙之外的其他的襦裙，她也很了解，而且对于汉服的穿法非常有一套。

事实证明，宁华裳的选择没有错。

赵莉莉的确是一员猛将，可以在这一次的项目当中给他们带来不少的想法。

眼下服装设计已经走到了尾声，宁华裳开始要手工制作一些饰品了，这些饰品有很多都需要手工作业，基本不可以用机器来代替。这种手艺不是所有的都延续了下来，到现在为止，古代的不少工艺其实都已经失传了。比较可惜的就是古代的一种造房子的方法，那个时候造房子不仅牢固，而且非常的环保，这种造房子的方法后来传到了日本，日本人至今都在沿用，但是中国却已经失传。

就像是宁华裳准备做的这个绣品，女子的绣帕虽然小，但是要极致的精致才能够让人看上去赏心悦目。

宁华裳已经准备好了绣棚，之前绣这个的时候孟曲雯就已经学会了不少，但是设计部里面也有不少的人会刺绣，如今刺绣技巧会得多的，基本都在民间。

宁华裳认识了一个绣工非常好的奶奶，年纪已经七十多岁了，在十多年前眼睛还好一点的时候，奶奶还在一直坚持刺绣，但是七十多岁的眼睛实在是不灵光，这十多年才停下了手中的绣花针。

这一幅刺绣就是有名的双面绣，是牡丹争艳的图案，上面的牡丹争相开放，所谓双面绣，就是从里外两面去看，都是一模一样的。能够做到这一点的人其实也并不是特别的多。

宁华裳当初就是根据这个奶奶教的方法练了很多年才能够练成，所谓熟能生巧，这句话一点都没有错。

牡丹在淡绿色的绣帕上面呈现出了最完美的形态。

宁华裳的脸上带着一抹浅浅的笑容，觉得这个好看极了。

"华裳，你都已经绣这么多了啊！"

从刚刚设计图出来的时候，宁华裳就一直都在绣这个绣品。

孟曲雯看着有些眼熟，记得这个双面绣，之前在"美人华裳"的官网上也出售过，只是没有这个看上去这么逼真，也没有这么好看。

"是啊，你看看怎么样？"

纯手工丝绸做出来的帕子，上面绣的这个就是锦上添花，能够用这种东西的在古代也都是名门望族。更何况牡丹也不是一般的人就能够配得上的。

"这个挺贵的吧？"

孟曲雯已经看见金丝了，她说道："你之前说让做的金丝羽衣，我光看设计图都觉得烧钱，那个是真实存在的吗？"

"当然了。"

宁华裳说道："霓裳羽衣舞可不是闹着玩的，金丝羽衣就更加的华贵，那个设计并没有太大的难度，半个月前我就已经找专门的人去做了，你想去看看的话，我也可以带你去看看。"

孟曲雯很感兴趣地问："在哪儿啊？"

第 39 章　金丝羽衣

"等到明天，明天就是周六了，不仅仅你要去，还有荀修也要去。"

"荀总要跟着一起去？"

孟曲雯尬笑了两声，说："那、那我还是不要跟着一起去了。"

"为什么？"

"荀修啊那可是，就算是华裳你不害怕，我还害怕呢。"

孟曲雯浑身抖了抖，一想到了荀修，她的心里就跟着犯怵。

宁华裳从来都没有觉得荀修可怕过，只是他们把荀修想得太可怕了。

实际上，荀修也和正常人一样，根本不需要让人觉得恐惧。

宁华裳说："你啊，跟着一起去还能够长长见识，金丝羽衣的制作方法可不是这么简单就能够被你找到的，你确定不去？"

听到宁华裳这么说，孟曲雯突然就有点心动了。

"那要不这样？我带上马丁还有莉莉一起去，这样咱们一起去，我就不会觉得尴尬了。"

"可以啊。"

宁华裳点了点头，说："没有问题。"

孟曲雯听到宁华裳这么说，才总算是放心下来。

第二天一早，荀修亲自开车来接。

宁华裳坐在了副驾驶座上，孟曲雯、马丁还有赵莉莉三个人坐在后驾驶座上略显拥挤。

车开到了一个小院落，其实就在一个不起眼的小街巷，里面是个平房，在杂乱不堪的平房区，这里面就只有这么一个平房显得干净。

可见院子的主人一定是一个爱生活的。

宁华裳早年间认识这位手艺人，也是应该叫作阿姨婶婶这一辈的人了。

原本这里看不出是一个制衣坊，门脸上也不像，刚进去的时候没有墙皮腐朽的味道，而是淡淡的清香。

再走进去是一个不大不小的院子，里面放着一口大缸，里面注满了水。

再往里面走的时候，就看见了一个宽阔敞亮，看上去古色古香的房间。

宁华裳敲了敲门："钱大妈，在吗？"

"给你们留门了。"

钱大妈的年纪不大，今年也不过四十五岁。

刚刚打开门的时候就看见钱大妈从里面走了出来，圆润的脸蛋，身材却依旧苗条，看上去年轻的时候一定是一个身材很好的美人。

"华裳，进来。"

钱大妈对着宁华裳招了招手，看上去十分的热络。

原本赵莉莉还以为这位手艺人一定是特别上年纪，没有想到竟然才四十五岁的年纪，看上去也才三十多岁。

赵莉莉一直上下打量着钱大妈，钱大妈似乎年轻的时候看够了这样的眼神，她摆了摆手，说："这个呢，就是你们要定制的金丝羽衣。"

这个金丝羽衣虽然已经做了半个月，但是依旧只是雏形上添彩。

只见金丝被绣在了轻纱之上，如天边轻雾一般。

只是那些羽毛，更是轻若无物，并非一般的羽毛，应该是鸟雀身上最柔软的那一根，都在钱大妈这双手上一一挑拣。

"哇，这个就是，这个就是金丝羽衣啊？"

孟曲雯的眼睛里面都在放着光。

对于设计师来说、见到这些比见到什么都让人兴奋。

"我、我能眷看吗？"

"当然了。"

钱大妈让开了一个座位，让孟曲雯亲自去看看这衣服上面华丽的金线。

孟曲雯光是摸到这些金线的时候就已经要受不住了。

这谁顶得住啊？

孟曲雯说："这个是，这个是纯金的吗？"

"当然，全都是经过苟总批复，都是纯金的。"

光是复原这么一个，就要不少的钱。

宁华裳还要多谢苟修的审批，这些衣服想要从设计图里面蹦出来，重见天日，还真的不容易。

宁华裳说："你可千万不要让这件衣服拉丝了，手粗糙的地方不要乱碰，这衣服可不是谁都能穿在身上。"

"我知道啦！当初你让我摸丝绸的时候也是这么说的。"

孟曲雯撇了撇嘴巴，看上去很不高兴。

但是手里面摸着的是这么贵重的金丝，孟曲雯也就不说什么了。

宁华裳见孟曲雯的这个样子，脸上带着一抹浅淡的笑容，对着孟曲雯说道："行了行了，你不要装不高兴了，让你第一个摸了这个，你心里就偷着笑吧。"

孟曲雯看着宁华裳，说："你这也实在是太过分了吧，只是摸了一下，感觉像是我们家祖坟烧高香了一样。"

"本来就是。"

宁华裳说道："你要知道这个真的不是特别好弄的，你最好小心一点，否则到时候前功尽弃，钱大妈肯定饶不了你。"

"我……"

孟曲雯一时间竟然不知道要说什么了。

"好了好了！我知道了！"孟曲雯很认真地说道，"我现在就好好地瞻仰！我瞻仰不行吗？""好，那你瞻仰吧。"宁华裳满意地点了点头。

孟曲雯沉住了一口气，随后对着宁华裳说："好啦，我瞻仰完了。"

说着，孟曲雯听话地站了起来。

这个衣服的确不是一般的贵重。

"这个呢，也是双面绣，这个双面绣就是能够让两面都看出来图案，金线能够绣到这个地步是真的不得了。"

宁华裳说到这里，钱大妈的脸上还带着稍显得意的表情，这不管是落在谁的身上，谁都会高兴，因为这是她唯一得意的一门手艺了。

宁华裳笑了笑。

钱大妈对着宁华裳说道："华裳，这都是你的朋友吗？"

"这个是我公司的负责人，您见过的。"

"对对对，这个小伙子我见过，小伙儿真是帅气。"

宁华裳又笑了笑，说："这三位都是我们公司优秀的设计师，这个金丝羽衣就是这两位合力设计的。"

"这么厉害呢。"

钱大妈竖起了大拇指："设计得真好，我这么大岁数了，好看的衣服见到过不少，就是没有见过设计得这么好的，你们可真是厉害。"

"都是华裳的点子好。"

孟曲雯的嘴甜，她上去就对钱大妈说："钱大妈，要不你也教教我双面绣？"

"在我这里当学徒，那可是要不少的钱，你钱大妈可不白白教徒弟。"

钱大妈这话是打趣。

赵莉莉说："我记得……蓬莱公司也在设计一套霓裳羽衣，只是用的不是金丝。"

"我猜到了。"

赵莉莉稍稍惊讶地看着旁边的宁华裳，问："华裳姐，你竟然猜到了？"

"嗯。"

宁华裳说道："对方的主题是'云想霓裳'，既然有霓裳这两个字，她怎么会不做霓裳羽衣？再加上唐朝服装比赛的时候，她输给了我，应该很想要用霓裳羽衣来翻盘。"

宁华裳猜测得一直都很准确，赵莉莉又一次地印证了这个道理。

孟曲雯不忿地说："那我们怎么办啊？这个蓬莱公司的设计一直都跟我们撞梗，我怎么觉得他们好像是故意的呢？"

"公司并不是一个密不透风的铁桶，很多消息都有可能外漏，就算是有了保密协议也不能够确保万无一失，对方能够掌握到情报，其实也有一半是巧合在里面。"

宁华裳回头看了一眼苟修，说："苟总也应该好好调查这件事了。"

"嗯，我知道。"

苟修点了点头。

这种事情对公司来说也没有好处，他一定会仔细地调查。

"好了，你呢，就向钱大妈学习双面绣吧，我们去那边看看。"

宁华裳本来是想要领着苟修、马丁还有赵莉莉三个人去的。

但是很快孟曲雯就叫住了马丁还有赵莉莉："等等！你们两个人陪着我一起吧，让苟总和华裳去就好了。"

赵莉莉和马丁也不是木头人，很快就明白孟曲雯是什么意思。

这完全就是要给宁华裳还有苟修两个人制造单独相处的机会。

宁华裳对着苟修说："苟总，走吧。"

孟曲雯的那点小心思，已经是司马昭之心，路人皆知了。

宁华裳可不想要辜负了孟曲雯的那点小心思。

"是第一次见到双面绣吗？"

"双面绣不是，金丝双面绣是。"

苟修也算是见到了不少风浪的人了。

宁华裳轻笑了一下，说："其实双面绣最好是要两个人完成，双面绣

讲究藏头的，你去看任何一个双面绣，都找不到一点线头，这个线头会被埋得很深，然后藏在最后的针脚当中。"

"我看出来了，的确看上去很困难。"

荀修并不是夸大其词，一个绣工针脚是否细腻，或者粗糙，他都能够看出一个所以然来。毕竟在这个行业，如果连针脚是不是细密都不知道，今后怕是不知道要怎么在这行混了。

宁华裳轻轻笑了笑，对着荀修说："不过这一次的羽衣制作周期比较长，我们可能每个月都要抽空过来看一次，这样，荀总还觉得半年的时间有富余吗？"

"你就不要再拿过去的事情嘲讽我了。"

荀修明白宁华裳的意思，他轻轻笑了笑，说："关于这种专业性技术的事情，我以后一定多多向你讨教，你看这样好吗？"

宁华裳也笑了笑，对着荀修说："乐意效劳。"

第 40 章　累丝金簪

从钱大妈那里回去了之后，宁华裳就一直都在累丝金簪这件事情上琢磨功夫。要打造好一个金簪并不是一件很容易的事情。更何况这个金簪还要衬托金丝羽衣。

孟曲雯一直都在旁边取经，她说："要不也让我上手来一下吧，这个我也做过。"她之前的确是制作过金簪，自认为做得还是不错的。

但是宁华裳的手法却好像和他们的不太一样。

他们之前制作的都是早就由机器压过的金片，但是宁华裳这个竟然手里拿着的是一个小锤子，宁华裳说道："这个呢，叫作手持销铁打金银，这句话你应该知道的吧？"

"知道啊。"

孟曲雯托着腮，说："不过以前呢也没有这个规模的大秀，所以没有人会在意这个金钗打造得是不是精练，只要是看上去好看就行了，其实网上批量的金钗也很好看。"

"但是现代工艺感太重了。"

宁华裳也知道孟曲雯要做什么，其实现代工艺可以做出任何一样金簪，但是首先网络上卖的金首饰大多都不是纯金，只是小装饰品的话，机器做当然很容易，而且也很精美好看，可这种东西的价值就大打折扣了。

纯金首饰经常会有师傅亲自设计打造，对于师傅们来说，这种贵重的东西制作实在是要小心再小心，否则一直融化再凝固，对他们来说损失就大了。

"其实我还是很想问，如果是金簪的话应该会很好看，你这一次为什么要用累丝？设计的时候你还特地提到了，必须要用累丝金簪。"

"因为累丝这个工艺呢能够让这个金簪看上去更加的轻盈，而且节省材料，看上去和金丝羽衣非常的匹配，如果纯金的话，看上去就太厚重了，金丝羽衣在当初本来就是跳舞的嘛。我这么说的话，你是不是就明白了？"

宁华裳要是不说的话，孟曲雯还真的没有注意到，等到宁华裳说了，

孟曲雯这才想了起来："你说的原来是这个意思啊？"

"嗯。"

宁华裳点了点头，说："就是这个意思。"

孟曲雯敲了一下头，说："我可真是笨，竟然把这种事情都给忘了。"

累丝看上去的确是比纯金打造的要好看多了，宁华裳的这个小铁锤能够将那些金丝弄得很细致，弯起来也恰到好处。

宁华裳这一次带回酒店的还有一套看上去很老旧的工具，孟曲雯看明白的也就只有锉刀，工具台还有剪子、钳子、线锯之类的东西。

但是宁华裳这里还有一些她看不明白的，刀锋却很是利锐。

孟曲雯问："华裳，你这是什么啊？"

"这个是砧。"

宁华裳要是不说，孟曲雯还真的没有认出来。

大约是这些都太老旧的原因。

孟曲雯实在是忍不住地说道："你这些东西都是老古董，老宝贝了吧？怪不得这么小心翼翼，刚才都不让我碰，冒昧地问一句，这个砧多少个年头了？"

"可能要有几十个年头了吧。"

到宁华裳这里的时候，她其实也不太知道这个究竟过去了多少个年头。但是肯定是在几十个年头之上，这一套家伙事已经算是她们家传下来的宝贝了。因为祖祖辈辈的人都用这个来制作首饰，所以用起来的时候才会有神圣感。

孟曲雯说道："怪不得看上去觉得造型和现在的不太一样。"

孟曲雯很认真地在宁华裳这里学习制作首饰的手艺，其实现代也有不少的人做这样的手工艺品，只是真正能够出彩的人很少，如今也没有什么人会注意到这种手艺了。

年轻人很少会有人喜欢吃苦，这个世界新奇的东西也实在是太多了，如今也很少有人会喜欢花大量的时间去学习这个，所以才会导致这个古老的手艺有些已经失传。

宁华裳对于这些东西还是很有保护欲望的。

"这个做簪子呢，其实是有一套工序在这里面的，咱们既然做了累丝，那就要按照累丝的工艺来。其实在清朝的宫廷里面有一个地方叫作造办处，就是专门制作首饰器皿这一类的东西，所做出来的首饰也都是屈指可数，全都是皇家御用，也算是一个最高学府了。"

"这么厉害？"

宁华裳说："我们家祖上呢，其实就是在造办处做工，不然我们也不可能会有这么独特的手艺。"

"真的啊？在皇家当差？"

能够在天子家里面当差的人，肯定都不是什么普通的手艺人。

如果说之前孟曲雯对宁华裳有三分的崇拜，现在就是有七分的敬畏。

宁华裳将手中的金簪固定住，在这上面"堆灰"，实际上这个金簪是一个立体的牡丹，想要呈现出立体感，就不得不在这簪子上面用炭粉还有白芨草炮制出的黏稠药汁塑形，等到塑形成功才能够在上面继续累丝，如果不做到这一步的话，累丝就没有办法成功。

等最后累丝成功之后，再用火将炭粉烧化，这样就万无一失了，最后就是一个很好的累丝成品，这就是累丝的工艺。

当然，这也很考验手艺人的手艺。

宁华裳的手很稳，至少是孟曲雯见过手最稳的。

但凡是一个手艺人，手下既然需要精细活，手就必须要稳稳当当的。

为此，宁华裳也曾经做过不少的努力，比如说用镊子去剥生鸡蛋的外壳，总之不能够戳破鸡蛋壳内的那一层白色的膜就对了。

"咚咚——"

门口传来了敲门的声音，马丁推开了门，对着孟曲雯说道："你的设计图还没有改好呢，不要乱跑，赶快过来。"

"哎等等！"

孟曲雯说道："我刚刚想起来，清朝既然就有这个造办处做累丝工艺，那肯定清朝的贵妇们也要用这个戴在头上咯，那我的那个设计图，也改成累丝工艺的不就好了吗？这样内敛奢华，戴在发髻上一定特别的好看！"

"啊？"

马丁不知道孟曲雯这是受到了什么启发，总之她撂下这句话就跑了出去。

宁华裳没有拦住孟曲雯，的确有的时候灵感来了就算是挡也挡不住。

宁华裳站了起来，掸了掸手，门口的人敲了敲门，说："宁总，我进来了。"

进来的是一个年轻的小伙子，宁华裳上下打量了一眼他，好像没有在这个设计部门见过。

"你是……？"

"你好，我是张亚楠，我是新来的设计师，来找您报到！"

张亚楠看上去像是一个长相很干净的小伙子，年纪看上去不大，宁华裳问："你今年多大？"

"二十六了。"

"刚毕业吗？"

"已经毕业四年了。"

张亚楠不好意思地挠了挠头，说："我刚刚通过面试，这个是我的入职表。"

说着，张亚楠就将手中的入职表放在了宁华裳的手里。

宁华裳点了点头，说："好，我看到了，你先出去吧，让马丁带带你。"

"好！"

张亚楠很高兴地出去了。

宁华裳看了一眼上面的入职表，可以看得出来张亚楠毕业之后就一直都在一家设计公司上班，而且是个高级设计师，工作收入一直都很稳定，之前那个公司的名声也很好。

"奇怪……"

这四年好不容易升到这个职位，为什么突然过来了？

宁华裳并不是很容易生疑的人，只是因为之前发生了实在是太多的事情，荀修之前就已经交代过设计部门要小心小心再小心，基本不是特别有能力的人是不会被招到设计部的。

看来这个张亚楠真的很不一般。

宁华裳拨打了人事部的电话，问："你好，我是宁华裳，我想要问一下张亚楠的工资你们给了多少？"

"九千吗？好，我知道了。"

宁华裳挂断了电话。

这一次张亚楠过来，只做普通设计师，工资卡在了九千。

但是像张亚楠这样的高级设计师，在对方公司的工资怎么也都是万元起步。

宁华裳沉默了一会儿，随后在入职表上看了又看。

最后还是放下来了。

宁华裳电话拨打给了马丁，说："马丁，你进来一下。"

"好。"

马丁走到了宁华裳的办公室，见宁华裳的手里还拿着张亚楠的入职表。

"华裳，这怎么了？"

"张亚楠你认识吗？"

马丁摇了摇头，说："今天新来的设计师，其实这个人的履历还是不错的，就是这个设计师的年头不算是特别长，这要是出去也是孟曲雯级别的设计师。"

"谁面试的？"

"我啊。"

马丁说道："我觉得这小伙儿长得干净，而且过往的履历也很漂亮，设计部最近实在是太忙了，荀总之前也说过要加点人，所以我就让他进来了，调查过，特别干净的背景，和蓬莱公司没有联系。"

宁华裳问："那你就没有问问他，为什么放着月薪几万的工资不要，来咱们这里？"

"问了啊。"

马丁说："说是年轻，想娑历练一下，尤其是知道了这个'美人华裳'的项目，很想要上手试一试，他手工艺还不错，奢侈品项目有得过奖呢。"

第41章　匿名邮件

　　宁华裳了解了一下基本的情况，如果只是为了磨炼的话应该也没有什么。

　　只是经过之前的事情，宁华裳总是不太放心："再观察观察，重要的项目就先不要落在他身上了，蓬莱公司那边的动向也要时刻注意。"

　　"好。"

　　马丁觉得宁华裳这一次是有点杞人忧天了，不过也难怪，谁要是经历过前几天的事情，都会觉得这网络梦幻，敌人总是潜伏在暗处，宁华裳也不像是刚来这里时候那样的单纯了。

　　宁华裳将手中的入职表反复观摩。

　　奢侈品牌的国外奖项……

　　另一边，蓬莱公司已经正常运作了这一次大秀所需的所有样衣，虽然说前几次对于蓬莱公司有很大的打击，但是至少因为这些提升了热度，也让不少人知道了蓬莱的这个品牌。

　　尽管在业内的名声不好，但是互联网后的人们总是健忘的，这些事情大众很快就会忘记。更何况还有杜云湘这张王牌。

　　"今天有人匿名发来了一个邮件，照下来的是华冠公司的一个关于金丝羽衣的设计图，只不过我们这边没有办法破译对方的 ID，也不知道是不是真的。"

　　杜云湘皱眉："金丝羽衣？"

　　"和我们的霓裳羽衣有点相似，不过总体差距还是很大的。"

　　秘书将邮件设计图的复印件还有蓬莱的设计图都摆在了杜云湘的面前："邮件里面的这个设计图是华冠的设计图，这边是咱们蓬莱公司的设计图，对比一下的话就可以发现，其实我们的设计不算是出彩。"

　　他们的霓裳羽衣映照的是唐朝的时尚穿搭，女人身上穿着的是鎏金色的短裙，披肩就是羽毛做出来的，脚上踩着的就像是辛德瑞拉的水晶鞋，在色彩上的搭配的确是很好，但是总是缺少一点韵味。

　　这两张设计图的主题很相似，只不过设计出来的东西完全不一样。

　　"你的意思是说，我们的设计不出彩，像是宁华裳那样的设计就是出彩了？"

"我……"

秘书低着头。

她不过就是说了实话。

他们明年的确是要走时尚秀，和华冠其实八竿子都打不到一起去，就连等级都不是一样的，这一次事情闹得这么凶，公司里面已经开始流言纷纷了。

看着秘书这个样子，杜云湘也不想要随意动怒，她说道："你还是仔细地去调查这个匿名邮件到底是谁发的，我要知道对方到底想要干什么。"

"会不会……会不会只是想要帮助我们？"

秘书说："这个人邮件里面什么都没有提，就只是说这是华冠公司的设计图，我觉得应该没有什么恶意。"

"行了，你出去吧。"

杜云湘这几天一直都在忙于修改样衣，根本没有工夫去管这些。

她想要做的就只不过是设计而已。

而 Lisa 的连日炮轰，让她不得不在这期间接了好几个商业广告，而且全都是为蓬莱公司无偿录制。

"云想霓裳"网店也已经亏损了好几百万，她实在提不起兴趣。

第 42 章　新来的设计师

华冠公司这一层楼的灯总是彻夜亮着，有的是加班，有的是宁华裳一个人在独自开辟出来的织房工作，等到宁华裳从织房走出来的时候，身后突然被拍了一下肩膀。

"宁总。"

夜色静谧，这一层楼就只有宁华裳的脚步声。

宁华裳突然回头，看见了一个俊朗的男人站在了身后。

宁华裳这才回过神来，这个人就是今天上午新来的设计师，叫张亚楠。

宁华裳微微掩饰住了她刚才的吃惊之色，她轻轻笑了笑，对着张亚楠说："这么晚了，你怎么一个人还在这里加班？"

宁华裳看了一眼手表，这个时候都已经晚上十一点多了。

宁华裳以为也就只有她一个人会在这里通宵加班。

张亚楠长得的确是很儒雅阳光，他笑了笑，说："第一天来上班，当然要好好表现一下。"

宁华裳勉强笑了笑。

这个男人看上去虽然很讨喜，但是她怎么也没办法放下戒心。

正常的员工，大约也不会这么晚还在这里工作吧？

"其实只要是做好你的设计，就算是在酒店也一样，对了，你也住酒店吗？"

"嗯。"

张亚楠点头，说："我家离这里不是很近，刚刚申请了住酒店，这个是我的房卡。"

张亚楠将房卡拿了出来，和马丁是一个房间。

马丁一直以来都是一个人住，因为男设计师虽然多，但是最后多出空余的一个人，也就是马丁自己了。

这一次分配和马丁住在一个酒店房间，也是很正常的事情。

宁华裳说："马丁也算是你的前辈，你和他住在一起，也正好多多沟通。"

"是，我正准备和马老师沟通沟通。"

张亚楠说:"宁总,都顺路,要不一起吧?我正好也忙完了。"

"好。"

宁华裳和张亚楠一前一后地朝着外面走了出去。

公司里面每到这个时候都显得分外的安静,因为这里面所有的灯全都熄灭了,地方也实在是太大。

电梯里面虽然是亮着的,却总给人一种不安全感。

"宁总。"

"嗯?"

宁华裳回头看向眼中含笑的张亚楠,张亚楠问:"公司的人都在传宁总和荀总两个人的关系不一般,这个是真的吗?"

突然提到了这个问题,宁华裳也没有避讳:"那些全都是谣传,并不是真的,作为一个设计师,你的工作应该专心在设计上,不是吗?"

"对。"

张亚楠笑了笑,说:"是我想得有点多了。"

宁华裳一边朝着前面走,一边对着张亚楠说:"我看过你的履历,其实我还是不太明白,你有这么好的工作,为什么突然来华冠当一个普通的设计师,马丁说你只是想要历练一下你自己,我想这应该只是客套话,你主打的是新时尚的奢侈品设计,这一次的大秀,应该不会给你多大的帮助。"

"宁总错了。"

张亚楠说道:"任何一场大秀对设计师来说都是宝藏,我这一次来,也是想要拓展自己的视野,毕竟华冠是一个金殿堂,我来也无可厚非。"

张亚楠话都已经说到了这个份上,宁华裳也不过是笑了笑没有说什么。

其实即便是在一个公司,身边有很多的同事,也未必就能够有一个说得上话的人。

张亚楠刚才说的话的确是很漂亮,但是宁华裳却怎么也感受不到他对于这一次大秀的热情。

和马丁还有孟曲雯不一样,宁华裳感觉得到旁边的这个男人是带着目的性地参加这一次的项目,而且这一种目的性很强烈。

强烈到宁华裳光是靠近这个男人,就感觉得到他的试探。

"宁总,我的房间就在不远处,有时间我们一起探讨设计吧。"

"好。"

宁华裳对着张亚楠点了点头。

等到张亚楠走了之后，宁华裳这才打开了房门。

趴在猫眼上朝着外面看的孟曲雯在宁华裳打开了房门的那一瞬间吓了一跳。

宁华裳说道："你一个人趴在这里看什么？"

"当然是看那个张亚楠了，我知道你这么晚回来，本来想要去找你来的。"

孟曲雯说："谁知道还没等出去，我就看见你们回来了。"

孟曲雯之前就在和马丁手机聊天，马丁说那个新人还在公司努力，她就嗅到了苗头不对。

按理说，就算是新人想要加班，也不至于赖到半夜也不愿意走。

"你说这个张亚楠，无缘无故地加班到这么晚是为了什么？"

"人家难道就不能够是为了好好地工作？"

"不会啊。"

孟曲雯说道："马丁跟我说了，给他的任务一点都不多，就只不过是熟悉一下业务，今天是第一天，马丁能给他多少活啊？"

"说得也是。"

宁华裳也感觉到了违和感，只不过是因为张亚楠的那份说辞，所以她没有很在意而已。

"你说这个设计师，奇奇怪怪的。"

孟曲雯越想越不对劲："会不会是想要窃取我们的机密？"

"商战片看多了吧。"

宁华裳的心里不是没有这个怀疑，甚至比孟曲雯想得还要多。

张亚楠这一次过来，时间恰恰好，他们这边正在做成衣，一点都不能够懈怠，而且还是最忙的时候，很多的事情都不能够很快地顾及到。

这个时候张亚楠的出现，的确是有点太过于凑巧了。

"也可能是我想多了。"

孟曲雯捧着手里的咖啡，说："但是你想想之前发生的事情你就知道了，多危险啊，蓬莱公司和杜云湘的那个团队简直就是把你当成了头号敌人。"

说到这里，孟曲雯还是有点心惊胆战。

那次的谣言传得这么凶猛，要是再来一次，一旦是被对方污蔑成功，宁华裳或许就要迫于压力离开"美人华裳"这个项目了。

宁华裳当然也不会这么笨，她敲了一下孟曲雯的头，说："好好的不要胡思乱想，不会有什么事。"

孟曲雯揉了揉额头，说："我也希望，但愿公司不要再出什么事情才好，我的这个小心脏可受不住。"

宁华裳无奈地摇了摇头。不过这个张亚楠，的确要好好调查一下了。

第二天是周六，设计部也难得不工作，准备在一起聚一聚，就是一场很普通的团建，只不过这一次也是为了迎新。

迎新主要就是针对新来的赵莉莉还有张亚楠。

这两个人都是最近新来的设计部员工，很年轻，也很有能力，公司里的人都很喜欢他们。

孟曲雯对于团建很感兴趣，宁华裳一向没怎么出席过团建的场合，这一次荀修也跟着过来了，据说是在孟曲雯的说合之下。

团建在一个已经包下来的场地，KTV和餐厅一应俱全。

全都是荀修买单。

宁华裳说道："其实你这么忙，不用也跟着过来。"

"做上司的，其实也有必要来活跃一下气氛。"

宁华裳说："这个新来的员工你觉得怎么样？听说是你亲自面试。"

"很不错，有天赋，是业内的佼佼者，据说人品也很好，所以招录进来也不是什么稀奇的事情。"

荀修看着不远处的张亚楠，随后对着宁华裳说："那天我问马丁，马丁说你似乎对这个新人很在乎，这是为什么？"

"因为这个新人给我一种……神秘感。"

"嗯？"

荀修是第一次听到有人提到神秘感这三个字，尤其是在一个公司的情况下。

宁华裳说："荀总这几天似乎太忙了，经常在外洽谈业务，所以没有在公司逗留太久，所以不知道，那天他第一次来的时候，晚上和我一起离开。"

"十一点？"

"嗯。"

宁华裳说："虽然我觉得可能是自己杞人忧天，但是直觉告诉我，他的目的没有这么简单。"

宁华裳的第六感一直都很准。

苟修轻轻笑了笑，说："既然你都已经提起来了，这件事情我会想办法去调查一下，你可以放心。"

难得团建，苟修觉得他和宁华裳两个人心里估计想的都是同一件事。

那就是金丝羽衣。

这应该是唐代服装里面比较烧钱的一个。

尤其是最先赶工制作，手工处也是最多的一次，他们都打起了十二分的精神。

苟修说："如果实在是放心不下，等到晚上的时候我们再去看一次。"

宁华裳点了点头。

这个时候，张亚楠从不远处走了过来，将手中的两杯酒放在了宁华裳和苟修的面前："苟总，宁总，喝一杯吗？那边等着两位过去呢。"

张亚楠笑得很温和。

宁华裳却觉得他这话的语气似乎不太对。

张亚楠那天晚上就问过她和苟修两个人的关系，她甚至可以听得出话中的敌意。

苟修接过酒杯，一口干掉了，随后说："谢谢，不过我们还有事，就先走了，你们玩得开心。"

苟修和宁华裳两个人双双离席，临走的时候并没有看见张亚楠眼中的阴霾。

夜半。

宁华裳的手机就已经被轰炸。晚上结束团建之后，宁华裳就被苟修给送回来了，只是到了深夜出现了突发情况。

那就是宁华裳上苟修车的照片被无良媒体拍下来之后大肆宣传，并且表示两个人早就是情侣关系，华冠公司内幕问题又一次地被搬到了台面上。

突然夜里有一大批水军在杜云湘的微博底下喊替她委屈。

这让后半夜的时候宁华裳没法睡觉，不得不起来商量这件事情的对策。其实这件事情并不是很严重，但是问题的关键在于，到底是谁拍的照片。

这一次团建，他们分明没有对外透露，只是设计部的人才能够知道。

"很抱歉，你的工作是总设计师，却让你一次又一次地处理这些糟心的事情。"苟修坐在办公室里面，也觉得这件事情蹊跷。

宁华裳坐在了苟修的对面，说："我也没想到事情发展到这个地步，已经提起上诉了吗？"

"嗯。"

荀修说道："这对我来说不是什么困难的事情，不过名誉这种东西想要修复也是很麻烦的事，这次，又连累你了。"

"比起这个，设计部有内鬼的事情是不是应该着重调查了？"

最近新来的员工就只有赵莉莉还有张亚楠。

赵莉莉是宁华裳主动挖出来的，所以不可能是赵莉莉。

那目标就锁定在才来几天的张亚楠。

荀修说："这件事情我自有定夺，我知道你想要说什么，你放心，我不会养虎为患。"

"嗯。"

宁华裳对于商战的确是没有什么兴趣。

不过这件事情已经严重危害到了她的个人生活，以后出行怕是都会有一群人用闪光灯围着她了。

金丝羽衣的设计是重中之重，原本已经做好了的所有配饰对他们来说也十分重要。这些都必须要妥善保管。

宁华裳回去之后，就让孟曲雯将那些东西全都收起来。

"你说那些网上的传闻到底是真的还是假的？"

"假的吧，宁总和荀总不是都发乎情止乎礼吗？"

"傻子，真要是有点什么还能够让你给看出来？分明就是做贼心虚，否则为什么大晚上得坐一辆车？"

……

公司里谣言四起。

孟曲雯已经很生气了，直接就坐在设计部的椅子上说道："我就知道这个蓬莱公司没安好心，一次就够了，又来一次，再来一次！揪着这件事没完了？有本事真刀实枪地靠设计品说话啊！"

马丁也说："就是，我都看不下去了，那天晚上分明就是团建，怎么就成了半夜幽会？这群该死的狗仔！"

马丁想到了什么，他对着孟曲雯说："对了，华裳不是让你去收那些金丝羽衣的配饰吗？赶快收纳起来，千万别弄丢了。"

第 43 章　偷拍

"那个啊，我让莉莉帮我去收了。"

"莉莉？"

马丁想到了什么，不由得沉默了起来。

孟曲雯皱着眉头，说道："你这是什么表情啊？"

"……没事。"

马丁见孟曲雯还是在和其他的人攀谈，不由得上去抓住了孟曲雯的手臂，说："你跟我过来一下。"

"怎么了？"

孟曲雯虽然不知道马丁是什么意思，但是还是顺从地跟着马丁走了过去。

马丁拉着孟曲雯，说："华裳说了，这个金丝羽衣很珍贵，你怎么就这么让莉莉去收了？"

"这有什么啊，这也是华裳的意思。"

"华裳的意思？"

马丁说道："可是现在咱们的信息外泄，嫌疑人就只有赵莉莉还有张亚楠，难不成……真的是张亚楠？"

"咳咳——！"

孟曲雯干咳了两声，随后凑在了马丁的耳边小声地说："其实这是华裳的计策，你听我说……"

孟曲雯在马丁的耳边小声说了什么。

马丁若有所思地点了点头。

原来是这样。

晚上十点半，公司里面的员工都已经下班了，很少有人留在这里。宁华裳有些疲惫地从办公室里面走出来。

虽然说华冠公司已经严正声明，不仅仅辟谣而且还使用了法律手段，让网络上的那些喷子闭嘴，但是对人的身心还是有不少的影响。

宁华裳刚走出去，抬头就看见张亚楠坐在了工作桌前工作。

"还没有走吗？都已经这么晚了。"

连续好几天张亚楠都在加班。

宁华裳刚一出来，张亚楠就走上了前，说："宁总，我来整理一下之前的项目资料。"

"这样啊。"

宁华裳说道："我让马丁给你的那些设计图你都看过了吗？很多东西你还是要熟悉一下。"

"全都已经看过了，多谢宁总。"

"嗯。"

宁华裳说："对了，那个设计图我也给莉莉看了，可以的话你们互相交流一下，公司就只有你们两个新人，你们要好好努力。"

张亚楠看上去很认真地听着宁华裳的说教，宁华裳见张亚楠似乎有什么话要说，她问："你怎么了吗？"

"不不，我只是突然想到了一件事情。"

"什么事？"

张亚楠似乎很为难，他说："就是那天团建，我知道照片的事情对宁总还有荀总你们有很大的伤害，那天我的确是看见了赵莉莉提前回家，我不知道这对你们会不会有帮助，但是我知道，泄露公司机密这种事情很严重，对吗？"

宁华裳微微敛着眉，不过很快，宁华裳就笑了笑，对着张亚楠说："别瞎想了，这种事情没有证据可不好乱说，更何况，我也相信赵莉莉的为人，行了，这么晚了你也不要加班了，我们一起走吧。"

"……好。"

张亚楠跟在了宁华裳的后面，没有注意到宁华裳表情的变化。

他心里只是想着怎么能够让宁华裳相信他的话。

宁华裳突然想到了什么，说："对了，设计图这件事情很重要，你可不能外泄。"宁华裳的语气听上去着重了最后一句。

张亚楠说："宁总放心，我一定不会给别人看。"

"那就好。"

宁华裳没有再提起设计图的事情，而是很快回到了酒店里面的房间。

孟曲雯见宁华裳又是和张亚楠一起回来的，不由得上前了两步。

"华裳，你这是……"

"这两天应该就能够知道结果了。"

宁华裳不擅长演戏这种事情，她觉得作为一个好的设计师，只需要

管好自己的作品就好了，没有想到有一天竟然也会像今天这样斗智斗勇起来。

孟曲雯说："你该不会是真的在心里想了一个计谋吧？我还以为你是开玩笑的。"

"但凡和这个大秀扯上关系的事情我都不会拿来开玩笑。"

宁华裳换好了衣服，舒坦地躺在了床上，突然觉得疲累了起来。

从前设计这些东西的时候，不论多晚都不会觉得累。但是没有想到在这个公司里面"宫斗"才是最累的。

孟曲雯说："我今天已经按照你说的吩咐好了赵莉莉，所以你不是怀疑赵莉莉对不对？"

"我怎么会怀疑赵莉莉呢？"

宁华裳已经困得睁不开眼睛，后天还约好了荀修一起去看钱大妈的金丝羽衣，不仅如此，还要顺道去看一眼季白的染布坊。

孟曲雯看宁华裳卖关子的样子，就知道今天怕是问不出来什么了。

两个人沉沉地睡了过去。

第二天一早，一则爆炸性的新闻又上了头条。

那就是华冠公司的设计图遭到了严重泄露，已经疯传在了各个网络上。孟曲雯起床的时候整个人都炸了，差点就没有昏厥过去。

但是当打开新闻的时候，孟曲雯的那颗心瞬间又茫然了起来："这是什么情况？这个设计图……这个设计图不是我之前被刷下来的那个吗？不是最后的定稿啊。"

宁华裳因为孟曲雯的这句话起身了。

她像往常一样去了洗手间洗漱，然后并不将这件事情放在心上地说："你再继续看看。"

孟曲雯低头翻阅着手机上面的新闻。

这上面的全都是一些他们曾经被刷下去的设计图，而且都是草图，虽然精细好看，但是当初全都是被宁华裳刷掉的，并没有什么价值。

他们最终的定稿要比这个好太多倍。

"这是怎么回事？"

孟曲雯奇怪地看着浴室里面的宁华裳。

宁华裳掏出了手机，随手拨打了荀修的电话，说："是张亚楠，已经确定了，抓起来吧。"

"好。"

电话那边很快挂断了电话。

孟曲雯还是没了解到底是怎么回事。

宁华裳走出来，对着孟曲雯说道："设计图是我们设计部保管，每个人都签了保密协议，当然不可能外泄，从前都没有什么事情，只有近期来了张亚楠还有赵莉莉，赵莉莉是蓬莱公司跳槽过来，所以外人会怀疑上一次的偷拍事件有可能是赵莉莉做的，其实我知道张亚楠才是那个偷拍的人，但是没有证据，可现在有了。"

"有了？"

孟曲雯奇怪地看着眼前的宁华裳，问："什么证据？什么时候有的？我怎么不知道啊？"

"先一起去一趟公司吧。"

虽然说今天他们休假，但是最关键的一场戏份还是要亲自看看比较好。

孟曲雯也实在是想要知道这到底是怎么回事，她跟着宁华裳就回到了公司。

公司内，张亚楠已经被保安给扣在办公室了。

警察一会儿就会过来。

张亚楠看见宁华裳回来之后，他立刻就说："宁总！这是怎么回事！请你们放开我！我没有背叛公司！不是我！"

张亚楠还想要挣扎。

宁华裳说："商业间谍也是间谍，你泄露了公司的机密，不仅仅要赔偿，而且还要坐牢。"

张亚楠的脸色发白，说："我什么都没有干！那不是我做的！一定是赵莉莉！是赵莉莉做的！"

赵莉莉也在办公室里面，她听到了张亚楠的指控，脸色瞬间就难看了："不是我！我没有！你胡说！"

"你这么聪明，应该知道我们不可能没有证据就把你扣押在这里吧？"

宁华裳看了一眼坐在椅子上的荀修。

从始至终这件事情知道内情的人就只有他们两个人。

张亚楠听到宁华裳这么说，当下就黑了脸："宁总，你说这话是什么意思？我、我真的什么都不知道。"

"昨天我让马丁给你看了设计图，你都看了吗？"

"我都看了！但是赵莉莉也看了！不只有我一个人看了！公司设计部

235

的人也都……"

张亚楠话说到这里，他突然抬头看向了宁华裳，似乎明白了什么，他的嘴唇发白："是你？"

"对，是我。"

宁华裳点了点头，说："设计图就只有你一个人看了，赵莉莉当然也看了设计图，但是你们两个人看的根本就不是同一个设计图，我给你看的，只不过是我们废掉的草图，而赵莉莉看的，是我们最终的设计图定稿。"

"你怎么……"

张亚楠脸色瞬间难看。

宁华裳说道："其实如果你不偷拍我和荀总的话，我可能还不会怀疑你，但是那个时候新来的就只有你一个人，我实在是想不通，在你事业亨通的时候突然离职来到华冠是为了什么，你说你是想要磨炼自己，但是这个项目已经进展了好几个月，你如果想要磨炼自己，不至于这个时候才来到华冠。"

宁华裳说："所以你的目的没有表面上这么单纯，我设这个局其实也不过是想要证实你就是偷拍造谣的那个人，张亚楠，还记得昨天晚上我跟你说的那些话吗？我想你知道公司一定会调查是谁偷拍的，所以你需要一个替罪羔羊，我故意提起了你和赵莉莉两个人都看了设计图的事情，还要你们多交流，这才促使你想要嫁祸给赵莉莉。只是你不知道的是，赵莉莉和你看的不是一个设计图，而我也测试过她，如果她真的要背叛公司，就不会在我给她金丝羽衣配饰的时候不动手，你明白了吗？"

宁华裳字字说得都在理，张亚楠很快明白了这不过是宁华裳设的一个局而已。

张亚楠从茫然到逐渐了解了宁华裳的用意，当下就低下了头，连话都说不出来。

"全公司上下有这些设计图的人就只有你一个人，张亚楠，你陷害不了赵莉莉，你也没有办法对我们的公司造成影响，你只能够害了蓬莱公司，毁了杜云湘的名誉。"

提到了杜云湘，张亚楠才突然抬头："这些全都是我一个人做的，和杜小姐一点关系都没有！你们为什么要攀咬杜小姐？！"

宁华裳早就已经想到张亚楠做出这些事情都是因为杜云湘。

从看到奢侈品大赛的时候宁华裳就看出来了，张亚楠当时是亚军，但是杜云湘是那次大赛的冠军。

宁华裳也猜到了，张亚楠拍那些照片，不过是为了给杜云湘出一口气。

"这一切都是你咎由自取，你以为这么做是为了杜云湘好，你想要为杜云湘出一口气，但是这会害了你自己。你有没有想过这件事情如果被发现了，你以后都做不了设计师了？"

宁华裳说："你这么做，不仅仅是侮辱了我的智商，更是侮辱了自己设计师的身份，也侮辱了杜云湘，你这么做，难道不是因为从心底里知道她这一次会输吗？"

蓬莱和华冠在业内暗中争斗的消息已经传遍了。

张亚楠听到宁华裳这么说，不由得低下了头。

警察很快就过来了，张亚楠刚才就已经认罪，这个时候只能够送到警察局来协调。

荀修说："从前竟然不知道你有这种循循善诱的口才，刚才我可是一句话都插不进去。"

"张亚楠不过是杜云湘的狂热粉丝，这一点其实一点也不难调查，他身边的人全都知道。"

宁华裳说："应该是上一次的事情被张亚楠知道了，张亚楠咽不下这口气，所以才过来。"

宁华裳坐在了旁边的沙发上，马丁和赵莉莉还有孟曲雯三个人已经出去处理这件事了。

荀修微微托着腮，说："看来我们以后的确是应该要避着走，以免让有心人拿去做文章，杜小姐的粉丝可是数以百万计，一人一口唾沫都能够将人淹死。"

"我只要做好我分内的事情，其他的我一概不管，以后这种抓'间谍'的事，荀总要么还是自己做吧。"

宁华裳对着旁边的周忠说："少麻烦周忠楼上楼下地去找我。"

周忠不好意思地挠了挠头。

荀修看了一眼周忠，周忠立刻明白了荀修的意思："还有点事情我去和警察交接，宁总，我就先出去了。"

说着，周忠麻溜地跑远了。

宁华裳看见急忙跑走的周忠，说："比起张亚楠的事情，对外辟谣还是要做好。昨天晚上季白跟我说最新染好的一匹布已经到了，明天就能

够送过来，将军俑的成衣也已经做出来了，需要荀总过目，有什么不好的地方再修改。"

这种事情之前一直都是宁华裳一个人去协商，荀修对宁华裳的处事方法都很赞同，也很放心宁华裳能够做好这些事情。

现在听到宁华裳这么说，荀修也没有任何的异议："放心，这些事情都有人去做，现在做好成衣是关键。"

宁华裳也表示赞同地点了点头。

张亚楠被抓的事情很快就已经上了热搜，这件事情无外乎就牵扯到了蓬莱公司，前阵子的风波还没有彻底地让大众淡忘，现在这一出，更是让人觉得蓬莱公司有意要制造话题击垮华冠，毁坏华冠的名声。

杜云湘在办公室得到这个消息的时候心情越发烦闷了。

她不认识什么张亚楠，甚至不知道张亚楠长什么样子。

但是这一次杜云湘必须要为这件事情背锅。

刘总亲自到了杜云湘的办公室，从前因为杜云湘父母，他对杜云湘一直都是留有三分薄面，这一次公司闹成这样，他必须要敲打敲打杜云湘了。

"刘总，这个时候过来有什么事情吗？"

"还能有什么事情？其实就是来看看你。"

刘总的样子一如既往地随和，只是过了一会儿，又说："不过我今天也是听到了外面的一些风言风语，过一会儿警察也要来我们这里调查情况，可能需要你配合一下。"

刘总将这句话婉转地说了出来。

"清者自清，我和这件事情本来就没有什么关系，就算是警察过来问我也不害怕，刘总你可以放心，不会对蓬莱公司造成什么影响。"

杜云湘话虽然这么说，但是刘总还是说道："虽然说这件事情不是我们做的，但是呢，前阵子的事情对我们的影响的确是很大，这个项目……"

"刘总，请你放心，这个项目不会有任何的问题，请你相信我的设计，光是我杜云湘这三个字，就算是走上国际设计平台，也不会有人不欣赏，这点刘总还不清楚吗？"

杜云湘的能力的确是有目共睹。

现在要是想要在设计界找到这么一个长得好看，而且还出身世家，又有能力的女孩子实在是少见了。

杜云湘能够成为这个设计圈子里面的佼佼者也是无可厚非。

"好。"

刘总站了起来，不过看上去心情似乎依旧沉闷。他并不会因为杜云湘说的这些话就放心了。如果说从前他觉得杜云湘来到这里是如虎添翼，但是现在他觉得杜云湘在这里设计，真的是让他倒了八辈子的霉了。

"那你忙，我就先走了。"

杜云湘的脸色在刘总走了之后就变得冷漠了下去。

刘总今天过来说这些话，分明就是有意敲打她，质疑她的能力。

"咚咚——"

门口的 Lisa 敲了敲门，随后很自然地走了进来："这个被抓的人已经调查清楚了，叫作张亚楠，之前和你参加过同一场比赛，他是亚军，是你的狂热粉丝。"

"狂热粉丝？"

杜云湘觉得好笑："所以现在是连我的粉丝都觉得，我不如宁华裳了吗？"

Lisa 知道杜云湘一直以来都是这么心高气傲，她这一次过来也不过就是提前打点两句，毕竟马上警察就要过来问话了，他们不可以和这个男人有任何的牵扯。

Lisa 说："本来就是这个人自发情愿做的这些事情，就算是出了事情也和你没有关系，你不需要有心理负担，如实回答警察的话就好，这件事情顶多算是张亚楠自己一个人做的有损华冠公司利益的事情，充其量就是违约，够不上刑事犯罪。"

Lisa 对这件事情已经有些不耐烦了起来："不过我倒是没有想到，他偷来的还是假的设计图，这要是真的设计图，或许我们还可以感谢感谢他。"

杜云湘皱着眉头："你不要在我的面前说这些话，你知道我最讨厌什么，警察来了我会好好地配合调查，你可以出去了。"

Lisa 永远是一个利益人的嘴脸。

Lisa 很不满杜云湘这样的眼神，她站了起来，说："杜云湘，我告诉你，你不要以为这些东西全都是你靠你自己的双手得来的，你的涵养，你的高贵，你的能耐，全都是用钱堆出来的！那些钱说到底也都是你父母的钱，你以为你上的那个最高学府的设计专业光靠你自己考出来的吗？你错了！你没有上面人的介绍信，怎么留的学？还不是靠人脉？"

"你又说你瞒着你自己的身份从最底层打拼，你真以为底层社会这么

好打拼？想要自己吃苦，最开始却去自己叔叔的公司，你当那些每天看眼色的员工是瞎子？不知道你身份不好惹？"

Lisa 每说一句话对杜云湘的不满就多一分："别太骄傲了！一边走着父母为你铺好的路，一边又努力地想要挣脱！看不惯我们这些唯利是图的人？我告诉你，没了我们这些替你干事的人，你根本没有这么大的名气！"

Lisa 说完这些话就摔门离开了。

杜云湘的脸色越发的难看。

她每天都在努力地练习，每天都在很努力地想要突破自我。

她相信自己的能力，她可以做好一个顶级的设计师。

但问题是她努力过后这么久，却发现自己没办法登顶。

所以回国之后，她才会这么看重华冠公司的这场大秀。

她需要证明自己可以。

可 Lisa 的一句话，瞬间就将她重新打落在了深渊。好像她从前所做的一切努力都是白费，根本没有任何意义。

杜云湘说道："我已经决定了，要把'云想霓裳'的网店撤掉。"

"无缘无故地你说什么话？你知不知道撤掉这个网店，你的咖位至少减半！你见过代言人代言的品牌倒闭的情况，你怎么能……"

"我说了，不管什么方法，撤掉这个网店。"

杜云湘说道："我已经亏了这么多钱，不想亏下去了，就这样。"

她头一次觉得自己一个人有点孤单，之前做的那些事情，她分明很不齿，却还是做了。

杜云湘打开了手机，看了一眼这两天的工作安排，全都是外面的代言产品。

杜云湘给 Lisa 发了短信：从今天开始，所有的代言全部推掉。

第 44 章　旗袍

荀修带着设计部一众人马去业内口碑很好的四季染布坊考察，晚上的时候还顺路一起吃了一顿饭。

临走的时候荀修先是送孟曲雯回了酒店，之后才送宁华裳去了她家。

"进来喝口茶吧。"

宁华裳招呼着荀修进来，荀修已经算是这里的常客了，对这里还算是熟悉，他也没有客气地坐在了椅子上。

宁华裳坐在了荀修的对面，说："杜云湘突然把所有的项目和代言都给推了，我猜着肯定是你的主意。"

能够想到这个主意的应该就只有荀修一个人了。

宁华裳似乎一下子就将荀修给看破了。

荀修轻笑了一下，说："你怎么想到的？"

"性格原因吧，舍小保大，这种性格比较像是你能够做出来的。"

荀修的视线落在了不远处的几个样衣，问："这个布料和今天见到的一样吗？"

"上去摸摸看。"

这个是宁华裳自己在家里做的样衣，都已经用人形模特立起来了。

这些都是按照尺寸做出来的样衣，上面的布料看上去和今天在染布坊见到的不太一样。

宁华裳说："这些布都是我买来的，和手工织出来的不一样，染色工艺当然也不能比。"

看过了季白的染布坊里面染出的布之后，就很难再接受别的染布了，有些布料的颜色是看过一遍就能够惊艳一辈子的。

"色泽差了点，这个布也很薄，并不结实。"

荀修说道："压轴的衣服已经开始着手了吗？"

"已经着手了。"

荀修说："我听说，旗袍的设计图你一直都没有定下来。"

"嗯。"

宁华裳点了点头，说："因为关于旗袍递交上来的设计图实在是太多

了，不仅仅有旗袍，还有男子长衫。长衫倒是好定，女人的旗袍就没有这么好定下来了，我还在考虑当中。"

"这张照片可以帮到你吗？"

说着，荀修将一张老旧照片放在了宁华裳的面前。

宁华裳将照片拿在手里，那上面是一张很古早的照片。

相片虽然保护得很完好，但是边角也已经有些发黄。

这照片看上去像是一九五几年的照片，已经很老了。

而照片上的女子看上去气质很好，穿着一身旗袍，只是黑白照片没有颜色，显得有些可惜了。

"这个照片……是你们家的吗？"

"这是我的爷爷奶奶。"

"如果我没有猜错的话，这个应该是阴丹布，在一九四几年的时候还是很流行的。"

宁华裳一眼就看出来了，但是她并不能够确定这上面染出的是蓝色布，只是看样子倒是很像是素色旗袍，因为她没有在上面看到任何的花纹样式。那个年代，花纹样式还是很多的。但是就是因为多，所以才不好挑选。

"或许是，我不太清楚。"

荀修说："是因为你在这个方向为难，所以我才把这个给你。"

"谢谢。"宁华裳说，"很有用处。"

荀修问："你的旗袍打算怎么做？"

"染布这方面当然要靠季白，我想阴丹士林染出来的蓝色一定很好看。"

宁华裳说："还要多谢你给我的提醒。"

旗袍从 20 世纪 20 年代出来，到现在也有快一百年的历史了，在这之前，旗袍的原身有过斜襟大袖款式，有过"文明新装"的款式，也有过倒大袖的风格，到了后期才开始收腰，开衩，逐渐将东方女性的美勾勒出来。

国外最多接触国内的传统服饰大约就是旗袍了。

所以在旗袍这里，他们必须要做到足够惊艳才可以。

而服饰第一眼最能够让人觉得惊艳的，就是色彩上的冲击。

第二天，宁华裳就连夜设计出了一款长旗袍，这款更加适合妇女穿在身上。

另外就是一款 20 世纪 30 年代流行的"扫地旗袍"，这种旗袍应该是所有旗袍当中最大胆的一个，衩开得很大，而且搭配着欧洲传来的高跟鞋，露着大腿显得分外的性感，面料上也选择了花缎，这样看上去更加的年轻，和中年妇女所穿的阴丹士林款旗袍作出了一个对比。

阴丹士林素色的旗袍看上去更加的文雅稳重，富有学识。

而这种"扫地旗袍"则展现出了东方女子独特的美感。

最后这个设计经过几位设计师通过，准备开始着手制造。

旗袍的制作并不算困难，毕竟只是上个世纪流行的服饰，对于他们来说想要制作一件旗袍很简单，但是要做出一件精良的旗袍就需要时间了。

这算是歪打正着，赵莉莉不仅仅对马面裙熟悉，对旗袍也尤为热衷，尤其制衣这方面很不错，样衣的任务就落在了赵莉莉的身上。

赵莉莉很把握这个机会，虽然只是样衣，但是一样需要仔细斟酌。

事情正在往好的方向发展。

蓬莱公司这边也已经在杜云湘的带领之下重整旗鼓，在设计上更加费了功夫，之前设计通过的服装都被一一驳回，重新修改，他们的时间充裕，杜云湘相信，只要是设计足够好，也可以在国外崭露头角。

"旗袍？"

蓬莱公司内，杜云湘坐在了办公室里，女秘书对着杜云湘说："这个是我们目前获得的最新资料，华冠公司那边已经定稿了关于民国旗袍的服装，刘总的意思是说，我们可以稍微借鉴一下。"

"是借鉴一下，还是直接抄袭？"

这一次杜云湘说得直白。

女秘书不由得噎了一下。

"我知道刘总是什么意思，他是觉得华冠公司的名气大，想要好好地蹭一下华冠公司的热度，螳螂捕蝉，随后跟风，是这个意思吧？"

"这个……"

女秘书不由得低下了头，随后飞快地想到了一个合适的措辞，说："刘总只不过是想要让公司少走一些弯路而已，而且这几次和华冠公司发生的事件当中，除了那些不好的传闻之外，对我们的品牌知名度还是很有提高的。"

"但是黑粉比例也在持续上升。"

杜云湘说道："刘总的意思是，牺牲这么一个项目，然后赚取大众的知名度吗？"

"……是。"

蓬莱公司到底不是华冠公司那样的金殿堂，金殿堂的人已经在食物链的顶端，可以自主研发创作自己的设计，从而引领潮流。而食物链下端的人，只需要换汤不换药地延续金殿堂的潮流就能够很容易成功。

杜云湘之前就已经明白了这个道理，但是真正摆在自己面前的时候，她却怎么也高兴不起来。

她已经看出了蓬莱公司的走向，中端品牌如果不能够上升一步，就只能够下降一步。

走大众可以接受的平价，设计的却是高端品牌的高仿低配，这就让很多买不起高档衣服的人转而来到蓬莱购买服饰。

"出去吧，和刘总说，这个旗袍我不做了。"

杜云湘连看都没有看一眼策划案，直接就说不做。

这几天杜云湘一直都在处理那些和华冠公司一样的项目文件，将那些全部改掉了。

这一改让公司的设计部很不满，让他们有一种前功尽弃的落差。

"杜总，可是 Lisa 那边……"

"Lisa 只是我的经纪人，我现在是你们这里的总设计师，你竟然要我去听经纪人的话？"

"不是，我不是这个意思。"

"可以了，你出去吧。"

杜云湘头都没有抬一下。

女秘书还是没有走。

杜云湘皱着眉头："现在连我说的话你都已经不听了吗？"

"不、不是。"

女秘书有些为难地对着杜云湘说道："我不是这个意思……"

"不是的话，就请你现在离开吧。"

杜云湘冷淡地说道："把你带来的东西全都拿走，这些话我也不希望传到 Lisa 的耳朵里面，她不需要知道。"

杜云湘准备埋头工作，女秘书这个时候也就只能够出去。

谁知道刚打开玻璃门的时候就看见了门口的 Lisa。

Lisa 不知道在这里站了多久，脸色阴沉得很。

"你刚才说，不希望传到我的耳朵里，看来你是想要自己做主了。"

Lisa 的声音落到了杜云湘的耳朵里面，杜云湘就知道这一天注定不会消停。

女秘书看了一眼杜云湘，又看了一眼 Lisa，最后灰溜溜地走了出去。

这两个人但凡见面，办公室从来就没有消停的时候。

Lisa 拉着椅子，坐在了杜云湘的对面，说："你说的那些我都已经照做了，也的确是为了你挽回了一些声誉，但是这代表未来一年的时间你都没有收入了。"

"一年之内没有，不代表一年之后没有。"

杜云湘淡淡地说道："我本来就不想要接这些代言，我想要的是设计。"

"好笑。"

Lisa 说："这个时代进步得实在是太快，你别说一年不出现在大屏幕上，就算是半年不出现在大屏幕上，大众也早就把你遗忘了。"

"你见过多少当红的明星，不过就是去生了一个孩子，重新回归之后哪里还有她的咖位？"

"这个圈子的设计师太多，每年都有新的一批，你怎么能保证你的设计永远都是时尚潮流？你怎么能够确信那些代言品牌在一年后还会想起你？"

杜云湘看向了眼前的 Lisa，说："只要是我有作品，这些人就不会不来找我，我也不会没有设计的机会。"

Lisa 不想要听杜云湘这些废话："你说的我替你做了，但是像是你这样埋头工作，没有曝光度绝对不可以，我想你也知道，你现在就是在赌，赌蓬莱公司的设计能够让你崭露头角，但是如果输了，蓬莱公司的设计不温不火，那你就等于白白浪费了这一年！"

"所以我不打算白白浪费这一年，我会好好地设计我的衣服。"

杜云湘很自信地说："我可以做到出彩。"

"我不阻碍你设计你的衣服，这也的确是你现在必须要走的路。"

Lisa 说："但是我的意思是说，要增加你的曝光，这不妨碍你的工作。"

"那你想让我怎么曝光？"

"比如，出席一些重要的走秀场合，比如感情绯闻，这些都可以。"

Lisa 似乎已经想好了一条道路，说："我们的路线既然是奢侈品牌的路线，那你就要穿昂贵的高定，出席国外的高档场合。高定礼服这点你不用管，我会给你安排，至于绯闻，目前也就只有你和荀修的能够掀起风波。"

"我不同意。"杜云湘冷冷地说，"荀修已经有了喜欢的女人，我不想要再用这种卑鄙的炒作手段，你也不要再来规劝我了。"

"你是说……荀修喜欢宁华裳？"

第一次见到那个宁华裳的时候，Lisa就觉得这个女人不一般，但是没想到宁华裳竟然能够这么有本事。

"咚咚——"

女秘书敲了敲门，把咖啡放到了Lisa的面前，说："Lisa，咖啡。"

Lisa面无表情，她问："对了，旗袍设计方案拿过来。"

"可……"

女秘书看了一眼杜云湘，没敢伸手。

Lisa云淡风轻地说："如果你不把这个给我的话，明天你就不用来这里上班了。"

……

女秘书吞咽了一口口水，最后也还是没有敢去看杜云湘，而是将策划案放在了Lisa的手里。

杜云湘揉了揉眉心，对着女秘书说："你出去吧，别进来了。"

"……是，杜总。"

女秘书悄悄地走了出去。

Lisa看了看手里的策划案，说："我觉得旗袍元素的风格很好，你应该可以设计得出来，其实就算是你设计不出来，底下的人也可以去设计。"

"我不想和华冠公司再有任何的牵连，之前的抄袭风波还不够吗？"

杜云湘冷冷地说："这个旗袍方案，我不会通过。"

"你这是不自信了？"

Lisa说："我们要做的就是赚钱，要有噱头，旗袍这个设计谁做出来不一样？这么多的旗袍设计，难不成全都是抄袭宁华裳的？杜云湘，你对你自己有点自信好不好？"

"是不是抄袭你自己心里清楚！"

杜云湘直接站了起来，脸上的不耐烦显而易见，头也没有回地离开了办公室。

办公室外。

所有的设计师都凑在了一堆，想要知道里面到底发生了什么事情。

"又吵架了？就不能消停一会儿吗？"

"三天就要闹一次，前几天刚好一点，这两个人八字不合吧？"

"听说这一次是因为华冠公司的旗袍设计……昨天小王连夜做的策

划案。"

"又是华冠？还有完没完了？早知道还不如去华冠，每天改来改去怎么工作？"

……

办公区域已经彻底乱套。

华冠公司这几天一直都在着手准备旗袍的设计，所有的成衣都要符合模特儿的身材，最后做出最合适的成衣，才能够在模特儿的身上展现得淋漓尽致。

"84∶59∶88"

"下一个！"

宁华裳正坐在筛选模特的区域，虽然光看资料上的数据，每一个模特都很好，也很标准，但是现场看还是不一样。

作为模特，脸是其次，身材比例才是最重要的。

宁华裳说："这个 84∶59∶88 的留下，待选。"

孟曲雯在旁边帮衬着，这个人的身材算不上是这里最好的，甚至可以说是刚刚过标准线。

她问："为什么留下这个？"

宁华裳说："有东方女人的味道，她的身材穿旗袍合适。"

"你该不会是长了一双透视眼吧？这个也能够看出来？"

"当然了。"

宁华裳戳了一下孟曲雯的头，说："这个是可以看出来的。"

有的人与生俱来就是有这种气质，也就是从骨子里面透出来的。

有的人靠后天的努力和熏陶也可以有这种气质，只不过稍稍艰难了一点。

前者说的其实就是骨相，骨相这种东西还是很重要的。

孟曲雯说："这个，体重一百二，身高一米六五，适不适合唐服？"

"唐服微胖为美，现在能找到几个这样身材的？"

女模特儿都很爱惜身材，一米六五，一百二十斤实在是胖了。

能找到这样的实属不易。

不过要撑起这件衣服，的确是需要体态微胖的人才可以。

"那也不能太胖吧。"

孟曲雯叫屈说："其实能够找到这个身材的，我也是尽力了。"

宁华裳对着孟曲雯说："没有关系，这个我再看看吧，你尽量挑一挑，

唐朝的衣服还是很多的，尤其是金丝羽衣，穿上这个衣服的模特儿必须要符合标准，不要太胖，但是必须要珠圆玉润，身材丰腴。"

"好好好，就是前凸后翘，腰肢纤细，肤白如玉，体态雍容，对吧？"孟曲雯已经把所有的要求都归纳总结了一下。

据传唐朝的杨玉环，一百三十斤，但是身高有一米六四。不过也不知道这个数据到底是不是准确。

他们当然也不是要按照这个体重去找，而是要找到以上身材比例的女人才是最重要的。

宁华裳点了点头，觉得孟曲雯这一次归纳得十分正确。

唐朝女子虽然说是以胖为美，但是也不是丑胖丑胖，毕竟审美观摆在那里。

唐朝是盛世，所以吃喝富足，女子如果微胖，带出去才显得这个家庭富足。

宁华裳还是着重去挑选穿旗袍的模特儿。

模特儿的身材比例也是很重要的，首先就是肩膀，然后是三围，腿是很重要的一部分，举手投足必须要有韵味儿。

宁华裳在这里挑选各个朝代的模特儿，对应的服装，最后都要用样衣来试一试。等到样衣合适了之后，再准备成衣的制作。

在这期间，模特儿必须要保持好身材，这样等半年后的大秀才不至于把衣服撑爆了，或者是撑不起来衣服。

"宁总，旗袍的样衣送过来了。"

外面的人将旗袍的样衣拿了进来，这个是连夜赶工的旗袍，每个人都可以穿，宁华裳特地做这件旗袍的时候就按照理想型的三围来制作。

"要求是身材高挑，剩下的就刷掉，然后要看肩膀的线条，必须要流畅，手臂不可以太粗，腿必须要长。"

宁华裳说了一下要求，按照这个样衣的话，应该可以筛下去不少的人。

之后就是三围比例很合适东方女人的那些个待选模特儿，到时候一一走一走看看。气质对他们来说也尤为重要。她所设计的这个旗袍就是要端庄优雅，而且满腹诗书气自华。

光是看到这里，宁华裳就觉得已经走到了最后的阶段。

"咚咚——"

宁华裳正在选人，周忠敲了敲门，说："宁总，荀总请您过去一下。"

"有很要紧的事情吗？"

周忠点了点头。

"好，我这就过来。"宁华裳站了起来，随后对着孟曲雯说，"你在这里看着，不要出事。"

"好。"

孟曲雯点了点头，等到宁华裳出去的时候，她才问："什么事情这么要紧？"

"是这样，荀总知道你是要挑选模特儿，所以让我过来问问定了没有，另外就是这个。"周忠打开了手机，上面是蓬莱发布旗袍的官宣设计征稿。

第 45 章　征集令

看着眼前的官宣旗袍设计图，宁华裳放大了细节，照片上面的宣传旗袍虽然好看，但只是网图，这种设计也很普遍了，最主要的是旗袍的征集令。

这个就是要在民间找高手的意思了。

"奖金十万。"

宁华裳敲了敲上面的奖金，说："看来这一次应该会有不少的人挤破头想要参加这个征集令了。"

"对。"

周忠推了一下眼镜框，说："因为这个奖金丰厚，更何况一个旗袍的设计图也不是很费心思，参加的人又很多，有好多知名人士也去了，除了奖金之外，就是和蓬莱公司的合作协议，后续还有各种保底福利，所以有不少的人想要参加。"

宁华裳点了点头，说："这一次是凑巧吗？"

"……恐怕不是。"

宁华裳觉得这个应该不是杜云湘的意思。

"旗袍这个主题是泄露出去的？"

"应该也不是。"

周忠说："公司毕竟不是密不透风的墙，对方要是想要调查的话，应该很轻易就能够知道我们在做旗袍的设计。"

"也就是说，他们在跟风。"

宁华裳见周忠为难的样子，就知道她猜测对了。

对方的确是要跟风，而且还是要紧跟其后，先发制人。

这样的做法虽然让人觉得卑劣，但是不妨碍他们赚钱。

更何况这种征集令搞出来的动静越大，他们的收益就远不止十万这么多。

这十万块钱的奖金自然也就不算什么了。

"截稿日期在什么时候？"

"三个月之后。"

周忠说:"他们的时间充裕,不需要考究,所以按照我们现在得到的消息,他们设计部就算是这个时候推倒重来,半年的时间对他们来说也绰绰有余了。"

不需要考究历史,也没有太多的规矩束缚,所以设计的速度会很快。

这也难怪。

"好,带我去见荀总吧。"

宁华裳跟在了周忠的后面,荀修正在为征集令的这件事情思考。

宁华裳敲了敲门:"荀总。"

"进来。"

荀修抬头,看见宁华裳走进来,他说:"筛人进行得怎么样了?"

"目前看还算是顺利。"

"周忠跟你说蓬莱公司征集令的事情了吗?"

"嗯。"

宁华裳坐在了荀修的对面,周忠过来倒茶,他说:"我看三个月的征稿期,半个月的评选,应该不会有什么太好的作品,我们也不用杞人忧天了。"

"不一定。"宁华裳说,"高手隐于民间,不是所有有名气的人都可以设计出跨风格的优秀作品。"

宁华裳问:"荀总,你是不是已经得到了目前报名参赛的人员名单?"

"这一次蓬莱公司是对外公开,名单当然在我的手上,而且是实时更新。"

荀修说:"参加的都是一些设计师,有的的确是很有实力,不过大多都是时尚界的设计师。"

荀修将电脑里面的参赛名单直接摆在了宁华裳的面前。

宁华裳并不是服装界的人,但是光从这名单上面的人以及备注曾经获得的大奖上来看,这些服装设计师都不是一般的人,全都是在这个商业里面熬了好多年的。

曾经主持过什么项目,又参加过什么大秀,设计过什么服装的金奖,这个名单就已经看得人眼花缭乱。其实这么多的人挤在一个只能够得一名金奖的设计实在是拥挤。

就像是参赛五百个人里面只有一个获胜者,争的就是五百分之一。

而且这一次的征集令还顺带要了这些设计师的设计版权。

"附加,没有获奖的作品也将有机会获得蓬莱公司线上生产直销。"

宁华裳将这些说出来，就明白了蓬莱公司打的什么鬼主意。

这个"有机会"究竟是多有机会没有人知道。

宁华裳不由得鼓掌，背后的这个刘总打得一手好牌。

这根本就是一个坑，但是还是有不少的人跳了下去。

毕竟这些日子蓬莱公司水涨船高，和负面新闻上涨的同时还有的就是知名度。虽然这些知名度都不是什么正儿八经的知名度吧。

"你怎么看？"

苟修说："据我所知，民国的旗袍设计你不打算就只有一套，而且男子的长衫也是重点。"

"嗯。"

宁华裳说："所以我们也可以准备出一个征集令？"

"就像是你说的，高手隐于民间，不是所有的高手都喜欢张扬，万一就有好的呢？"

宁华裳觉得苟修似乎是另外有计划，她问："那你怎么打算？"

"征集令对我们来说并不是必需的，找到好的作品，好的设计师才是我们需要的，我们不能浪费任何的时间还有人工在评选上面。"

苟修说得井井有条。

宁华裳知道苟修肯定有想法："所以你的意思是……"

"螳螂捕蝉，黄雀在后。"

苟修说："我们要做这个黄雀，其实意思再浅显不过，蓬莱公司的官网召集了这些设计师，而且设计作品实时更新，大众选评，里面一定会有很好的设计作品，我们到时候只需要联系作品的设计师，线下联系同类型作品，这样就简单了。"

"这话我怎么听上去这么像是捡漏？"

宁华裳不由得笑了一下，说："好，我知道了，我这就去准备。"

苟修对着宁华裳说："这个项目还是要你实时跟进，你的眼光好，说不准就真的能够在蓬莱公司的征集令下面找到一位民间大师。"

宁华裳知道苟修这是相信自己，但是这也无疑是给自己添了不少的工作。

宁华裳耸了耸肩，说："好，这个我来做。"

苟修微微一笑："那就劳烦宁总了。"

"楼下的模特已经筛选出来几位了，苟总要去看看吗？"

"好。"

荀修站了起来，对着周忠说："去通知一下模特儿，换好样衣。"

周忠在旁，看了一眼宁华裳，说："荀总，这个宁总已经让人去做了。"

宁华裳的动作快，荀修看了一眼宁华裳："看来你还真是了解我下一步要做什么。"

"好歹都共事这么久了，重要事情上面你一直都不会假手于人。"

宁华裳说："走吧，我们下去看看。"

"好。"

荀修跟着宁华裳朝着楼下走，今天海选筛选出来的人其实并不多，能够符合要求的模特儿就更少了。

这一次他们并没有打算用国际名模，而是找了一些气质型的模特儿，这样更能够衬托服装的美感。

宁华裳说："这些是从秦朝到民国这段时期的衣服所对应的模特儿，这个是模特儿的资料。"

荀修低头看了一眼宁华裳手中的预备资料。

这些模特儿的身材无疑都很好。

荀修说："古代有环肥燕瘦这么一说，汉朝和唐朝对女子的审美可以说是背道而驰，汉朝以瘦为美，也就是像赵飞燕那样轻盈瘦削的窈窕身段，唐朝就是以胖为美，要的就是杨玉环丰腴的身材。这两个朝代筛选出来的人都很好，只是这个唐朝的模特儿，应该不是专业的模特儿吧？"

荀修一下子就看出来了这个模特儿的关键。

宁华裳说："因为想要找到这个身材体型的人实在是太困难了，所以不得已，我们就只能够找来了业余模特儿。"

"这个是我找的。"

孟曲雯不好意思地说："荀总，这个'杨贵妃'毕竟体胖，要真的找体胖的模特儿，那也还好，只是要找撑起唐服的胖美人，实在是太费工夫了。"

孟曲雯主动找来的这些模特儿，不得不说，还是很好看的，锁骨也有，皮肤也是晶莹雪白。

"我没说不好。"荀修说，"只是气质上还需要锻炼，杨玉环能歌善舞，虽然说体胖，但是跳舞起来却腰肢纤软。"

宁华裳之前也是这么说的，孟曲雯觉得这两个人还真是有意思，连说的话都差不多。

"好，那我这就着手去培训。"

专业对模特儿的秘密培训也是他们的重要项目之一。

为了能够让这一次的大秀看上去更加的完美，这些模特儿接下来要做的训练可不是一般的走秀训练这么简单。每个朝代所展示服装的礼仪都不一样，从见面行礼也都是很有规矩。

孟曲雯之前就已经按照宁华裳说的准备了专项班，这些已经过选的模特儿还有备用模特儿，都需要再一起按照朝代班来练习走路的步伐。

"荀总，这个是民国的旗袍，模特儿已经穿上了。"

宁华裳之前设计出来的服装样衣很快就赶制了出来，宁华裳的眼光好，荀修知道，这个旗袍穿在这个模特儿的身上已经很好地展现出来了旗袍的特点，只是旗袍虽然好，气质却差了一点。

宁华裳说："这个还需要再培训一下，模特儿的骨相好看，气质自然就很容易练好。"

"这些你都来安排，清朝的模特儿呢？"

相对来说，清朝的模特儿并不难选，宁华裳说："其他的都好说，就是压轴的那两个模特儿还待定。"

第 46 章　清朝 云肩

清朝压轴的两个模特儿需要仔细的筛选，荀修也知道这两个模特儿的重要性。

"我和你一起去看，有合适的模特儿的话直接带过来就好。"

孟曲雯听到荀修这么说，她说道："华裳刚才也是这么说的，不过一直都没有挑到合适的。"

孟曲雯也觉得有些苦恼。

这么挑下去的话还不知道要挑到什么时候，这比选秀比美还要要命得很。

宁华裳平时看上去很温和的一个人，但是在工作上面就变得吹毛求疵，而且眼光毒辣又严格。

孟曲雯不得不像是一个乖兔子一样地站在宁华裳还有荀修的身后一个一个地介绍模特儿的优势和劣势。

等到下午的时候，模特儿挑选已经差不多了，最后就是定角。为了以防万一，每一套衣服后面都有一个备用的模特儿。

宁华裳之前从来都没有主持过这么大的秀，真的落在了她头上的时候，她才知道这个总设计师其实也不是这么好当的。

荀修晚上下班的时候，见宁华裳办公室的灯还是亮着的，他轻笑了一下，然后敲了敲门，说："华裳。"

宁华裳说："进来。"

宁华裳手里拿着的是一个金镯子，金镯子上面刻着的是花纹，看得出来这应该是一个仿清朝的金镯子。这几天荀修因为这个大秀而不得不接触一下古代的事物，突然觉得古代的人很有智慧，而且所设计出来的东西也都十分高级，对于工艺的要求更高，穿搭这一类的东西也很有讲究。

宁华裳说："等一下，这个马上就好了。"

宁华裳将金镯子放在了旁边，最后磨光了一下，她说："这个是雕花金镯子，是一对，是女子戴在手上的，正好配孟曲雯设计出来的一套清朝贵妇的服饰。"

"很好看。"

荀修看了一眼桌子上的设计图，贵妇头上戴着的是光鲜亮丽的珠宝翠冠，头上还插着一朵鲜花，身上的云肩显得分外的好看。

荀修说："我记得清朝的时候，满汉都生活在一起，但是满族人和汉族人的穿衣风格还是稍有不同，这个在你们的策划案里也很好地体现出来了。"

宁华裳点了点头，说："汉族人其实在清朝的时候有些还是保留着明朝的服饰，穿着小袖衣和长裙，而满族人大多数都在穿骑装，他们之间还是有一定区别，第一眼就能够分辨得出来，所以满汉两族这个理念上我还是想要在服装上面突出一下。"

宁华裳将设计图全都收了起来，随后对着荀修说："现在已经是下班的时间了，如果荀总有兴趣的话，明天我再给你看一下详细的设计图，不过我想你的办公室应该都会有备份。"

周忠在这方面做得的确是比别的秘书要好，难怪华冠公司的做事体系都是这么一丝不苟。

荀修送宁华裳到了酒店的门口，宁华裳说："设计图就在上面，你要是现在有时间的话也可以上去看看。"

"那就上去看看吧。"

荀修没有拒绝，甚至有点求之不得。

宁华裳也没有说什么，而是在前面带路。

刚刚上了楼，荀修就已经听到酒店房间里面的声音了，这简直就像是一个联谊会一样的热闹。

宁华裳敲了敲门，孟曲雯没有穿着拖鞋就过来开门了，只见房间里面马丁赵莉莉还有其他的几个人都在，设计部的人像是在这里开一个私人部门会议一样。

宁华裳敲门的那只手顿住了。

孟曲雯也石化在了门口。

怎么也没有想到这个时候荀修竟然会在这里。

荀修也没有想到，原来每天晚上设计部都会这么热闹。

"荀、荀总……"

孟曲雯结巴地看着眼前的荀修。

就连在房间里面的几个人也站了起来，原本欢乐的气氛被一扫而空：

"荀、荀总……"

荀修淡淡地"嗯"了一声，脸上没有什么多余的表情。

孟曲雯不知道荀修要来，她下意识地看了一眼宁华裳，想要从宁华裳的眼中看出什么来，宁华裳也不过是耸了耸肩，孟曲雯不由得捂脸。

"荀总，要不然设计图的事情……"

"正好，这一次设计部的人都在，我就在这里仔细地看看他们的设计图。"说着，荀修面不改色地走了进去。

在公司的时候，荀修总是冷着一张脸，害得设计部的人对荀修都没由来地觉得有些畏惧，现在看见荀修进来了，一个一个都不敢说话。

虽然宁华裳知道荀修并不是那种喜欢冷着脸的人，但是保不齐其他的人不这么想。

设计图都在桌子上，但是并不是整齐地摆着，显然他们刚才正在谈论这些设计图，床上都是设计图的草稿。

宁华裳之前说还没有定下来的那两套清朝的压轴服饰也在上面。

而最主要的还是清朝满汉两个民族的女子和男子服饰。

虽然说清朝的皇帝都说满汉一家，但是满人和汉人还是亲疏有别，对于清朝来说，满人的地位要更高一点，汉人终究是地位低一等，这些在衣服上面也可以体现出来。

宁华裳上前，见周围的人都鸦雀无声，她这才说："把你们的设计图都给荀总看看啊。"

孟曲雯和马丁是先反应过来的，都将设计图放在了荀修的手里。

荀修说："我这一次过来，应该是打扰到你们了。"

"没有没有！"赵莉莉连忙摆手，说道，"怎么能够说是打扰呢！我们一点都没有觉得打扰！对吧！"

赵莉莉这么说，周围的人也纷纷点头，说："没有！不是打扰！"

荀修淡笑了一下，说道："你们其实也没有必要这么害怕我，现在不是上班的时间，就算是做得不好，也没有什么，我也不会说你们。"

……

荀修这么一笑，瞬间缓和了周围的气氛。

从前荀修在办公室里面都是一副冷面的样子，大家都不太敢靠近。之前的团建也是如此，荀修不到一半就走了。

这一次大家在这里看到荀修，才总算是发现他也会有笑的一面。

宁华裳看见眼前这和谐的一幕，也很自然而然地参与其中。

设计部在这个项目的部门里面是最团结的那一个，这也要多亏宁华裳营造了一个很好的氛围。

"这个是我设计的云肩，荀总可以看一看。"

马丁将他设计出来的云肩摆在了荀修的面前。

荀修这才知道他们刚才一直都在商讨的是清朝的设计图，因为压轴的两个清朝的服装还没有敲定，他们就顺带聊起了最近要制作的清朝女子所用的云肩。

所谓云肩，其实也就是古代的披肩，只不过在清朝的时候样子和现代的不大一样，这个也就是古代装饰在肩膀上的一种织物，主要就是用来装饰。

这种披肩最流行的就是用彩色的织物织就而成，其中用云纹来做披肩的最为普遍，所以最后才叫作"云肩"。

而云肩这种肩膀上的装饰物，早在敦煌的壁画上面就已经出现过。云肩的寓意也很深远，从造型上来看，很符合古代天圆地方的造景观念，再加上它最早出现在"神仙"的衣服上，也有天人合一的文化创意。将这些都放在一起，关于云肩也都基本了解了一个大概。

"有成品吗？"看着上面的设计图，荀修问了一个关键的问题。

这个设计图的成品还没有出来，大家的视线落在了宁华裳的身上。

荀修知道，这个成品肯定是要宁华裳来完成，只不过她一个人做实在是太累了。

"别看我，我已经开始做了，但是这个云肩我也不可能一下子变出来。"宁华裳说，"荀总还是要耐心等一等。"

"我没说不耐心等，只是有成品更好。"

荀修见这上面的云肩，似乎是在戏曲上也曾经见过，虞姬所穿的戏服上面似乎也是云肩。

马丁说："这个是如意纹的云肩，还有很多，不过都被裁下去了。"

荀修知道裁下去也一定是宁华裳的想法。

宁华裳也不怕底下的人抱怨，直接说："这个云肩出现过一次就已经够了，所以我只要最好的。"

"是是是，我们家华裳最一丝不苟了。"

孟曲雯站在了宁华裳的旁边，随后对着荀修说："荀总，要不然明天咱们一起去华裳的家里看看？今天苏畅说是要采集素材，所以明天华裳就要开始绣云肩了，你不想看看华裳的针法？"

孟曲雯见过一次，虽然只是宁华裳在绣鞋，但是她从来就没有看见过这么好看的一双手。宁华裳绣的花就像是从画里走出来的一样。

荀修淡淡地说道:"明天是工作日。"

"哦,对哦。"

孟曲雯故意说:"那荀总应该是看不了了,明天设计部就我们两个人放假。"话一出口,所有的人都在看荀修的反应。

荀修抿唇,说:"明天的确是工作日,但是我也应该视察部门的工作,所以明天我会抽空去看看。"

说完,周围的人都不由得露出了会心一笑。

宁华裳看他们的这些表情,就知道他们的心里想的是什么。

"只是普通的视察,别多想。"

荀修说完这句话就站了起来,说道:"很晚了,那你们也不要探讨太晚,明天还要工作,我就先走了。"

荀修将设计图交给了马丁。

他知道他在这里的话,这些人也不会觉得自在。

"我送送你吧。"

宁华裳原本是想要送荀修到楼下,荀修说:"原本就是我来送你,你就在这里和他们一起探讨,明天中午午休的时候我会过去看一看。"

"好,那我们到时候电话联系。"

宁华裳点了点头,荀修也没有多说什么。

等到荀修走了之后,设计部的人才开始起哄。

宁华裳回头的时候正好就看见了那些人在偷偷地笑着说什么,但是等到宁华裳回头的时候,就都变得一本正经起来了。

宁华裳也不是不知道这些人心里想的是什么,她看向了孟曲雯说:"看,刚才荀总都已经说了,探讨完了之后大家就各自回去睡觉,明天你们还要上班呢。"

孟曲雯这才说:"对对对,都已经很晚了,大家把设计稿都收一收!准备睡觉了!"

孟曲雯这么说,其他的人才开始收拾手里面的东西。

等到人都麻溜地走干净了之后,孟曲雯才不好意思地凑上了前,说:"我也不知道今天荀总会突然送你回来,平常他要是跟你走的话,不都是把你送到楼下的吗?"

宁华裳挑眉,说:"我想问的是这个吗?"

"那是哪个?"

"我想问的是视察的事儿,无缘无故你提起这个干什么?"

"当然是为了撮合你们了啊。"

孟曲雯无奈地摇头，说："可能这个设计部就只有你这么一个冷静沉着的傻丫头。"

正常的人应该早就已经注意到了，她不信宁华裳一点都没有感觉到荀修对她的态度不一般。

"以后还是不要说这些了。"宁华裳说，"这个时候正是紧要关头，谁还分神谈恋爱？还有，这一次是你吵着要看我刺绣，下次不拉着你看了。"

孟曲雯听到宁华裳这么说，连忙认错。

这一次要做的是四合如意蓝边垂花云肩。这个云肩看上去并不是特别多花样，还很正规，是晚清时候的绣品，由内而外的四层云肩组成，本来就是层叠式云肩的代表，看制作这样的云肩也大有助益。他们刚说完如意祥云纹，孟曲雯已经有些迫不及待地想要看看宁华裳究竟是怎么绣这个云肩的了。

宁华裳看了一眼设计图，最后将明天需要的东西都收拾了起来。

绣这个云肩就是一个不得马虎的苦差事，她本来是不想浪费荀修的时间，但现在看来，明天她家里面又要热闹起来了。

第二天一早，苏畅就已经过来和宁华裳还有孟曲雯碰头了。

这一次苏畅带来了之前做的那些素材合集，特地给宁华裳看一看。

宁华裳家里的东西有很多他都没有见过，拍好了照片发在杂志上一看，还真的有不错的反响。

宁华裳坐在木凳子上，手里拿着的就是四合如意蓝边垂花云肩，不过这个云肩上面的刺绣还没有绣完。她对着旁边的孟曲雯说："这个要事先在上面做好草稿，到时候才不会绣坏。"

即便是再纯熟的绣娘，也不能够这么轻易地上来就绣，需要有一个草稿，才能够定大概的方位。尤其这个云肩的用料很好，绣起来就更加地需要小心。

这个云肩第一层是淡绿色，在上面绣着的是红花，第二层绣的就是牡丹，第三层绣着的是莲花，第四层则是大片的绿叶，中间还有仕女采花，看上去分外的喜庆。

苏畅将这些细节都录了下来。

宁华裳的手法很好，看上去用的像是传说中的双面绣，不管是从里面看还是从外面看，都是一样的图案。

孟曲雯托着腮，平常在酒店的时候就经常看宁华裳绣东西，但是这次宁华裳看上去才分外的认真。

"上一次咱们不是说这个云肩是很普遍的吗？我觉得之前马丁设计的那个绣花大云肩，还有柳叶小云肩都不错，你说古代的人是怎么想到给肩膀做配饰的？还挺好看的。"

孟曲雯凑上了前，宁华裳说道："这些的确都是古人的智慧，这个肩饰即便是在现在看也都觉得好看，不是吗？"

"这倒是。"

孟曲雯点了点头。

苏畅说："我那天在宁小姐的压箱底下看见了一个白色的云肩，那个是干什么用的？"

"你说的那个应该是白缎的。"宁华裳说，"那个是民国时期的云肩，我外婆给收起来的，我一直都没怎么拿出来过，但是还是要定期保养，否则很有可能再过几十年就碎掉了。"

宁华裳这么说，苏畅才点了点头，宁华裳说道："这个云肩每一个都有它们不一样的寓意，就比如这个，就是寓意着富贵如意，所以叫作四合如意，而你看到的那个，也是寓意四季平安的意思。"

门外，荀修已经敲门了。

宁华裳心里想着这个时候荀修快来了。

孟曲雯就知道荀修会挑时候。

宁华裳这才走到了门口，将门打开。

荀修将车停靠在了门外，门口的小巷子被荀修的车挡住了大半。

"进来吧。"

宁华裳走在了荀修的面前，荀修说道："是不是我来得不是时候？"

"不是。"

宁华裳说道："我们刚才还在讲你什么时候过来。"

荀修轻笑，他知道宁华裳这么说是为了让他看上去不这么尴尬。

苏畅拿起了手里的相机，说道："荀总，你也来了。"

荀修点了点头，说道："我是来视察。"

听到视察这两个字，孟曲雯直接就笑了出来。

第 47 章　霞帔 披帛

　　没有什么人比宁华裳还有孟曲雯更清楚这个"视察"究竟是怎么来的。

　　只有苏畅一个人一头雾水。

　　视察就视察嘛，有什么大不了的？

　　荀修的第一眼就已经注意到了宁华裳放在桌子上面的云肩，云肩只是绣了一个边角，但是可以看得出来那上面绣着的是红色的花。

　　"荀总，坐。"

　　宁华裳特地给荀修找了一个椅子，那个椅子自从之前荀修来了之后，就几乎快要成了他专用的了。

　　孟曲雯凑到了宁华裳的面前，说："除了这个云肩，咱们是不是还有唐朝的披帛？"

　　宁华裳点了点头，说："唐朝盛行披帛，他们不管端坐、行走还是骑马都少不了披帛，而且披帛也是他们最流行的肩饰。"

　　这个苏畅知道，苏畅说："总之现在的电视剧和电影里面的服装，唐朝的最有辨识度了，是不是因为这个原因？"

　　"可以说是原因之一吧。"宁华裳一边提针，一边对着苏畅说，"那是因为唐朝的服饰很特别，唐朝是盛世，他们的穿衣风格相较于其他朝代有所不同。唐朝开明，这个也体现在了穿衣风格上面，在色彩上面也比较艳丽，这应该是唐朝服饰特别凸显的特点。"

　　孟曲雯打了一个响指，说："明清还有霞帔，霞帔不像披帛那么轻盈飘逸，但是也很端庄大气。"

　　苏畅想了想，问："霞帔……那不是结婚的时候才会穿的吗？"

　　"是这个。"孟曲雯拿来了一个设计图，放在了苏畅的面前。

　　苏畅看了看，这才知道霞帔其实并不只是在大婚的时候才可以穿的。明清时期，重臣的妻子或者是有身份的人才会穿上霞帔，是比较正式的场合才会穿的肩饰。

　　荀修一直都在观察宁华裳的针法。他不是第一次看宁华裳做双面绣，上一次见到宁华裳这么绣还是在"美人华裳"项目落实的时候。

　　宁华裳的针法的确很好，很容易就会被代入进去。

那朵牡丹绣得富丽堂皇，看上去针脚细腻。双面绣的特点就是一针同时绣出正反色彩一样的图案，这样的手法十分考验绣娘的手艺，即便是在古代，双面绣也都是珍品。

"华裳，你什么时候给我们看看你做的那个霞帔啊？"

"早着呢。"

宁华裳对着孟曲雯说："云肩都还没有做好，你还想要霞帔？要不然你让荀总再给我找点人来？"

孟曲雯看了一眼荀修，不由得收回了自己的视线。

"快了。"荀修说，"蓬莱那边不是已经在公布征集令了吗？到时候人才可以从那里筛选。"

"荀总，你还真是打了一个好算盘。"孟曲雯不由得竖起了一个大拇指，这种事情她是怎么都想不到的。

"那个我看过了。"宁华裳说，"旗袍这件事情一直都是我和孟曲雯两个人来着手完成，荀总不用着急。"

第48章　民国长衫

　　孟曲雯也在旁边点了点头，对着荀修说道："旗袍这件事情华裳可上心了，昨天晚上的时候我们就看了征集令上面好多的大神设计师，还真的找到了一个。"

　　孟曲雯将手机掏了出来，放在了荀修的手里，说："就是这个。"

　　那个看上去是一个很年轻的设计师，也没有赢过什么太多的奖项，也不像是其他的设计师，有什么特殊的经历。在只有一百字的简介当中只是说了这个人的名字叫作：田一淼，是一个二十八岁的年轻设计师，怎么看也不像是一个大神。

　　"这是你选的？"

　　"嗯。"宁华裳点了点头，随后对着荀修说，"你看这个旗袍的设计图。"

　　宁华裳让孟曲雯将设计图的照片给点开了。

　　荀修低头看了一眼设计图，上面是以青花瓷设计的旗袍，整体上来说素雅而又不失高贵，看上去让人眼前一亮，比起那些繁复多彩的旗袍，更加有记忆点。

　　"可是这个设计师看上去排名不怎么高啊。"

　　苏畅第一时间注意到的是排名，这个征集令虽然不限额，但是会有一个榜单，也就选取第一名的设计图做奖项，而且还会由网民来投票。

　　这个田一淼的排名是靠后的第八十九位，可以说如果不是因为昨天宁华裳还有孟曲雯两个人翻得多的话，可能根本就看不到他了。

　　宁华裳说道："排名不重要，这个是昨天刚刚发出来的设计图，我们也是才看见。这个设计图从细节上来看处理得非常得体，可能是因为这个设计师没有什么太大的名气，所以排名不怎么靠前。"

　　蓬莱公司既然是想靠这个征集令来炒热度，自然就是要找那些有名有望的设计师来打头阵，如果有名望的设计师都靠后，靠前的都是一些没有什么代表作的设计师，那么也不会有人想要参加这个征集令了。

　　"说得对。"荀修说，"可以联系上这个设计师吗？"

　　"应该可以。"

　　宁华裳说："这个征集令下面就有邮箱，想要联系他也很方便，我昨天已经将邮件给他发过去了，如果运气好的话，应该很快就会有回应。"

"你的动作倒是快。"

旗袍也算是惊艳了一个时代，尤其是外国人更多知道的是旗袍，所以在旗袍这上面，他们必须要好好地琢磨一下。

第二天一早，宁华裳回到办公室就已经收到了回复的邮件，对方提供了一个电话联系方式，宁华裳很快就打了过去。

"喂，你好，我是华冠公司的宁华裳。"

宁华裳听到对面是一个很清秀的声音，田一淼说："久仰大名。"

孟曲雯在旁边听着，就已经知道这件事情有了苗头。

田一淼下午的时候就按照宁华裳说的来到了华冠，手里拿着的还有之前设计的青花瓷旗袍设计图，另外就是一个民国男子的长衫，这两者看上去很是搭配。

宁华裳原本只是想要找到一个擅长设计旗袍的设计师，没有想到田一淼竟然还擅长设计男子长衫。

民国长衫看上么倒像是很好设计，实际上长衫也是长袍的一种，想要设计好，设计得出彩也不是一件容易的事情。

长衫从外表看上去会让男人显得更加的儒雅文艺，在这之前民国元年还有马褂，也是贵气十足的一种。

田一淼虽然今年只有二十八岁，但是看上去就很有学问的样子，是正儿八经的国字脸，说话的时候也谈吐温润，宁华裳对他说："不知道你有没有兴趣来华冠试一试？"

"我之前本来是想要来华冠参加这个项目的，不过很遗憾，我落选了。"

看田一淼的这个样子，宁华裳就知道当初应该是卡在了人事部，有的时候大的公司选拔人才的时候还是有他们的一套标准。

宁华裳说道："其实我觉得你设计的长衫还有旗袍都很好，有时间我们可以一起探讨吗？至于来华冠这件事情，我也可以和上面反映反映。"

"好。"

田一淼没有拒绝，也没有推辞，他说："不过我倒是听说宁小姐是非遗传承人，所以很想要和宁小姐一起讨教一下，这个是我的联系方式。"

田一淼将联系方式放了宁华裳的手里。

等到田一淼走了之后，孟曲雯才对着宁华裳说道："我怎么觉得他对来华冠没有什么太大的想法，反而是很想要和你探讨呢？"

孟曲雯见刚才那个田一淼在说来华冠的时候，都是一种无所谓的态度，但是提到要和宁华裳一起探讨的时候，脸上的表情就变了。

宁华裳说道："他可能更想要提升自己的能力，而不是迫切地想要找一个工作，这个社会呢，能找到这样淡泊名利的人不多了。"

宁华裳刚说完话，孟曲雯就打开了田一淼的个人简历。

"哎呀。"

"怎么了？"

宁华裳疑惑地看着眼前的孟曲雯，孟曲雯说："这位田先生，是个曲艺大家的少爷？"

宁华裳之前没有看这份简历，她总觉得当着对方的面打开简历会有些尴尬，毕竟将人才收入囊中这句话虽然是荀修说的，但是也不是随便就可以安插一个人进来，如果看了简历，势必就要说出一个结果来。

她还是很喜欢田一淼的设计的，奈何这件事情不在她的权限范围之内。

"曲艺大家……"

宁华裳也仔细地看着那份简历，简历上面的确写着田一淼虽然是设计师，但是从小就是受到曲艺熏陶文化成长的小少爷。

怪不得熏陶的这一身儒雅的气质，和民国的长衫看上去分外的搭配。

宁华裳将简历拿在了手里，又仔细地看了看，她说："你对戏曲有了解吗？"

孟曲雯不好意思地说："戏曲没有，戏服算不算？"

当代的娱乐节目这么多，戏曲这个行业也不是所有的人都喜欢，如今喜欢这个行业的也已经越来越少了。

宁华裳无奈地摇了摇头，早知道这件事情就不应该请教孟曲雯，要说请教，怎么说都应该请教马丁才是。

马丁在这方面知道的比孟曲雯还要多。

戏曲行业也是中国文化遗产之一，这个年头还会唱戏的人少了，会正儿八经搭戏台子唱戏的就更少了。

在古代，也是台下十年功。如果不是挨过了一遍又一遍的打骂，最终也是成不了角的。这样的人虽然当初被称作下九流的戏子，但是浑身上下都练就了一身铮铮傲骨。

宁华裳在看田一淼的时候，就觉得他的骨子里面透露着一股傲气，并不是高傲的傲，而是傲然正气的傲。

田一淼所设计的清朝长衫很素雅，是灰色的长衫，看上去很有历史的厚重感。

宁华裳下了班之后，第一时间在华冠公司的门口等着。

田一淼果然开车过来，孟曲雯和马丁也跟着一起上了车。

"田先生，我也是刚刚才知道，您家是戏曲世家吗？"

"嗯，是。"田一淼说，"不过我天生没有一副好嗓子，不适合唱戏。"

说到这里的时候，田一淼自己也觉得有些自惭形秽。

他自小的时候就喜欢听戏，喜欢穿戏服，更是喜欢京韵大鼓，唱戏的时候那种在台上风姿绰约，人戏不分的状态，让人很是着迷。

田一淼说："虽然有点冒昧，其实我家距离这里也不远，如果宁总还有后面的两位都不介意的话，可以到我家里面看看，我有些设计图也都放在了家里没有带出来。"

听到田一淼这么说，最高兴的应该是孟曲雯了。

她很想要见识见识戏曲世家的风范，只是一直都没有认识的人。这一次好不容易有这么一个见识的机会，她还真的不想要就这么轻易地放过。

不过这一切还是要看宁华裳的意思。

反光镜中，马丁和孟曲雯两个人的眼珠子都要瞪出来了。

宁华裳就知道拒绝是不可能的。

"乐意至极。"

宁华裳这么说，田一淼不由得点了点头，说道："好，那我就带三位去看一看。"

从一开始田一淼开车过来，宁华裳就知道他有这个意思。

田一淼住的是较远的小别墅，这个别墅的格局虽然不算大，但是也绝对不小，从外面看就是一个中式的庭院，进去了之后让人觉得分外的幽静。

这里很显然是田一淼独居，进去之后，装潢古色，庭院里面的竹子很多，小桥流水也显示得淋漓尽致。

虽然不大，但是气派在这里。

不会让人觉得小家子气。

孟曲雯的那双眼睛就像是激光眼一样，她怎么也没有想到这里竟然会这么好看。

田一淼家中的墙上挂着的不是画卷、古扇，就是京剧的脸谱。这些都不是很常见的东西，而且看上去价格很贵。

"华裳，我们可算是跟着你见了世面了。"

就连宁华裳自己都是见了世面了。

这里的摆设布局都不像是一般家庭会有的，风格也是独树一帜。

要在北京的郊区找到一个单独的小别墅，一个面积不算小的院落，再加上这样的装修风格，应该是很少见的，想必田一淼家应该也是独一份。

"宁总，这边。"田一淼做了一个"请"的动作。

这个地方很少看见太多现代的东西，书房里面摆着的是文房四宝，竹子做的简约书架，里面摆着的全都是一些名著书籍。

"只要是有朋友来的话，我都一定会带他们来这里看看。"

看得出来田一淼对他住着的这个地方很钟爱，宁华裳虽然没有这么一个古色古香的院子，也没有这么高档的书房，但是也约莫看过，这个地方就像是鲁迅的三味书屋，刚进去就像是被知识的海洋包裹了一样。这种环境很容易熏陶人的性情涵养。

田一淼有一个专门练习唱戏的地方，也有平常穿的长衫，见到了这个，宁华裳就知道田一淼特地带他们来这里到底是为了什么。

"原来这个就是长衫啊，这个贵吗？"孟曲雯是第一次见到这种在橱窗里面的长衫，看得出来应该是类似于传家宝一样的东西。

"这个是我曾祖父留下来的长衫，我们就把它挂在了这里，我设计的灵感也是来源于这件长衫，而这个长衫旁边的旗袍，就是我的曾祖母当年穿的。"

纹饰花样很老旧，却是那个时候所流行的款式，这两件衣服并非华而不实，而是返璞归真，像是这个衣服，当初应该是手工缝制出来的。这个屋子里的戏服，在橱窗里面挂着，看上去更加的雍容华贵。一件戏服的价格不言而喻，而且上面绣着的都是金线，这个也叫作蟒袍，一件蟒袍的价格最少也是以"万"做单位，随随便便动辄几十万元的蟒袍都有。

田一淼家里的这个也算是一件老古董。

这个屋子旁边还供奉着喜神，老唱片里面放着经典戏曲《贵妃醉酒》。

"设计图在这里，这边请吧。"田一淼带着几个人离开了这个屋子。

他更喜欢在空无人烟的地方静下心来创作。

"这个就是长衫的设计图吗？"

"这几件都是。"

田一淼将这些都放在了宁华裳的手里，说："这个是马褂，这个是长衫，这是眼镜和怀表。"

"眼镜和怀表也有吗？"

孟曲雯在旁边看了看，那个时候的人们崇尚的无外乎就是这么几种穿搭。

一种是马褂，一种是长衫，另外就是西服，还有就是大衣和针织衫。

但是要说最有历史感的，还是中式的长衫和马褂。

宁华裳对这些也颇有研究，毕竟距离他们的这个年代并不算特别的遥远，一百年前的人们所穿的衣服除了洋装外，长衫和旗袍也是最亮眼的那一抹色彩。

田一淼说："怀表链和眼镜算是那个时代的穿搭配饰吧。"

长衫这一种男子穿着，原本是汉人按照清朝服制改做的，后来在民国的时候，长衫又加以改良。

民国的长衫曾经风靡一时，也被称作男士"旗袍"。这种长衫按照"天人合一"的理念，穿在身上平直宽松，能够穿上长衫的，大多都要被称作一声"先生"，也就是有学问的人才能够衬得起这一身长衫。

长衫，也是最能够体现出一个人地位的服饰。

古代的衣服有品级，即便是在民国，穿着的衣服也象征着穿着衣服人的品味还有地位。如果一个斗大的字不识一个的流浪汉穿着一身长衫，那就是要闹出笑话来。

纯手工制作的长衫如今也已经少见了。

宁华裳看着眼前的长衫，虽然是灰色调，高圆领，整个结构都如同纸片一样，毫无曲线，这样的长衫才是最正规的，穿在身上的时候就有一种宁折不弯的气质。

"请问这个长衫，田先生有版权在自己的手里吗？还是说已经卖作他人了？"宁华裳这么说，就是对这个设计图有兴趣了。

他们虽然已经搞定了旗袍的设计图，但是长衫的设计图还没有。

这个长衫和他们所设计出来的旗袍的确是有异曲同工之妙，想到穿着这两件衣服的人站在一起，怕是也会将人一下子拉到了民国年代。

"这个是我这几天设计出来的长衫，还没有卖掉。"田一淼说，"宁总是对这个设计图有兴趣吗？"

这上面虽然摆着四五张设计图，但是就这个长衫看上去最有年代的厚重感，文化气息也最为浓郁。

宁华裳相信自己的眼光不会看错，删繁就简，能够化整为零的技术才是真的厉害。即便是这个长衫看上去再简单不过，但是一板一眼都十分

规整。

"对，我对这个设计图很有兴趣。"

宁华裳说："不知道田先生还有没有兴趣来华冠试一试这一次的项目？"

"我这个人对手工的活计怕是不怎么好，我想项目时间已经过半了，如果宁总对这个设计很满意，我们可以商谈一下这个设计图的版权。"

田一淼这么说，也算是婉拒了宁华裳。

宁华裳虽然觉得可惜，但是也知道遵循对方的意思。

的确，民国就是项目的收尾，她也的确是需要这个设计图来做完美的收官。

田一淼擅长的也正是民国的服饰，宁华裳说："田先生学识渊博，整个设计图的版权到时候我们来商谈，至于日后我们有什么疑虑，也希望田先生可以不吝赐教。"

"自然。"

田一淼是一个很好客的人。

这一次带宁华裳他们过来，也是为了结交好友。

孟曲雯觉得可惜得很，田一淼这样的设计师可以说是百里挑一，文化底蕴也深厚，如果当初人事部的人录用了，他们也会少些事宜。

马丁和田一淼两个人畅谈甚欢，好像相见恨晚，可马丁却不知道谈谈去华冠工作的事。

孟曲雯恨铁不成钢地看了一眼马丁，马丁却浑然不觉。

"华裳，不再留留吗？"

孟曲雯小声地凑在了宁华裳的旁边问。

"别人没有这个意思，说多了只会让人觉得难缠厌烦，我们也应该听得懂别人的话才好。"

宁华裳这么说，孟曲雯果然不再说什么了。

虽然不能够招揽一员大将，但是做知交好友还是没有什么问题的。

田一淼说得很对，项目进行到这里，他所擅长的设计领域已经派不上太大的用场，接下来就是制衣和验收阶段，他所能做的有限。大概也是因为知道这一点，所以田一淼才会这么快地拒绝他们。

宁华裳还是很佩服这样的人的。

功名利禄对于田一淼来说似乎并没有什么太大的诱惑，他本人对这个也不怎么放在心上。

长衫的设计田一淼毫无遗漏地和马丁讲解，在这个幽静的小院子里面也别有一番趣味。

这里的落地窗可以清楚地看到庭院里面的翠竹夹路，不管是春夏秋冬，这里的景色都是如画般富有意境。

打扰过田一淼，宁华裳三个人深夜方归。

等到回去的时候，孟曲雯还是没有回过神来，只要是一闭上眼睛就是古色古香的房间，里面放着的是京剧的唱片，好像一下子就可以将人拉到京剧的世界。

"华裳，没有了田一淼，那我们就去想办法买下版权吗？这件事情荀总会同意吗？"孟曲雯最担心的还是上层的决定，毕竟这不是他们可以定下来的。

宁华裳点了点头，说道："这件事情我会和荀修说，我想应该问题不大，那个长衫的设计的确是很惊艳，既然找到了好的，当然可以试一试。"

宁华裳已经想好了要怎么和荀修说，应该也会有几分把握，和田一淼合作过一次就能够有第二次。田一淼是一个很不错的设计师，他的文化底蕴足以让他设计出富有内涵的设计作品，这也是每个设计师都想要做到的，但是目前看来，能够做出他们想要的长衫的也就只有田一淼。

第二天一早，宁华裳就给荀修打了电话。

昨天的事情荀修已经知道，只是没有想到才一个晚上的时间，宁华裳就已经想要定下田一淼的设计。

"蓬莱那边的征集令还没有结束，万一要是遇到比他设计得还好的设计图呢？"

"我不能保证一定不会有比田一淼做得还好的设计图，不过田一淼为人豁达爽朗，从各个方面考虑，我觉得他是最适合合作的人。而且他已经拒绝了参加这一次的项目，只是谈长衫设计图的版权，我觉得可以试一试。"

宁华裳知道荀修这个人一丝不苟，不管什么都需要有足够的理由说服他。

"设计图给我看看。"荀修伸出了一只手，像是在讨要设计图。

看到荀修这个样子，宁华裳就知道她有把握。

"早就给你带来了。"

第49章 宋朝 花冠

"这个是田一淼的原稿，是我提前管他要的。"

"原来你早就已经留了一手。"

"那是当然。"

宁华裳做事情也并不喜欢拖泥带水，所以当天既然已经看到了这个设计图，就先要过来了，等到时候拿给荀修审核，他也觉得不错，之后的事情才能够洽谈。

"你考虑周到了，那就按照你说的意思做。"荀修说，"长衫应该是最后阶段，民国的应该也都已经做完了，其他的就要走制作阶段。"

孟曲雯将手中的设计图放在了宁华裳的面前，宁华裳低头看了一眼，除了翡翠手镯之外就是耳饰和戒指之类的，这些较为简单，最麻烦的就是礼冠，不论男女都是一样。

男子的光是冠顶就讲究得很，有的是镶嵌东珠，有的是镶嵌珊瑚，还有的就是玛瑙宝石这一类稀缺的东西。

这玩意儿在古代都很难找到，更不要说在现代了。

宁华裳不由得叹了一口气。

她感觉到了公司的经费在燃烧。

虽然之前就已经考虑到了预算，但是真的摆在面前的时候，宁华裳才感到了头疼。

巧妇难做无米之炊，这一切还要等上面的批复。

宁华裳指着一个宋朝的发冠，说："把这个改成花冠吧。"

"花冠？"

孟曲雯怔了怔："为什么？"

宁华裳说："因为节省。"

……

宁华裳说是节省，这两个字实在是再恰当不过了，到了宋代的时候，女子的发饰上就不只是简单的一朵花两朵花这么简单。

"花冠"的意思也就是把那些花都戴在一个冠帽上，像极了插花艺术，而花冠的样式也有不少，其中就有叫作"重楼子花冠""玉兰花苞花冠""一年景花冠"的，而"重楼子花冠"在当时的贵族中还是很流行的。

宁华裳说的花冠，在别人看来或许理解有些困难，但是在孟曲雯这里就没有这么困难了，平常人觉得花冠就只是有花的头冠，其实这么解释也无可厚非。

但是孟曲雯知道宋朝的花冠和唐朝的并不太一样，宋朝的花冠比较喜欢用仿真花，也就是用布帛这一类的东西做成的假花，再用那些东珠玛瑙之类的东西点缀在头冠之上，最后戴在头发上面，这种花冠将女子衬托得就像是娇花一样好看，在那个时候也算是流行一时。

之前在设计的时候，孟曲雯曾经想要做这种花冠，只是后来并没有从这方面入手，现在看来的确是花冠更合适。

"那我改改看。"

"用重楼子花冠。"

宁华裳说："这个更加有代表性。"

这个和孟曲雯心里想的不谋而合。

古代女子自唐朝之后就比较喜欢在头上簪花了，簪花对女子来说就像是家常便饭，想要设计出一个好的花冠还是很困难的，首先不能够让头上的花朵杂乱无章，其次还要相互辉映，有主次之分，这就需要有很好的底子。

孟曲雯从以前开始就擅长制作头冠，在女子发饰上面颇有点研究。

而想要设计好这些，色彩是一方面，造型是另一方面。

花冠所需要的花有很多，可以用芍药，可以用桃花，可以用牡丹，从她们之前所学的色彩上来说，最重要的就是中华五色。

这五色就是青、赤、黄、白、黑，这五种颜色还反映出了五行哲学。

所以在设计古代衣服的时候，这些需要很好地融会贯通。

宋人最喜欢的颜色是绛红色，也就是茜，这个颜色是用植物茜草所染成的一种颜色，更是有一种诗句叫作"茜罗结就丁香颗，颗颗相思"。

宁华裳这边正在研究要怎么才能够让这个花冠更加的突出，这边孟曲雯就已经有了想法。要搭配这种绛红色的衣服，花冠的颜色就尤为重要。

宁华裳走到了孟曲雯的身边，看了看孟曲雯设计图上的花，问："你是准备用瑞香花了？"

"嗯，有瑞香花的元素，而绛红色这种颜色本来就很艳丽，要用淡雅一点的来衬托，我觉得瑞香花正合适。"

宁华裳点了点头。

从前孟曲雯有了想法之后不会这么快地敲定，大概是因为在华冠公司待久了，在这里磨炼的性格越发地自信，所做出的设计也别有一番韵味。

这个"茜罗结就丁香颗，颗颗相思"还真是很恰当。

"茜罗结就丁香颗，颗颗相思。犹记年时。一曲春风酒一卮。彩鸾依旧乘云到，不负心期。清睡浓时。香趁银屏胡蝶飞。"

这句话中的"茜罗结就丁香颗"，说的就是瑞香花像茜红色的一颗颗丁香子一般漂亮。

孟曲雯在设计这个的时候参照了很多古物，宋朝的女子时兴的头冠有团冠、高冠还有莲花冠，还有就是花冠。

除了女子的花冠之外，宋朝的男人对于现代的"帽子"也很喜欢和讲究。光是孟曲雯了解的那些就有：文官的"进贤冠"，武官的则是"貂蝉冠"，平民还有戴头巾的更多，总之帽子上面的装饰必不可少。

宁华裳这边看着孟曲雯正在忙活手里女子花冠，她这边要开始做的就是宋朝男子的白玉莲花瓣的发冠。

这个发冠是在宋朝的士大夫所戴，这个玉冠的体态娇小，戴在头上的时候是小冠，在宋朝的时候也是风靡一时，文人雅士都喜欢将这种玉冠戴在头上。

宋朝不论男女的穿衣风格都是清秀文雅的，总是删繁简要，这样看上去更加的干脆利落。

这个发冠上面雕刻的是莲花花瓣的形状，而做这种发冠的材料需要玉色通透，要白色当中透着一丝灰色，看上去更加的好看。

宁华裳将手中的玉料放在了手中，制作这种发冠就比较的简单，只需要按照图纸雕刻。

宁华裳手中的工具大多数都是未曾见过的，她手中的刻刀在手里就像是灵巧的小蛇一样，总是能够很好地改变玉料上面的粗糙。

门外，马丁敲了敲门。

宁华裳说："进来。"

马丁身后跟着的是苏畅，宁华裳差点就要忘记了苏畅要过来采集资料。

她说："在这边坐吧。"

"好。"

苏畅和宁华裳两个人在这几个月已经很快地熟络了起来，这些天苏畅也知道了很多他不知道的知识，他从来也没有想到这些古代的穿衣竟然会有这么多的讲究。

"宁总，你慢慢来，我在这里准备一下摄像机。"

"好。"

宁华裳暂时放下了手里的东西。

苏畅说："对了，我今天出来之前正好看了一个纪录片的片段。"

"你说的是蓬莱公司的吧？"

宁华裳今天早上的时候已经看见了蓬莱公司的纪录片。

因为底下的 logo 是苏畅公司的，所以就记住了。

苏畅说："看来都已经发出去了，我看蓬莱公司的风格似乎是有所转变，所以还想要提前偷偷知会你一声。"

"他们的风格转变是很正常的事情。"

宁华裳说道："他们的设计要是真的像是这个预告片里的水平，其实走出去也不算是丢人。"

苏畅摆好了机位，最近蓬莱公司风平浪静，热度也降下去了不少，华冠公司这边的公关部也是难得一见的清净。

宁华裳正好就可以在办公室好好地做她的工作。

她低头将手中的白玉莲花瓣的发冠雏形放在了苏畅的面前："看看这个吧。"

苏畅仔细地观摩着宁华裳递过来的白玉莲花瓣的发冠，虽然只不过是一个雏形，还没有仔细地雕刻打磨，但是也已经看得出来像是层层的莲花瓣一样，如果雕琢出来的话一定分外的精细。

"宁总，这个小孔是什么？"

苏畅指了一下那白玉莲花瓣发冠正面下面的一个圆孔，这个是宁华裳特地打的孔。

"这个圆孔是用来插这个的。"

宁华裳将旁边的一个白玉圆簪放在了苏畅的面前。

见到这个，苏畅就知道了。

他开始看到这个发冠的时候，还真的以为是要雕琢成为一个莲花，所以一时间忘记了这个是发冠，如今这么一看，这个还真是有些奇特。

"可是这个簪子，要前后插？"

苏畅有点摸不清楚头脑了，他一直都觉得即便是古代男子束发也应该是左右插才对。

但是宁华裳手中的这个发冠，显然是前后插。

苏畅忍不住地问："该不会是打错了孔吧？"

宁华裳说："这个不是打错了孔，原本就是这个样子，在唐宋时期这种插簪子的方式很流行。"

"原来是这样。"

苏畅有点感慨自己电视剧和电影看得很多却不知道还有这种束发的方式。

"咚咚——"

门口有人敲了敲，宁华裳说："请进。"

进来的人是荀修，宁华裳记得上一次荀修说过要来。

"荀总。"

苏畅对着荀修打了个招呼。

另外，苏畅还拿出了两个小型的麦克风放在了两个人的面前，说道："我们这一次打算在纪录片之前做一个采访，所以就需要问荀总和宁总几个问题，不过放心，都不是什么敏感的问题。"

苏畅这么说就是为了让宁华裳还有荀修安心，毕竟前阵子发生了这么多的事情，有不少的记者都想要从这些事件当中问出点什么来，但是都没能够问出什么，也都被华冠公司给拦住了。

他们公司的确是一个例外，这一次主要是来做一个关于"美人华裳"的专项采访，不会问那些乱七八糟的问题。

苏畅打开了之前就已经整理好的几个问题，调整了一下摄像机的位置，后面就有打光之类的东西做了简单的布置。

苏畅这么做轻车熟路，宁华裳看荀修早就准备过，这才说："荀总早知道有问题要采访，怎么不提前跟我说，我好准备一下？"

"我也不知道要问的问题是什么，真情实感才最重要，不是吗？"

荀修说："如果做的和背稿子一样，就没有什么意思了。"

宁华裳觉得荀修一定是故意的。

"好了。"

苏畅最后调整了一下，随后对着荀修还有宁华裳说："从'美人华裳'项目公开到现在，华冠公司在这里面投资了大量的财力，就将军俑这个话题在网络上引起了轩然大波，宁小姐曾经一直都在做文物修复或手工艺制作的工作，这一次却参加了这么大的一个项目进行服装设计，不知道是什么打动了您参加这一次的项目？"

宁华裳下意识地看了一眼旁边的荀修，她说："我觉得是机缘，之前决定要来这里的时候是北京的叔叔给我来了电话，本来只不过是要来华冠做一个普通的设计师，来参与这一次的大秀筹备，没有想到最后有了'美人华裳'的项目，到现在也已经半年的时间。真正打动我的是这一次大秀的立意，我们也应该传递传播中华的文化。"

荀修的脸上带着一抹欣慰的笑容。他从前就知道宁华裳很会说话，即便是面对采访，也可以说得一丝不苟。

"荀总，您一直都是引领时尚的策划师，这一次是因为什么才会主动接下'美人华裳'的项目？"

"这一次的大秀对我们来说是'走出去'，不管是对我还是对其他的人，这都是一次历练的机会，也是我们奉献国家的机会，是促进多个国家文化交流的一次机会，我相信业内有很多的人都想要接触这样的机会。"

荀修说："像是宁总说的，这一切都可以归咎于机缘，机缘在我看来也至关重要。"

天时地利人和，这种东西可遇而不可求。

荀修和宁华裳两个人的观念相同。

走完客场后，苏畅这才翻开了下一个卡片，问："有人觉得这一次蓬莱公司和华冠公司两个公司的策划项目'撞梗'，不知道宁总和荀总怎么看？"

这个问题已经足够宽容了。

宁华裳只要是一想到之前召开记者会时，那些记者们刁钻的问话，就觉得他们这一次来不是来召开记者会，而是来吃人的，恨不得将她的皮都扒下来一层才算是痛快。

宁华裳敛眉，随后说："只要能够宣扬文化，不管是什么途径都值得鼓励和支持，'撞梗'这样的事情时有发生，我觉得这个时候应该在屏幕下方写上'如有雷同，纯属巧合'的字样。"

苏畅暗暗地竖起了大拇指。

荀修说："当然，我们也要给予对手绝对的尊重，大家还是期待半年之后在国外展开的大秀上见面吧。我也很想要看看这一次蓬莱公司的巨作，相互学习。"

两个人的态度都是这么的温和，让人觉得前阵子剑拔弩张的公司似乎早就已经和解了。但是实际上，不过就是化骨绵绵掌，背地里还在较着

劲儿。

采访环节结束，苏畅收拾好了摄像机，宁华裳说："你们公司是不是还要对蓬莱公司进行采访？"

"是啊。"苏畅说道，"不过这一次跟进蓬莱公司项目的人不是我。"

宁华裳若有所思地点了点头。她也的确是想要知道蓬莱公司那边会怎么说。是火药味儿十足，还是笑脸相迎地面对？

"这件事情你就不用担心了。"荀修淡淡地说，"有公关部那边去做，我们只需做好自己的事情。"

他承认，这些日子给宁华裳的杂念和压力太多了。

这些原本都不应该让宁华裳去操心。

第 50 章　圈子

一连几日，蓬莱公司那边的进程也加快了，杜云湘有两三天没有睡好觉了。当看到所有的设计图都已经设计好，才总算是心满意足地送去工厂赶工。他们这一次融合了时尚的元素，做了一次彻底的国风时尚穿搭，虽然说乍一看上去有些不伦不类，但是如果是以时尚为主调，国风为辅调的话设计的衣服已经算是很好了，甚至可以说有些微创新在里面。

"解决好了公司的事情，你现在应该可以接工作了吧？"

Lisa 喝着浓郁苦涩的咖啡，最后皱着眉头又将咖啡放下去了。

这几天杜云湘也的确是吃了苦，没有一个晚上是睡好的，只是想要更好地设计出好看的衣服。

杜云湘看了一眼 Lisa，放下了手里的咖啡，说："设计阶段虽然不需要我了，但是我还要盯细节，我之前说过的话也不会这么轻易地收回，你也不用劝我了，等到大秀之前，我都不会接工作。"

"你也要考虑一下你自己的商业价值。"

Lisa 说道："我已经很苦口婆心地劝你了，本来安排到蓬莱公司，就是为了给你一个台阶下，不让你当初太难堪。现在你非要和华冠去对抗，这根本不是一个 Level，我们这么和华冠挂钩，也不过就是为了蹭热度，你难道还真的指望等到大秀的那天和华冠打擂台？别闹了。"

Lisa 知道蓬莱公司是绝对不会允许这种闹剧出现，她也不会允许。

"如果你觉得一个言而无信的代言人其他的公司会要的话，我也不介意你去给我接工作，毕竟我已经全网声明我会安心地创作。"

杜云湘微微一笑，说："你也是经纪人，知道每一个公司对于信誉有多么的重视，我不做言而无信的人，其实是对我自己好，而不仅仅是对这个工作的执着，你明白吗？"

Lisa 看着杜云湘在她的面前能言善辩，她说："好歹你我也是这么多年的同事关系，我劝你，最好在这段时间打响自己的国风代言人名号，这样对你今后的道路也是很有帮助的，你考虑一下吧，我不跟你多说。"

Lisa 站了起来，想到了什么，对着杜云湘说："对了，有一件事你肯定也在意，虽然这几天你没有过问华冠的事情，但是我还是要说一声，

宁华裳的人脉很广，我听说华冠公司这些设计图都是由大师级别的人物亲手制作，你要是让工厂去制作衣服，质量好也就算了，如果质量不好的话，你可千万不要想着要重新做，蓬莱没有华冠这么会折腾，也经不起这么大资金的折腾。"

说着，Lisa给了杜云湘一个"你明白"的眼神。

在这个圈子就是这样，好看，但是不代表质量好。

质量好而又好看的良心企业，价格也一定很漂亮。

蓬莱明显是想要做前者，后者他们的实力够不上。

杜云湘并不想要按照Lisa说的去做，她也是一个设计师，作为一个设计师也知道自己的服装并不只是要好看，更重要的是穿着的人觉得舒服，贴身，这个才是一个衣服很重要的一点，可是如果面料不合适又不让修改的话，这件衣服也不过就是虚有其表。

"样衣的事情就不需要你担心了。"

杜云湘淡淡地说道："如果不合适的话我会亲自改动，你也知道，一个设计师总是要亲手操刀自己所造出来的衣服，如果连衣服都不会做，叫什么设计师？"

杜云湘原本参与过服装设计，但是珠宝这一类的艺术品设计才是她的专长，这些年来杜云湘想要设计出时尚衣服，引领时尚潮流，很显然，她做到过，只是她想要的实在是太多了。

想要成为一个全能的设计师，几乎是白日做梦。

Lisa说道："亲爱的，我了解你作为一个设计师的执着，但是也请你了解一下老板的需求，Ok？"

杜云湘皱眉，说道："你的意思是说要我算了？"

"对。"

Lisa说道："你的得失根本没有人会去管，你只要不让投资方和公司亏钱就好，这是我给你的忠告，明白吗？"

杜云湘抿唇，迟迟都没有开口。

她当然明白，他们上层还有很多东西需要考虑。

杜云湘说道："之前有这么多次我都已经乖乖地听你的话了，这一次我想要按照我自己的想法去做，我原本以为你是支持我的。"

"对，我的确是支持你的，我是支持你和华冠比较，为的不过是热度，现在热度已经有了，我们需要的是口碑，至于之前的问题，不会有人在意的。"

Lisa 说道:"你也应该知道,互联网的记忆是可以消失的,只要是我们现在打响了蓬莱的品牌,这会是你很光彩的一笔,亲爱的,这个你还不明白吗?你是一个设计师,但是你也要记得,你和宁华裳不一样,宁华裳不是商业设计师,但是你是,你所要做的是盈利,而非是成为像宁华裳那样德高望重的艺术家。"

杜云湘皱着眉头。

她这些年来一直都按照团队为她打造的女神形象去走,当然也吸引了一波忠实的粉丝,一个高贵的出身,一个完美的履历,海外归来的学霸名号,还有第一名媛的美名,一个设计天才,上天眷顾的美女,还有一帆风顺的事业,这已经是女孩子穷极一生的梦想了。

杜云湘揉了揉眉心。

Lisa 说:"有时间的话我觉得你还是要和荀修见一面,别的不说,和华冠公司的关系千万不能够就此断掉,华冠公司还是可以给我们带来不少资源的。"

"我不想去找荀修。"

杜云湘冷淡地说道:"好了我很烦了,你可以走了吧?"

Lisa 本来就已经打算离开,她也没有留下,而是直接开门离开。

杜云湘敲击着钢笔。

是做一个商业化的设计师,还是做一个为了艺术而奋斗的设计师?

这个问题实在是过于艰难了,对于一个她这个年纪,又处于事业上升期的女人来说,前者才是最好的,以她的能力才干,可以混得风生水起,可是如果选择了后者,她需要舍弃的光环就实在是太多太多了。

这个时代在飞速地前进,所有的一切都和过去完全不一样。追名逐利乃是人之常情,她即便是选择了第一种,也不会有人对她进行道德的谴责。

杜云湘打开了手机,犹豫地点开了通讯录,找到了荀修的名字。

她承认,当初和荀修在一起,她是想要应付爸妈,但是这不代表她就不喜欢不欣赏这个男人,从小一起长大的这个情分,即便是荀修没有放在心上,她不可能不放在心上。

杜云湘揉了揉眉心,顿时觉得有些疲累。

最后还是拨通了荀修的电话。

"喂,我是荀修。"

电话那边传来了荀修商业套路化的声音。

"是我。"杜云湘说道，"我找你想要私底下谈一谈，不知道你能不能跟我出来一趟，就中午吧，我知道你这个时候应该还在忙。"

杜云湘尊重荀修的工作态度，尽管她现在在蓬莱公司的这个职位，即便是想要这个时候走人也不会有什么。

"如果是闲话家常，我想我没有什么时间。"荀修说道，"我想这阵子你应该在忙设计图的事情，据我所知，你们蓬莱的设计图今天已经彻底完成了，不是吗？"

"你这样拒我于千里之外，是因为宁华裳吗？"杜云湘头一次这么羡慕一个人，她说，"我一直以为我们是一个世界的人，荀修，你这么做，太让我失望了。"

"私人生活，与工作无关。"

荀修看了一眼手表上的时间，说："简言意赅你想要跟我谈的事情吧。"

"我想要跟你谈的是，我今后的发展走向。"

"我想你的团队会给你一个很好的发展走向规划，也会给你选择的机会，这与我无关。"荀修说道，"作为朋友，我可以给你很中肯的答复，你会是一个很好的商业设计师。"

杜云湘抿唇："我现在不过是想要跟你吃一顿饭，竟然也已经这么困难了吗？"

电话那边传来了敲门的声音。

荀修说道："进来。"

"荀总，我来跟你讨杯咖啡喝，顺便谈一谈成衣的事情。"

从电话里，杜云湘可以很清楚地听到电话那边是宁华裳的声音。

他们两个人似乎已经是亲密无间的好伙伴了。

从前去他办公室讨咖啡的人，也就只有她了。

如今，这个人变成了宁华裳。

杜云湘攥紧了手机："十二点，去上一次的老地方，我挂了。"

"嘟嘟——"

没等到荀修回应，杜云湘就已经挂断了电话。

荀修无奈地摇了摇头。

"怎么？熟人？"

宁华裳坐在了对面，将文件递到了荀修的手里。

"是杜云湘。"

荀修说："中午的时候她要找我详谈。"

宁华裳点了点头，说："那成衣的事情就下午再说吧。"

宁华裳正想要整理手中的文件，荀修却将文件给按下了："放下吧，下午的时候我再叫你。"

"我是想说去巡视一下成衣制作，人家的领导三天两头都要去巡查一下，荀总倒是好，不愿意在这上面浪费时间。"

"这种事情没有什么太大的意义，我更希望能做实事，毕竟公司的领导不只我一个人，其他的人也可以去做。"

荀修不愧是这一次的总策划，宁华裳本来早就已经料到荀修会这么说了，真的听到荀修这么说的时候，还是觉得没有一点掺假。

"好，那你忙，下午的时候你让周忠来叫我就好。"

荀修点了点头，说道："你先去吧。"

他低头看了一眼手上的手表，虽然说了十二点去老地方见面，他也的确是不太想赴约。毕竟现在两家公司已经尽量不凑在一起炒作，也没有了那么多的新闻，事态正是冷却下来的时候，他并不想要这么冒险。

不过既然说话的人是杜云湘，看在从前的分上，他也的确应该过去一趟。

中午，荀修如约而至，杜云湘平常总是去得最慢的那一个，会让荀修等上十几分钟，但是这一次，杜云湘比荀修来得更早，看上去似乎已经在这里等了一杯咖啡的工夫。

荀修说道："你有什么话想要跟我说？"

"看你的这个样子还真是有点不愿意跟我出来。"

从前杜云湘没有见到过荀修这个样子，她敛眉，说道："我是想要跟你说，我的心情的确是不好，我想问问你，你是不是真的喜欢宁华裳？"

"是。"

荀修说话从来也不会拖泥带水："喜欢，但是这和工作是两码事。"

"是吗？"

"你这一次叫我过来，只是为了问这种无聊的问题吗？"

"眼下就是我人生的一个分水岭。"杜云湘突然伸手抓住了荀修，"我这一次要跟你说的是，我是真的喜欢你，也许那个时候我就是真的喜欢你，你愿不愿意和我在一起？我们和好，以你的能力还有我的能力，一定可以成为业内的金童玉女，你说对不对？"

杜云湘从来都没有这么失控过，至少荀修没有见到过。

他抽回了手，冷漠地说道："我想我们这一次的谈话到此为止了。"

"荀修！"杜云湘站了起来，从身后抱住了荀修，说道："我知道，我这么说你会看不起我，我不相信你不喜欢我，这一次就当是我主动，当初我想要跟你在一起的时候，其实不只是想要应付双方家长这么简单，我……"

"杜小姐，请你注意分寸。"

荀修冷淡地扯开了杜云湘的那只手："公司还有事情要我处理，我先走了。"

"荀修！"

杜云湘站在了荀修的后面，尽管她再怎么喊，荀修也没有回头。

杜云湘的脸色不太好。

她是第一次被人拒绝，荀修永远是那个不为所动的人。

她都已经这么主动了啊。

杜云湘眼见着荀修开车离开，最后还是做出了打算，她很快地掏出了手中的手机，给 Lisa 打了电话。

Lisa 很快就接听了："怎么了亲爱的，这是做出打算了？"

"嗯。"杜云湘说道，"以后就按照团队规划的那条路线去做吧，我已经想好了。"

"不后悔？"

"嗯。"

杜云湘冷淡地说道："我先挂了。"

"好，你做出决定了就好，我会告诉你，这个是最正确的决定。"

等到 Lisa 说完，杜云湘就挂断了电话。

她并不是很想要成为那样的人，但是她是适合这条路的人。

既然要赚钱，那就要赚钱赚到底。

Lisa 至少有一句话说得对，鱼和熊掌不可兼得。

她既然打算走商业路途，对于设计这方面就要做出迎合大众的妥协。

从今天开始，她再也不会做出那些可笑的决定了。

第 51 章　压轴冠服

寒来暑往，过了年节大家又开始忙碌了。

宁华裳回到设计部，对于清朝皇帝还有皇后的冠服，为了能够做到配套，基本都是用龙凤图样，在清朝，只有皇帝皇后还有皇太后才可以用明黄色。

而皇帝和皇后的朝服还是有根本的差别，古代是男尊女卑，虽然说皇后是皇帝的妻子，但是皇帝有的，皇后不能有。

就比如说皇后的朝服上不能够有十二章纹，所谓十二章纹，其实就是日、月、星辰、群山、龙、华虫、宗彝、藻、火、粉米、黼、黻等，而龙纹在皇后的朝服上也有，只不过分布并不相同。

而皇后和皇帝朝服其实也分为冬装和夏装，考虑到大秀的时间，最后还是选择了夏装，看上去并不像是冬装那么厚重。

皇后的朝珠、朝冠、耳饰、护肩、金凤、领约等等一个也不能少，光是看到这些配饰都是大工程。

在古代，皇帝和皇后的朝服都是不能够用水去清洗的，所以一年四季那些衣服只能够妥善保管，毕竟在古代也不是什么场合都能够让皇帝和皇后穿上朝服，所以即便有的皇帝到了死之后，朝服看上去还都是半新不旧。

宁华裳特地选用了龙形玉佩作为皇帝的配饰，另外皇后朝冠上的金翟也是必不可少。大秀的时间在即，新年过后，所有的人就又开始了忙碌的赶工。

雕琢玉佩这件事情放在宁华裳这里变得十分重要。龙形镂空玉佩雕琢起来很是费力，要让里面的龙形变成活口，可以转动的镂空形状，就更需要在这当中费神了。

衣冠首饰的制作已经逐渐进入了尾声，不知不觉也已经过去了小半年的时间。

所有的工作都即将准备就绪。

一眨眼又到了夏天，马上就要入秋了。

蓬莱公司这边的进展早早地就已经靠近了尾声。

杜云湘坐在办公室头疼。

蓬莱公司将这一次的大秀炒得很大，不少的品牌商争相要来投资，但是要求大秀中穿插他们的广告还有理念元素。

杜云湘已经改了好几次的设计图，让人重新制作了不少次的成衣，但是品牌商涌入的实在是太多了。

"我不干了！"杜云湘直接就摔了手中的文件。

听到杜云湘这么说，Lisa一点都不意外："现在不是你耍小性子的时候，再过几天就要出国，大秀在即，你可千万不要给我掉链子。"

"我掉链子？"杜云湘说，"你也不看看这么多天了，我都做了多少的事情？都快要到大秀开始了，又有品牌商说他们的广告打少了，难道这半年来我接的代言少了吗？"

杜云湘揉了揉眉心，从来都没有觉得这么累过。

"华冠公司也是有广告商投入，不也一样吗？"Lisa说，"而且我听说他们秘密准备了两套压轴的服饰，和你撞了。"

杜云湘很快睁开了眼睛："和我撞了？"

他们之前已经撞了旗袍，唐服，很多的元素，其实再撞也不新鲜了，但是因为是压轴的服饰，所以杜云湘有些在意。

"你是说皇帝和皇后的服饰，对吗？"

"嗯。"Lisa说，"在古代，皇帝和皇后代表着最高的权力地位，就类似于欧洲的国王和王后，日本的天皇和天后，所以在外国人的眼中，古代的皇帝和皇后就是服饰华裳之最，因为他们的衣服一定是最好的。"

"可是当初让我用龙袍和凤袍的元素设计衣服是你的主意，你是不是早就知道了？"直觉告诉她，Lisa早就已经知道了，只不过是这个时候才和她说。

Lisa默认了。

杜云湘感觉到被要了："你早就知道华冠公司的设计，竟然这个时候才告诉我，你还想要我蹭华冠的热度？你还想让我在荀修的面前抬不起头吗？"

Lisa不甚在意地说："可是龙袍和凤袍上的配饰，你不是这个时候还没有设计出来吗？如果不是这样的话，我也不用在这里替你着急了。"

"你什么意思？"

"这个给你。"Lisa将一个盒子拿了出来，里面装着的是一副点翠的首饰，还有一个龙形的玉佩。

"从哪儿来的？"

第一眼杜云湘就看出来这个玉佩还有点翠不是一般的工艺，而且做工非常的细腻，玉佩一定是人工雕刻，点翠虽然是仿制，但是和真品看上去一样的栩栩如生。

"让你看看什么叫作差距。"

Lisa虽然从立场上不太喜欢宁华裳，但是还是很佩服宁华裳的手艺，包括宁华裳的设计，连她作为一个女人，看了这些首饰都觉得心动，更不要说是其他的人了。其实所谓的大众眼光，无外乎就是一个"美"字，能让大多数的人感到心动，并且感觉到这个玉佩的魅力，那就是这个设计师和匠人的能力。

"你偷来的？"杜云湘的脸色愠怒，立刻拍案而起，"我之前就已经跟你说过不要再用这种手段了！就算是你不觉得丢人我也替你丢人！"

"蓬莱公司和华冠公司对立这么久了，大秀在即，所有的人都等着看两家公司的好戏，你现在在办公室里面坐着，门口的那些记者就已经拿着摄像机等着拍你的脸色了！"

Lisa冷漠地说："我什么手段你不用管，华冠公司大秀的时候缺少配饰那才是热点。你这几天一直都因为清朝的配饰为难，你就按照这个好好地设计，我会让人去赶制。再过几天就要出国，蓬莱的人几天前就已经开始搭建场地了，而且品牌商的邀请函也发出去了，临门一脚，你可千万别给我掉链子。"

Lisa站了起来，将盒子里面的东西又推给了杜云湘："如果你真的不愿意按照我说的做，那你就设计好你的配饰，只要你设计得出彩，一切好说。"

杜云湘已经气急了："华冠公司丢了这个东西一定会找，这个一看就是价值不菲，到时候是要吃官司的。"

"你怕什么？"Lisa说，"反正这火烧不到你身上不就完了。"

"你真是丧心病狂。"

杜云湘的手心都在冒汗，她从前只是知道Lisa做人雷厉风行，明里暗里有不少的阴招损招，只是那些她从来都没有亲眼见过，现在她亲眼看见了Lisa的手段，不得不赞叹一声真的高明。

其他的人怕是做不到像Lisa这么狠绝。

华冠公司一时间没有找到这么重要的配饰，一定会乱成一锅粥。

她看得出来这个玉佩雕琢很费时间，没有十天半个月肯定做不成，而

且中间的镂空玲珑图案是个活口，两条龙可以在玉中滚轴转动。

而点翠做成的是一个蝴蝶钗，那种翠色让人不自觉地动心，而且还用了累丝工艺，实在是好看极了，如果古代有这么一个物件，戴着这个的也一定非富即贵。

这的确是给她带来了极大的灵感，她自小就在国外长大，对于国内的历史并不是很熟悉，即便是熟悉，也从来都没有接触过历史的服饰，所以即便是之后搜查了很多的资料恶补，却也不可能从色彩、图案还有种类去一一学习透彻。

杜云湘不得不承认 Lisa 说得很对，到了这个时候她才终于明白了什么才是真正的差距，她在用自己的短板去和别人的长处叫板，答案当然就是成为跳梁小丑。

杜云湘坐在办公椅上，目光一直都落在盒子里面的东西上。

现在摆在她面前的就只有这两种选择，她想要出彩，她也喜欢那些粉丝的追捧，更在意那些大众的眼光，她不想要大秀结束的第二天，新闻报纸上写的是"杜云湘江郎才尽，斥巨资大秀却搞砸"的标题新闻。

和媒体打交道这么久，杜云湘很清楚对方的手段。

杜云湘犹豫着拿起了手中的铅笔，在空白的稿纸上面焦虑地点了两下。

最终，杜云湘下笔，勾勒出了一个模样工艺相仿的玉佩，而旁边的点翠也给了她极大的灵感。

这边，华冠公司已经开始筹备去国外的事宜，为了以防万一，他们还是打算提早去现场看个究竟，确保现场没有问题之后再开始彩排。

这种事情华冠公司一向做得很认真。

宁华裳从办公室走出来，路过人事部的时候正听到了一个女人恳求的声音："我是真的很需要这笔钱，能不能再预支一下？"

宁华裳的脚步停了下来，人事部的经理也很为难："小刘，我也知道你很需要这笔钱，但是你半个月前已经预支了下个月的薪水，按照公司的规定，同样一个月不能够再预支薪水了。"

"可是我爸在住院，我……"

"怎么了？"

宁华裳走了进来，经理也跟着站了起来："宁总。"

"婷婷，你来预支薪水？"

"……是。"

刘婷婷低着头，脸色有些难看，迟迟没敢抬头去看宁华裳的脸。

"你爸住院了？"

"……对、对啊。"刘婷婷有些紧张，"不过，不过也不是什么要紧的事，我借钱也是可以的，宁总我还有事，我先走了。"

"等等。"宁华裳叫住了刘婷婷，"虽然说公司有公司的规章制度，我没有办法改，但是同事一场，这个钱我先借给你，等你有钱了再还给我也一样，人命重要。"

刘婷婷愕然地抬头看着宁华裳："可是、可是还要一万块，宁总……"

"没事。"宁华裳拿出了手机，"把你的银行卡号发给我，等下次你发工资了再给我就好。"

孟曲雯路过人事部，正好就看见了宁华裳在人事部里面鼓捣着手机，她疑惑："华裳，你在这儿干什么？"

"我……"

宁华裳正打算解释，孟曲雯就看到了刘婷婷，孟曲雯皱着眉头，随后走了进来："华裳，有个设计图好像有点问题，你跟我出来看看？"

都已经要去美国了，这个时候设计图有问题就是大事情，看孟曲雯的这个样子估计就是找个借口，宁华裳跟着孟曲雯走了出去，问："什么事儿？"

孟曲雯二话不说地就问："她是不是管你借钱了？"

"不是，我主动借的。"

"你疯了啊！"

第 52 章　传统美德

"怎么了？"

看孟曲雯的这个样子大约是有什么故事，孟曲雯拉着宁华裳的手臂，小声地说："你不知道她爸爸进的是 ICU 吗？我听说那个病房一天就要小一万块钱，她就算是预支了一年的工资都不够，听说家里面的房子都快要卖了，你确定你借了钱还能还回来？还是别做这个冤大头了。"

"人命重要，好歹也是一个公司的同事，帮助一点也没什么……"

"你别说，要是王姐或者是温丽娜，莉莉他们，别说是一万块钱了，就算是两万块钱我也不说什么，说借就借了，哪怕是知道还不回来我也给，但是这个刘婷婷是整个设计部人缘最不好的，做事莽撞不说还爱偷懒，要不是因为前些日子公司忙，需要人手，她早就被开了。"

孟曲雯也很少会不喜欢一个人，只是刘婷婷看上去一点也不像是能干活的，做事慢半拍不说，什么工作都不能够胜任，这得亏是在华冠，是因为学历高才收，这要是在其他的公司还不知道要被排挤成什么样。

现在的这个社会想要淘汰一个人实在是太简单了，如果不能够做到与时俱进，就只能够逐渐被这个社会淘汰，就算是想要在这个行业找一个工作，也根本没多大的可能。

"好了。"宁华裳拍了拍孟曲雯的肩膀，"都是为人子女的，自己的父母出了事当然心急，我好歹也算是她的上级领导，看到了这件事情也不能装作什么都不知道。你自己都说了，如果不是因为最近公司忙，她就被开除了，等到她没有了这个工作了之后又该怎么办？"

"可是……"

"没事，这一万块钱是我私人借的，好歹也都在一起奋斗了一年，希望她爸爸早日康复吧。"

孟曲雯知道宁华裳不缺那一万块钱，在他们这个城市里面的人总是冰冷惯了，身边的人，哪怕是朋友，真的出了大事的话还都想着避之不及，不管是对待陌生人还是身边的人，但凡是提起了借钱，都是退避三舍，警惕再三。

如果不是因为认识了宁华裳这么久，她也觉得宁华裳就是个滥好人，非亲非故，只是因为同事一场就借给对方一万块钱，说给谁听谁都觉得不可思议。

可是从什么时候开始，"仁、义、礼、智、信"这样的中华民族传统美德也已经被抛之脑后了呢？

孟曲雯甚至想，如果这个时候她随便去大街上找一个人询问中华民族传统美德的核心价值理念是什么，估计十个里面有一个能够答出这五个字的都没有。

宁华裳一直都觉得，一个自小受教育的人，都会有自尊，当一个人愿意放弃这种自尊去和身边的人借钱，那他一定是走投无路了。

孔子说"仁者爱人"，这意思就是尊重身边的人，理解身边的人，关心身边的人，爱护和帮助身边的人，只有这样才能够得到相同的回报。

就如同不精不诚，不能动人，她相信刘婷婷是走投无路，愿意施以援手，他日如果刘婷婷还了钱，就证明她没有看错人，如果没有还钱，至少救了一条命。

"钱我已经给你转过去了，公司的规章制度不能更改，但是如果你想要请假照顾你爸爸的话，我至少还可以给你批一天的假期。"

刘婷婷的头埋得很深。她一向不善言辞，也不知道该怎么和别人交往，一个人来到华冠的时候，她才发现自己只会读书，真正实操却没有那个本事，所以和这里的人关系一直都很淡薄。

"宁总……谢谢你。"刘婷婷的声音哽咽。

"好了，没事了，去我办公室，我给你批假。"

宁华裳走在了前头。

孟曲雯只能够跟在了宁华裳的身后，说："你真的打算给她批假？"

"反正这边的事情也快忙完了，咱们马上就要动身去美国了，服装都已经空运过去了，不放假让她在公司干守着？"

"说得倒也是……"

孟曲雯也不是真的冷血，只是她最近总觉得刘婷婷的状态不太对劲。

宁华裳给刘婷婷批了假，说："回去好好照顾你爸爸，明天我们就要动身去美国了，去美国之前，今天晚上公司举行的饯行宴，你看看来还是不来。"

"我、我就不来了，多谢宁总。"

刘婷婷鞠了一躬，很快就离开了。

孟曲雯说："看见没有，人家也不来了，刘婷婷最近工作真的是很懒

怠，你要说是因为家里的事情的话，也还能解释，但是整个人神经兮兮的，这我就不能理解了。"

好几次孟曲雯都看见刘婷婷一个人发呆，从后背拍了一下她的肩膀，她的样子就像是被吓到当众去世一样。

"行了，从前也不见你话这么多，是因为要去美国兴奋的？还是这个时候草木皆兵了？"

"都有！"孟曲雯颇为担心地说，"我是担心蓬莱，蓬莱也要去美国了，比我们动作还快呢，我估计是想要抢在我们的前面蹭热度。我跟你讲，就Lisa那个女人，我和温丽娜两个人都担心得不得了，你不是这个圈子的不知道，就她这个手段要多无耻有多无耻，谁知道这个时候，她会不会弄出点什么幺蛾子？"

"Lisa……"

宁华裳沉默。

如果是杜云湘的话，她其实不觉得这个女人有多坏，她从小的教养决定了这个人的骄傲和自尊，杜云湘只是不想要输，好胜心很强，也仅此而已，之前的那些错事都是她走的弯路，可要说这些弯路的指示牌却都是Lisa。

孟曲雯在宁华裳的面前伸手挥了挥："华裳，你想什么呢？"

"没有，我就是觉得你说得挺对的，不过这都已经要去国外了，衣服和模特儿都没有问题，应该不会有事吧。"

"但愿是，这几个月他们蓬莱都消停了，到时候要是临门一脚突然踹了过来，那还不得打我们个措手不及？"

孟曲雯不说还好，这么添油加醋地一说，宁华裳的心里也有点担心了。

马丁不知道什么时候端着手里的咖啡从她们两个人的身边走了过来："呸呸呸，不要乌鸦嘴了，万一要是真的出了什么事情，那就是你的嘴巴开过光！"

"你吓我一跳！"

孟曲雯上去就给了马丁一脚。

他们两个人的感情在这一年以来与日俱增，宁华裳都看在了眼里，不仅仅是宁华裳，整个公司的人每天都在看这对欢喜冤家秀恩爱。

"赶快回酒店收拾收拾东西，明天咱们可就要去国外了，你也没去过国外，到时候可千万别缺东少西，还要管我来借！"

"我才不会缺东少西！你少胡说八道！"

孟曲雯追着马丁就跑走了。

宁华裳摇了摇头，这两个人但凡要是在休息的时候拌嘴，一时半刻都没有办法消停。

晚上的时候还有饯行宴，只希望这一次他们去国外的事情可以顺利，在纽约那里举办大秀也可以一举功成。

傍晚，马丁开车送孟曲雯还有宁华裳一起去了公司的饯行宴。这一次苏畅也来了，他在这一次的大秀中也有不少的贡献，也是作为他们设计部的朋友过来的。

宁华裳刚刚进去就看见了刘婷婷的身影，刘婷婷一直都没有办法融入进去，温丽娜给了她好几次接茬的机会，她都接不上话，几个同事也就不和她开口了。

不过宁华裳记得，刘婷婷说过今天晚上不打算过来。

"宁总来了！"

温丽娜喊了一声，大家就都回过头来对着宁华裳举杯。

宁华裳说："没关系大家都敞开了吃，今天这一次荀总说了他来报销！"

底下都是一阵欢呼，荀修提前来了，早就已经被灌了酒，平常的时候他是不喜欢喝酒的，越是有大事在眼前越是要沉着冷静，但是这一次拗不过大家的热情。

"宁总……"

刘婷婷走到了宁华裳的身边，小声地说："你能不能跟我出来一趟？"

"好。"

宁华裳跟着刘婷婷走了出去，走廊里面就只有他们两个人，这里相对安静。

看着眼前的宁华裳，刘婷婷咬唇，说："宁总，谢谢你今天借给我的一万块钱，这个……我还给你。"

刘婷婷手里拿着的是一万块钱的现金。

"你白天的时候不是着急用吗？怎么突然又要还给我了？"宁华裳把钱放在了刘婷婷的手里，"这个是我私人借给你的，你不用多想。"

"不！"

刘婷婷将钱放在了宁华裳的手里，说："宁总，我不能够要你的钱……"

看着眼前刘婷婷慌张的神色，宁华裳就知道这件事情并没有这么

简单。

她皱着眉头，问："到底怎么了？"

"我……"

刘婷婷看着眼前的宁华裳，迟迟都没有办法开口。

宁华裳预感到了不好："如果真的出了什么事情的话你隐瞒也没有用，你告诉我到底怎么了？是不是和这一次的大秀有关？"

刘婷婷看着眼前的宁华裳，最后还是低着头说："宁总，我、我父亲的病实在是太重了……我想要辞职，回去好好地照顾他，希望您能够批准。"

宁华裳皱眉："你想要辞职？这样一来你就没有收入来源了，你实话跟我说，是不是出了什么事？"

"对不起……对不起宁总。"

刘婷婷突然鞠了一躬，长长的头发遮住了她此刻的神色，她一定是哭了。

宁华裳也不傻，看到这一幕基本就已经意识到出了事。

"宁总，我是真的很需要钱，所以我……所以我就，我就把点翠蝴蝶钗还有龙形玉佩……给了 Lisa……"

宁华裳怔住了。

刘婷婷直接就跪在了地上："宁总，我知道我做错了，我求求你别报警好不好！我知道错了我真的知道错了……你放过我，让我走好不好？"

"你什么时候给的他们？"

即便宁华裳是好脾气，这个时候也没有办法就这么原谅刘婷婷。

她做其他的事情都无所谓，但是这一次的大秀对于华冠公司来说非同小可，偷了重要的点翠蝴蝶钗还有龙形玉佩，还给了 Lisa。

看来这一次真的要像是孟曲雯说的，他们要有大麻烦了。

刘婷婷知道这件事情非同小可，她说："对方给了我五十万……就在前天，我就把东西给他们了……"

那个时候公司还没有将这些东西都空运到美国，Lisa 说那是她下手最好的时机。

为了能够救人，别说是五十万了，就算是五万，她都不得不干。

她实在是没有多余的钱了。

"出什么事了？"

苟修从刚才就注意到刘婷婷拉着宁华裳走了出来，但还不知道到底发生了什么事。

宁华裳看了一眼跪在地上的刘婷婷，说："你先回去吧，你应该知道这么做是犯法的。你也应该想一想，如果你父亲知道你救治他的钱是这么来的，他会怎么办？"

荀修没有插话。

刘婷婷站了起来，对着宁华裳深深地鞠了一躬，随后朝着外面就跑了出去。

荀修说："现在你可以说是什么事了？"

能够让宁华裳这个样子，一定不是一件小事。

宁华裳抬头看着荀修，说："Lisa前天找了刘婷婷，给了刘婷婷五十万，让刘婷婷把点翠蝴蝶钗还有龙形玉佩拿走了。"

荀修的眉头一下子皱得很深。

别的也就算了，龙形玉佩是他们压轴的配饰，另外点翠蝴蝶钗也是清朝必不可少的一个发饰，点翠更是惊艳了全世界的工艺。

没有了这两样，他们这一次怕是麻烦了。

"能紧急制作出来吗？"

宁华裳摇了摇头："根本没有时间了，我光做玉佩就已经用了十天左右，要做点翠也没有时间了，再加上我们这个时候也没有这么好的材料，别忘了我们明天就要去国外。"

"怎么回事？"

孟曲雯和马丁也跟着走了出来，他们刚才就在席间没有看见宁华裳，谁知道一过来就发现两个人的神色都凝重了起来，气氛也变得有些僵持。

"华裳，出事了？"孟曲雯的第六感　向很准。她觉得这一次一定是出事了。

"刘婷婷把玉佩还有点翠给偷了。"

"给偷了？！"孟曲雯怔住了，"她什么时候偷的？东西现在在哪儿？"

现在所有的东西都应该空运到了国外。

孟曲雯顿时背脊生冷，一时间冷汗都出来了。

如果是这样的话，岂不是有两套服饰不完整了？

"不出所料的话东西应该已经和蓬莱公司一起去了纽约。"

听到宁华裳这么说，孟曲雯当下就控制不住情绪了："这个刘婷婷！我就知道她不是什么好东西！我就说这几天她有事情瞒着我们！"

"你冷静一点！"马丁连忙按住了孟曲雯。

"我怎么冷静？那个头饰和玉佩有多重要你不知道吗？"

孟曲雯亲自设计的这个点翠蝴蝶钗，之前这个蝴蝶钗就被摔坏过一次，她是看着宁华裳修复的，这一次蝴蝶钗直接就被蓬莱的人给偷了，她怎么都没有办法冷静！

这和直接盗取了别人的劳动成果有什么区别？

"现在不是生气的时候，大家现在都这么高兴，先别让他们知道，我们想个办法，能不能找到什么替代一下……"

宁华裳现在能够想到的就只有这样了。

"明天就要去国外，到时候没有材料怎么办？"

他们的首饰完工是最早的，所以材料早就已经没有了。

"让我想想，让我想想……"

宁华裳这个时候需要的是冷静，她的确是应该好好冷静地想一想，接下来应该怎么办。

荀修看出来宁华裳这个时候需要的是冷静，他说："我送你回酒店，明天一早我们就要出发。"

"对……明天一早出发。"

宁华裳沉住了一口气。

她这个时候脑子千万不能乱。

还好刘婷婷提前将这件事情告诉他们了，距离真正走秀的时间还有七十二个小时，这七十二个小时里面足够她做很多的事情了。

在车上，宁华裳的思绪一直都没有停下来过，荀修说："别紧张，放轻松，有的时候越是紧张脑袋越是乱。"

"我知道……"

宁华裳嘴上这么说，但是一直都没能够让自己放松下来。

她在华冠公司一年的时间，知道大家在这一次大秀上付出了多少的心血，她揉了揉眉心，尽量让自己放松下来。

荀修单手握着方向盘，另外一只手拍了拍宁华裳的手，说："慢慢想，我们还有三天的时间，这三天足够了。"

宁华裳的余光落在了车内的一瓶香水内插着的绒花，如果没有记错的话，这个应该是第一次和荀修见面的时候，她送给荀修的见面礼。

"绒花……"宁华裳喃喃说，"宝蓝色的绒花……"

"什么？"

"我想到了！"

宁华裳回头，看着荀修说："我们用绒花。"

第 53 章　大秀

　　荀修跟着宁华裳回到了酒店，宁华裳打开了抽屉，将自己从家里带来的制作绒花的工具都拿了出来。要制作绒花从第一步开始做也不算是费事，但是比起做点翠来说还是简单太多了，像是点翠蝴蝶钗那个大小的绒花，宁华裳完全可以在三天之内做出来。

　　"用绒花代替点翠，可行吗？"

　　"可行。"宁华裳说，"其实清朝的时候绒花盛行一时，因为绒花其实是用蚕丝还有铜丝做出来的，用的其实就是丝绸的下脚料。南京绒花是皇家贡品，因为当时的丝织行业发达，所以绒花也是热销产品，那个时候上至皇家下至臣民都喜欢用绒花来装饰，比起点翠的昂贵，绒花更加的简沽大方。"

　　荀修若有所思地点了点头。

　　"咚咚——"

　　门外传来了敲门的声音，很快孟曲雯就用房卡将房门打开了。

　　马丁开车送孟曲雯回来的，孟曲雯还是放心不下。

　　"有解决的方法了吗？"

　　"已经有了，放心。"

　　听到宁华裳这么说，孟曲雯才总算是松了一口气。

　　她还害怕没有解决的办法。

　　但是见宁华裳的这个样子，应该是没什么事了。

　　"对了雯雯，上一次你给马丁绣的香囊呢？给我看看。"

　　一提到香囊，马丁就疑惑："什么香囊？"

　　"哎哎哎！"孟曲雯结巴地说，"这、这和香囊有什么关系？"

　　……

　　宁华裳看孟曲雯的这个样子，就知道孟曲雯还没有将那个鸳鸯香囊送出去。

　　不过这个香囊的确是给了她灵感。

　　"没事，我就是想到了可以用香囊去代替玉佩。"

　　荀修问："可行吗？"

"可行。"

宁华裳决定用明黄色的缎子做出一个苏绣的香囊，这样穿在衣服上的时候就不会被发现有违和感了。

时间紧促，她这三天怕是不能够睡个好觉了。

第二天一早，宁华裳他们很快登机了，即便是在飞机上宁华裳也不能够休息，只为尽快地完成绒花，当绒花完成了之后她才能够更好地绣香囊。

"还是休息一会儿吧。"

荀修看着旁边宁华裳做绒花的样子，她昨天一个晚上都没有合眼。

"没关系，我不是很累。"宁华裳害怕荀修多想，她说，"我从前在家里的时候三天不合眼都没有什么，但是第四天就不行了。"

后面的孟曲雯有些自责，如果她当时好好地学习刺绣就好了，这个时候也能帮上忙，但问题是她这个刺绣的功底，连绣好的鸳鸯香囊都不敢给喜欢的人，她是真的不敢上手。

"所以那个鸳鸯香囊呢？"

马丁伸出了一只手，孟曲雯拍了一下马丁的手心，没好气地说："扔了！"

……

下车后，有公司专门的车接送他们去酒店。

宁华裳回去了之后就马不停蹄地拿出了明黄色的缎子。

孟曲雯惊讶："绒花做好了？"

宁华裳点了点头。

一个晚上没睡觉，做不好的话就是她偷懒了。

蓬莱公司早早地就已经搭起了走秀的 T 台，这一次他们找来的品牌商不可计数，而且有不少的业内名人都在关注这一次的走秀，Lisa 自认为还是很满意的，因为这里的布置一流，他们早就已经开始在外观上面做文章了，而且回国之后一定会第一时间登上头条。

"都已经准备好了吗？"

杜云湘从后台走了出来，这里的搭设基本都已经完成了，他们的速度比华冠公司要快得多，而且他们也比华冠公司更早地开始走秀，一连几天的时间都会在这个地方走秀，因此能够达到最好的效果。

"都已经准备好了，接下来就是等模特儿。"

"模特儿早就已经准备好了，都是我御用的模特儿，之前合作过，所以她们的走秀能力无人能比，就算是华冠公司财大气粗，怕是也找不到几个比我找到的更好的模特儿。"

这一点杜云湘还是很自信的。

"好。"

Lisa 看了一眼来宾的名单，说道："今天到场的会有很多我们合作的品牌商老总，等着看好戏吧，这一次华冠公司绝对完败。"

杜云湘不太愿意想起 Lisa 偷走了华冠公司饰品的事情，她今天一天的情绪都不高，她只是希望这一次的走秀能够顺利完成，这毕竟也是她耗费了半年的时间准备的。三天前，她还对这一次的走秀充满了期待，可是今天，她的心里总是忐忑不安。

"快看看来宾的名单，有很多我们之后还是要合作的，别发呆了。"

Lisa 拍了拍杜云湘的肩膀，就在 Lisa 准备离开的时候，看了来宾名单的杜云湘突然叫住了她："等等！"

Lisa 的脚步停了下来，说："怎么了？"

"怎么这么多品牌商？"

杜云湘不记得他们合作了这么多的品牌商，来这里之前刘总也没有说过。

看着杜云湘费解的样子，Lisa 说："之前你一直都不太管品牌商的事情，他们是给我们投资的人，以后你还是要多了解的好。这一次蓬莱的走秀有多方关注，大家都想要看看你能不能出彩，就这些品牌商以后我们都要多接触，对你有好处，或许还可以混一个代言，工作这不就来了？"

"可是这一次的走秀这么多的品牌商，我们……"

"好了，哪儿有这么多的时尚圈的人来看？你放宽心，我们会打好广告的。"

说完，Lisa 不管不顾地走开了。

杜云湘有预感，这一次蓬莱一定要出事了。

杜云湘怎么都不能够将心情平复下去，这么多的品牌商……对于一场之前就打着弘扬国风的走秀可不是什么好事……

杜云湘很快走到了后台，说："品牌商们已经来了吗？"

"大部分都已经来了，今天我们这里可热闹了，杜总你就放心吧。"

秘书正在笑着和杜云湘说着他们这一次走秀的盛况，还没有开始，人就已经络绎不绝地来了。

杜云湘耐住了心慌，问："你们准备了多少把椅子？"

"我计算了一下，媒体、时装博主，还有我们的人、品牌商以及一些潜在的客户，还有一些明星到场，我让人暂时先安排了一百张椅子，即便是不够我们也有其他的备用椅子。"秘书问，"杜总，是有什么不妥的地方吗？"

"……没事。"

杜云湘的脑子有些混乱，虽然她知道这一次会来不少的人，品牌商冠名也是很正常的事情，可是按照Lisa这个做法，来的人大部分全都是品牌商，不知道其他的时装博主和一些潜在的客户会来多少。

"杜总，按照我们之前定的，大约一场走秀四十分钟，咱们分四天走秀四场，第一天应该是最热闹的，后面的就要看维持的情况了。"

"四场四天？这些你之前为什么没有跟我说？"

杜云湘一时间怔住了。

四天的时间？

她所设计的衣服，顶多也就走九十分钟，安排两场完全可以走完，可这一次竟然要走四天？竟然没有人事先和她商量？

秘书低着头，说："Lisa说，这一次我们的品牌商实在是太多了，刘总的意思是说我们为了能够打响品牌，尽量能走多慢走多慢，哪怕是拖到七天也没有关系……"

"胡闹！"杜云湘的脸色难看，"走四天就已经很不像话了！还走七天？"

"杜总，这一次毕竟不是公益的走秀，我们还是要为了拉商业上的关系……四天已经很少了。"

"你……"

在这个圈子里面，为了品牌而走的时间越长越好早就不是什么秘密了，只是杜云湘从前从来都没有参与过这样商业的走秀，所以才会不明所以。

看着女秘书不敢反驳，却又不敢多说的样子，杜云湘揉了揉眉心："我知道了，你们继续工作吧。"

"好的，杜总。"

杜云湘走到了后台，看着忙乱的场面，心情不由得沉重了起来。她身为总设计师，最后需要谢幕，所以这个时候不能够离开，分明每一次参与这种走秀的时候，她一直都抱着期待感，这一次却心慌得厉害。

她这一次怕不仅仅是惨败这么简单，她或许还会贻笑大方，名誉受损。但是这个时候绝对不能够贸然地停下来，否则舆论压力只会越来越大。

Lisa满眼都是利益，杜云湘想要后退也已经无路。

而这边，宁华裳已经在紧急地制作手中的香囊，门口的孟曲雯被马丁叫了出去："蓬莱公司那边已经开始走秀了，去看看？"

"刺探敌情？"

"嗯哼！"

他们现在在这个地方也插不上手，还不如去看看对方的情况。

"行！"

孟曲雯就是喜欢这种事情，拉着马丁两个人就朝着蓬莱的场地走去，蓬莱在纽约时装周这里也实在是没有什么牌面，如果不是因为杜云湘的话，也绝对不会有这么多的人来看，孟曲雯张望着，说："嚯，这么多人？"

这种超高人气是孟曲雯始料未及的，按照她的了解，杜云湘虽然说是一颗冉冉新星，但也不是什么太大号召力的人，这一次怎么能叫来这么多的人？

"那个不是威尔吗？"孟曲雯遇到了老熟人，连忙上去打招呼，"威尔！"

威尔坐在了最后面的一排，还在听主持人致辞，他已经多少有些不耐烦了。

威尔也是马丁的老熟人，见到两个人都过来了，不由得上前，说："你们怎么也过来了？你们不是在华冠吗？"

"这不是来刺探敌情了吗？"孟曲雯张望着，问，"怎么这么久还没开始？"

威尔耸了耸肩："你看看这人，我能够排到后面已经算是很不错了。"

威尔在这个业内好歹也是有一席地位的，粉丝也有好几百万，可以说是一个名副其实的大V，但是没有想到来到这里之后竟然是这个待遇。

"人是真的多啊。"孟曲雯不由得咋舌，"这么多大V都过来了？还是对蓬莱感兴趣的买家都来了？要不然就是来了几个世界巨星？"

"噗——！"

威尔实在是被孟曲雯给逗笑了："世界巨星？开什么玩笑？对蓬莱感兴趣的买家倒是有，那也不可能坐这么多啊，我这么跟你说吧，前面那几排除了他们蓬莱的人就是给蓬莱投资的品牌商，我们这些大V能坐在

后面一排就很不错了，媒体都只能够靠边站。"

"不能吧！这蓬莱怎么一点待客之道都没有？"

孟曲雯的确是想要从这个方向看看 T 台，奈何那上面什么都看不清楚，大老远的还费眼睛。

马丁说："那你还在这儿干嘛？过两天去我们华冠？"

"那是当然了！"威尔说，"你们华冠的总设计师是不是叫宁华裳？"

孟曲雯问："你认识？"

"我很想认识！她长得好看！"

……

孟曲雯送了一个白眼给威尔："好看也不是你的，人家有荀总了。"

威尔疑惑地看着孟曲雯："华冠不是不让员工谈办公室恋爱吗？"

"哎哎哎！"马丁连忙捂住了孟曲雯的嘴巴，阻止她乱说话，"对对对，不让办公室恋爱，你别听她胡说！跑题了跑题了！"

……

孟曲雯又送了一个白眼给马丁。

胆小鬼！

"那咱们都找个地方慢慢看，看看杜云湘究竟有多大的本事。"

孟曲雯直接搬了一把椅子，坐在了马丁和威尔的中间，她如果记得没错的话，杜云湘还是威尔的缪斯女神，只是看威尔现在的这个样子，多半是对他的缪斯女神提不起什么兴趣了。

可以说杜云湘这半年几乎是被蓬莱公司给玩坏了，一点从前的仙气飘飘都没有了。

等了大概十五分钟的时间，才总算是开场了，这中间孟曲雯看了无数次的手表，这应该是最久的一次等场。

她甚至觉得这种感觉像极了上学的时候顶着大太阳听着演讲，每一次总是能够说出长篇大论，但是都毫无营养的话来。

孟曲雯无聊透顶："还没有完？我可真是受不了了。"

"快了，这不都已经开场了吗？"

灯光都已经暗了下去，聚光灯打在了 T 台上，孟曲雯看着这些设计走出来，众人也都只是议论纷纷，孟曲雯没了兴趣，等了小二十分钟就等到了这玩意儿。

威尔也皱眉。

他们对艺术的定位其实没有什么评定标准，可是至少分得清楚什么是不伦不类，什么是哗众取宠。外人对艺术的理解大多数都是"是我不懂""原来这就是艺术，长见识了"这种贬义，其实实际上是因为他们没有看到更好的时装，看到的全都是一些炒作的时装。

可以说威尔对这一次的走秀有多期待，现在就有多失望。

风格还是那个杜云湘的风格，整体奢华高端优雅，为了融合国风，她也下了不少的功夫，但是国风的色彩搭配很重要，杜云湘压根儿没有考虑过。

不过在场的人很多都不是专业的服装设计师，大多数都是品牌商，他们对艺术这一类也并不是很懂，孟曲雯见这个速度，忍不住说："怎么感觉好像是开了零点二五倍速一样？"

"同感！"马丁深有感触，这一看就是服装准备得不多，但是场次却很多的情况。

实在是不知道蓬莱公司是怎么想的，这也实在是有点把人当傻子蒙了吧？

"走走走，回去和华裳说。"孟曲雯拉着马丁就要走。威尔说："这才刚开始这么一会儿，你们现在就要走了？"

"走了走了！没什么可看的！"

孟曲雯故意捏着嗓子喊了一声，然后拉着马丁就跑了。

回到了酒店，孟曲雯直接就躺在了床上，高兴得嘴巴都合不上了。

宁华裳一边刺绣一边问："什么事儿这么高兴？"

"高兴啊，我和马丁去了蓬莱的走秀现场，你都不知道，他们那个时装效果一塌糊涂！"

孟曲雯知道是因为蓬莱公司花了太多的钱去宣传前期预热的效果，但是问题就在这里，他们让人的期待感一下子升高了太多，结果现场效果不如意，就像是老太太的裹脚布一样，又臭又长，估计这一次会有不少的人都失望了。

"我说你怎么不见了，原来是去看时装了？"宁华裳不以为然地说，"怎么样？看出了点什么？"

"看出来了他们的黔驴技穷。"孟曲雯说，"他们这营销手段属实不赖，不过我看这一次的走秀反响平平，今天是第一天，去的人还算多。我回来的时候特地问了工作人员，说这一次他们要走四天，四天啊！蓬莱他们才准备了半年，能做多少套衣服？怪不得那些模特走得这么慢，也不是没有原因的。"

这一点宁华裳倒是没想到，她以为杜云湘会速战速决，九十分钟两场解决上下午的走秀，可这一次杜云湘竟然会准备走秀四天，这还真是大跌眼镜。

"对了华裳，你还要多久才能完工？"

"快了。"宁华裳说，"还有不到三天，我想应该可以。"

"那你也不能不睡觉啊，你休息一会儿，醒来之后再绣，总之也不是多大的工程。"

宁华裳摇了摇头："还不困，晚上的时候吧。"她本来困劲儿都已经过去了，这个时候怎么也没有办法睡着。

"身体重要，你都已经一整天没有休息了。"

虽然对于他们这些打工人来说，没有一个充足的睡眠是常有的事情，但是在来美国之前，宁华裳就已经很久都没有睡一个好觉了，她真怕宁华裳撑不到大秀的谢幕。

"咚咚——"

门口传来了敲门的声音，孟曲雯很快去开门，站在门口的荀修将两杯咖啡放在了孟曲雯的手里："给她一杯。"

孟曲雯知道这个时候荀修应该去检查现场的情况，应该不会分神来这里才对。

荀修不打算多说，他很快就回去了。

见荀修走了之后，孟曲雯看了一眼房间里面的宁华裳，她将咖啡摆在了宁华裳的面前，说："荀总刚才拿过来的，难为他还准备我的，我看他是想要给你的，顺带才给我。"

孟曲雯打开了咖啡盖子，当闻到咖啡味道的时候，孟曲雯的眉头紧皱，随后又推给了宁华裳："行吧，现在可以确定了，这两杯都是你的。"

这种黑咖啡最提神醒脑，孟曲雯这个时候光是闻一下都觉得刺激。

当然了，这个时候最需要黑咖啡的是宁华裳，她觉得两杯黑咖啡都不一定够。

宁华裳虽然也不太喜欢喝这种苦到皱眉的咖啡，但是这个时候想要提神醒脑还真是非它莫属。

"叮咚——"

"又是谁啊。"

孟曲雯爬了起来，走到了门口，正看到了门外的马丁，马丁的手里提着一个八寸的蛋糕，说："荀总让我把下午茶给你们送过来。"

……

孟曲雯回头看了一眼宁华裳。

其实甜品和咖啡都能够驱散疲劳，孟曲雯觉得这个时候荀修就差把"打好精神"四个字的锦旗送过来了。

"行吧，我知道了，进来吧。"孟曲雯领着马丁走了进来，然后把蛋糕放在了宁华裳的面前，"华裳，荀总特地给你准备的蛋糕。"

"不了，我不饿。"

"这哪里是怕你饿肚子？这是怕你提不起精神。"孟曲雯说，"甜品这个东西是可以驱散疲劳的，别客气，反正是荀总请客。"

说着，孟曲雯将一勺芝士蛋糕塞到了宁华裳的嘴巴里面。

马丁说："这是给华裳的啊？我还以为荀总是特地照顾大家，所以给各个部门都送了蛋糕。"

"笨蛋用脑子也想出来了，荀总这是担心华裳太累，又知道华裳肯定不愿意这个时候放下手里的工作，所以才送来甜品和咖啡。"孟曲雯不由得叹了一口气，回头瞥了一眼马丁，"来美国之前我忙成那样，也不见某人有这个心思"。

"那我买的奶茶你也没少喝啊。"

孟曲雯瞪了一眼马丁，马丁顿时不敢说话了。

"现在时间紧任务重，又不是来国外旅游的，你们两个赶快去帮帮荀总，万一那边要有什么事情，别耽误了。"

听到宁华裳这么说，孟曲雯也站了起来，说："好，我和马丁去现场看看，大后天咱们就要走秀了，如果不行的话咱们儿十分钟分两场分两天也行，反正压轴的在最后一天。"

宁华裳抬头，说："别临时改方案，荀修要是听到你说这句话，一定训你。"

"我就是说着玩的，我哪儿有这个权限啊。"

孟曲雯拉着旁边的马丁说："那什么我们先走了，华裳你加油！我相信你可以做到！"

孟曲雯这个时候除了加油打气之外也没有什么别的方法了，她很快就拉着马丁离开了。

宁华裳无奈地摇了摇头，她这一次用的是苏绣的手法，临来纽约的时候她已经将需要的绣棚、绣线、尖头小剪这些比较重要的东西都准备好了。三天的时间如果只是绣一个不太复杂的香囊已经是绰绰有余了，只

是宁华裳不敢放松。

场地那边都已经搭建得很好了，只是要考虑到当天的天气情况，这些全都要计算进去。苟修正在场地指挥，孟曲雯和马丁两个人去检查服装和模特儿到场的问题。这三天还要彩排，模特儿需要熟悉一下这里的T台还有走位问题，虽然这些在国内的时候都已经训练过很久了，但是真正上场的话还是要走上两遍。

一连两天的时间，孟曲雯和马丁时不时就去观察蓬莱公司的情况，那边自从第二天开始去的人已经变少了，从流失率来看，蓬莱公司这一次是吃了亏了。

杜云湘在后台很焦躁，脾气也变得有些不好，秘书小心翼翼地说："杜总，我们下午的这一场……"

"座位没有坐满吗？"

……

秘书轻轻摇了摇头。

第一天有很多人都抢不到位置，从第二天品牌商不过来之后，这里的人就变少了，第二天的情况还算是好的，从第三天开始那才叫断崖式流失。

Lisa走到了后台，见杜云湘的脸色不好，她上前，说："怎么愁眉苦脸的？"

"你没看见外面的那些人吗？"杜云湘不相信Lisa没有看到，"这就是你们打造出来的效果？"

"那些有什么可放在心上的？我这几天已经为你拉了不少的品牌合作，到时候你就可以代言他们的珠宝和服饰，能够有一大笔的代言费。等到回国了之后我们就可以签订合同，蓬莱公司也已经拉了不少的客户，这一次已经回本了。"

Lisa轻描淡写地说着这些话。

杜云湘完全不能够接受这种成绩，这对她来说无外乎就是一种耻辱。这几天那些服装界的人来观看，来一个走一个，对于一个设计师来说，她所设计的衣服不被认可，以后在这个服装界也不会有什么好名声了。她看到那些用廉价衣料做出来的衣服之后都觉得一塌糊涂，蓬莱为了节约成本，在成衣这方面简直是在糊弄事。

而Lisa不在意这些，品牌商们也不在意这些，他们在意的只是他们的广告有没有被投出，这些所谓的艺术是否能够带给他们利益。

当杜云湘看到这些的时候几乎要崩溃了，Lisa 不是设计师，不会为前景所担忧，但是杜云湘会，设计是她一生的热爱，她不想就这么浪费自己的热情在这种违背本心的事情上。

杜云湘抬头，看着眼前的 Lisa，问："明天华冠就要开始走秀了，明天也是我们的最后一天，我们会惨败吗？"

杜云湘从来都没有说过这么没有底气的话。她不是没有看过宁华裳所设计的衣服。

宁华裳所设计的衣服当中有着一股灵气，让人觉得舒服，色调可以强烈也可以柔和，上一次在比赛中所用的花间裙，是她从来都没有见到过的配色，那么干净纯粹，朴素而又让人无法忽视。

相比之下，那个时候她精心打造的百鸟裙却好像在一瞬间黯然失色了。

她有预感，这一次她精心准备了半年的走秀和宁华裳精心准备了一年的走秀也会是这么一个结果。

"放心，我有我的办法。"Lisa 似乎早有想法，"我不会让华冠公司就这么轻易地完成他们的走秀"。

杜云湘站了起来，满脸的不可置信："你又要做什么？"

"我做什么都是为了你好，作为你的经纪人，我必须要保证你的前路通畅，回国之后你必须要上头条，媒体的资料我都已经整理好了，你等着看好戏吧。"

Lisa 转身就走，杜云湘立刻说："站住！你把话说清楚了！"

听到杜云湘这么说，秘书都吓到了，她连忙在旁边打圆场："杜总，您还有下午的场次没有看呢，要不你还是先看看……"

杜云湘知道秘书害怕 Lisa，Lisa 在业内的名声也不是说说而已。

Lisa 转过身来，对着杜云湘说："当初可是你求着让我来帮你，你可别忘了，这么多年要不是凭着我给你铺的路，你能走到现在？亲爱的，我又不会害你，在这个圈子里面要是没有点心眼，怎么能出头？"

"那你也不应该用这种手段，凭实力……"

"凭实力？要是一开始你就凭实力，比赛的时候就不会输，也不会被华冠罢免，我这种手段你当初可都是一一默认了，谁也别和谁比干净，想要当圣母的话一开始你就不应该和宁华裳对着干，现在你害怕了就想要退出，那纯属扯淡。"

杜云湘想要反驳，话到嘴边却什么都说不出口了。

当初对付华冠的事情，一桩桩一件件她都默认了，虽然之后有些事情

是 Lisa 先斩后奏，但是她也没有回头是岸，走到了现在这个地步，根本就是回头无路。

到了检验成果的这一天，宁华裳紧赶慢赶才总算是将香囊绣好了。

孟曲雯对着化妆师招呼着："快！快进来化妆！"

宁华裳今天的睡眠时间不足三个小时，整个人都是蒙的状态，孟曲雯只能用凉水拍了拍宁华裳的脸，才勉强让她在这个时候提起精神。

化妆师在给宁华裳化妆，她实在是支撑不住，又睡了一会儿。

孟曲雯是没有想到这个时候宁华裳也可以睡得这么香甜，今天对他们来说是最重要的日子，如果要再延伸一下，那就是对宁华裳来说最重要的日子，这一年来耗费最多的是宁华裳的心血。

今天总算是能够大放异彩了。

门口的赵莉莉喊道："雯雯姐！快去现场！出事了！"

"出事了？什么事儿？"

孟曲雯想不到还有什么比被蓬莱公司偷了成品更坏的事，宁华裳原本在浅眠，听到赵莉莉这么说也睁开眼了。

"到底什么事？"

孟曲雯很快出去了，宁华裳也站了起来："怎么了？不是这个时候还没有开始吗？"

"先去现场！那个新来的场务不明白状况，咱们压轴走秀的那两个模特儿被蓬莱紧急调用了，蓬莱那边说借场二十分钟就把人送回来，可是人走了之后就联系不上了！"

赵莉莉说得紧急。

孟曲雯却怒了："那个场务不知道蓬莱和华冠的关系吗？谁允许他把人借过去的！快点，我去要人！"

"要不回来了。"

宁华裳的声音从后面响了起来。

孟曲雯说道："可是那是我们的人啊！"

"蓬莱那边一定是付了钱，你没听莉莉说人走了之后就联系不上了吗？"她早该想到对方不会这么轻易地罢手。

孟曲雯着急地说："那怎么办？走了的那两个模特儿，可是咱们精挑细选的，很难请到的！这个时候想要找到这么合适的模特儿肯定不可能了啊！"

"先这样，走秀快要开始了，咱们先去现场，先看看情况，如果只是两个模特儿那还好说，纽约时装周这段时间，最不缺的就是模特儿。"

"好！"

宁华裳尽量让自己这个时候冷静下来，他们不能够被牵着鼻子走，否则很容易手足无措，最后出尽洋相。

华冠的现场很是大气，毕竟是一个老招牌，这么多年来有一定的名气，所以租赁的场地都是最好的，还没有等到开始就已经来了不少的人。

宁华裳本来是想要好好地看一看他们的成果，可是这个时候他们还要开一个紧急的会议。

荀修一早就已经得到了这个消息，所以和其他部门的主管在那边商谈这件事情的解决办法。

宁华裳来了之后，荀修对着她点了点头，宁华裳明白荀修是要单独和她说话，荀修走到了后台，宁华裳也跟了过去。

"现在的情况严重吗？"

"可以说严重。"荀修说，"我已经让人去别的地方调人手，但是没有合适的。"

他们的衣服都是定制的，想要找到这么合适尺寸的人很困难，还有模特不能是外国人。

宁华裳抿唇，说："这样吧，我记得没有错的话男子的身高应该在一米八五到一米九之间，男模特儿好说，只要是身材比例合适的话其实也不难找，只是女模特儿身高不能够太高，因为戴上朝冠和花盆底的话，女模特儿比男模特儿还要高就很尴尬了。"

正在这个时候，主持人的话音落了下来，宁华裳知道要开始了。

荀修说："去看看吧，我们原定有九十分钟，时间或许还够。"

他知道宁华裳想要亲眼看到这一次走秀的成果，那是他们一年的心血。

"不了。"宁华裳摇了摇头，"没有解决目前的情况，我怎么心安理得地坐在这里？"

不过即便是从这里她也能够看到他们的成果。

将军俑、留仙裙、霞帔、袄服、反裘、曲裾深衣、大袖袍、质孙服、马面裙、旗袍、长衫……这些都是他们这一年以来反复磨合所做出的最好设计，她相信，也确定会惊艳世界，这千百年来中华在服饰上的历史进程就像是一样样地展现在众人的面前，世人的眼光都会跟着目不暇接。

宁华裳和荀修两个人到了后台，原本两个压轴模特儿的化妆师对着宁华裳和荀修说："宁总，荀总。"

宁华裳问："我们还没有找到人，再等一等，你一会儿化妆需要多久？"

化妆师说："这个怎么也要半个多小时，我们两个人的话可能快一点，可是……人不好找吧。"

另外一个化妆师一直都在盯着宁华裳和荀修看，宁华裳皱眉："周姐，你是不是有什么话要说？"

"我觉得宁总和荀总你们两个人的身形倒是挺合适的。"周姐看了一眼旁边的化妆师，问："你觉得呢？"

"我也觉得……好像是挺合适的。"

闻言，宁华裳和荀修对视了一眼。

荀修问："你们确定吗？"

"确定！身形什么都很相似。"

"好。"

"好？"宁华裳难得有些慌张地看着荀修，"你是说咱们两个人上场？"

"现在还有更好的办法吗？九十分钟的时间，我们就算是压轴出场，算上换衣服化妆的时间也不够了。"

"可是……"宁华裳为难，"我没走过秀。"

"在培训的时候，你走得不是很好吗？"

"我……"

荀修没有给宁华裳多想的机会，很快就说："给我们两个人上妆，要快。"

"好！"

宁华裳还没有反应过来就被按在了椅子上，荀修在旁边说："我想你也应该知道彩排时候的程序，不要紧张，到时候你跟着我走就好，我想与其找两个不懂流程的模特儿，你和我更能够制造话题。"

"什么话题？"

"总策划和总设计师做压轴模特儿，空前绝后。"

……

华冠的场地已经坐满了，媒体去的比他们想象当中的还要多，连国外的记者都已经来了不少，这才只是开场三十分钟的时间。

杜云湘一个人坐在后台发呆，秘书走到了杜云湘的面前："杜总，再过一会儿就要下台谢幕了，化妆师等着给您补妆呢。"

听到了秘书的声音，杜云湘才总算是回过神来。

"好，我知道了。"

杜云湘坐在了化妆台前，化妆师正在给杜云湘补妆，外面的背景音乐却突然暂停了。

"怎么回事？"

杜云湘皱着眉头，秘书也怔住了，无缘无故的前面 T 台怎么把音乐给关了？

"杜总，我去看看。"秘书绕到了前面，见原本他们的场地涌入了好多的记者。

杜云湘也走了出去，当杜云湘看到这一幕的时候，脸色变得很难看。

直觉告诉她，这绝不是什么好事。

杜云湘问："Lisa 呢？"

秘书有些结巴："Lisa……Lisa 应该快过来了吧。"

在这个时候让一个经纪人来控场显然不实际，外面的记者大约是看到了角落的杜云湘，其中的一个女记者喊："是杜云湘！快！那边！"

记者们朝着杜云湘一拥而上。

杜云湘的脸色瞬间就白了下去。

这边，宁华裳正在紧张地换衣，这朝服穿着烦琐，需要一定的时间，包括最后还要戴朝冠，这些都是需要时间的，之前预计的时间可能会超时。

孟曲雯走到了更衣室，看上去一脸的兴奋："大新闻！"

"又有什么大新闻？"

"昨天杜云湘设计的一套百鸟朝凤被扒抄袭！咱们丢了的点翠和玉佩被挂在了网上，今天就已经被眼尖的记者对比，现在好多的记者都去找杜云湘一问究竟了！"

宁华裳沉默了片刻。

"华裳？怎么了？你不高兴不意外吗？"

"是很意外，照片是什么时候挂在官网上的？"

"就是前天，前天挂失了。"

孟曲雯疑惑地问："华裳，你怎么突然这么问？"

"没什么，我就是觉得……记者的眼睛真尖。"

宁华裳想到这件事情多半都是荀修做的，现在所有的人都在看蓬莱公司的热闹，想要凑上去看看曾经的这个再冉新星是怎么陷入抄袭丑闻的。

蓬莱公司那边应该都已经心急如焚了吧。

"因为这个事，咱们还中场休息了十五分钟，现在不少的人都去蓬莱

那边看了热闹，没有想到蓬莱公司这两天冷清了这么久，今天又热闹了起来。"孟曲雯觉得痛快极了，"这就叫自作孽不可活！"

宁华裳问："你是不是也去凑热闹了？"

孟曲雯摇了摇头："我哪儿敢啊，我倒是想去看看，但是咱们这儿还有一堆的事情呢，我可不敢擅离职守，到时候荀总知道了肯定骂死我。"

听到孟曲雯这么说，宁华裳不过是轻轻笑了笑。

看来要不是因为孟曲雯害怕荀修的话，这个时候应该都恨不得朝着蓬莱的场地飞过去了。

第 54 章　大结局 上

蓬莱的场地不知不觉已经挤满了人，连国外的媒体都已经惊动了，闪光灯对准了杜云湘的脸，记者们无不在找她脸上的瑕疵、慌张还有心虚。

"杜小姐！关于这一次的抄袭事件你怎么看？"

"蓬莱公司和华冠公司对峙已久，这一次时装秀中您所设计的百鸟朝凤被扒出抄袭华冠公司宁总的设计，并予以盗窃成品，对此您有什么可辩解的吗？"

"在国内警方已经对此展开调查！请您说两句吧！"

……

Lisa 不过就是外出买了杯咖啡的时间，蓬莱的场地就已经涌进了不少的人，当看到杜云湘被挤在中间的时候，Lisa 立刻扔掉了手里的咖啡，跑到了中央护住了杜云湘，面对着十几个记者，Lisa 立刻说："这件事情我们无可奉告！你们这是扰乱我们场地的治安！保安！叫保安过来！"

秘书第一次见到这个场面，听到了 Lisa 说话，这才找到了主心骨，她很快就要去找保安，杜云湘却在巨大的压力之下迟迟都没有说一句话。

Lisa 一把拉过了杜云湘，压低了声音对着杜云湘说："现在听我的，你默不作声，回去之后我会让人发律师函，业内都知道你的背景，只要是华冠不紧咬着不放，我们就不会受到牵连，互联网的记忆本来就不长，过段时间人们就能淡忘，但是你给我记住，你千万不能承认抄袭，这件事咱们可以推到其他设计师的身上……"

"够了。"

杜云湘从来都没有这么冷静过，那些谩骂还有质疑此刻都停在了她一个人的身上。

她这个时候不由得想到了肖修曾经和她说的话。

她这样的身家，这样的能力，其实只要是安心顾好自己的圈子，不要贪名贪利，不想要这么多，其实这个时候发展还会顺风顺水，未来成为一代顶级设计师指日可待。

但她人心不足蛇吞象，根本怪不了其他的人。

杜云湘看了一眼身边的 Lisa，冷冷地说："这一次我不会听你的。"

313

"你！你不想干了？" Lisa 一只手抓住了杜云湘，说："你这个时候去就是送死知不知道？"

Lisa 这么多年的骄傲就是培养出了一个杜云湘，在她手中无论是设计师还是女星都已经得到了最好的发展，她坚决不会想要在她的履历上有这么一抹污点。

"就算是送死也和你没有关系。"杜云湘指着 Lisa 的肩膀，一字一句地说，"你被解雇了。"

Lisa 不可置信地看着眼前的杜云湘："没有我你根本没办法继续走下去！你要断送你的前程！你！"

"保安，把她带走，她现在已经是无关紧要的外人了。"

杜云湘面无表情地扔下了这句话，随后头也不回地朝着 T 台上走去。

模特儿还不知道发生了什么事情，见总设计师过来了，也只能够纷纷让开了一条道路，聚光灯此刻都在杜云湘一个人的身上，她曾经是一个冉冉新星，虽然黑红参半，但是更多的人都相信她可以成为一个享誉国内外的顶级设计师。

只可惜，她亲手葬送了这一切。

"各位媒体朋友，我是杜云湘。"

杜云湘的声音依旧优雅清脆，她站在 T 台上深深地鞠了一躬。

一时间周围都静默了下去。

"我承认这一次我的抄袭，百鸟朝凤上的点翠蝴蝶钗设计来源于华冠公司宁华裳的作品，包括双龙戏珠的玉佩，也是她的设计品。"

杜云湘的声音不大，但是却能够让场内所有的人都听到。

瞬间，场内哗然了。

"对于抄袭事件，我深表歉意，在此致歉，并宣布无限期退圈，但我不会停止我的设计和创作，在回国接受警方调查之后我会潜心研究，做出更好的作品再实现我的梦想，很抱歉，让那些相信我支持我的粉丝失望了，也请大家给我一个知错就改的机会。"

她不得不承认，过去她完美人生过得实在是太过于顺风顺水，可那些人生也教会了她什么是自己的骄傲，什么是不应该做的事情，什么是不能违背道德底线的事情，这一次她走了弯路，做了错事，违背了道德底线，可她相信她可以变好，也能够迷途知返，这是她的骄傲，她不愿意丢掉。

说完这些话，杜云湘很快就下了台，这一次蓬莱的走秀被迫中断。

秘书听到杜云湘说这些话的时候，人都已经愣住了。

杜云湘将麦克风放到了秘书的手里，秘书见杜云湘要走，她连忙问："杜总，您这是去哪儿？"

"去华冠。"

如果她估算得没有错的话，这个时候华冠应该已经快要开始压轴了吧。

她从来的路上就已经在期待华冠的压轴，她其实很早以前就已经想要看这一场华冠的走秀了，只是她心里一直都不愿意承认。

她想知道荀修还有宁华裳想要展现出的大秀是什么样子。

真正的大国走秀，她真的很期待。

发生了这么大的事情，华冠公司这里却还是有很多的人，除了华冠的代言人明星之外，来的明星其实并不多，在这里的外国媒体比她想象当中的还要多。

聚光灯打在了T台的尽头，只见荀修还有宁华裳两个人携手走了出来。

他们穿着的是清朝皇帝和皇后的朝服，宁华裳头戴朝冠，身穿朝袍、朝褂和朝裙，脖颈上挂着的朝珠共一百零八颗，朝冠是用青绒的材质所做，上缀红色的丝绒，朝冠之上有金累丝托着金凤，按照清朝典制所记载，自高级别的朝冠乃是顶三层，金凤七，金翟一，也就是顶部叠加着三只金凤，金凤之间用一颗珍珠衔接贯穿，而冠上是一只金翟，翟尾垂"五行二就"珠，皇后的朝冠和朝服极尽奢华，从朝服上就可以看出这是一件手工制作的朝服，耗时耗力并且针脚细密。

荀修所穿的朝服看上去与皇后朝服相配，只是让人看一眼就觉得像是从历史书中走出来的一样。

第 55 章　大结局 下

　　荀修身上所穿的朝服全身共装饰金龙纹四十三条，还有日、月、星辰、群山、龙、华虫、宗彝、藻、火、粉米、黼、黻十二章纹，看上去更加的精细。

　　他们两个人一起在 T 台上行走的时候，那些外媒纷纷又凑上前去拍照。

　　其实外国有一本名为《中国人的性格》这一本书，是外国人眼中的中国人是什么样子的，在他们看来，中国人是神秘的，在外国人的眼中，中国人是不管遇到什么事情都是不知疲倦，不急不躁的性格。

　　可是外国人却甚少去了解中国的历史，相信在外国人的眼中，中国的历史也是神秘的，因为中国屹立不倒五千年，这五千年当中文化的传承延续至今，文化更是积累深厚，按照宁华裳所说，现在中国人所走的路是五千年前老祖宗就走过的，只是五千年后我们在这基础之上更加地延展，就像是有些西方人没有办法想象，在新石器中期的时候，中国就已经在养蚕抽丝制作丝绸，而在西方，曾有记载凯撒大帝身着丝绸所做的衣服，被当时的西方人震惊一时，他们认为这是上帝的衣服，而那个时候在中国，丝绸对我们来说早就已经习以为常了。

　　这一次的大秀很是成功，比预计的更引起了轰动。

　　宁华裳在后台卸妆，孟曲雯走了进来，她在宁华裳的耳边说："华裳，杜云湘找你。"

　　"杜云湘？"

　　宁华裳原本以为这个时候杜云湘应该在想办法收拾蓬莱的烂摊子，但是她这个时候过来了，就证明有很重要的事情要和她说。

　　"好，我知道了。"宁华裳站了起来，对着化妆师说，"一会儿再弄吧，我出去一下。"

　　"好的宁总。"

　　宁华裳走了出去，杜云湘果然在外面等了一会儿了。

　　"杜小姐。"宁华裳问，"刚才杜小姐也看到了？"

　　"看到了。"

　　杜云湘点了点头。

她伸出了一只手，说："恭喜，这一次的大秀大获成功。"

"谢谢。"

一旁的孟曲雯没有想到这两个人竟然还会握手，而且看上去就像是小姐妹一样地亲近，看来还是她不理解，这两个人分明半天前还势如水火。

"抄袭的事情很对不起，那两件设计品我会原样返还，警方那边我也会积极配合调查，虽然我觉得这么说很没有必要，但是我还是想要跟你说，这件事情起初并不是我的本意。"

杜云湘这么坦荡，宁华裳也不会小肚鸡肠，她点了点头，说："还是衷心地劝说杜小姐换一个经纪人比较好。"

杜云湘说："她已经被解雇了，就在半个小时前。"

"那杜小姐接下来有什么打算吗？"

杜云湘轻笑了一下："我忙了这么久了，也的确是应该好好地休息一下，相比起这个浮躁的圈子，我还是更喜欢一个人在家设计比较前卫的艺术品。"

"所以你很快就要回国了吗？"

"是，还要配合警方调查。"

杜云湘点了点头。

宁华裳问："不去看看荀修吗？"

"不了。"杜云湘摇头，"没什么可看的，我和他之间原本的交往就只是交易，那个人最近对你也没有什么表示吗？"

"表示……"

宁华裳觉得她的反射弧应该也没有这么长。

杜云湘拍了一下宁华裳的肩膀，说："好了，道别和道歉还有恭贺的话都说完了，希望有时间我们还可以再见。"

"好，再见。"

除去那些商业上的手段，她其实还是很喜欢杜云湘的。

"这算什么？前女友和未来现女友的惜惜相别？"

……

宁华裳敲了一下孟曲雯的脑袋："去收拾东西，很快回国了。"

"哦哦！"

宁华裳临走的时候再看了一眼所有封箱的服饰，不知不觉已经过去了一年的时间。

等到回到国内，她们就要回到酒店收拾行李，和华冠公司道别，说起

来还真有点舍不得。

飞机上，荀修和宁华裳坐在了一起，看着外面的白云密布，和一年前她回北京坐飞机的心情不一样，那个时候是期待还有紧张，而这一回，她有些怅然若失，又觉得如释重负，好像肩上的担子轻了不少。

"如果你想要来华冠发展的话，总设计师的这个位置永远都是你的。"

"我？总设计师？"宁华裳回头，"人贵在有自知之明，你让我设计汉服唐服这些都不在话下，可你要让我设计时装，我是真的没有这个天赋"。

她的那点创造力都已经在小的时候被外婆给磨平了。

荀修浅淡一笑："知道你志不在此，却还是不死心地要问一问。"

"公司的事情都处理好了吗？"

"嗯，Lisa是主谋，已经送去警局盘问了，多半有牢狱之灾。"

宁华裳点了点头。

两个人是短暂的静默。

荀修问："那你之后有什么安排吗？"

"城市喧闹，还是游览各大山川是我所好。"

宁华裳想到了什么，她说："如果我记得没有错的话，荀总今年过年的时候曾经答应有时间就和我一起去贵州玩一玩，荀总没有忘吧？"

"没忘。"

"那下一次荀总放假的时候就来贵州找我好了，我在那边还要住上一段时间。"

"现在就可以。"

"嗯？"

"我说，现在就可以。"

荀修拿出了两张北京飞往贵州的飞机票："宁总，可否愿意赏脸？"

饶是宁华裳也没有想到荀修会突然拿出了两张机票，这代表他早就已经将一切都准备好了。

宁华裳突然想到了杜云湘说的那句"那个人最近对你也没有什么表示吗"，顿时如同醍醐灌顶般恍然大悟，而后，她接过了荀修手中的飞机票，笑着说："乐意之至。"

十月深秋，荀修和宁华裳如约来到了贵州，只见漫山遍野的枫叶落红，山野间，瀑布一泻千里，水天一色，彝族人民在这里载歌载舞，祖国大好河山尽收眼底，一切事物的美好都藏在一望无际的边野。

【全本完】